© Jerry Bauer

Mit seinem ersten Roman gelingt es Brad Gooch, die Subkultur der Modewelt gründlich zu entmystifizieren. Dabei bedient er sich durchaus ihres perversen Glamours und des mit halluzinatorischer Wachheit betriebenen Sexes. Gooch schreibt dynamisch, im Rausch der Geschwindigkeit: flüchtige, zynische Dialoge; intensiv dargestellte Szenen.

Todd und Lucy sind ein junges Paar, typisch für die achtziger Jahre. Sie leben in Downtown Manhattan. Eines Tages wird der gutaussehende, sensible Todd als Fotomodell engagiert. Und wird dadurch in eine Welt des schönen Scheins katapultiert, des schnellen Geldes, der sexuellen Zweideutigkeiten. Von Frank, dem blonden Supermodel, der ihm bei seinem Job über den Weg läuft, ist er genauso fasziniert wie Lucy. In Mailand, wo die wichtigsten High-fashion-Magazine gemacht werden, landet erst Todd, dann Frank. Lucy folgt ihnen. Ein Tanz auf dem Vulkan beginnt.

Brad Gooch hat über Literatur promoviert, als Dichter mehrere Auszeichnungen gewonnen und als Verfasser von Short Storys den einhelligen Beifall der Kritik gefunden. Seine Kurzgeschichtensammlung wird demnächst unter dem Titel ›Lockvogel‹ im Fischer Taschenbuch Verlag erscheinen. Von 1978 bis 1982 hat Brad Gooch als Fotomodell in New York, Mailand und Paris gearbeitet. Er lebt heute in New York und arbeitet an einer umfangreichen literarischen Biographie.

Brad Gooch

MAILAND–MANHATTAN

Roman

Aus dem Amerikanischen
von Denis Scheck

Fischer Taschenbuch Verlag

Deutsche Erstausgabe
Veröffentlicht im Fischer Taschenbuch Verlag GmbH,
Frankfurt am Main, Februar 1992

Die amerikanische Originalausgabe erschien unter dem Titel
›Scary Kisses‹ bei G. P. Putnam's Sons, New York

Die Übersetzung des Zitats von
Paul Bowles stammt von Pocíao
Umschlaggestaltung: Friederike Simmel, Frankfurt Main
Gesamtherstellung: Clausen & Bosse, Leck
Printed in Germany
ISBN 3-596-28359-0

FÜR HOWARD BROOKNER

Besonderer Dank gilt meiner Lektorin Janis Valley
und meiner Agentin Joy Harris

ZEIT:
ENDE DER SIEBZIGER,
ANFANG DER ACHTZIGER

NEW YORK

Todd geht an und in sich

Ungeschickt.

Todd regt sich. Der Zigarettenrauch von gestern abend, beziehungsweise was davon übrig ist, steckt ihm wie Watte im Hals. Das kleine Zimmer in der Strandhütte ist dunkel, unauffällig eingerichtet und luftig. Sonne zeigt sich auf dem runtergezogenen orangefarbenen Rouleau (Lackmuspapier). Er wälzt sich unter der Decke hervor, läßt sein behaartes Bein von der extradicken Matratze auf den Boden hängen, winkelt das andere an, eine Hand auf der juckenden Brust, die andere in die verfilzten Sackhaare geschmiegt.

Schlafwandelt über einen am Boden liegenden Wust aus glatten Illustriertenseiten und grobem Zeitungspapier in den Wohnraum der Hütte. Zieht eine weiße Jeans an. Steht da.

Vierundzwanzig. Einszweiundachtzig. Vom Salzwasser perfekt in Form gehaltenes dunkles, welliges Haar. Die Haut gebräunt, weil er die ganze Woche am Strand gelegen hat. Katzenaugen: durchscheinende grüne, braune, blaue, rote und graue Einsprengsel. Versucht ein Lächeln, an niemand Bestimmtes adressiert.

(Es ist nicht wahr, daß ältere Männer und Frauen häufiger von Geistern aufgeweckt oder verfolgt werden als Teenager und junge Leute. Vierundzwanzig ist ein magisches Alter.)

Todd bahnt sich einen Weg durch binsenartiges Schilf, die stechenden Nadelspeere der Gräser. Über Spuren, die wandernde Schlangen in der vergangenen Nacht in den Sand gepinselt haben. Die weißen Halbmonde seiner Zehen- und Fingernägel wirken elfenbeinfarben dagegen.

Niemand ist am Skunk Hollow Beach, schon die ganze Woche nicht. Ein Uferstreifen auf Long Island, wo das Baden eigentlich nicht gestattet ist, mit einfachen Strandhütten, die zum Abriß freigegeben sind, damit das Gebiet in einen Naturschutzpark umgewandelt werden kann. Bis dahin nutzen einige wilde Camper die Hütten.

Todd reckt sich vor dem voll-Stoff-anbrandenden Ozean. Die lärmenden Vögel in den Kassienbäumen rings um die Hütte sind hier nicht mehr zu hören. Er faßt sich an die Zehen. Beugt sich nach links und rechts. Öffnet dann den Reißverschluß und pellt sich aus der pergamentweißen Hose. Legt sich hin und benutzt die Hose als Strandmatte, aber da sie eine ungleichmäßige Form hat, spürt er am Rücken und hinten an den Beinen scheuernden Sand und harte Steine. Er fängt an, sich zu reiben.

Todd seift seinen Schwanz mit pH-neutraler Spucke ein. Sein Mund ist ein Teich, ein Teich voller Algen. Der Ozean hört sich wie ein Highway an. Todds Faust ist ein Trichter oder ein Hot dog-Brötchen, das auf- und abgleitet. Bald spritzen am hellichten Tag Sternschnuppen aus seinem Rohr.

Dann Stille. Die Sonne wird schnell heißer und größer, eine Beethoven-Symphonie, die in Schwung kommt. An diesem Tag, seinem letzten am Strand, bleibt Todd träge wie ein gespreizter Seestern.

Todd (laut, aber zusammenhangslos zu einem über ihm fliegenden Hubschrauber): Wirf 'ne Bombe auf mich. Kommt nicht drauf an. Ich bin ein toter Knochen.

Später am Nachmittag erwischt er eine klapprige alte Fähre nach Hause.

»Don't tread on me«

Blabla.

Im Büro herrscht in der nächsten Woche nur Blabla. Ganz gleich, wie viele Telefone nervtötend schrillen. Ganz gleich, wieviel Klatsch die Angestellten des Reisebüros verbreiten, das als WAHNSINNSWELT DER STUDENTENREISEN (W.W.S.) im Untergeschoß eines Gebäudes gegenüber den Vereinten Nationen firmiert.

Todd redet mit einem Typ, der neben ihm an einem Schreibtisch aus Teakholz sitzt, wo sie Flugtickets ausstellen. Todds Gesicht hat noch immer einen metallisch braunen Glanz. Er trägt eine schwarze Hose mit Aufschlägen und ein weißes Button-down-Hemd, auf dem die Tintenkleckse über dem Saum der

Brusttasche wie Gewitterwolken wirken. Bordeauxrote Weejuns, ausgelatscht. Sein gleichmütiger, bleichgesichtiger Freund trägt einen blauen Baumwollanzug.

Gleich neben sich hat Todd ein Buch mit sämtlichen Nationalfahnen der Welt. Es ist bei seiner Lieblingsfahne aufgeschlagen, der »Don't Tread On Me« mit dem Emblem der zusammengerollten Schlange, die eher wie ein zorniger tibetischer Geist als etwas aus der amerikanischen Kolonialzeit aussieht. Er reißt die Seite mit der Fahne heraus und klebt sie mit Tesafilm vor sich an die Wand. Klatscht sie mit dem Handteller fest.

Todd (zu dem Ticketaussteller neben sich): Das Beste war der einzige andere wilde Camper. Jeden Abend kam er bei Sonnenuntergang raus und setzte sich aufs Dach seiner Hütte. Direkt auf die Schindeln. Ohne was an. Sein grauer nackter, schlaffer Körper, weiter nichts. Hatte einen grauen Bart und eine lange Hippiefrisur. Sah aus wie der Herausgeber von *Screw*.

Benachbarter Ticketaussteller (zu Erica, die gerade zu ihnen getreten ist): Das Tollste in Todds Urlaub war ein Exhibitionist.

Todd (verbessernd): Ein Flower-Power-Opa.

Erica läßt sich jedoch nicht aus dem Konzept bringen. Sie ist klein und bleich, so bleich wie eine alte Porzellanschüssel. Aber nun treten die blauen Adern auf ihrer breiten Kastanienstirn hervor; ein Gummiring hält ihr zurückgekämmtes dünnes braunes Haar hinten fest. Erica ist eine Freundin. Sie hat Todd diese Stelle besorgt. (Sie sind zusammen auf das College gegangen, wo Todd Lucy kennenlernte.) Aber Todd baut Mist, und wenn er Mist baut, ruft Ericas Chef sie über die Haussprechanlage an (Schock!). Sie trägt einen karierten leichten Jumper, dessen Revers hinten am Nacken umgeschlagen ist und der viel von der Bluse darunter bedeckt, so wie Wasser immer ein Stück Land bedeckt. Mit diesem Outfit hat sie sich vor Todd aufgebaut und hält ihm eine Standpauke.

Erica: Ich bin sauer auf dich. Und das sind auch die drei Studenten, die in Paris festsitzen, weil du auf ihren Rückflugtickets ›Paris‹ und nicht ›Amsterdam‹ eingetragen hast. Sie haben ihr Flugzeug verpaßt. (Sie dehnt und betont jedes Wort): Das... kostet... uns... ein... Vermögen.

Todd (starrt auf die zusammengerollte Schlange vor sich an der

Wand, erwidert in umgänglichem Ton): Sag' nicht ›uns‹, als ob du es ernst meinst. Wenn du schon was sagen mußt, dann mein es auch so oder laß es.

Erica: Du hältst dich nicht an die Anordnungen. Ich bin Manager und sogar ich halte mich dran.

Todd: Deshalb bist du ja Manager. Hier. Lies das. Laut. Nur um mal nen Eindruck zu bekommen.

Todd zieht aus seiner Hemdtasche eine Karteikarte, auf die er mit Bleistift einen Absatz aus einem Roman geschrieben hat, den er gerade liest.

Brav liest Erica laut vor: »Sie streifte sich das Minikleid über den Kopf und zog es aus. Sie trug keinen BH. Ihr Bikinislip war aus weißem Nylon. In blauer Stickerei stand ein einziges Wort darauf: Samstag.«

Als sie zu lesen aufhört, schaut sich Erica um und merkt, daß die Angestellten an den Schreibtischen ringsum sie beobachten. Sie machen blöde Gesichter oder bedenken sie vielmehr mit Blikken, an denen sie ablesen kann, daß sie sie für bekloppt halten. Sie gibt Todd die Karteikarte zurück. Merkt, daß er sie reingelegt hat.

Erica (gebieterisch): Weich nicht aus.

Todd (hört auf zu lächeln, rafft sich zu einem etwas lebhafteren Ton auf): Es geht mir darum, daß du nicht wirklich sauer auf mich bist. Du tust nur so. Also red keinen Stuß. Ich habe mit keinem Wort gesagt, ich wüßte nicht, daß ich die drei Penner verladen habe. Das weiß ich sehr wohl.

Erica (faßt dies als Entschuldigung auf): Danke. Jetzt ist mir wohler.

Über den ganzen großen, lauten Raum verteilt stehen noch viele andere Schreibtische. An einem erzählt eine junge Dicke von ihrem nächtlichen Streifzug durch die Klubs im East Village. Im Moment quasselt sie in einem fort. (»Die haben meinen Tisch benutzt, als würde er ihnen gehören.«) An einem anderen liest ein schmächtiger Typ einen *Batman*-Comic. An wieder einem anderen telefoniert eine Irin mit dem Freund, den sie geheiratet hat, um an die Arbeitserlaubnis zu kommen. Gestern abend hat man ihn auf der Straße zusammengeschlagen, weil man ihm die Brieftasche stehlen wollte. (»Geh zu nem Kieferspezialisten.«)

Straßenbekanntschaft

Sobald Todd zur Happy-hour-Zeit um fünf aus dem Büro kommt, strebt er einer im Almhüttenstil mit viel Grün dekorierten Eckkneipe zu und stürzt rasch ein paar Bier aus grünen Flaschen runter. Sein Unglück ebbt etwas ab, ein wenig Glück wogt auf. Im Stehen lehnt er sich an und läßt die gebogene Theke in seinen empfindungslosen Oberschenkelknochen drücken.

Erst nimmt er den Zubringerbus, dann in der City an der Siebten Avenue die Subway bis zur Haltestelle 14. Straße, die er über den Ausgang zur 12. Straße verläßt, wo einem ein weißes Gebäude ins Auge springt, das durch seine Bullaugenfenster und mit Wellenmotiven geschmückte Fassade wie ein Jachthafen wirkt; es ist aber ein Krankenhaus. Er pfeift ein paar unmelodische Takte vor sich hin und geht nach Süden, Richtung Perry Street, zu seinem Wohnhaus, nur eine Straße getrennt von dem dreckigen, mächtigen, kraftstrotzenden Hudson River, unterwegs nach irgendwo, hinaus ins Meer.

Heute morgen erst, als er den gleichen Weg in der entgegengesetzten Richtung ging, war Todd angesprochen worden. Eine Frau hatte ihn auf der Siebten Avenue einen Häuserblock weit verfolgt, zügigen Schritts neben dem Bürgersteig direkt auf der Straße, so daß ihr die Radfahrer hatten ausweichen müssen. Ihr Haar von auffallendem Rot, wahrscheinlich gefärbt, in der gleichen Farbe wie das Haar der tanzenden Huren auf den Plakaten Toulouse-Lautrecs. Gravlaksfarbenes Haar.

Sie arbeitet für eine Modellagentur –Zebra– und drückte ihm eine silberne Visitenkarte in die Hand. In Reliefdruck war die Silhouette eines Zebras abgebildet, das bis auf seine schwarzen Schrägstreifen mit dem silbernen Hintergrund verschmolz. Die Frau strich Todd sanft über die Hand. »Rufen Sie mich an.« Dann wandte sie sich wieder zur Straße und winkte ein gelbes Taxi heran.

Jetzt tastet Todd nach seiner Brieftasche. Er klappt sie auf und fischt zwischen den teils schmutzigen, teils sauberen grünen Dollarscheinen die silberne Karte hervor. Er steckt die Karte in seine Hemdtasche und die Brieftasche wieder in die Hose.

Todd biegt auf die Perry Street ein. Geht zu seinem Wohnhaus.

Nach oben in sein Studio im fünften Stock, vorbei an den flachen Metallbriefkästen, die aufgebrochen worden sind, vorbei an der Tür der Frau mit den beiden asthmatischen Hunden, vorbei an der Tür des polnischen End-Teenies, der meistens ein schwarzes T-Shirt trägt und die Leute aus halb geschlossenen Augen angafft.

Todds Apartment ist eine Schuhschachtel: ein langes, in gebrochenem Weiß gestrichenes Zimmer. Am Boden grau marmoriertes Linoleum. Die beiden Fenster sind wie die gläsernen Augen eines Wals. Ein Küchentisch bricht die unbarmherzige Genau-zwischen-die-Augen-Perspektive auf. An der Wand hängt ein eingerahmtes Filmposter von *Die Ausgebufften* mit Gérard Depardieu als Motorrad-Freak, ein Prototyp des *Surf-Nazis*. Eine offene Flasche Himbeergeist auf einem niedrigen Bücherregal verströmt Äthergeruch. Als Todd eines der Fenster einen Spalt weit öffnet, um die Wohnung zu lüften, kräuselt sich das weiße Laken auf seiner Matratze am Boden.

Todd streift Schuhe, Hose und Hemd ab. Sie türmen sich am Boden zu einer Pyramide auf. Nur in weißem T-Shirt, Boxershorts und grauen Socken schlüpft er unter das Laken auf der Matratze. Fummelt an einer halbgerauchten Chesterfield rum, die ausgedrückt in einem metallenen Aschenbecher liegt, auf dessen Innenfläche eine Landkarte Floridas gemalt ist. Zündet den Stummel an. Je mehr er raucht, desto nervöser wird er. Während er nachdenkt, starrt er durch die beiden pastellfarbenen (nun vom Himmel gefärbten) Fenster auf die vielen verschiedenen und verschieden hohen Wohnblocks und Lagerhäuser, die alles verdecken, was sonst vielleicht am Horizont zu sehen wäre. Das Rechteck Dämmerhimmel in seinem Fenster hat den gleichen Farbwert und die gleiche Tiefe wie die Gebäude. Es ist eine Form unter vielen, die von Hellila in Dunkelkastanienbraun übergeht. In erleuchteten Gebäuden bewegen sich Leute in gelben, blauen oder weißen Lichtkegeln. Todd nimmt ein starkes Fernglas zur Hand und läßt den Blick auf der Suche nach ein bißchen Abwechslung gemächlich über die Gegend gleiten.

In diesem Moment klingelt das Telefon. Todd ist froh, daß sich der Anrufbeantworter einschaltet. Das Band mit seinem

Ansagetext läuft ab – ein Freund hat es für ihn gemacht –, es sprechen die nachgemachten Stimmen von Rocky und Bullwinkle, den Comicfiguren.

Lucy: Todd. Bist du da? (Ihre tonlose Stimme schwillt zu einem aufgeregteren Diskant an); Wo bist du? Wir wollten uns doch vom Chinesen was zum Essen kommen lassen. Ich habe Hunger.

Als wollte er einen Knopf nach unten drücken, macht Todd die Zigarette im Aschenbecher aus. Dann robbt er zu den niedrigen Holzregalen und zieht ein großes schwarzes Scrapbook von einem Brett voller solcher schwarzer Einklebealben hervor. In seinem Ein-Zimmer-Apartment, das im übrigen so durcheinander ist wie ein mit Styroporflocken und zerknülltem Papier gefüllter Verpackungskarton, herrscht unter den Scrapbooks makellose Ordnung. Todd kriecht zurück zu der Matratze und schlägt das großformatige Buch in seinem Schoß auf. Zieht die »Don't Tread On Me«-Schlange aus der Brusttasche seines Hemds. Ehe er aus dem Büro ging, hatte er die Seite mit der Fahne von der Wand gerissen und die Schlange ausgeschnitten. Nun klebt er sie auf eine große leere Seite. Aus derselben Hemdtasche zieht er dann die silberne Zebra-Karte und klebt sie darunter.

Wirkt konzentriert.

Todd führt solche Scrapbooks, seit er klein war. Anfangs bestanden sie lediglich aus untereinandergeklebten Schlagzeilen der laufenden Ereignisse. Attentate. Raumfahrtmanöver. Papstbesuche. Als Teenager wurden seine Scrapbooks dann persönlicher. Er klebte eine Single von Chuck Berrys *Reelin' and Rockin'* ein. Einen benutzten Gummi. Polaroids von der verwüsteten Inneneinrichtung des zweigeschossigen Hauses seiner Eltern, das bei einer großen Überschwemmung im Nordosten Pennsylvanias von den Grundmauern gerissen wurde.

Seit Todd in New York ist, sind die Seiten im Stil islamischer und abstrakter geworden. Seine Ausschneide- und Einklebetechnik ist virtuos. Auf einer Seite hat er Eintrittskarten für ein Konzert mit Laurie Anderson in der *BAM* eingeklebt. (Erste Verabredung mit Lucy in New York). Auf der gleichen Seite sind aber auch silberne Scherenschnitte einer Band im Stil der Dead

Kennedys, deren Silhouetten Todd erst aufgezeichnet und dann ausgeschnitten und ins Buch genäht hat. Die dunkelblaue Orchidee hämmerte er platt (kein Andenken, sondern eigens zum Pressen in einem Blumengeschäft in der Nähe gekauft). Oben auf der Seite ein Ganzfoto von Fidel Castro aus der *Post*, in körnigem Zeitungsdruck, Bart und Haare von Todd eigenhändig kommunistisch-rot eingefärbt.

Als erneut das Telefon klingelt, geht er ran. Es ist sein Freund Lee, der Schauspieler. Lees Stimme dröhnt aus Todds Hörer. Lee ist Schauspieler in einer Fernsehserie. Sie haben sich eines Abends nach der Arbeit bei einem Essen kennengelernt; er war der Freund eines Freundes. Todd hatte großes Interesse an der Schauspielerei. Die Schule von Lee Strasberg. Jetzt telefonieren sie ab und zu. Todd erzählt ihm von Zebra.

Lee ist ganz aufgeregt. Er ist überzeugt, daß Todd es schaffen kann. Bietet an, seinen Freund Louis anzurufen, einen bekannten Modefotografen. Daher legt er rasch auf und ruft fünf Minuten später noch mal an, nachdem er einen Termin vereinbart hat; Todd soll in zwei Tagen bei Louis vorbeischauen.

Lee: Kommenden Sonntag gehe ich zu meiner spriritistischen Kirche in Brooklyn. Möchtest du mitkommen?

Todd: Du weißt doch, daß ich immer ganz neidisch werde, wenn alle der Geist überkommt. Ich muß jetzt Schluß machen.

Plötzlich sehnt sich Todd nach Lucy. Sie fehlt ihm so sehr, daß es weh tut. Er wählt auf seinem klackernden schwarzen nostalgischen Wählscheibentelefon. Sein Finger zieht Kreise auf dem Lochkranz, genau wie die, die er früher immer zog, wenn er die eigene Spucke auf den Steinstufen der High School verrieb. Lucys Ansagetext auf dem Anrufbeantworter besteht nur aus einem Pfeifton. Kühl und kantig wie immer.

Todd (legt sich zurück, den Kopf auf die Matratze gestützt, den Körper auf dem kühlen Boden ausgestreckt): Tut mir leid, daß ich nicht da war, als du angerufen hast, Schatz. Tut mir leid, daß ich unser chinesisches Essen verpaßt habe. Ich mußte einfach eine Weile Zombie spielen und allein sein. Du hättest mich so ohnehin nicht gemocht. Aber wenn du einen Mann suchst, der weiß, wie man an deiner Kurbel drehen muß, so wie du's gern hast… wenn du nach einer Zunge schmachtest, die die weichen Härchen deiner Du-weißt-schon-was auseinanderdrückt… wenn du mal so richtig begrapscht werden möchtest… biiitte ruf mich zurück.

Todd legt auf. Gleichzeitig zieht er eine Augenbraue hoch und stößt einen Pfiff aus. Ganz schön geil, was er gerade getan hat.

Lucys Matratze

Gleiche Zeit, am folgenden Abend.

Lucy liegt wie eine Odaliske auf ihrer Matratze. Sie hat mittellanges schwarzes Haar. Nicht die stumpf wirkende Art, sondern die glänzende. Gesicht bleich wie das eines Windhundes. Kupferbraune Augen, kühl und durchschauend. Keinen Lippenstift aufgetragen. Weiße zerknitterte Bluse, schwarzer Kordsamtrock, schwarze Strümpfe. Kurvenreicher Körper, keineswegs flach. Sie zupft ein bißchen an sich herum. Würde sich gut in einer Mädchenband machen.

Die Matratze liegt auf dem Boden ihrer Wohnung im obersten Stock eines ohne Baugenehmigung errichteten Hauses auf der Ecke zwischen Bleecker Street und Bowery. Auf der anderen Straßenseite liegen der Rockclub CBGB's und die Amato Opera. Weiter unten an der Straße ist der Deli, wo Lucy morgens ihren Kaffee trinkt und nachmittags ihre Sandwichs ißt.

(Hinter der Theke steht meist ein großer Teenager, dessen Gesicht seit dem Abend, als ein Verrückter in den Laden stürmte und ihn mit Säure bespritzte, von rosa, roten und orangefarbenen Flecken entstellt ist. Lucy war dabei, wie gelähmt vor Entsetzen. Das rote Blinklicht auf dem Dach des Krankenwagens saß am Abend der Tragödie besonders schief – eine Tragödie, die bis heute andauert, wenn dieser Kerl von Fremden für einen Schläger gehalten wird.)

Todd kuschelt sich neben Lucys Matratze auf dem abgetretenen rostroten Zottelteppich. Hat die gleichen schwarz-weißen Klamotten wie gestern an. Ist direkt aus dem Büro hierher gekommen. Lehnt den Kopf auf die Matratzenkante, den Hals unnatürlich verrenkt, wie eine kaputte Puppe. In der braunen Backsteinmauer ihm gegenüber klafft ein Loch, das der Vormieter eines Abends mit der Spitzhacke schlug, als er mit Engelsstaub bekifft war. Lucys Apartment besteht eigentlich aus zwei Apartments – ehemals chinesische Nähereien –, die nur durch dieses Loch verbunden sind. Ein leichter Gasgeruch tritt aus den Brennstellen des Herds.

Lucy (streift mit einem Bein über Todds Bauch unter dem Hemd): Und was ist dann passiert?

Todd: Keine Ahnung. Lee hat seinen Freund Louis angerufen, und zu dem geh ich morgen. Falls er mich für geeignet hält, macht er ein paar Contacts von mir.

Lucy (zuckt zusammen, zieht ihr Bein zurück, steckt sich eine lange Benson & Hedges Light an): Wieso hast du ›Contacts‹ gesagt. Das sagst du doch sonst nicht. Wo hast du das her?

Todd (verdutzt): Louis hat das gesagt. Er ist Engländer und sprach von ›Contacts‹. Und Lee hat das Wort benutzt, als er ihn am Telefon nachäffte... Das ist ganz harmlos.

Lucy (umgänglicher, beginnt ihn wieder mit dem Bein zu streicheln): Ach. Engländer ist er... Und seit wann träumst du davon, Model zu werden, mein Herz? Doch erst seit gestern.

Todd (küßt ihr den Handrücken): Erst seit gestern. Und noch ist nichts entschieden. (Achselzuckend): Was können wir da bloß tun?

Um Schluß mit dem Rumgealbere zu machen, tritt Lucy Todd zwischen die Beine. Er stößt einen Eunuchenschrei aus und krümmt sich zusammen. Dieser Tritt ist ein Ritual. Lucy feuchtet sich die Unterlippe an. Todd geht auf sie los und läßt eine Hand unter ihren Rock gleiten, während er mit der anderen Handfläche über ihren Kordhintern streicht. Er hat sie im Griff. Sie windet sich los, und ihre Wirbelsäule zittert, als wäre sie gerade punktiert worden. Er schiebt sich auf Lucy. Sie lachen und wälzen sich am Boden. Wie zwei Menschen in langsamem Tanz, aber in diesem Fall horizontal statt vertikal.

Es ist eine Pleite. Über das Geturne kommen die beiden nicht hinaus. Und so sacken sie einige Minuten später weg und nicken ein. Bald ist es draußen stockdunkel, die Plastikfolien an den Fenstern, die im Winter die Wärme drinnen halten sollen, trüben das deprimierende Licht der Straßenlaternen. Lucy hat die Planen den Sommer über nie abgenommen.

Todd (erwacht als erster, im Mund einen Geschmack nach Schlaf): Ich muß los. Meine Unterwäsche muß morgen aprilfrisch sein.

Lucy (verblüfft): Du trägst doch nie saubere Unterwäsche. Da sind immer gelbe Flecken.

Todd: Das ist was anderes.

Lucy (fühlt sich leer): Hast du schon gegessen?

Todd (will weg): Laß uns zum Chinesen gehen und jeder nimmt dort was mit.

Lucy massiert Todds Nacken und stößt dabei Geräusche wie ein aufheulender Motor aus. Leichte Schmerzen in den Händen und Fingern. Die Plastikplanen flattern im Wind. Lucy steht heute abend neben sich. Vielleicht liegt es daran, daß der Herbst mit seinen dunklen, kalten Winden Einzug hält.

Eine Kamera ist eine Art Spiegel

Todd macht am nächsten Tag früh Schluß im Büro, damit er zu Louis' Penthouse kommt, solange man mit dem Tageslicht noch was anfangen kann. Es ist gegen vier an einem Nachmittag Ende September. Das Penthouse entpuppt sich als Ein-Zimmer-Wohnung im obersten Stock, deren einziger Vorteil eine Terrasse ist.

Heute trägt Todd nicht Schwarz-Weiß. Ziemlich enge hellblaue Jeans mit weißen Farbklecksen, dazu ein strahlend grünes Rugbyhemd, das ihm ein Freund aus Laguna Beach geschickt hat, und weiße Basketballschuhe mit roten Rennstreifen. Mit schlurfenden Schritten geht er rein. Weiß nicht genau, welcher Weg nach oben führt.

Louis (mit englischem Akzent): In Italien hätte man um diese Zeit wundervolles goldenes Licht. In New York ist es eher High-Tech. (Lacht über den eigenen Witz in Richtung einer Mauer.)

Louis ist um die vierzig, sieht aus wie siebenundzwanzig. Er arbeitete früher einmal als Dressman in Europa. Und irgendwie ist er in seinem damaligen Alter erhalten geblieben, mit blondem Haar und einer Haut wie Hochglanzpapier. Sein Auftreten ist ein bißchen großkotzig, aber sein karamelweicher Kern läßt sich ständig herausschmecken. Sein englischer Assistent – kleiner, jünger, aber älter wirkend –, ist bereits draußen auf der Terrasse und macht sich an silbernen Reflektorenschirmen zu schaffen, schweigsam, abwartend und stolz.

Louis führt Todd auf die umlaufende Terrasse. Sie probieren verschiedene Posen und Blickwinkel aus und benutzen dabei als Hintergrund mitunter das Gebäude mit dem zikkuratförmigen Uhrturm an der 23. Straße, das wie die Vorstellung eines Architekten von einem Gebäude aus der Zeit Hammurabis aussieht. Todds dichtes Haar sitzt trotz des stürmischen Winds tipptopp, obwohl der Reflektor knattert, sich verbiegt und kaum noch festzuhalten ist. Während der Kameraarbeit plaudert Louis mit Todd.

Louis (uninteressiert): Wieso möchtest du Model werden?

Todd: Eine Frau gab mir eine Karte.

Assistent (wütend): Mit dieser Einstellung wirst du schneller auf der Verliererstraße landen, als du mit deinen hübschen Wimpern klimpern kannst.

Louis lächelt seinem Zauberlehrling verständig zu. Todd beißt sich auf die Backen.

Alle paar Sekunden ein Blitzlicht. Zwischen den Blitzen wendet Todd so oft wie möglich den Blick ab, damit der Punkt aus seinen Augen verschwindet und er die Fenster der nahen Wohnhäuser nach Leuten absuchen kann, die vielleicht nackt herumlaufen, essen, fernsehen oder sich einen abfiedeln. Dann fängt er plötzlich zu reden an.

Todd (wie ein Wasserfall): Heute morgen hat mich meine Freundin angerufen. Sie hat mir einen Artikel – na ja, einen Teil davon –, über die Amischen vorgelesen, die sich nicht fotografieren lassen, weil sie glauben, daß ihnen dadurch die Seele gestohlen wird. Na vielen Dank, hab ich zu ihr gesagt... Aber da ist was Wahres dran. Ich bin bloß ein Ziel für deine Panzerfaust da. Und je mehr ich mich auf meinen Körper konzentriere, desto mehr fühle ich mich aus meinem Körper herausversetzt. Das ist verdammt unheimlich. Das Unheimlichste, was...

Assistent: Halt mal die Klappe und bleib ganz still.

Louis: Er hat recht. Ich hab 'ne lange Belichtung. Ganz still. Aber mit viel Leben.

Todd, mitten im Satz unterbrochen, kommt sich wie ein Filmprojektor vor, der sich am Ende einer Spule sinnlos weiterdreht.

Drinnen schnarrt das Telefon. Der Assistent läuft rasch rein, nimmt ab, geht mit dem Telefon wieder nach draußen zu Louis und wendet sich dann dem Reflektor zu, in dessen grellem, von der Auskleidung verstärkten Licht er wie aus Blech wirkt.

Todd tritt in die Wohnung, bleibt an der gläsernen Schiebetür stehen und blättert in einer Ausgabe von *GO*, die aufgeschlagen auf einer kurzen Säule liegt. Ein großer lächelnder Typ in einem zimtfarbenen Sweater balanciert einen wirbelnden Basketball auf einem gepflegten Finger. Ein dunklerer Kerl in einer blauen Fallschirmspringermontur hält einen kleineren Typ im Schwitzkasten fest, beide übers ganze Gesicht grinsend. Ein rothaariges Mädchen kniet neben einer schwermütigen brünetten Dumpfbacke, die sich in einem pastellfarbenen Strandkorb rekelt – ihr Gesicht so einladend wie das einer bekifften Discomaus.

Louis ruft Todd wieder auf die Terrasse, um den Film vollzukriegen.

Louis (unablässig knipsend, während Wolken letzte Sonnenfetzen aus der Sonne schneiden und die Luft purpurgrau wird): Hoffentlich liest du gern.

Todd: Ja, ich lese gern. Außerdem führe ich Scrapbooks.

Louis (ohne auf die Sache mit den Scrapbooks einzugehen): Bei den Shoots wirst du viel lesen können. Meistens sitzt man nur rum und wartet darauf, daß man fotografiert wird.

Assistent (verärgert wie immer): Den ganzen Tag hockt die Hälfte von ihnen rum, leicht weggetreten und wahnsinnig aggressiv, und mit Cola und lauter Musik darfst du sie dann bei Laune halten.

Louis (klatscht in die Hände): Das war's. Ich glaube, wir haben alles im Kasten. Ruf mich in ein paar Tagen an. Du kannst dann vorbeikommen und dir die Abzüge ansehen.

Todd: Danke.

Louis: Keine Angst. Mit der Zeit wirst du lockerer werden.

Sechzig Dollar

Während Todd Modell steht, ist Lucy unterwegs, um sechzig Dollar unter die Leute zu bringen.

In dem kurzen blauen Kolani, der genauso lang ist wie der Rock darunter, schwarzen Strümpfen, schwarzen flachen Schuhen, einer Tasche aus Krokolederimitat, die an einem geflochtenen Riemen von ihrer Schulter baumelt, kommt sie aus dem Vordereingang ihres hellbraunen Ziegelhauses.

Sie geht schräg über die Bowery in einen Tag, der ins Orange spielt, windig und laut ist. Dann die Straße an der Justizvollzugsanstalt entlang. Keiner der zermürbten Männer dort pfeift ihr nach oder macht eine Bemerkung. Wegen ihrer Armut und potentiellen Gewalttätigkeit besitzen sie eine unterschwellige Würde.

Lucy gelangt schließlich auf die Zweite Avenue, den »Boulevard« dieser im südlichen Manhattan gelegenen Gegend. An einer Kreuzung bleibt sie stehen, schaut nach Norden zu einem Turm mit einer Uhr, der wie ein Hochzeitskuchen aussieht, dann nach Süden auf ein Feuer, das in einer verrosteten alten Blechtonne lodert. Ist steif. Kämpft sich durch den südwärts fließenden Verkehr Richtung Nordosten, kommt dreißig Sekunden später auf der gegenüberliegenden Straßenseite an. Geht auf einen Sprung in die Pizzeria an der Ecke.

Lucy bestellt ein Stück Pizza mit Sardellen, dazu eine zuckersüße, eisgekühlte Orangenlimonade. Neben ihr steht eine dünne, schicke junge Frau, die mitten am Tag wie für einen Streifzug durch die Nachtklubs angezogen ist. An ihrem schwarzen Wollmantel im Sowjetstil kann Lucy erkennen, daß Mode für sie kein Fremdwort ist.

Lucy (spricht die Fremde an): Ich habe sechzig Dollar, die ich unbedingt ausgeben muß. Es bringt mich fast um. Ich werde nicht eher froh, bis ich sie ausgegeben habe und wieder arm bin.

Lucy gibt dem Mann in der mit Fingerabdrücken bedeckten Schürze Geld, das sie lose in der Handtasche trägt, dann hält sie der Frau, die von oder nach der Mode lebt, einen Fünfzig-Dollar-Schein hin.

Lucy: Haben Sie eine Idee? Ich habe an einen alten Pelzmantel gedacht. Aber eigentlich bin ich die Dinger leid. Ich bin es leid, diese Ästhetik der ganzen Welt vorzuführen.

Fremde (verärgert an einer Teigkruste knabbernd): Mal überlegen. Mal überlegen.

Lucy gibt es auf. Geht raus. Schlendert zögernd an einer grauen Kirche aus Granit mit Eingangstüren aus kugelsicherem Glas vorbei; dann an einer tschechoslowakischen Apotheke: »Freipac's«. Auf der anderen Straßenseite sitzen ein Typ und ein Mädchen auf dem Rücksitz eines granatroten Kabrios, er in sich zusammengesunken, mit Sonnenbrille und Wildlederjacke vor sich hin paffend, sie in schwarzer Lederjacke hinten aufs Verdeck gestützt; ein Freund von ihnen lehnt sich in einem Jackett aus lila Samt außen an die Tür, sein Haar eine braune Bürste auf seinem Kopf. Seine schmutzigen schwarzen Stiefel werfen einen Schatten, dessen Umrisse an Daffy Duck erinnern. Ein vanilleblauer Kaffeebecher aus einem griechischen Coffee Shop steht auf dem Verdeck des Wagens. Das Ganze wirkt wie ein Plakat für einen harten Actionfilm.

In diesem Moment schnipst Lucy mit den Fingern. Hat offenbar einen spontanen Entschluß gefaßt. Legt den Kopf schräg. Dreht sich um und geht denselben Weg zurück. Diesmal biegt sie an der Ecke an der Pizzeria links ab. Geht an ein paar Häusern vorbei. In einen Head Shop.

Der schmale Laden ist gerammelt voll. Die wie Ölsardinen eingepferchten Kunden verlangen dies und das von einem pakistanischen Verkäufer, der durch eine Plastikscheibe von ihnen getrennt ist. Während Lucy sich umschaut, streicht sie sich immer wieder durchs Haar. Tut so, als wäre sie selber der Wind. Die Leute kaufen hauptsächlich Zeitungen, Zigaretten und Lotterielose.

Anders Lucy. Sie zeigt mit dem Finger auf die Sachen, die sie kaufen möchte. Eine Wasserpfeife. Eine kleine blecherne Tellerwaage wie die Waage an alten Marmorstatuen der Justizia. Ein Taschenmesser. Bambú-Papier. Ein in schwarzes Plastik gefaßtes Vergrößerungsglas. Ein wie eine Pistole aussehendes Feuerzeug: man drückt ab, und eine Flamme schießt aus der Mündung. Die neueste Ausgabe der Zeitschrift *Soldier-of-Fortune*.

Lucy (zu dem dünnen Verkäufer um die fünfzig, der unter dem

schmutzigweißen Ärztekittel Haut wie braunes Packpapier hat): Mir gefällt die Kleidung der Söldner so gut.

Dann starrt sie in das Aquarium einer Vitrine voller Dildos, Peitschen, Ketten, Handschellen, Aphrodisiaka, Cremes. Zeigt auf eine aphrodisische Vaginalcreme in einer grün-weiß gestreiften Tube, die unter dem Namen »Try« verkauft wird.

Lucy (beim Bezahlen zu dem maulfaulen Verkäufer): Ist es denn die Möglichkeit, daß die paar Sachen in der Tüte fünfzig Dollar kosten?

Geht raus. Überquert die Zweite Avenue. Wartet auf der anderen Straßenseite auf einen laubgrünen städtischen Bus, der nach drei Minuten eintrifft.

Lucy (zu dem asiatischen Fahrer): Komm ich mit dem in die Nähe des Confucius Plaza?

Er nickt. Lucy ist es ziemlich egal, ob sie zum Confucius Plaza kommt. Das ist nur ein Orientierungspunkt. Manchmal geht sie gern ein paar Stunden aus dem Haus, nur um sich ziellos treiben zu lassen. Einfach mit dem Bus fahren. Besonders durch Chinatown mit seinen geheimnisvollen Schildern.

Lucy sitzt am äußeren Ende der letzten Sitzbank hinten im Bus, läßt den Kopf in eine von zitronengelbem Sonnenschein erhellte Stelle sinken, atmet mit geschlossenen Augen durch die Nase, wiegt sich mit den Bewegungen des Busses und summt etwas von »Kraftwerk« vor sich hin.

Schlaflos

Eine Woche später klopft es an Todds Tür. Er ist gerade aus der Dusche gekommen. Hat sich in einen langen, blau-weißen japanischen Kimono gehüllt. Trägt keine Unterwäsche. Der Stoff schmiegt sich stellenweise an seinen Körper an. Öffnet die Tür, ohne zu fragen, wer da ist.

Es ist Lucy. Sie hat schwarze Jeans an, ein schwarzes plüschiges Sweatshirt aus Velours und weiche schwarze Schuhe.

Lucy (schlagfertig): Hast du dich naß gemacht? (wirft ihm eine braune Papiertüte zu) Schau mal. Ich hab uns zwei tolle Sandwichs vom Imbiß mitgebracht.

Todd: Von dem auf der Hudson Street? Dem neuen? Dem Feinschmeckerimbiß?

Lucy (in bestimmtem Ton): Dem teuren. Ich habe uns Roastbeef mit russischem Dressing und Gewürzen geholt. (Zwängt sich an ihm vorbei.) Laß mich rein.

Lucy hat ein besonderes Talent dafür, das Gewöhnliche ungewöhnlich zu machen. Sie zieht Todds rot-weiß kariertes Laken vom Bett, um es als Picknickdecke auf dem Boden auszubreiten. Zündet lange rubinrote Kerzen an, in die vorn Jesusbilder und an den Seiten Gebete auf spanisch eingeritzt sind; sie riechen streng und wie Obst. Läßt die Sandwichs auf die Papierservietten plumpsen. Füllt Pappbecher mit Gallo.

Die beiden sitzen im Schneidersitz auf dem Boden, im Radio läuft klassische Musik.

Todd: Weißt du, dieser Mozart klingt für mich genau wie das Musikgedudel im Supermarkt. Wo ist da der Unterschied?

Lucy: Man kann nie wissen, wie sich das Musikgedudel später mal anhört. Vielleicht wird es mit der Zeit besser. Wie Rotwein.

Der schwache phosphoreszierende Schein der Radioskala erhellt eine Stelle des Zimmers.

Todd (eine Stimme aus einem phosphoreszierenden Körper, wie ein sprechender Stein vom Mond): Ich habe morgen mit Louis einen Auftrag für Bloomingdale's. Da dürften siebenhundert für mich drin sein.

Louis hat am Nachmittag angerufen. Bat ihn, um neun im Central Park auf den Transporter zu warten.

Lucy (plötzlich aufgeladen wie ein Blitzableiter während eines Gewitters): Ich möchte den Bossa Nova lernen. Und da hab ich in einem Laden mit Platten aus den Sechzigern ein Album gefunden, dem ein Ausschneidebogen mit eingezeichneten Tanzschritten beiliegt. Man legt sie auf den Boden, um die Schritte zu markieren, die man zur Musik machen muß. Heute habe ich die Schritte…

Todd (außer Atem): Du hast mir anscheinend nicht zugehört.

Lucy: Ich habe dir zugehört, Schätzchen. Aber du warst mit deiner Neuigkeit fertig. Außerdem redest du bloß über Arbeit und Geld. Ich rede über Sachen, die Spaß machen. (Zählt Begriffe an den Fingern ab): Südamerika. Tanzmusik. Liebe.

Todd starrt sie mit unpersönlichem Blick an, als wäre sie die Landkarte eines Staates, dessen Hauptstadt er suche.

Todd (in anklagendem Ton): Du bist offenbar neidisch.

Lucy (im Stehen): Mo-o-oment. Wenn ich Werbung für Eminece-Unterwäsche machen wollte, dann könnte ich das ganz bestimmt auch.

Todd (steht ebenfalls auf): Du spielst mal wieder Vogel Strauß. Du bist viel zu impulsiv.

Lucy setzt sich auf einen Hocker und fängt an, die Seiten von Todds gelbem Notizblock zu zerreißen. Sie zerreißt jeweils eine Seite, jede Seite nur einmal, und läßt die Schnipsel sich unten am Hocker anhäufen.

Todd (brüllt): Mach das weg. Ich muß um sieben aufstehen. (Sarkastisch): Ich brauche meinen Schönheitsschlaf.

Lucy kneift die Augen zusammen und verengt sie zu Schlitzen. Sie fängt an, die Teller vom Abendessen wegzuräumen. Aber mit viel Geschepper und Krach. Todd stapelt schmutzige Schüsseln und leuchtend orangefarbenes Plastikgeschirr mit besonders lautem Geklapper in der Spüle. Jedesmal, wenn Lucy an den blaugrünen Kühlschrank muß, knallt sie die Tür zu. Todd dreht den Heißwasserhahn ganz auf und bespritzt die unter dem rauschenden Wasserfall eingeklemmten Gläser und das übrige Geschirr.

Aber die Komik ihrer Gereiztheit beginnt sie schließlich zu amüsieren. Und unmerklich legt sich das Gewitter. Von Lucy begünstigt, die in ihrer Tasche nach der Tube »Try« stöbert und sie wie einen Fund in die Höhe hält. Dann kniet sich Lucy auf Todds Matratze am Boden, hält in einer Faust die Tube, während sie sich vorn auf die Ellbogen stützt, den Rücken nicht gewölbt, sondern eher sanft abfallend, den Hintern zu der dreckigen weißen Zimmerwand emporgereckt. Als Todd sieht, wie sie sich verrenkt, fällt sein Morgenmantel von ihm ab wie die in der Sonne schmelzenden wächsernen Flügel des Ikarus. Er geht auf sie zu, so daß sein Gerät genau in ihren Mund paßt, ein Schlüssel in einem Schloß. Er stemmt die Arme in die Hüften, hält den Kopf geneigt und blickt auf sie runter, während sie nach ihm stöhnt.

Lucy (weicht zurück, um Luft zu holen): Ich muß zu mir selbst finden.

Sie will damit sagen, daß sie ihre Jeans ausziehen möchte. Deshalb steht sie auf, pellt sich aus der Jeans und dem Sweatshirt und zieht mit den Daumen ihren fleischfarbenen Slip nach unten. Sie reicht Todd die Tube, legt sich dann auf den Rücken und streckt die Beine wie eine Turnerin beim Aufwärmen hoch über den Kopf. Todd schiebt sich auf Knien näher heran, reibt lässig die gemäßigte Zone von Lucys Körpergeografie mit der Creme ein und läßt seinen Schwanz in das vorbereitete Gebiet gleiten. Sie stemmt sich seinen Stößen entgegen.

Todd (kommt näher): Für dich könnte ich mich dauernd ins Zeug legen.

Lucy (findet keine Worte): Schhhht.

Beide spüren, wie ihre Herzen sich drehen wie Windmühlen aus Spielkarten und dünnen, zusammensteckbaren Lego-Stangen. Dann legt sich der Sturm. Sie geben Geräusche von sich wie auslaufende Maschinen, denen der Stecker rausgezogen wurde.

Lucy (kuschelt sich in eine wogende Welle von Blau, die sich in Schwarz verfärbt): Ich liebe dein Innerstes.

Todd (bemerkt einen Polizeihubschrauber, der in der Hektik draußen verbeidonnert): Ach?

Lucy ist bald nur noch ein schlafendes Etwas. Aber Todd hat zu viel Kaffee getrunken. Er bleibt fast die ganze Nacht über wach, schlaflos, liegt schweißnaß auf den Laken, würde am liebsten aus seiner Haut schlüpfen. Steht sogar auf, macht es sich auf zwei braunen Kissen bequem, die aufeinandergestapelt am Fenster liegen. Klammert sich fest, während sich die Welt mit Höchstgeschwindigkeit weiterdreht. Schließlich läßt die Spritzennadel der Sonne ein paar violette Venen in der schwarzen Haut des Himmels platzen. Auf der Greenwich Avenue setzt Schwerverkehr ein.

Todd ist erleichtert. Verstohlen geht er rüber zu Lucy, zieht ihr das strahlend weiße Laken weg und wickelt es wie ein Cape um sich. Lucys Busen hebt und senkt sich immer noch stetig. Haare kleben in ihrem Gesicht. Obwohl sie flach auf dem Rücken liegt, hat sie beide Beine auf einer Seite übereinandergeschlagen, wie bei jener Bauchmuskelgymnastik, bei der man beide Beine erst auf einer Seite übereinanderschlägt und dann zuuuurück auf die andere Seite hebt, oder wie Christus am Kreuz, beide Knie auf die Seite gedrückt, von seinen Peinigern flachgeschlagen. Lucys

Atem geht weiterhin ruhig und gleichmäßig. Todd empfindet einen Anflug von Zärtlichkeit. Sein Herz knackt ganz leise. Wie ein Ei in kochendem Wasser, wenn das Gelbe ausläuft. Zärtlichkeit, es sind Klümpchen von Zärtlichkeit.

Dann schlurft er ins Bad, knipst das elektrische Licht an und schließt die Tür, um nicht das Dämmerlicht zu verändern, in dem Lucy Geräusche wie ein an der Brust saugendes Baby macht. Er hat noch immer das Laken um sich gewickelt. Nimmt ein modriges, purpur-karminrotes Badetuch in die Hand, wirft es sich wie eine Pharaoperücke über den Kopf und stellt sich vor den Spiegel, die Arme über der braungebrannten, schmirgelpapierrauhen Brust verschränkt.

Frank

Frank hängt an einem dicken Ast von einem Baum im Central Park und streift mit seinen großen Füßen kaum den Boden. Er ist groß, einsfünfundachtzig, und hat längeres blondes Haar. Trägt Straßenkleidung, alles weiß – weißer Pullover, weiße weite Schlabber-Hose aus Baumwolle, weiße teure Basketballschuhe. Seine Haut eine Mischung von Braun- und Rosatönen. Kräftiger Hals. Hände fest zupackend.

Frank grinst breit, während er mühelos an dem Ast hängt, voller Selbstvertrauen. Dann:

Frank (läßt sich hin und her schwingen und stößt einen Tarzanschrei aus): Yo – yoooo – yoooo.

Louis und Kathy kichern. Louis sieht durch seine einäugige Kamera auf dem Stativ und bestimmt Bildausschnitte. Während Kathy Franks Aussehen überprüft, hat sie ein Gefühl wie von einem Whirlpool im Bauch. Sie ist die Mitarbeiterin von Bloomingdale's, klein und pummelig, trägt ihr braunes Haar im Pagenschnitt, hat vor kurzem ihren Abschluß an einem unbedeutenden College in der Bronx gemacht.

Kathy (laut und draufgängerisch, eine jüngere Ausgabe von Ethel Merman, dem Broadway-Star): Frank ist so was von animalisch. Wie konnten die Spinner beim Essen gestern abend nur behaupten, Models taugten nicht zum Sex?

Louis (geheimnisvoll): Models haben die Gabe, im Leben tot zu sein. Ihr Leben heben sie sich für ihre Arbeit auf.

Frank (springt vom Baum, als Louis' Assistent mit einem Belichtungsmesser auf ihn zukommt): Worum geht's?

Todd tappt durch Scheinwerferkegel. Auf einer Wiese in der Nähe bleibt er stehen. Geht barfuß über das stoppelige Gras. Eingehüllt in einen Morgenmantel aus roter Seide, wartet er aufs Ankleiden für sein Set. Aber er ist so ziellos wie eine Metallkugel in einem Flipper. Er hat sich noch nicht mit Frank unterhalten. Doch etwas an der Aufnahme und an Frank, diesem neuen Tier, halb Mensch halb Bild, läßt ihn in Panik geraten.

Er geht einige Meter durch zurückschnellende Büsche, die voller purpurroter Beeren hängen. Findet einen hohen, braunen, schilfrigen Baum zum Pissen. Der gelbe Strahl, wie Wasser von einem Rasensprenger, spritzt über abgestorbene Zweige, kleine schwarze Ameisen, Löwenzahn und abgeknickte Grashalme.

»Bewunderung«

Als nächstes ist eine Zweieraufnahme vorgesehen. Das ganze Team zieht flachsend über einen Kiesweg durch einen Tunnel von Bäumen zum nächsten Aufnahmeort, einer summenden grünen Wiese.

Kathy (nörgelnd zu Frank): Jeden Tag kommt sie ins Büro, als würde der Laden jemand anderem gehören. Wenn er mir gehörte, dann würde ich auch so ins Büro kommen.

Louis' Assistent (schleppt goldene Reflektoren): Vom Licht her ist es jetzt fast zwölf Uhr mittags. High noon. Jedes Gesicht sieht wie nach einer Schießerei auf der Main Street aus.

Todd (geht darauf ein): Versteh ich nicht.

Assistent (von oben herab): Wegen der Schatten.

Als sie am Ziel sind, klopft Kathy Todd auf die Schulter. Sein Blick dringt zu tief in sie ein. Sie verkrampft sich. Sie führt ihn hinter einen Wandschirm und kleidet ihn für die nächste Aufnahme an.

Kathy (unverblümt): Du bist bei keiner Agentur. Hast du mit den richtigen Leuten gevögelt?

Todd (geschockt, revanchiert sich): Ich hab da einen Witz gehört. »Warum hat Gott den Alkohol erfunden? Damit auch dicke Frauen gebumst werden.«

In kratzenden, steifen Idiotenklamotten, die er nie tragen würde, kommt Todd wieder zum Vorschein. Grellbunt gemustertes Hemd. Graue Wollhose.

Frank läuft mit federndem Schritt die Wiese auf und ab, wartet mit der unruhigen Gelassenheit eines sich am Spielfeldrand warmlaufenden Footballspielers. Als Todd auf ihn zukommt, lächelt Frank ihn an, ein Lächeln, das nur in seinen Augen aufblitzt. Irgendwie sarkastisch und verführerisch. Er läßt sich von Todd taxieren.

Frank (schreit): Kathy, ich brauch die anderen Schuhe. Kümmer dich drum.

Kathy und ihre Helfer eilen herbei, in einem Windstoß treibende Kirschblüten. Aber Frank bindet sich die Schnürschuhe nicht selbst auf. Also müssen sie sich bücken und die Knoten lösen. Dann schlüpft er, mit ihrer Hilfe, in ein paar beige Wildlederschuhe. Als er schließlich seine Haltung verändert, weil er ein Gespräch mit Todd anfängt, stiehlt sich Kathy wie ein länger werdender Schatten fort.

Frank: Bei welcher Agentur bist du eigentlich?

Todd (geschmeichelt): Bei gar keiner. Louis hat nur ein paar Bilder von mir gemacht. Und jetzt das.

Frank (kneift Todd in die Schulter): Hör mal, Junge.

Todd (kritisch): Wie alt bist du?

Frank (aggressiv): Sechsundzwanzig. Wieso? (zügelt sich dann) Hör mal. Du mußt grob zu diesen Leuten sein. Sie haben es gern, wenn du sie wie den letzten Dreck behandelst. Geh niemandem um den Bart. Sei unhöflich. Das haben sie gern. Ich beobachte dieses Affentheater jetzt seit zwei Jahren. Und ich weiß genau, was sie mögen. Sei du der Star. Und laß sie die Fans sein.

Todd (dem es schwerfällt, sich in einen solchen Größenwahn hineinzusteigern): Wie hast du angefangen?

Frank: Ich bin einfach am Strand in North Carolina gewesen. Den Sommer über habe ich dort als Schiffszimmermann gearbeitet. Während der großen Ferien. Und da hat mich dann so ein berühmter Fotograf entdeckt. Das lief alles wie von selbst und auf

Anhieb. Ich möchte wieder studieren und Anwalt werden. Weil man bei dem Job das hier nicht braucht (tippt sich an den Kopf). Die meisten Leute in dieser Branche sind Flachwichser und haben von nichts eine Ahnung. Du mußt es so einrichten, daß die Sache für dich läuft, verstehst du?

Frank sitzt vorn auf einem gefällten Baumstamm, die Knie weit auseinander, die Sohlen der Wildlederschuhe flach aneinandergedrückt. Er drückt die Fingerknöchel zusammen (isometrische Übung) und verstärkt den Druck, bis seine Handgelenke zittern.

Louis ist nicht dumm. Er hat beobachtet, wie Todd und Frank zusammenstanden. Das Bild, das er sich ausdenkt, ist ein Knaller. Er läßt Todd mit einem Arm einen niedrig hängenden Ast nach unten drücken, während Frank lächelnd vor ihm steht. Todd schaut im Profil gelassen zu Frank, der den Blick geradeaus auf Louis gerichtet hat. Wenn Louis Fragonard wäre und ein Gemälde unter dem allegorischen Titel »Bewunderung« entwerfen wollte, wäre es genau das. Was Louis auch klar ist. Er ist schlau und hat in London eine Kunstakademie besucht. Er hat ein boshaft genaues (boshaft nur, weil so genau) Gespür dafür, was modern ist.

Da diesmal keine Blitzlichter sirren, scheint es so, als würde gar nicht fotografiert. Es gibt keine Grenze zwischen Leben und Nichtleben. Das einzige Zeichen ist, wenn Louis »Fertig« sagt oder die Kamera ein Surren von sich gibt. Dann erstarren die beiden.

Nach der Aufnahme schlendern Todd und Frank gemächlich den Hügel hinauf. Wenn Frank redet, schlägt er zur Betonung immer wieder mit dem Handrücken auf Todds Arm. Seine Gesten sind weit ausladend. Scheint jedoch keinen Sinn zu haben für Sorgen, die einen von innen zerfressen. Es stimuliert Todd, daß er ihm so viel Aufmerksamkeit schenkt.

Frank (außer Atem): Hab mir gerade ein neues Fahrrad zugelegt. Ein Zehngang, weiß. Nicht unpraktisch, wenn man über einem Fahrradladen wohnt. Deshalb fahr ich zu allen Castings mit dem Rad. Scheiß auf die U-Bahn. Viele von uns haben Räder. Nicht, daß ich oft mit Models zusammen bin. Na ja. Außer bei Soupy, meinem Agenten. Manchmal feiert er übers Wochenende Partys in seinem Landhaus. Da lassen wir dann die Sau raus –

paddeln, spielen Sitzfußball und so. Solltest auch mal mitkommen, Todd.

Todd: Was machst du heute abend?

Frank: Meine Freundin ist zu Hause und kocht Pasta. Mich reißt heute abend nichts mehr von der Matratze. Komm doch mit.

Todd: Ich habe auch eine Freundin.

Frank: Zu viert ist blöd. Du weißt schon. Irgendwie zu langweilig mit zwei Pärchen. Da komm ich mir wie in nem *Archie*-Comic vor. Außerdem ist sie eine Freundin von vorher, stimmt's?

Todd: Vor was?

Sie sitzen jetzt in dem Transporter, Frank und Todd hinten, Louis' Assistent auf dem Radkasten. Kathy schweigt bedrückt auf dem »Selbstmörderplatz« – dem Sitz vorne rechts. Mißtrauisch beobachtet sie, wie sich Frank mit Todd anfreundet.

Frank: Halt dich bereit. Könnte sein, daß du von einem Tag auf den anderen weg mußt. Noch was. Wenn du es in diesem Geschäft zu was bringen willst, mußt du mit dem Strom schwimmen. Funkt's noch zwischen dir und deinem Mädchen?

Todd: Wir kennen uns seit ungefähr zwei Jahren.

Frank: Das ist nicht das, was ich hören will.

Todd (vorwurfsvoll): Was ist mit dir und deinem Mädchen?

Frank (schlägt mit der Hand auf die Holzverkleidung vor der Sitzbank): Ich bin nicht wie du. Ich bin ein ganz anderer Typ. Merkst du das nicht?

Todd (verdutzt über die Binsenwahrheit aus dem Mund seines verärgerten neuen Freunds): Du hat recht, Frank.

Frank: Ich will ja nicht den Seelenklempner spielen, Mann, aber (senkt die Stimme fast zu einem Flüstern) es kostet dich viel Mühe, so zu tun, als sei alles Friede, Freude, Eierkuchen. Aber es steht dir ins Gesicht geschrieben, daß es nicht so ist.

Draußen schwirren die grauen Gebäude des Zentrums von Manhattan vorbei. Es ist nach fünf. Die Passanten hasten in alle Richtungen, um an ihr nächstes Ziel zu gelangen. Das Wetter ist gerade umgeschlagen, deshalb liegt eine unheimliche Angst in der Luft, die wie Radioaktivität unter die Haut geht.

Obwohl sie waagrecht gehen, könnten diese Fußgänger genausogut senkrecht fallen: ein Mädchen, das ihr Haar zu straff trägt; ein Ledernacken, der sich mit den Autoschlüsseln ungeduldig gegen die Schienbeine schlägt und an dieser verborgenen Ecke offenbar auf jemanden wartet, der sich verspätet; ein rothaariger Liliputaner; eine große schicke Dame, der ein Wirtschaftsmagazin aus der Hand rutscht; er, dessen Jeansjacke verkündet, daß ein Reggae-Jesus sein Erlöser sei; die Frau um die vierzig, die mit einem Lochstreifenschnipsel am Persianerkragen ihres Stoffmantels aus »Macy's« kommt; die Gruppe Kuriere vor einem Schaufenster, die sich politische Witze erzählen; der einsame Obdachlose, der gerade aus der Abendandacht in der St. Francis Church kommt und auf dem Weg zu einem Treffen bei den Anonymen Alkoholikern ist.

Frank (ruft): He. Laßt uns an der Kreuzung Siebte Avenue und 22. Straße raus.

Kathys Blick flackert, als sie sich umdreht und vorwurfsvoll, aber ohne wirklich etwas erkennen zu können, in den hinteren Teil des Transporters starrt, den nun ein schattenhafter Grauschleier überzieht.

Zu dritt verboten

Frank wohnt in einer Seitenstraße. Im obersten Stock eines viergeschossigen grauen Backsteinhauses. Sein Fahrrad hängt er immer mit Gurten und Ketten außen vor das Fenster.

Todd und Frank sitzen im halbdunklen Wohnzimmer. Sharon, die in der grau gekachelten Küche steht, wirft ihre blonden Ponyfransen zurück, während sie eifrig in einem Metalltopf Spaghetti umrührt. Auf einer anderen Platte köchelt eine Tomaten-Hackfleisch-Soße aus der Flasche. Sharon ist ungefähr einssiebzig. Trägt rosa Button-down-Bluse, kurze pastellblaue Kordshorts, keine Schuhe. Ihre Beine sind krumm. Während das Radio auf dem Küchentisch Top-Ten-Hits dudelt, geht sie in der Speisekammer im Kreis und wirft übertrieben die Beine nach vorn. Amüsiert sich. Sharon ist eine Tochter der Erde und in ihrem Element, wenn sie in Connecticut mit zwei der rostroten Irischen Setter ihrer Familie einen Hügel hinunterrennt. Arbeitet tagsüber als Anwaltsgehilfin. Ist zweiundzwanzig.

Todd und Frank trinken Bier und sitzen im blauen Schein des

Fernsehers, der das Wohnzimmer in einen Orgon-Kasten verwandelt – die Erfindung Wilhelm Reichs, mit der er Menschen von Krebs heilen wollte, die lange genug in dem mannshohen, mit Ozon gefüllten Schrankinneren saßen.

Frank liegt auf der Couch, in einer Hand die Fernbedienung, mit der er ununterbrochen zwischen den Programmen hin und her schaltet. Dann tut er so, als wäre die Fernbedienung eine 45er und schießt auf Todd, der in einem Rohrschaukelstuhl am Fenster wippt. Todd läßt getroffen den Kopf sacken. Aber Frank bemerkt seine Blitzreaktion gar nicht. Er starrt in den Fernseher, wo auf einem Sportkanal ein Boxkampf läuft, den Todd nur von der Seite aus einem seltsamen Blickwinkel verfolgen kann.

Frank (Beine über der Couch): Magst du Boxen?

Todd (mustert Franks Spiegelbild im nächtlichen Fenster neben sich, als betrachte er einen Schauspieler im Fernsehen): Ich glaube, Stierkämpfe mag ich lieber als Boxen.

Frank: Nicht die großen Kämpfe. Die sind getürkt. Aber kleine Amateurkämpfe. Das Golden-Gloves-Turnier im Felt Forum. Da sitzt man noch direkt neben den Familien und Freundinnen der Boxer.

Todd (sarkastisch): Alle mit Blut bespritzt?

Frank (sich rechtfertigend): Mir gefällt Boxen, weil Boxer einstecken müssen, was sie austeilen. Sie müssen den Kopf hinhalten. Gehörst du zu den jungen Softies oder was?

Todd steht auf und läuft mit den Händen in den Taschen hin und her. Immer wenn er vor dem Bild steht, scheucht ihn Frank mit der Fernbedienung weg, als wollte er nach einer Fliege schlagen.

Todd (geladen): Ich bin mir nicht so sicher, ob du weißt, wovon du redest.

Frank: Ich bin mir nicht so sicher, ob du nicht bloß der neueste Beachboy bist.

Todd (setzt sich auf die Kante des Schaukelstuhls, so daß er langsam nach vorn kippt): Kathy hat gesagt, ich hätte wohl mit den richtigen Leuten gevögelt. Willst du das damit sagen?

Frank: Seh ich so aus? (Kratzt sich am Kopf, verzieht den Mund zu einem Lächeln, ruft dann zu Sharon): Sharon, hast du mal 'ne Kippe für Todd?

Sharon (tritt aus dem blechernen Gedudel der Küche): Was Schatz?

Frank (übertönt Gekreische eines Crazy-Eddie-Werbespots): Hast du mal 'ne »Pall Mall« für Todd?

Sharon: Aber sicher. Ach jetzt weiß ich, was du gesagt hast. »Kippe« hast du gesagt. (Sie klappt eines der Sofakissen hoch und bietet Todd ein Stäbchen aus einem zerdrückten Päckchen an) Da lege ich sie hin, damit ich nicht soviel rauche.

Todd: Danke, Sharon. Was machst du beruflich?

Sharon: Erzähl ich dir beim Essen. (Dann): Ich arbeite in einem Anwaltsbüro. (Läßt eine hochflackernde Flamme aus ihrem Feuerzeug auflodern, um Todds Zigarette anzuzünden.) Mir ist gerade eingefallen, daß dann vielleicht *Dance Fever* läuft. Was keine gute Zeit zum Reden ist. (Sharon sieht zu Frank rüber, der mit dem ganzen Körper nickt, gespannt auf *Dance Fever*.)

Frank (rekelt sich geräuschvoll, dann zu Sharon gewandt): Bei dem Shoot heute hat sich alles um mich gedreht. Ich habe alle Solos machen dürfen. Auch die ganzseitige Großaufnahme für die *Times* wird von mir sein. Damit dürfte mein Gesicht ganz schön bekannt werden.

Sharon: Suuper.

Sharon geht wieder in die Küche. Frank stellt den Fernseher leiser. Viel leiser.

Frank (zu Todd): Hast du dich von heute schon abgeregt?

Todd (entspannter): Nein. Von diesem vielen Surren schwirrt mir immer noch der Kopf. Immer rauf und runter.

Frank: Jetzt hör mal auf deinen Kumpel Frank. Zieh dich ganz aus. Und leg dich auf den Boden.

Todd (kapiert nicht): Was? (lacht) Wollt ihr mich vergewaltigen?

Frank: Mach's dir mal auf dem Boden bequem. Das ist eine Entspannungsübung.

Todd befolgt Franks Anweisungen. Er zieht sich langsam aus und wirft öfter kurze Blicke zu Sharon in die Küche. Legt sich dann auf dem harten, hanfbedeckten Boden flach auf den Rükken. Anfangs ist er ganz neben sich. Sein Rücken verbiegt sich wie feuchtes Holz und will sich nicht an die neue Lage gewöhnen. Aber mit der Zeit verebben die ruckartigen Bewegungen. Und allmählich spürt er, wie die Anspannung des Tages von ihm abfällt.

Frank (wie ein Betreuer): Fünfmal tief ein- und ausatmen.

Todd gehorcht. Stöhnt dann auf und streckt auf dem Boden alle viere von sich. Atmet blauen Sauerstoff ein und gelbes Kohlendioxid aus. Auf den eben noch grell erleuchteten Nervenbahnen wird es dunkler. Was von der Anspannung noch übrig ist, kribbelt in seinen Fußsohlen, strömt durch den Hintern aus. Ihm ist, als dümpele er auf einem See wie dem düsteren, samtenen See aus *Ein Platz an der Sonne*, wo Montgomery Clift Shelley Winter ermorderte. Ein Mord, der sich angeblich in den Zwanziger Jahren auf dem Harveys Lake in der Nähe von Todds Heimatort ereignet hat. Todd hat das Gefühl, er sei in einem Kanu auf diesem tückischen breiten, natürlichen See und laufe jeden Moment Gefahr, in Schlaf zu kippen. Seine Augen, seine Ohren, seine Nase und sein Mund füllen sich nach und nach mit dem tintig violetten Wasser des Sees.

Todd wird von Pfeifen aufgeschreckt, als Frank sich nebenan im Schlafzimmer auszieht. Dämmert daher aus dem Schlaf empor. Verschlafen beobachtet er Frank durch einen Spalt der angelehnten Tür aus Balsaholz. Frank ist nackt wie eine antike Statue, seine Kleider liegen auf einem Haufen neben seinem linken Fuß. Er zwängt sich in gelbe Jockey-Shorts, in denen seine haarigen Eier aus den Beinschlitzen baumeln, und schlüpft in dicke Gummisandalen. Sharons weißer Körbchen-BH hängt an einem Träger vom Knauf der geöffneten Schranktür, gespiegelt wie Todds schräggelegter Kopf in dem bis zum Boden reichenden Spiegel.

Frank geht deutlich vernehmbar an Todd vorbei in die Küche. Läuft Sharon direkt in die Arme. Ohne Worte. Fährt mit der Stirn über die Gegend ihres Schlüsselbeins. Umarmt sie und streicht ihr mit den Händen hinten über die Schenkel. Sharon lehnt sich im Küchendampf nach hinten zum Radio, stellt es ab und trägt so zu der wachsenden Stille bei. Todd kann hören, was sie sagen, als sie sich voneinander lösen.

Sharon: Todd scheint ein netter Kerl zu sein. Netter als die meisten dieser Models.

Frank (rückt übertrieben von ihr ab): Soll das heißen, daß ich nicht nett bin? Willst du das damit sagen?

Sharon: Als nett würde ich dich nicht unbedingt bezeichnen. Oder bist du da anderer Ansicht? Du bist eher... eher... fesselnd. Du hast Anziehungskraft, Frank. (Streicht ihm die langen Haare nach hinten, wodurch eine felsige Stirn zum Vorschein kommt.) Er ist eher einer von diesen netten Typen. Nette Augen. Netter Hintern.

Während Sharon an Franks Haar nestelt, knöpft er ihre rosa Bluse auf, läßt sie auf den Boden flattern und hakt dann ihre Shorts auf, aus denen Sharon sich rauswindet. In nichts als dem weißen Slip wirkt Sharon so blühend und frisch wie eine junge Norwegerin. Frank betatscht sie überall, ihre frisch wirkende Haut, die sie bestimmt jeden Morgen gründlich mit Weizenkleiepaste abreibt.

Frank (den Mund in ihren Nacken gedrückt): Los, führen wir ihn ein.

Mit um die Hüften geschlungenen Armen schlendern sie nach draußen ins abgedunkelte Wohnzimmer. Todd fühlt sich unbehaglich. Es war ein harter Tag. Er hat ihr exzentrisches Zwiegespräch aufmerksam verfolgt. Vielleicht ist es nur Schau. Vielleicht hindert er sie daran, aufs Ganze zu gehen. Ist fasziniert. Beschließt aber trotzdem, das Weite zu suchen. Also steht Todd auf, seine Gelenke knacken, sein Gesicht ist verquollen, und das Weiße seiner Augen hat sich durch das kurze Nickerchen rosa verfärbt. Unterdessen stehen die beiden direkt vor ihm und starren ihn an wie ein Foto ohne Bildunterschrift aus einem Sexmagazin.

Todd (räuspert sich ganz tief): Hört mal. Ich würde wirklich gern bei euch bleiben und *Dance Fever* ansehen. Aber wißt ihr, (kneift die Augen zusammen) ich bin gerade aufgewacht und habe nicht mehr gewußt, wo ich bin. Deshalb ist es wohl besser, wenn ich nach Hause gehe.

Sharon (sich bemühend): Ohne Abendessen.

Frank und Sharon legen Todd, der sich wieder angezogen hat, eine Hand auf den Rücken und begleiten ihn gemeinsam zur Tür. Als Todd sich an der Tür umdreht, weichen sie etwas zurück. Alle drei fühlen sich einen Moment lang betrunken.

Todd (stolpert in einen Morast ohne Worte): Danke.

Sharon schlingt ihm die Arme um den Brustkasten. Urplötzlich wird Frank klar, daß sie sich trennen. Er hat diesen Typ erst vor ein paar Stunden kennengelernt. Aber irgendwie braucht er ihn schon.

Frank (kratzt sich durch seinen gelben Brook-Brothers-Slip die Eier): Laß dich mal wieder blicken.

Die Datei mit Lucys schlimmsten Ängsten und Befürchtungen wird auf dem Monitor ihres Herzen aufgerufen

Todd bahnt sich einen Weg über die Siebte Avenue, Hände in den Jeanstaschen, Arme fest an die Seite gepreßt. Er geht mit schlurfenden Tanzschritten wie zu einer unhörbaren fetzigen Musik. So selbstgefällig im Einklang mit sich wie die grüngelben Blätter im Haarnetz sich kreuzender Äste von Bäumen am Straßenrand.

Da sieht er plötzlich Lucy und Erica auf sich zukommen. Lucy läuft zu ihm und nimmt ihn in die Arme. Erica bleibt stehen, fächelt sich mit einer Einladungskarte zu einer Party Luft zu. Es ist ein warmer Septemberabend, der Himmel pflaumenblau.

Lucy: So ein Zufall.

Todd: Für was anderes als Zufälle bin ich heute auch viel zu kaputt.

Erica: Wie lief's bei deinem Job? War's den stressigen Tag wert?

Todd (smart): Sind sieben Scheine einen stressigen Tag wert?

Ohne sich von der Stelle zu rühren oder etwas zu sagen, läßt Lucy plötzlich die Arme sinken und macht ein verdutztes Gesicht. Erica schüttelt sie.

Erica: Was ist los? Was ist los?

Lucy läßt sich zu keiner Erklärung herab. Erica wirft Todd einen vorwurfsvollen Blick zu.

Todd (in gelassenem Ton): Ich war's nicht. Sie hat auf einmal damit angefangen – einfach (schnipst mit den Fingern) so.

Lucy schüttelt den Kopf, lockert ihre Haltung dann etwas, packt Todd an den Schultern und bohrt ihm ihre Finger bis auf die Knochen.

Lucy (zerknirscht): Tut mir sooo leid. (Kneift die Augen zu.)

Von allen Menschen auf der Welt müßte ich doch diejenige sein, die dir am nächsten steht, und jetzt habe ich – einen Augenblick nur – nicht mal dran gedacht, was für ein wichtiger Tag heute für dich war. Tut mir sooo leid.

Todd: Nicht nötig.

Lucy (läßt die Hände sinken): Wie ist es gelaufen? (Wiederholt die Worte seufzend.) Wie ist es gelaufen?

Erica (starrt Lucy ungläubig an): Und deshalb veranstaltest du hier so einen Zwergenaufstand? Das gibt's doch nicht. Da hat man ein bestimmtes Bild von seinen Freunden. Aber dann erlebt man sie mit ihren Partnern, und sie sind ganz anders. (Reicht Lucy ihren Fächer.) Hört mal. Geht ihr beiden doch zu der Party.

Lucy erhebt Einwände. Erica schwirrt ab, nachdem sie Todd eingeschärft hat, auf dem Teppich zu bleiben und morgen früh im Büro zu erscheinen. Lucy nimmt Todd an der Hand und schleppt ihn in Richtung des Ritz, in eine Nebenstraße der Dritten Avenue, wo die Party stattfindet.

Lucy: Jetzt erzähl mal. Hier ist es ruhiger.

Todd: Eigentlich habe ich keine große Lust, zu dieser Party zu gehen. Ich habe noch nichts gegessen, und es war ein langer Tag, und morgen früh muß ich ins Büro. Und überhaupt.

Lucy (patzig): Jetzt erzähl' schon.

Todd weiß, was er zu tun hat. Er bleibt stehen und lehnt sich an einen Laternenpfahl. Er faltet die Hände vor dem Bauch, reibt seine Wange an der Schulter, spürt den weichen Baumwollstoff des hellblauen Sweatshirts, fährt sich mit den Handflächen über die Schenkel unter der Jeans und schaut dann Lucy einfach an.

Todd (in besänftigendem Ton, wie man mit Verrückten spricht): Laß uns da rüber gehen und rohen Fisch essen.

Lucy (ebenso nüchtern): Na gut.

Todd: Schön. Jetzt gib mir einen Kuß. (Er deutet auf seine Wange.) Was spürst du?

Lucy (nachdem ihre Lippen über Todds Wange streifen): Stoppeln.

Todd: Stimmt.

Todd faßt Lucy in dem Zeichentrickfilm-Licht scharf ins Auge. Sie erscheint ihm plötzlich ein wenig verändert. Ihm ist nie aufgefallen, daß ihre spitzen Ohren aus ihrem schwarzen Haar wie

Hamsterohren vorstehen. Doch er schüttelt diese gespenstische Unvertrautheit rasch ab. Stellt wieder normale Beziehungen her. Nimmt Lucy bei der Hand und führt sie im Schein der roten Ampel über die Straße.

In dem Restaurant trinken sie braunes japanisches Bier, das zähflüssig wie Ale ist und in hohen, zylindrischen Gläsern serviert wird. Während Todd von seinem Arbeitstag erzählt.

Lucy (verrührt mit einem Holzstäbchen ruhig die Sojasoße in der Schale): Wirklich faszinierend.

Todd (wiederholt sich): Aber dann so ein Typ wie dieser Frank zum Beispiel. Ich hatte ihn als 'nen eiskalten Überflieger eingestuft. Er war cool, aber fast schon zu cool. Verstehst du?

Lucy nickt gezwungen.

Todd: Und dann hat er sich als so warmherzig und freundlich entpuppt...

Lucy (gereizt): Du hast ihn jetzt schon so oft erwähnt... (macht einen Rückzieher) ... daß ich es gar nicht erwarten kann, ihn und seine Freundin kennenzulernen.

Todd (kann sein Geheimnis, das wie ein schwerer Medizinball auf ihm lastet, nicht mehr für sich behalten und platzt unbarmherzig damit heraus): Das wäre schon toll, bloß ist er anscheinend keinesweg scharf darauf, dich kennenzulernen.

Ein *Ting!* ertönt in Lucy, ein dissonantes *Ting*. Die Datei ihrer schlimmsten Ängste und Befürchtungen wird auf dem Monitor ihres Herzens aufgerufen. Sie verschließt die Augen vor dieser Hiobsbotschaft. Aber während des Essens ist sie am Boden zerstört.

Draußen auf der Nebenstraße gehen sie durch das bunte Pastellicht, das durch die hohen Seitenfenster des Restaurants in Parallelogrammen auf den schmutzigen Bürgersteig fällt. Sie gehen Richtung Südosten zum Ritz. Auf dem Weg achtet Todd übertrieben auf architektonische Details und zeigt Lucy in Türen geschnitzte Engel, das weiße Holz von Fensterrahmen und das Empire State Building, das diesen Monat violett angestrahlt ist. Aber Lucy tut nicht mal so, als sähe sie hin.

Lucy (schließlich): Warum hast du vorhin gesagt, daß Frank mich nicht kennenlernen möchte?

Todd (leichthin): Das war nur mein Eindruck. Weil er so ein

paar Sachen gesagt hat. Außerdem habe ich natürlich versucht, daß er dich heute abend mit einlädt, aber er hat nichts davon wissen wollen.

Lucy (mit einem flauen Gefühl im Magen): Und das läßt du dir gefallen?

Todd (stellt sich dumm): Warum nicht?

Lucy verlangsamt ihre Schritte, als sie sich der öden Gegend nähern, zu der die Fifth Avenue nach neun am Abend wird, wenn man die 25. Straße hinter sich gelassen hat. Als Todd nicht langsamer geht, um sich ihrem Schritt anzupassen, wird sie wieder schneller, um aufzuholen.

Lucy (mit höherer Stimme, nicht wie sonst): Glaubst du, er will dir an die Wäsche?

Todd: Nee. Ganz bestimmt nicht Frank.

Lucy (bohrend): Was könnte er sonst wollen?

Todd (zärtlicher): Ich weiß nicht. Ich habe das Gefühl, die beiden leben in einer ganz anderen Welt. Vieles hat dort eine andere Bedeutung. Verstehst du?

Lucy (mit Nachdruck): Nein.

Regentag

Es ist ein verregneter Samstag. Lucy beobachtet die dünnen Regenfäden durch die trüben Plastikplanen vor den Fenstern. Sie geht auf und ab, während sie am Telefon, das eine lange Schnur hat, mit Erica redet.

Lucy: Das Dumme ist, daß er wirklich ganz ruhig und gelassen wirkt. Aber tief innen drin ist er sogar noch kaputter als ich. Es ist, als müßte er schreien und jemand hätte ihm Wattebäuschchen in den Hals und die Lungen gestopft. Also ich bin ja vielleicht hart im Nehmen, aber so hart auch wieder nicht. Und dann komme ich mir immer wie eine Schauspielerin in einem Film oder so vor, in einem ganz schmalzigen, wie Meryl Streep. So langsam krieg ich das heulende Elend... Ich will in keine Therapie. Das ist für mich wie Voodoo... Nein, ich will's auch nicht mit Voodoo versuchen. Glaubst du, nur weil ich eine Therapie mit Voodoo vergleiche, heißt das, ich halte was von

Voodoo? Mädchen, jetzt reiß dich aber mal zusammen... Den ganzen Tag regnet es in einem fort. Den ganzen Tag. Als fiele der Regen den langen Weg vom Mars oder von sonstwo hier runter. Ich weiß noch, als ich klein war, habe ich immer gedacht, der Regen käme von um so weiter, je heftiger und länger er auf die Erde prasselt... Wieso gibt es keine Witze, die junge gutaussehende Männer zwischen zwanzig und dreißig niedermachen? Erzähl mir einen Witz, Erica, bitte, bitte! Ich höre Witze für mein Leben gern.

Zebra

Todd ordnet seine Probeaufnahmen von Louis in die Plastikseiten eines Lamston-Hefters ein und trabt in seiner Mittagspause zu der Agentur. Er hatte Sandy angerufen, die ihm die Karte gab, und sie vermittelte ihm einen Termin bei Dom, einem kleinen verbindlichen Italiener Anfang dreißig mit einem schwarzen, gestutzten Schnurrbart und einem schwarzen Bartschatten im runden Gesicht; Dom begutachtet Neulinge.

Zebra liegt in einem rötlichbraunen Sandsteinbau zwischen der 60. und 50. Straße im Südosten Manhattans. Todd geht durch das im *Town and Country*-Stil möblierte große Wartezimmer. Wuchtige Lehnsessel, Tische aus Chrom und Glas, an der Wand abstrakte Bilder. Dom sitzt am größten Schreibtisch. Das Vorstellungsgespräch findet direkt an Ort und Stelle statt, im Wartezimmer, wo ständig fröhlich plappernde Models rein und raus trippeln. Am Telefon auf dem Schreibtisch ist ein hochgewachsener Schwede die ganze Zeit damit beschäftigt, Ferngespräche in aller Herren Länder zu führen, während Dom und Todd zum Geschäftlichen kommen.

Dom blättert Todds unhandlich große schwarze Mappe durch, die nur die von Louis aufgenommenen Bilder enthält.

Dom: Auf diesen Bildern scheinst du unreine Haut zu haben. Aber ich sehe keine Spur von Akne in deinem Gesicht.

Todd betrachtet das verkehrt herum liegende Gesicht – seines –, um herauszufinden, was Dom mit Akne meinen könnte.

Ohne Todd zu beachten, kommt Sandy herein und führt am

Handgelenk ein Mädchen um die siebzehn, das hellgrüne Augen wie die farbigen Glasfenster in Chartres und einen Kopf wie ein Vielfraß hat. Die junge Frau hat ein Kleid an, das fast wie eine Schürze aussieht.

Sandy trägt ein Kleid aus falschem Leopardenfell mit einem einfachen, verknoteten Lederband als Gürtel. Sie ist eine in Tierfelle gekleidete Tierbändigerin.

Sandy (zu Dom): Findest du nicht, sie könnte im Gesicht etwas schlanker werden?

Dom: Du sagst es.

Sandy (nestelt an ihrem Gürtel herum und schnallt ihn sich um die Schenkel): Gut. Dom. Dann man los. Wir müssen den Haufen auf Vordermann bringen.

Das Model sieht Todd aus klaren Augen an, versucht ein Bündnis zu schließen, einen Pakt, um die Ungleichheit zu beseitigen. Todd läßt sich nicht darauf ein. Er blickt starr auf Sandy und wartet darauf, daß sie ihn erkennt.

Dom: Das ist Todd, den du mir geschickt hast.

Sandy (schlägt sich theatralisch an die Stirn, geht dann zu Todd rüber und küßt ihn auf die Stirn): Entschuldige bitte. (Zu Dom): Weißt du, auf der Straße habe ich einen Blick für sie. Aber hier bei uns ähneln sich die Models wie ein Ei dem anderen, vor allem die Männer.

Sandy geht wieder nach vorn, dreht das Mädchen an der Schulter herum, führt sie über den Flur zur Abteilung für weibliche Models und erzählt ihr, unablässig lachend, die Geschichte von Todd.

Dom (klappt die Mappe mit großer Entschiedenheit zu): Für uns entsprichst du leider zu sehr dem Katalog-Look. Zebra hat sich auf den High-Fashion-Stil der europäischen Modemagazine spezialisiert. Versuch's in einem Jahr noch mal bei uns, falls du in der Branche arbeitest.

Todd (geladen wegen Doms apodiktischem Urteil): Glauben Sie, ich kann mich innerhalb eines Jahres von einem Look auf den anderen umstellen? Und was hat mein Aussehen damit zu tun, ob ich in der Branche arbeite?

Dom zündet sich eine kleine Zigarre an und schenkt dem, was er als feindselige Fragen auffaßt, keine Beachtung. Todd ist sauer auf sich, weil er den stechenden Rauch von Doms dicker puertoricanischer Zigarre mag. Weil er am liebsten in dem Sessel sitzen bleiben und einfach ihren Duft einatmen möchte.

Ein Tunnel, ein windiger Tunnel

Lucy hat ein Tagebuch. Sie hat es zum Schreiben aufgeschlagen, liegt auf der Matratze am Boden, ist aber mit ihrer Weisheit am Ende. Lutscht an der Spitze des Bleistifts. Kritzelt dann in großen Blockbuchstaben: »ICH BIN EINE NYMPHOMANIN« und klappt das Buch zu.

Sie liegt rücklings auf der Matratze und fängt an, sich zwischen den Beinen ihrer schwarzen Baumwollhose zu massieren. Dann knetet sie weiter oben, wo ihre Brüste gegen die kratzige rosa Bluse drücken. Lucy fühlt sich geil wie alle Natur. Ihre Haut prikkelt. Und sie stöhnt laut auf.

Lucy (während sie die Rundungen ihres Pos abtastet): Ich hasse es. (Gibt dann glucksende Laute von sich.) Ich hasse es! (Schreit): Ich hasse es!

Sie steht auf, um Streichhölzer zu suchen. Zündet sich eine Zigarette an. Zieht den scharfen Rauch wie nach innen pfeifend tief ein. Dann klopft jemand dumpf dreimal an der Tür. Lucy schlüpft durch das Loch in der Ziegelmauer zu der grauen Stahltür im Zimmer nebenan. Öffnet.

Todd und Frank stehen im rechteckigen Türrahmen. Beide sind von oben bis unten mit feuchten Flecken bedeckt. Es hat wieder zu regnen begonnen, ein Platzregen. Ihre Haare glänzen, wie mit Gel angeklatscht. Todd trägt eine gelockerte Krawatte über einem Streifenhemd, dessen Kragen offensteht und den Hals sehen läßt, dazu eine hellbraune Kordhose und braune Schnürschuhe. Frank hat ein T-Shirt mit Hawaii-Motiv an (ein Sonnenuntergang, Palmen), Bluejeans, weiße gepolsterte Turnschuhe. Einen Ellbogen hat er auf Todds Schulter gelegt. Sie wirken wie zwei alte Kumpel.

Todd: Das ist Frank, Lucy. Ich habe ihn auf dem Heimweg zufällig getroffen. Bei Zebra haben sie mich nicht genommen. Aber Frank will mir einen Gefallen tun.

Als Lucy Frank zum erstenmal sieht, hat sie das Gefühl, als wäre sie ein Tunnel, ein windiger Tunnel. Sie läßt sich aber nichts davon anmerken. Sie sagt kein Wort. Geht einfach weg und überläßt es Todd, die zufallende Tür aufzustoßen. Frank verfolgt genau, wie Lucy durch das Loch in der Wand verschwindet.

Todd (darauf bedacht, daß Lucy und Frank gut miteinander auskommen, bemüht sich, zwischen ihnen zu vermitteln, als er Frank durch das Loch führt): Er ruft für mich bei seiner Agentur an.

Frank (setzt sich auf die Matratze am Boden, streckt die Beine aus und stellt das Telefon in das so entstandene V-förmige Feld): Komm, am besten mach ich's gleich.

Lucy paßt sich ihrer Kumpelhaftigkeit nicht gleich an. Sie sitzt am Küchentisch vor einem kleinen runden Klappspiegel und wischt sich das Gesicht ab. Trägt hellblauen Lippenstift auf. Hinterläßt einen Lippenabdruck auf einem Kleenex. Geht zu Frank rüber, der gerade den Hörer auflegt, und reicht ihm das verschmierte Kleenex.

Frank (pustet ein paarmal, die Lippen fast geschlossen): Was soll das?

Lucy lacht über die Verwirrung, die sie angerichtet hat, sagt aber nichts. Frank stützt das Kinn in die verschränkten Finger und beobachtet, wie sie lacht. Schließlich geht sie weg, um etwas zu trinken zu holen.

Während Lucy ein paar Meter weiter drei Scotch ohne Eis einschenkt, legt Frank den Arm um Todds Hals, nimmt ihn in den Schwitzkasten und drückt seinen Kopf schräg verdreht auf die Matratze. Todd schreit auf und schüttelt sich gleichzeitig vor Lachen. Frank ruft: »Gib auf, gib auf.« Fasziniert von der jungenhaften Rangelei der beiden, kommt Lucy zurück, setzt sich aufs Bett neben dem zappelnden Todd und schaut zu. Sie ist wie eine Katze, die ihre Reserviertheit gerade in dem Moment ablegt, wenn Frauchen und der mit in die Wohnung genommene Taxifahrer eine schnelle Nummer auf dem Wasserbett schieben, und dann um das Bett herumstreicht oder wie eine kleine schwarze Sphinx im natürlichen Schatten der Nacht über ihnen thront. Als Todd schließlich »Ich geb auf« hervorstößt und verlegen mit hochrotem Kopf wieder auftaucht, verliert Lucy das Interesse, geht wieder zu dem schwarzen Metalltablett, auf das eine rote Rose gemalt ist (die große Ähnlichkeit mit jener auf dem Rosebud-Schlitten in *Citizen Kane* hat), und stellt die drei Gläser darauf.

Todd trinkt seinen Scotch, von der Rangelei noch ganz außer Atem. Frank legt sich zurück und träufelt sich den braunen Whisky wie Wein aus einem Ziegenlederschlauch in den Mund. Lucy sitzt auf dem Hocker, balanciert das Tablett auf den Knien und nippt Schluck um Schluck an ihrem Glas.

Lucy (als Einstieg): Gestern habe ich im Fernsehen eine Psychiaterin gehört, die behauptet hat, wenn du an jemanden denkst und dabei Herzklopfen hast, bedeute das, daß der andere wahrscheinlich auch Herzklopfen hat, wenn er an dich denkt. Ist das nun Quatsch oder ist da was dran?

Frank: Gibt's hier Mäuse? Ich dachte, ich hätte aus den Schachteln da drüben ein Scharren gehört.

Lucy: Ja. Ich halte mir Mäuse.

Todd (auf Lucys Thema eingehend): Ich finde, das ist Quatsch. Denn das würde ja bedeuten, daß alles so ist, wie jeder glaubt. Aber wenn ich Herzklopfen wegen Deborah Harry habe... dann bin ich wie ein Käfer, der in eine Kerze fliegt, und sie ein Komet oder Meteor.

Frank: Komisch, wie ihr redet, wenn ihr zusammen seid. Aber mich bringt so leicht nichts aus der Fassung. Ich habe mir da schon oft Gedanken über was gemacht, das fast auf dasselbe rausläuft. Wenn man sich einen runterholt und dabei an jemanden denkt, soll derjenige davon angeblich wach werden. Aber wie steht's mit Marilyn Monroe? Wenn die jedesmal wach geworden ist, sobald sich einer mit ihrem Bild vor Augen einen abgewichst hat, dann hat das sie ins Grab gebracht.

Lucy: Ich weiß, was du meinst. Wirklich romantisch. Das muß einfach wahr sein.

Todd (wird ärgerlich): Lucy! Das ist doch sonst nicht deine Art. Weshalb machst du das?

Frank (ächzt, als er sich zu einer Hocke aufrappelt und sich dabei mit einer Hand auf Lucys Knie stützt): Ich glaube, da ist was Wahres dran, Lucy. (Jetzt steht er auf.) Das war's, ich mach 'n Abflug.

Todd: Laß mich erst noch das Heft holen.

Todd verschwindet durch das Loch und kommt mit einem *Captain America*-Comic zurück. Er reicht das bunte Heftchen Frank, der es zusammenrollt und ihm damit wie einem folgsamen Hund in den Nacken schlägt. Wieder wird Todd vor Lucy verlegen.

Alle drei verabschieden sich mehrmals, fast an niemand Bestimmtes gewandt. Als Frank durch das Loch weggeht, fällt Lucy auf, daß sich auf seinem Rücken, mit dem er sich an die Wand gelehnt hat, der einzige noch vom Regen feuchte Fleck ausbreitet, aber vielleicht ist diese ungleichmäßige dunklere Stelle auf seinem Hawaii-T-Shirt auch frischer Schweiß.

Lucy geht ins Wohnzimmer zurück, sammelt geistesabwesend die rostfarbenen Gläser ein, trägt sie auf dem Tablett zur Spüle und beginnt mit dem Abwasch. Das Fenster ist halb hochgeschoben, der Regen klingt wie eine billige Dusche.

Sie starrt nach draußen auf die hinteren Fenster der Jugendstrafanstalt gegenüber dem Luftschacht. Ein junger dünner Mann liegt mit dem Gesicht nach unten auf einem Bett mit weißen Laken, ohne Decke, sein blauer, viereckiger, altmodischer Koffer aufgeklappt auf einem Stuhl, auf einem Tisch ein winziger Kassettenrecorder mit abnehmbaren noch winzigeren Lautsprechern, aus denen irgendwas dudelt. Der Strafgefangene, nackt bis auf weiße Boxershorts, sein Rücken voller Pickel, liegt ausgestreckt da und zuckt zur Musik.

Lucy: Todd, ich glaube, wenn du morgen das Vorstellungsgespräch hast, brauchst du heute abend Zeit, zu dir zu kommen.

Todd: Willst du damit andeuten, wir sollten den Abend getrennt verbringen? Das wäre mal eine Abwechslung.

Lucy (läßt aus dem gelben Schwamm einen Seifenwasserfall in einen Glasbehälter plätschern, so überrascht wie Todd): So ist es.

Scrapbook

Todd nutzt den Rest des Abends, um zu Hause sein Sammelalbum auf den neuesten Stand zu bringen. In seinem Zimmer brennen viele Kerzen und eine ausgefallene Lampe, die wie ein Filmprojektor mit Glühbirne aussieht und neben seiner Matratze steht. Immer wieder läßt er seinen Ghettoblaster Marvin Gayes »What's Goin' On« laufen, singt im Falsett mit dem Hintergrundchor mit, sitzt in weißem T-Shirt und Unterhose im Schneidersitz auf der Matratze.

Todd hat das Scrapbook aufgeschlagen, an dem er gerade arbeitet. Schneidet Bilder von sich und Lucy aus einem Gruppenfoto, das sie im Sommer mit Freunden beim Volleyballspiel an einem Strand in den Hamptons zeigt. Sie steht auf der einen Seite des Netzes, er auf der anderen, deshalb ist es nicht schwer, sie einzeln auszuschneiden. Sich selbst schneidet er in einem Kreis aus, Lucy in einer Raute. Dann nimmt er die Fotomontage, die er am Nachmittag aus Franks Buch gemopst hat, und schneidet den Kopf von Frank aus, ohne den Tennis spielenden Körper. Franks Ausschnitt ist quadratisch. Er klebt die drei Schnipsel auf die schwarze Seite. Todd links, Lucy rechts, Frank unten in die Mitte.

Mit weißem Stift notiert er sich verschiedene Tätowierungen und Sprüche (hauptsächlich Liebesschwüre), die er auf Armen und Rücken oder an Wänden gesehen hat. Der Name »Peg« mit zwei in sich verschlungenen weiblichen Symbolen (Ringe mit einem Kreuz unten). Das Wort »Rache«, darunter zwei Hände in Handschellen. »Mom« in einem sich ausbauchenden Herzen. »Hector + Rita 4 Ever«. Er fügt einige Motive aus der herkömmlicheren Ikonographie romantischer Liebe hinzu: ein Herz, das von einem Pfeil durchbohrt wird, Lippen, eine Mondsichel, einen Dolch, Ketten. Die Lippen malt er mit einem erdbeerroten Lippenstift, den Lucy in seinem Badezimmerschrank vergessen hat.

Später am Abend, vor dem Einschlafen, ruft Todd bei Lucy an. Sie verfolgt gerade eine Fernsehsendung über eine Frau in Maine, die sich weigert, ihren Grund und Boden an ein Kernkraftwerk zu verkaufen.

Todd beschreibt Lucy die Seite aus dem Scrapbook.

Lucy (den Vokal zerdehnend): Suuuper… (leiser dann) Ich habe dich heute abend vermißt, Süßer. Aber es freut mich, daß du inspiriert wurdest. Mich inspiriert niemals nichts niemand. Ich bin bloß eine Hausfrau ohne Haus. Und von allen Annehmlichkeiten im Leben einer Hausfrau besitze ich nur diesen Fernseher. Nicht mal Bonbons.

Todd: Dir ist alles zuzutrauen.

Dann haucht Todd etwa ein Dutzend leise, fast geräuschlose Küsse ins Telefon und spürt dabei die Löcher in der Sprechmuschel an seinen Lippen. Lucy erwidert die Küsse auf gleiche Weise.

In der Agentur

Als Todd an der Reihe ist, folgt er den Biegungen des Korridors, dessen Wände mit Titelbildern aus vergangenen Jahren vollgepflastert sind, alle von Roxanne, ehemaliges Topmodel und jetzige Inhaberin der Agentur, die wie Audrey Hepburn aussieht.

Er findet den Eingang zum Dressmen-Booking, wo er kurz verwirrt stehen bleibt. Der Raum wirkt wie die Telefonzentrale einer im Fernsehen übertragenen Mammut-Wohltätigkeitsgala. Vier junge Frauen sitzen an einer riesigen Schalttafel, hantieren mit Stöpseln und verhandeln Termine und Honorare. (»Bier-Models bekommen pro Tag dreifünf Minimum.«) Männliche Models in allen Geschmacksrichtungen stehen herum, reden miteinander, verabreden sich mit den Bookern und fühlen einander auf den Zahn, um Tips für Jobs oder Berichte über die Fleischmärkte in Europa oder Asien zu erhalten. Den schlecht bezahlten Bookern – alles Frauen, die meisten Mitte zwanzig und nicht gerade hübsch –, gefällt es, daß die Models um sie herumscharwenzeln, und manchmal macht es ihnen auch Spaß, sie zu provozieren. (»Was gibt's denn zum Nachtisch? Schlagsahne auf deinem Schwanz?«) Es liegt weniger an dem perfekten Aussehen der Models – geföntes Haar, elfenbeinfarbene Haut, geäderter Bizeps. Diese Jungen sind alle in einen Nimbus oder eine Aura gehüllt. Sie leuchten buchstäblich. Todd ist von diesen bioenergetischen Lichtblitzen beeindruckt.

Soupy schiebt die Falttür zu seinem Büro auf. Obwohl erst Anfang vierzig, hat er bereits silberweißes Haar, das ihm, ganz Typ Verrückter Wissenschaftler, in Büscheln vom Kopf absteht. Er trägt Schlabberkleidung: Hemd mit Flanellmuster, hellbraune Hose, Hush Puppies. Er wirkt unscheinbar, aber seine Art ist unwiderstehlich. Der Blick seiner ovalen blauen Augen flitzt immer wieder zur Seite.

Soupy steht ständig unter Strom. Er könnte genausogut ein Fernsehstar sein. (Deshalb haben ihm die Models auch diesen Spitznamen gegeben, von Soupy Sales, dem Komiker.) Er ist ein Schwätzer. Ein zweitklassiger Witzeerzähler, der immer einen Lacher aus seinem Publikum herauskitzeln will. Er bietet Todd das Du an, führt ihn in sein kleines Kämmerchen, setzt sich, springt auf, nimmt wieder Platz, läßt seinen langen schlaksigen Körper tiefer rutschen und wuchtet sich dann noch ein paarmal hoch, ehe er sich schließlich in dem eleganten, kürbisfarbenen Lederdrehsessel niederläßt.

Soupy (drückt auf einen blutroten Knopf an der Sprechanlage): Jackie. Keine Anrufe durchstellen. Vor allem keine privaten.

Todd sitzt auf einem weißen, zusammenklappbaren Regiestuhl, hat nicht seine Reise- und Bürokleidung an, sondern eine bequeme schwarze Baumwollhose, ein weißes Sweatshirt, dessen Kapuze außen über der gelben Segeltuchjacke hängt, dazu Bass-Weejuns über dicken, flauschigen grauen Socken. Er sieht sich in dem winzigen Büro um und fühlt sich wohl, weil an den Wänden viele Zeitschriftenausschnitte hängen. Genau wie an der Wand, die er im Reisebüro vor sich hat. Aber die hier sind hauptsächlich Fotos von Männern. Das größte ist ein Bild im Posterformat, auf dem Soupy als Teilnehmer eines Marathonlaufs zu sehen ist.

Todd: Sind die alle in deiner Agentur?

Soupy: Teils, teils. Einige haben wir früher vertreten. Die anderen sind Typen, an denen ich interessiert bin. Für die Agentur. Aber warum hast du zuerst eine Frage gestellt? Vor mir?

Todd fühlt sich vor den Kopf gestoßen. Weiß aber, daß er sich nicht unterkriegen lassen darf. Soupy bohrt weiter.

Soupy: Du wirkst irgendwie nervös. Nervös und gleichzeitig blasiert. Täusche ich mich?

Soupy steht auf und öffnet die Falttür.

Soupy: Jackie. Wie viele warten noch draußen?

Soupy geht zu seinem Schreibtischstuhl zurück.

Soupy: Kannst du mir Fotos von dir zeigen?

Todd reicht ihm sein schwarzes Buch. Wortlos. Mit feuchten Händen. Soupy blättert das Buch durch und läßt die Seiten dabei laut auf die Schreibtischplatte klatschen.

Jackie kommt an die Tür. Sie ist klein, pummelig, hat blond gefärbte Haare, deren Naturfarbe an den Wurzeln zu sehen ist, eine Kieksstimme, trägt ein enges braunes Filzkleid und schwarze Netzstrümpfe mit Nähten hinten an den Waden.

Jackie: Noch vier warten. Könnten aber mehr werden.

Als sie weggeht, herrscht wilde Bewegung unter den auf und abrutschenden Falten ihres Rocks.

Todd rutscht auf dem Stuhl nach unten und legt sich das rechte Bein lässig übers linke Knie.

Soupy (bemerkt das): Weißt du nicht, wie man eine bequeme Haltung einnimmt?

Todd: Ich hoffe doch. Wieso?

Soupy: Weil diese Bilder so wirken. Auf diesen Bildern siehst du manchmal so aus, als wärst du nicht ganz da.

Todd (geradeheraus): Was kann ich dagegen tun?

Soupy hat das Buch bei einem Foto aufgeschlagen, auf dem Todd in Boxershorts und mit angefeuchtetem Haar in einem gekachelten Raum steht, wahrscheinlich ein Badezimmer, das nur verschwommen erkennbar ist. Todd hat die behaarten Beine gespreizt und einen stahlharten und dennoch verträumten Gesichtsausdruck.

Soupy: Das ist ein großartiges Bild. Die andern lassen mich kalt.

Soupy sagt eine Weile nichts. Er ist in einer seiner seltenen Schweigephasen. Dann kommt er zu einem Entschluß.

Soupy (ohne viel Umschweife): Ich glaube, du hast Talent.

Todd (den scharfzüngigen Komiker in Soupy herausfordernd): Du glaubst, ich habe Talent?

Soupy (steht auf, ohne auf die nervöse Antwort einzugehen): Am besten setzt du dich jetzt mal in den Fernsehraum. Hast du Zeit? Dann können wir später weiterreden. Wenn ich fertig bin.

Soupy geht mit Todd um mehrere Ecken zu einem Zimmer, das an einem der vielen Korridore liegt. Ein paar Jungen und Mädchen sehen sich im Fernsehen eine Seifenoper an. Darunter auch Trixie mit den langen gelblichen Haaren, die es in der Abteilung für weibliche Models von der Anfängerin zum Typ junge Karrierefrau gebracht hat. Und Paul – klein, mit breitem Brustkasten und einem Südstaaten-Akzent, dessen geringe Größe durch

Cowboystiefel korrigiert wird. Und andere. Soupy überläßt Todd nicht einfach sich selbst. Er setzt sich und sieht zu. Auch Todd setzt sich, auf eine rostrote Kunstledercouch, ohne mit den anderen bekannt gemacht worden zu sein.

Bald darauf kommt Jackie an die Tür, mit an die Hüften gestemmten Händen, zornerfüllt, wie eine Hausfrau oder ein Dienstmädchen im Sechziger-Jahre-Fernsehen.

Jackie: Soupy! Du läßt die anderen Kandidaten warten! Was machst du hier?

Soupy: Augenblick. Ich will sehen, ob sie schwanger ist.

Jackie: Wie lange wird das dauern?

Soupy: Neun Monate.

Die kleine Schar in dem Fernsehraum schüttelt sich vor Lachen, als hätte er etwas Witziges gesagt. Todd stößt ein paarmal rasselnd den Atem aus, um mitzuhalten. Soupy sitzt auf der Couchlehne und fängt an, Todd an den Schultern zu massieren. Paul bemerkt diese seltsame Einführung in den Kreis und verwikkelt Todd in ein Gespräch. Nachdem das erledigt ist, läßt Soupy ihn allein, um sich eine Weile seiner Arbeit zu widmen.

Paul plaudert munter aus dem Nähkästchen.

Paul: Jetzt wohne ich draußen in Westchester, da haben wir ein Haus, meine Freundin ist aus dem Süden mit mir hier raufgezogen. Die Subway kann ich nicht ausstehen. Ich brauche Weite und Platz um mich rum. Wie sich's für einen richtigen Cowboy gehört. Wie einer von diesen Marlboro-Typen. Nur geraucht habe ich nie. Die Leute haben dermaßen romantische Vorstellungen von Cowboys, aber das ist alles nicht wahr. Hast du dich mal mit einem Farmer unterhalten?

Todd: Nee.

Paul: Es gibt einen in der Agentur – Sal. Er hat erzählt, daß Kühe heutzutage mit Druckluftröhren, Schläuchen und so 'nem Scheiß gemolken werden. Früher habe ich Wildschweine in den Sümpfen Louisianas gejagt. Noch ganz traditionell. Erst werden die Eber mit so bissigen kleinen Hunden aus den Sümpfen getrieben. Dann stürzen wir Cowboys uns auf sie und schneiden ihnen die Eier raus und den Penis ab. Um sie zu kastrieren. Die kastrierten Eber laufen in den Sumpf zurück, wo sie immer fetter werden, bis wir sie schlachten.

Todd (kann den sich zusammenbrauenden Streit fast sehen, spüren und riechen): Du hast abgeschnittene Eier von Wildschweinen in den Händen gehalten?

Paul (jetzt nicht mehr zu bremsen): Man schlitzt einfach die Säcke auf, reißt die Hoden raus und wirft sie in den Matsch.

Während Paul seine Schilderung weiter ausschmückt, verlassen die Fernsehzuschauer nach und nach das Zimmer. Sie müssen einen Scheck zur Bank bringen, Telefonate erledigen, eine Cola trinken. Schließlich ist Pauls Vorrat an bluttriefenden Details erschöpft.

Soupy lehnt ironisch grinsend am Türrahmen und kratzt sich durch seine hellbraune Hose am Hintern. Er sagt, er habe – »falls du noch Appetit hast« – für sie beide zum Abschluß ihres Gesprächs etwas vom Chinesen kommen lassen. Paul verabschiedet sich, um noch den Zug nach Hause zu erwischen. Todd lacht leise auf, als er Paul gemächlich den Gang entlangschlendern sieht und merkt, daß er tatsächlich O-Beine hat. Dann gehen er und Soupy durch das Labyrinth zu dem kleinen Büro zurück und nehmen wieder die Plätze ein, auf denen sie vorher gesessen hatten.

Während die Booker für heute Schluß machen und nach Hause gehen, faltet Soupy die noch warmen Schachteln vom Chinesen auf, in denen pappiges Essen in fast gleichen roten und gelben Soßen liegt. Die beiden essen aus denselben Behältern, Soupy mit Messer und Gabel, Todd mit Stäbchen. Soupy steckt eine Kassette in einen Recorder neben seinem Schreibtisch. Ein Männerchor singt bombastische protestantische Choräle auf deutsch.

Soupy: Ich habe einen Bruder, der Priester ist.

Todd zieht zum ersten Mal an diesem Tag sein weißes Sweatshirt mit Kapuze aus. Er trägt ein sepiafarbenes T-Shirt, das sich an die Form seines Kapuzenmuskels anschmiegt, der natürlichen Polsterung seines Körpers.

Soupy: Hast du eine Freundin? Oder einen Freund?

Todd (schlürft laut aus einer Tasse kochend heißen grünen Tee, an dem er sich den Mund verbrennt): Na ja, ich habe eine Freundin, Lucy. Wir sind seit dem College zusammen.

Ein Pulsar strahlt in Soupys Augen auf.

Soupy: Und Frank? Wie paßt er ins Bild?

Todd: Er hat auch eine Freundin. Sehr hübsch. Kennst du sie?

Soupy: Natürlich. Hier kennt jeder jeden. Aber danach habe ich nicht gefragt. (Lehnt sich zurück.) Möchtest du mit Frank ins Bett?

Todd hat das Gefühl, die Kassette liefe plötzlich auf 16 statt auf 33 Umdrehungen ab, als sänge der deutsche Chor mit einem Mal die tantrischen Sprechgesänge tibetischer Mönche, Gesänge, die auf Hunde wie Ultraschallpfeifen wirken und Tote auferstehen lassen.

Todd (verschließt sich wie eine Auster): Ich wüßte nicht, was ich da anfangen sollte.

Soupy: Jetzt sei nicht gleich eingeschnappt. Es ist einfach so, daß die Leute in diesem Geschäft immer wissen wollen, in welche Schublade sie dich stecken sollen. Sexuell gesehen. Ich wollte nur mal sehen, wie du reagierst.

Soupy lehnt sich zurück und reicht Todd einen großformatigen Kalender, der den Titel *Pindowns* trägt und in dem jeder Monat durch ein anderes Model vertreten wird; die meisten liegen auf Turnmatten oder neben Schwimmbecken oder stehen auf den Hochsitzen von Bademeistern.

Todd (blättert): Aber da drin sieht jeder Monat wie Sommer aus. (Legt den Kalender verärgert hin.)

Dann erklärt Soupy Todd, er habe einen europäischen Look.

Braunes Haar, dunkler Teint, sensibles, kluges Gesicht. Wenn Jean, der Agent aus Mailand, in ein paar Wochen zu Besuch kommt, wird Soupy ein Treffen arrangieren. Falls es klappt, wird Todd für den Anfang nach Mailand gehen.

Nachdem er sein Sweatshirt wieder übergestreift hat, steht Todd auf und wendet sich zum Gehen. Er und Soupy sehen sich fest in die Augen.

Soupy: Ich mag dich. Du kriechst mir nicht in den Arsch.

Todd (spürt eine Neonröhre von Kraft in sich aufleuchten): Wie heißt du eigentlich mit richtigem Namen?

Soupy: Earl. Earl Velch.

Todd geht durch die Tür des Booking-Raums auf den Flur, der in den Empfangsbereich führt. Er hat das Gefühl, sein Tag sei eine chinesische Zauberschachtel, in der sich immer kleinere Schachteln verbergen. Öffnet man eine, stößt man auf eine andere. Je weiter er eindringt, desto weiter tut sie sich auf.

Feministische Dealerin

Lucys Tag ist eine Schachtel, die sich immer enger um sie schließt. Lucy bleibt fest, unternimmt aber nichts, um zu verhindern, daß sich der Druck aufstaut. Es ist eine Schachtel, die immer kleiner wird.

Lucy arbeitet als feministische Dealerin. (Sie kauft nur von und verkauft nur an Frauen. Heute ist der Tag, an dem sie zu Hause bleibt und den Stoff unzenweise an ihre Besucherinnen verkauft. Gleich nach dem Aufwachen streift sie sich ein übergroßes T-Shirt über. Die Kälte des Holzbodens läßt das Blut in ihren ziemlich kleinen Fußsohlen pochen.

Sie sieht in den Spiegel. Dort spiegelt sich das übrige Zimmer und wirkt noch länger, als es ohnehin schon ist. Kurze Zeit über kann sich Lucy nicht mehr erinnern, was los ist. Sie weiß, daß sie Lucy ist. Sie erkennt das Zimmer, vor allem die metallene Bogenleuchte am anderen Ende. Sie erinnert sich an Todd. Kann aber kein geschlossenes Bild gewinnen. Als ob man mitten in der Nacht aufwacht, zumal wenn man in der letzten Zeit durch zu viele Städte gereist ist, und nicht weiß, wo man ist, zumal wenn der Mondschein grell durchs Fenster fällt, und daher kein Ich außer einem abstrakten besitzt.

Lucy reibt sich das ganze Gesicht mit Feuchtigkeitscreme ein, so daß ein dicker, weißer, kühler Film auf ihrer Haut liegt. Dann zieht sie eine Benson & Hedges Light aus dem mattweißen Päckchen, zündet sie an, legt sich auf die Matratze und streicht mit den Händen über ihren feinen aprikosenfarbenen Seidenslip. Jetzt geht es ihr besser. Versucht, das Lebensgefühl einer Hofdame im alten kaiserlichen Japan nachzuempfinden.

Die Tage, an denen sie verkauft, bezeichnet Lucy gern als ihre »Empfangstage«. Heute ist der Tag, an dem sie andere Damen empfängt. Sie hat diese Idee aus einem Roman. Es funktioniert so, daß die Kunden von unten auf der Straße ihren Namen rufen;

Lucy schwingt dann das mit der Plane verhängte türgroße Fenster auf, das auf eine breite, rostige Feuertreppe geht, und ruft zurück: »Bin gleich unten«; über die Holztreppe von ihrem Apartment im vierten Stock klappert sie nach unten; öffnet die Tür; kehrt mit der Kundin in ihrc Wohnung zurück, wo sie ein Stilleben wie aus einem Chemielabor erwartet: Filter, Plastiktüten, eine Waage, Joints, alles auf einem Hocker ausgebreitet, der in den Lichtkreis der Bogenlampe gerückt ist. Während sie das Gras in Portionen schneidet, trägt Lucy einen durchsichtigen grünen Augenschirm.

Der erste Anruf an diesem Tag ist ein Zufall, oder genauer gesagt eine Überraschung, obwohl jede Überraschung nur aufgrund irgendeiner Zufälligkeit überraschend wirkt. Aber: bei einer Überraschung ist immer nur ein Beteiligter überrascht, bei einem Zufall hingegen beide Beteiligten.

Drrrrriiiiing.

Lucy: Hallo.

Sharon: Lucy. Ich wollte dich die ganze Zeit schon mal anrufen. Ich heiße Sharon. Ich wohne mit Frank Yastremski zusammen, dem (in fragendem Tonfall) Model? Todd hat mir von deiner Nebenbeschäftigung erzählt. Dein Unternehmergeist läßt mich vor Neid erblassen.

Lucy (erstarrt bei der Erwähnung Franks einen Augenblick): Möchtest du was kaufen?

Sharon: Ja. (Stimme senkt sich.) Ich bin gerade bei der Arbeit in einem Anwaltsbüro. Aber ich würde schrecklich gern nach der Arbeit vorbeikommen, was dann – die Adresse kenne ich – gegen halb oder viertel vor sechs wäre.

Lucy: Dann wird es dunkel sein.

Sharon: Was soll ich tun?

Lucy: Ruf ›Lucy‹ zu mir rauf.

Sharon: Wird Todd da sein?

Lucy (die Frage erinnert sie daran, daß sie einsam ist, aber sie läßt sich nichts davon anmerken): Wahrscheinlich nicht.

Sharon: Ich will dich wirklich mal kennenlernen und mit dir reden.

Als Sharon schließlich zu ihr raufruft, hat Lucy bereits einen langen Tag hinter sich. Sie hat viele verschrumpelte Joints mit ihren Kundinnen geraucht. In einem braunen Kleid mit Perlen, das sie bei einem Kleidertrödler auf der Zweiten Avenue gekauft hat, kommt sie runter. Das Kleid einer Charlestontänzerin. Sharon ist konventioneller gekleidet; rotes Bürokleid, darüber ein schwarzer Kaschmirmantel. Kein Kaschmirmantel von der Sorte, wie man sie in Secondhand-Läden kauft, sondern nagelneu. Die Schultern wirken nicht wie ein ungemachtes Bett; keine gesprungenen Knöpfe.

Zusammen steigen Sharon und Lucy die Treppe hinauf und setzen sich vor den Hocker. Lucy zerkleinert ein Stück Gras und wiegt es genau ab.

Sharon: Du hast wunderschöne braune Augen. In diesem Licht schweben sie richtig.

Lucy: Das sagt sonst fast nie jemand zu mir. Nicht über braune Augen. Die Leute haben aus irgendeinem Grund Vorurteile gegen braune Augen. Bestimmt hörst du über deine hellblauen ständig solche Sachen.

Sharon: Nicht mal Todd? Macht er dir keine Komplimente über deine Augen? (bemerkt das grüne Pulverhäufchen, das Lucy gemacht hat) Ich möchte nur eine halbe Unze. Mehr können wir uns nicht leisten.

Lucy (der es auf die Nerven geht, daß Sharon penetrant auf dem Mein-Freund-und-ich-Thema herumreitet): Wir?

Sharon: Na ja, Frank und ich machen fifty-fifty bei unserem Deal. (Lacht über den eigenen Witz.) Frank hat dich mir in sehr lebhaften Farben geschildert.

Lucy: Hat dich das beunruhigt?

Sharon (zieht die Nase kraus, zu jung und optimistisch für eine solche Frage): Nein.

Lucy (hackt Samen und Stengel mit einem scharfen Messer klein): Ach.

Sharon: Was gefällt dir am besten an Todd?

Lucy fühlt sich wie durchbohrt, als stäche ihr jemand mit einem winzigen Schraubenzieher ein Loch in die Hauptschlagader. Jedesmal, wenn von Todd gesprochen wird oder sie an ihn denkt, empfindet sie diese Einsamkeit.

Lucy (jedes Wort auskostend): Mir gefällt die Art, wie er manchmal murmelt.

Sharon: Ich halte ihn auch für jemand Besonderen. Was gefällt dir an Frank?

Lucy: Mit gefällt seine... (zensiert sich) Aggressivität. Die Aggressivität eines Hundes.

Sharon: Toll formuliert.

Lucy (wird das ihrer Meinung nach leere Geschwätz langsam leid): Red keinen Stuß, Sharon. Nein, das schaffst du doch nicht. Dann werde ich eben Klartext reden. Ich habe das Gefühl, Todd könnte mir durch die Arbeit als Model weggenommen werden. Das macht mich fertig.

Sharon: Das gibt sich mit der Zeit, später wirst du darüber lachen. (Dann): Ich hoffe, er und Frank werden Freunde, ich glaube, er könnte dafür sorgen, daß Frank nicht zu hitzköpfig oder zu dickköpfig wird. Frank kann wirklich schwierig sein, wenn man ihm Aufmerksamkeit schenkt, wenn er im Mittelpunkt steht. Ich weiß nicht, bist du schon mal auf 'ner Fete von Models gewesen? (Lucy verneint kopfschüttelnd.) Die erfolgreichsten Typen sind da auf Schritt und Tritt von jüngeren Models umschwärmt, die sich in ihrem Glanz sonnen. Richtig komisch. Wie bei den Sportlerstars auf der High-School. Und ich merke, wie genau dasselbe schon jetzt mit Frank geschieht.

Lucy (scharf): Bei dir ist also auch nicht alles Sonnenschein. Du hast Probleme. Ich bin kein übereifersüchtiger alter Drache.

Sharon: Nein. Bloß hab ich keine Angst, Frank zu verlieren. Ich gehöre zu den Leuten, die zum Heiraten geschaffen sind, deshalb bin ich sicher, daß wir heiraten und Kinder haben werden. Ich kann sie fast schon in mir spüren.

Lucy: Hört sich altmodisch an.

Sharon (ignoriert die Beleidigung): Du fühlst dich bei Todd nicht geborgen. Das ist wirklich schade.

Lucy geht zu der Matratze rüber und bedeutet Sharon, sich neben sie zu setzen. Sie machen es sich beide bequem, legen sich auf die Seite, jede den Kopf in eine andere Richtung gewandt, und schmiegen sich in den Halbkreis aus Beinen und Unterleib der anderen. Sie bilden ihr persönliches Yin-Yang-Zeichen.

Sharon beugt sich zu ihr rüber und berührt Lucys warme spitze Brüste unter dem Oberteil ihres Schicksenkleids. Blickt auf, um zu sehen, wie sie reagiert. Daraufhin streckt Lucy die Hand aus, um die Gefälligkeit zu erwidern und Sharons Körbchen mit den unter der Polsterung des roten Flanellkleids steiferen Brustwarzen ebenfalls zu streicheln. Sie kichern, ihre Augen funkeln vor Lust an der Erkundung des Neulands. Nur ein unbeschwerter Flirt. Dann wenden sie sich sachlich und nüchtern wieder ihrem Thema zu, als wäre nichts passiert.

Lucy: Todd hat außerdem gesagt, daß Frank keinen Wert darauf legt, mich kennenzulernen. Das hat mir weh getan.

Sharon: Aber als Frank dich kennenlernte, hat er seine Meinung geändert, stimmt's? Er will einen bloß gern rumkommandieren.

Lucy (viel lauter): Wie kannst du so viele Scheußlichkeiten über Franks Charakter wissen und trotzdem so treu und ergeben sein? So was muß doch Spuren hinterlassen.

Lucy stützt verblüfft den Kopf in die Hand.

Sharon: So bin ich einfach.

Lucy: Ist Frank gut im Bett?

Sharon gibt keine Antwort. Sie steht auf, wodurch die mystische Tapisserie zerstört wird. Zieht aus der Innentasche des Mantels ihre Brieftasche. Läßt die bronzenen Verschlüsse aufschnappen, klappt die lange, dünne, türkisfarbene Plastikbrieftasche auf.

Lucy (jetzt auch auf den Beinen, mit einem wattierten Kuvert voll Gras in der Hand): Nein, du brauchst nichts zu bezahlen. Das ist ein Geschenk.

Sharon (stark und aufrecht): Kommt gar nicht in Frage! Hier sind fünfunddreißig Dollar, und damit komme ich noch gut weg. Auf keinen Fall nehme ich ein Geschenk von dir an. Dafür steckt zuviel von einer Neuengländerin in mir. Kommt gar nicht in Frage!

Lucy: Na schön. Na schön. Du bist genauso schrullig und verkorkst wie ich. Bloß auf ganz andere Art.

Sharon lächelt zustimmend.

Sharon: Du kannst mich jederzeit anrufen. Du bist meine einzige Freundin in der Stadt. Außer Frank hab ich bisher niemanden kennengelernt.

Lucy: Gut.

Lucy versetzt Sharon einen leichten Knuff, um sie ihrer

Freundschaft zu versichern und ihr die letzte Bemerkung, die sie als schmalzige Gefühlsduselei empfindet, nicht durchgehen zu lassen.

Anruf in der Nacht

Jetzt liegt Todd im Bett. Er ist am Eindösen. Gleich als er von Roxannes Agentur zurückkam, hat er eine grün-rote Winterdecke im Mondrian-Muster über seinen kribbelnden Körper gezogen. Hätte er einen Fernseher besessen, hätte er die ganze Nacht in die Glotze gestarrt.

Statt dessen telefoniert er. Er ruft einen unter dem Namen »Die Beichte« erreichbaren Telefondienst an, wo Kriminelle anonym Nachrichten hinterlassen, in denen sie das Wie und Warum ihrer Verbrechen gestehen. Todd hört einer Reihe von Massenmördern zu. Dann wählt er die Nummer einer Sex-Ansage und lauscht einer Sexmieze namens Abigail (sie sagt, es reime sich auf ›affengeil‹), die enthüllt, wie ihr Alter sie jeden Freitagabend in jeweils einem anderen Motelzimmer unterbrachte und dann loszog und die umliegenden Kneipen auf der Suche nach Männern durchkämmte, die mitkommen und sie durchvögeln sollten, während er zusah. Sie erzählt, wie erleichtert die Männer waren, als sie reinkamen und entdeckten, daß sie nicht dreihundert Pfund wog oder wie der Glöckner von Notre-Dame aussah. Dann ruft er »Sexperimente« an, einen Telefondienst für Kontaktsuchende, die auf neue sexuelle Erfahrungen aus sind. Schließlich wird Todd es jedoch leid, Fremden zuzuhören. Er fühlt sich, als hätte er zu viele Hamburger gegessen. Nickt ungefähr eine Stunde lang ein.

Gegen zwei Uhr morgens wacht Todd auf. Es ist eine der ersten Herbstnächte, in der die Zentralheizung in Betrieb ist, und das Geprassel und Gepfeife ist höllisch laut. Durch ein hohes Fenster (leicht angelaufen, oder ist es bloß schmutzig?) starrt er in einen wie mit Zucker überstäubten violetten Himmel. Beugt sich zum Telefon rüber und drückt auf den Tasten die Nummer der Auskunft, ohne weiter nachzudenken. Erkundigt sich nach der Nummer von Frank Yastremski auf der Siebten Avenue. Behält die Zahlen im Kopf, während er Franks im Telefonbuch aufgeführte Nummer wählt. Der Wind treibt rauchfarbene Wolken mit Höchstgeschwindigkeit über den sichtbaren Ausschnitt des Himmels, wo sie Spuren wie Dampffahnen von Lokomotiven hinterlassen.

Frank (Stimme belästigt und verschleimt): Was?

Todd: Ich bin's, Todd.

Frank: Was soll der Scheiß?

Todd: Tut mir leid, wenn ich dich geweckt habe.

Frank (streckt sich, während er beruhigend einen Arm um Sharon legt, so daß sie wieder einschläft): Hoffentlich hast du 'ne gute Erklärung dafür.

Todd: Sie ist gut. Das heißt, sie ist eigentlich nicht gut. Ich habe bloß so das Gefühl gehabt, daß ich dich anrufen muß. Ich habe dir noch nicht erzählt, wie es heute bei Soupy lief und so. Wenn ich so'n Kribbeln im Magen bekomme, dann muß ich es einfach tun, ganz gleich was.

Frank: Das ist mir egal. Du redest dich gerade um Kopf und Kragen. Was geht mich das an? Wo ist deine Freundin? Ich habe nämlich geschlafen, Junge. Und bisher habe ich noch nichts gehört, das mich damit versöhnt, daß du mich aus dem Schlaf gerissen hast. Also?

Todd (durch Franks Dämmerzustand ermutigt, redet weiter, als wären sie beide in einem Traum, ohne Konsequenzen für morgen): Ich weiß, daß es schrecklich unhöflich ist. Daß ich, was diese Sache anbelangt, absolut im Unrecht bin. Aber ich wollte dir sagen, daß es heute gut für mich lief. Und vielen Dank.

Diese in genau der richtigen Reihenfolge und im genau richtigen Ton ausgesprochenen Worte besänftigen Frank. Sein Zorn verraucht. Ruhe strömt ihm durch die Arme in die Hände, durch seine Beine in die Füße. Er ist nur selten so entgegenkommend. Auch nicht im Bett.

Frank: Gern geschehen. Reden wir morgen drüber, okay?

Todd: Okay.

Frank legt auf und streckt sich aus. Es geht ihm gut. Und im Ohr hat er Todds Stimme wie von einer Mind-Machine unter dem Kopfkissen.

Todd ist weniger unbeschwert. Was hat er da angerichtet? Daher steht er auf, streift sich den Kimono-Morgenmantel über, setzt sich wieder ans Fenster und raucht eine Zigarette. Je mehr er von dem anregenden Tabakrauch inhaliert, desto unwahrscheinlicher wird es, daß er heute nacht je noch schlafen kann. Drei, vier Stunden, wenn er Glück hat. Jetzt kramt er in einer Metalldose, in der er Zettel mit den Telefonnummern von Freunden aufbewahrt. Er würde gern noch jemand anrufen.

Das Telefon klingelt. Dreimal. Einmal für jede Stunde. Todd nimmt ab.

Todd: Hallo? Hallo?

Frank (steht in einer Pyjamahose am Wandtelefon in der Küche, barfuß auf dem kalten Boden): Ich bin's.

Todd: Ach. (Aufgeregt): Hör mal, es tut mir leid. Es wird nicht wieder vorkommen. Mach mich jetzt deshalb nicht zur Schnecke.

Frank: Mir ist gerade eingefallen, daß ich am Freitag um sieben für so eine kleine Modenschau bei Saks engagiert bin, und da wollte ich fragen, ob du Lust hast, als mein persönlicher Gast dort hinzugehen.

Todd (ruft): Ich bin auch für diese Schau engagiert. Als livrierter Kellner.

Frank (fast enttäuscht): Also siehst du mich sowieso.

Todd: Und du mich auch. In einem Schwalbenschwanz.

Frank: Dann können wir ja einen zwitschern.

Todd: Klar.

Frank: Bis dann. Ich bin ausgepowert. Halt die Augen nach mir offen. Und klau eine Falsche Champagner für mich.

Todd: Aber sicher, Frank. Ich kann gar nicht glauben, daß du zurückgerufen hast.

Frank: Komm jetzt nicht auf irgendwelche dumme Gedanken. Ich hatte bloß den Eindruck, wir hätten noch was zu besprechen.

Todd (poetisch): Ich komm' immer auf komische Gedanken.

***

Die Musik ist eine australische Version von »Walking in the Rain«, gesungen von einem David Bowie-Klon.

Todd steht hinter einem langen Thekentisch, den ein aus Eis geschnitzter Schwan ziert. Sein Smoking hat einen schmalen Samtkragen, so daß er denen der meisten anderen Kellner nicht völlig gleicht. Todd wirkt elegant und gleichzeitig subversiv, wie der junge Fred Astaire. Er und sein aufgedunsener Kollege – ein Mann mittleren Alters namens Clay – tragen weiße Handschuhe wie die Polizisten in japanischen Science-fiction-Filmen, die mit unbewegter Miene von Panik erfaßte Bürger zum Weiterfahren auffordern.

Sie stehen in der Herrenanzug-Abteilung in einem der oberen Stockwerke von Saks. Die Ständerreihen mit weichen grauen Anzügen sind zur Seite geschoben, um Platz für einen Laufsteg aus Balsaholz zu schaffen, der für die Modenschau aufgebaut wurde. Frank kommt als erster raus. In einem mattgrauen Anzug, der die Textur von teurem Klopapier hat. Er geht zum Ende des Laufstegs und wieder zurück. So lässig, als würde er eine Straße entlangschlendern. Läßt sich nicht mal dazu herab, ins Publikum zu sehen, das zwischen den Silbertabletts in den Händen der meist jungen gutaussehenden Models, Schauspieler, Sänger, Studenten und Stricher zusammengepfercht ist, die mit gelbem Champagner gefüllte Sektflöten anbieten und sich so etwas dazuverdienen.

In die Musik mischt sich eine Sirene. Frank kratzt sich am Hintern, als er hinter einem schwarzen Vorhang verschwindet.

Todd (zu seinem aufgedunsenen Kollegen namens Clay): Der Typ da ist ein Freund von mir. Er verdient zigtausend Dollar, indem er einfach so auf und ab geht.

Clay zeigt Todd den Stinkefinger. Todd hat nicht gewußt, daß Clay, der inzwischen so rotbackig, schmuddelig und übergewichtig wie Chaucers Mönch ist, eines der ersten berühmten männlichen Models war, damals, als der Beruf Mitte der sechziger Jahre aus der Taufe gehoben wurde und Clay aufs Haar dem langmähnigen George Harrison glich, was auch alle Carnaby-Street-Anzeigen taten, bis sich die Mode änderte, aber bis dahin hatte Clay bereits sein ganzes Geld für Einkäufe ausgegeben.

Nacktaufnahmen

Heute hat Soupy Probeaufnahmen für Todd arrangiert. Im Atelier eines Exzentrikers der Branche: einem selbständigen Börsenmakler, dessen Hobby es ist, Aufnahmen von männlichen Amateurmodels zu machen. Wheelock mag Männer nur dann, wenn sie noch keine Profis geworden sind. Er möchte sie lieber als scheue Rehe einfangen.

Wheelocks Atelier ist eigentlich die Dachwohnung eines Freundes. Er mietet sie tageweise. (Sein eigenes Zuhause ist ein kostspieliges Apartment am Sutton Place, wo er mit seiner Frau und seinen Kindern lebt.) Die Wohnung liegt mitten in der City und bietet zur einen Seite einen Blick auf das Alufolienband des Hudson River, zur anderen auf die Klötze älterer Gebäude an der Wall Street. Wheelock hat es gern, wenn seine Models auf der verrosteten Feuertreppe stehen, so daß die Streifen der Stäbe Gefängnisschatten auf ihre Gesichter werfen.

Wheelock ist um die vierzig. Hat einen Bauch. Und einen Walroßbart, im gleichen Silberton wie sein langes glattes Haar. Er ist ganz in weiche graue Kleidung gehüllt: Rollkragenpulli, Baumwollhose, weiche Freizeitschuhe aus Italien.

Todd, der mit einem Kleidersack ankommt, ist verspannt, und seine Verspanntheit macht ihn müde. Besonders hinten an der Wirbelsäule. Er ist heute in der Defensive, weiß aber nicht, warum. Wheelock versucht Todd seine Befangenheit zu nehmen, indem er ihn erst zu den Fenstern am anderen Ende der Wohnung führt, wo er ihm an diesem windigen und daher klaren Nachmittag verschiedene Gebäude zeigt, die schon in New Jersey liegen, und einen Frachter, der sich mit seiner schweren Ladung mühsam in eine kleine Bucht am anderen Ufer schleppt. Dann, während er zu dem Bett geht, das genau in der Mitte des ansonsten ziemlich leeren, von Punktstrahlern erhellten Raums steht, greift Wheelock in seine Umhängetasche und zieht eine Handvoll schon gedrehter Joints heraus.

Wheelock (reicht Todd einen Joint, den dieser nonchalant für später in die Gesäßtasche seiner Jeans steckt): Was hast du zum Anziehen mitgebracht?

Todd (munter): Alles aus meinem Schrank. Also nicht viel.

Wheelock zieht den Reißverschluß auf und sieht den Inhalt des Kleidersacks durch. Hauptsächlich Festliches: Anzüge, Hosen, Krawatten, Schuhe. Darunter auch einige schicke Nostalgie-Outfits: ein fünfzigerhafter Sharkskin, ein sechzigerhafter roter Samtanzug, ein siebzigerhaftes weißes Jackett im Stil von Tony Manero, darunter ein schwarzes Seidenhemd. Aber Todds Garderobe interessiert Wheelock nicht.

Wheelock (enttäuscht, erweckt die bronzene Spitze eines Joints mit seinem Feuerzeug zum Leben): Hier. Rauch den. Ich glaube, ich fotografiere dich einfach in dem Pullover, den du anhast.

Todd (überrascht): In diesem Fetzen?

Der Pullover ist aus weißem Kaschmir. Todds Jeans ist zart hellblau. Seine Stiefel laufen spitz zu, mit braunen Kappen. Todd fängt widerwillig zu rauchen an, Wheelock gierig. Wheelocks Lippen sind sich kräuselnde Muskeln, zwischen denen er die Zigarette ohne Zuhilfenahme der Finger festhält.

Todd (nach dem Joint): Nichts für ungut, aber mit deiner aschgrauen Haut siehst du aus wie ein Vampir.

Wheelock (grinsend): Vergiß nicht, wer die Kamera hat.

Wheelock holt seine Leica-Kamera aus der Tasche und fängt an, Bilder zu machen. Todd steht vor einer Wand, die in weißes Sonnenlicht getaucht ist. Seine Augen machen ihm zu schaffen: sie tränen, blinzeln. Wheelock läßt ihn verschiedene Posen einnehmen: einen Fuß auf dem anderen, Kopf schräg, Kopf gerade. Fordert ihn auf, den weißen Sweater auszuziehen. Fotografiert ihn von der Seite in seinem lilabraunen Unterhemd, Beine an die Brust gezogen, auf einem mit Leopardenfell bedeckten Bett.

Todd: Jetzt weiß ich, wie man sich fühlt, wenn man erschossen wird.

Wheelock (ärgerlich): Was?

Todd (löst sich aus der Pose, bewegt sich und setzt sich vor das Bett): Ich fühle mich gehemmt.

Wheelock (zuckersüß): Weißt du, mit jungen Models arbeiten ist wie mit Jungfrauen ausgehen. Und ich kann nur den gleichen Rat geben. Tief durchatmen! Den Kopf vor allem freihalten!

Todd (ehrlich interessiert): Benehme ich mich sehr seltsam? Seltsamer oder weniger seltsam als die anderen?

Wheelock (lügt): Ohne Zweifel seltsamer.

Todd: Wieso?

Wheelock: Weil du dich mir widersetzt. Aber es wird schon besser. Du mußt dich nur ausziehen. Dann legst du das ab.

Soupy hat Todd am Morgen gesagt, wenn Wheelock Nacktaufnahmen machen wolle, ginge das in Ordnung. Er habe solche Aufnahmen von allen Topmodels in New York, und sein Archiv sei streng geheim. Aber Todd hat dieser Rat eher verwirrt.

Wheelock: Ich zeig's dir.

Wheelock zieht einen braunen Umschlag aus der Kameratasche. Wirft ihn Todd zu. Er enthält Dutzende Fotos von aus der Zigaretten- und Bierwerbung bekannter Models im Adamskostüm. Die Posen sind alle künstlerisch. Die Penisse der Männer sind wie bei modernen Adams hinter Händen, Pferden, Schwertern oder Dünenvegetation verborgen.

Wheelock (leise): Zieh dich aus.

Todd: Wirst du meine Bilder auch so herumzeigen?

Wheelock (hartnäckig): Zieh dich aus.

Todd gehorcht. Dann beginnt es ihm überraschenderweise Spaß zu machen. Nackt bis auf ein aufgeknöpftes Frackhemd sitzt er auf einem Regiestuhl, so daß ihm das Hemd leicht über die Schamhaare streicht. Stop. Hellbraune Augen, wachsam wie die eines Seeadlers, während er rücklings auf einem Fell liegt und die Kamera an seinem Gesicht vorübergleitet. Stop. Eine Erektion zeichnet sich unter dem weißen Baumwollhandtuch ab, das er sich um die Hüften geschlungen hat, als er aus einer dampfigen weißen Duschkabine tritt, sein sich scharf abzeichnender Körper mit Juwelen von Wassertropfen bedeckt. Stop.

Wheelock pfeift Dvořak, als sich Todd ungefähr eine Stunde später wieder anzieht. Sonne in ihrer trägeren, pinkfarbeneren Schluß-für-heute-Phase. Während sich Todd in einen gestärkten Calvin Klein-Slip zwängt, bietet ihm Wheelock ein Trinkgeld an.

Wheelock (zieht eine buschige Augenbraue nach oben): Wenn ich mit Anfängern arbeite, kann ich immer sagen, wer es schaffen wird und wer nicht. Weißt du, was der beste Test ist? Models, die keine Unterwäsche tragen, haben später den größten Erfolg.

Todd (zieht die engen, weißen kurzen Shorts trotzdem an): Ist ja toll. Jetzt sind auch Männer Sexobjekte.

Gelbes Treppenhauslicht

Mitten im Frühling. Der Winter kam und verging. Todd traf sich mit Jean aus Mailand und wird morgen dorthin fliegen, um mit der Arbeit zu beginnen.

Er geht die Bleecker Street entlang, unterwegs zu Lucy, um sich zu verabschieden. Rosa Knospen sprießen an den wenigen, mit Stöcken gestützten Bäumen am Straßenrand. Penner sonnen sich auf den Gehsteigen. Auf der anderen Straßenseite beobachtet er eine Frau, die ihn an die alte Brandstifterin im Dachgeschoß aus *Jane Eyre* erinnert. Das Haar dieser Frau ist toupiert, grau; scheußliche Kleider; dick. Sie wohnt in einer Erdgeschoßwohnung. Ihr Freund ist ein junger Mann von einnehmendem Aussehen, einer jener Penner Anfang zwanzig. Wenn sie spazierengeht, folgt ihr der junge Mann im Abstand von zwei Schritten. Bleibt sie stehen, bleibt auch er stehen. Immer.

Todd ruft zu Lucy rauf. Trägt eine grüne Arbeitshose, halbhohe braune L. L. Bean-Wanderstiefel, keine Socken, ein dickes grünes T-Shirt unter einem teilweise aufgeknöpften grauen Arbeitshemd aus Baumwolle. Doch von Lucy keine Spur. Er hat nicht vorher angerufen. Ebenso schlagartig, wie Todd klar wird, daß sie nicht oben ist, schlägt seine Stimmung in Besorgnis um.

Um zu warten, geht er über die staubige Bowery an vielen Querstraßen vorbei zum Tompkins Square Park, wo Hunde wahllos die Betonwände, grasbewachsenen Hügel und Holzbänke bepissen. Todd setzt sich auf die Rückenlehne einer der splittrigen Bänke und spürt die harte Holzplanke unter seinem Arsch. Es dämmert, deshalb sieht seine Armeehose im Zwielicht fast zitronengelb aus, sein graues Arbeitshemd silbern, seine Stiefel kupfern.

Auf dem Herweg machte Todd in einer Spirituosenhandlung halt – deren Angestellte eine kugelsichere Glasscheibe schützte –, um eine flachmanngroße Flasche Gin zu kaufen. Nun sitzt er da, trinkt den hochprozentigen Schnaps direkt aus der kleinen Flasche und genießt das Brennen des nassen, kreisrunden Abdrucks der Flaschenöffnung auf seinen Lippen. Es wird immer dunkler. Ein Teenager mit fleckiger, bräunlicher Haut und mit vielen Ketten um den dünnen Hals sagt im Vorbeigehen, nur aus der heiteren Laune des Augenblicks heraus »Yo«. Im Moment will er nichts verkaufen. Es ist fast schon so dunkel, daß man einen Film im Autokino sehen könnte. Je mehr Todd trinkt, desto mehr beschlägt sein Herz, desto trockener wird sein Mund, desto jukkender werden seine Augen.

Nächster Halt: CBGB's. Nachdem er vor dem Fenster Lucys Namen gerufen hat, um sich zu vergewissern, daß sie noch nicht zurückgekommen ist. Das CBGB's ist ein Rockclub. Mittlerweile hat Todd ziemlich Schlagseite. Er tappt rein (noch früh am Abend, eine Punkrock-Band) und bestellt einen Gin pur mit einem Glas Wasser dazu. Es gefällt ihm, wie sich das vieleckige Ginglas in seiner Hand anfühlt. Die Band produziert Lärm. Vorn an der Bühne rammen sich ein paar Typen beim Tanzen. Weiter hinten stehen einige Mädchen, eine oder zwei mit kahlgeschorenen Köpfen, die Make-up wie aus Monsterfilmen tragen.

Nach einer halben Stunde Livemusik, oder zwei Gläser später, schlängelt sich Todd zu dem Telefon an der Wand, um noch einmal Lucy anzurufen.

Lucy: Lo.

Todd (sein Herz eine Pfütze): Wo bist du gewesen?

Lucy: Weg. Und du?

Todd hängt auf. Er hat das Gefühl, in seinem Magen würde Zuckerwatte gesponnen. Es geht ihm so schlecht. Deshalb läuft er über die Straße voller überschneidender Lichtstrahlen und ruft vor Lucys Haus ihren Namen. Diesmal versagt ihm die Stimme, wie Stanley Kowalski, wenn er in *Endstation* »Stella« ruft. Er lehnt sich an einen großen alten Leichenwagen, den irgendein Witzbold aus der Nachbarschaft zu einem Kombi umgebaut hat. Lucy läuft nach unten, um ihn hereinzulassen. Sie sieht toll aus, wie sie da in der Tür steht und ihr Haar wie eine Ariensängerin in einer Oper herunterläßt. Aber sie wirkt auch traurig. Hat ein gelbes T-Shirt (verkehrt herum), weiße Jeans, rote, abgenutzte Pumps an. Wenn etwas nicht stimmt, trägt Lucy kein Schwarz.

Todd: Mir ist schlecht.

Lucy: Da ist doch was oberfaul. Komm rauf.

Todd: Ich glaube, ich muß kotzen.

Lucy: Nur zu. Aber warte, bis wir auf der Toilette sind, okay?

Todd steht in dem schmalen Badezimmer, dessen Toilettenspülung durch Zug an einer herabhängenden Kette ausgelöst wird. Kotzt in die Porzellanschlüssel. Ein Schwall violetter, orangefarbener, brauner und weißer Brocken. Ein Feuerwerk von Erbrochenem. Das in einen grünlichen Morast platscht.

Todd (laut): Widerlich. Einfach widerlich.

Lucy (in der Tür zur Toilette stehend): Ich kann gar nicht glauben, daß dich das so mitnimmt. Sogar ich weiß, daß es nicht so schlimm ist.

Todd: Es ist schlimm. Mehr als schlimm. Ich bin ein schlechter Mensch.

Lucy: Wieso?

Todd: Weil ich dich verlasse.

Lucy (durchquert das lange Zimmer und zündet sich eine Benson & Hedges an): Ich muß jetzt einfach durchs Zimmer gehen. Mir ein bißchen Bewegung verschaffen. Stört es dich?

Todd (stürzt aus der Toilette, während in der Kloschüssel ein Wassersturzbach tost): Wer in aller Welt redet so wie ich jetzt? Oder verhält sich so? Was ist mit mir los? Ich muß unter irgendeinem bösen Fluch stehen.

Lucy (wütend): Quatsch.

Lucy läßt Todd sich auf die Matratze hocken. Sie faßt ihn an beiden Händen und streichelt ihn so, wie man einem Hund über die Pfoten streichelt, über die Handrücken.

Todd: Hände sind auch Geschlechtsteile.

Dann lehnt sie sich zur Seite und zündet die Petroleumlampe neben der Matratze an. Sie verbreitet einen bernsteinfarbenen Lichtschein.

Lucy: Du gewöhnst dich bloß daran. Das Leben, das wir um uns herum sehen, ist hübsch wie eine Postkarte. Aber unser Gefühlsleben ist ein Monsterfilm.

Todd betrachtet Lucy, versteht aber nicht ganz, was sie sagen will.

Lucy: Wie lange wirst du in Europa bleiben?

Todd: Etwa ein Vierteljahr.

Lucy: Ich werde dich irgendwann in dieser Zeit besuchen kommen. Einverstanden?

Todd: Da fragst du noch? Aber wie willst du das Geld dafür verdienen?

Lucy: Vermutlich mit Dealen. Außerdem kenne ich da einen Mafia-Verleger, für den ich Porno-Romane schreiben kann.

Lucy begleitet Todd über den unebenen Boden zur Tür. Er hat immer noch eine Fahne, und zwischen Brust und Magen spürt er ein aufgeregtes Flattern.

Sie umarmen sich und küssen sich wie zwei osteuropäische Politiker am Flughafen auf die Wangen. Dann küssen sie sich auf die Lippen. Zum Abschied.

Ungefähr eine Stunde später steht Lucy, einer Eingebung folgend, noch einmal auf. Sie schlurft zur Wohnungstür, öffnet, und ihr Blick wandert über die wackelige Treppe zu Todd, der auf einem Treppenabsatz einen Stock weiter unten Geräusche wie beim Gurgeln von sich gibt. Nur in dem weißen Slip, in dem sie geschlafen hat, geht Lucy die Treppe runter, ihr Bauch ein Oval, und rüttelt Todd an der Schulter, um ihn auf die Beine zu bringen. Todd hochhieven zu müssen, erscheint ihr nichts Ungewöhnliches, weil sie selber fast noch schläft.

Lucy: Was machst du hier? Möchtest du oben schlafen?

Todd (geweckt, ertappt, beschämt): Nein. Ich muß gehen. Mein Flugzeugticket liegt in meiner Wohnung.

Todd stützt sich auf das Geländer und poltert die Treppe runter, diesmal ohne langen Abschied. In dem gelben Treppenhauslicht sieht er schrecklich aus, findet Lucy.

MAILAND

Mailand ist das Pittsburgh Europas.

In Kanälen gespiegelte, stinkende Katzen, großkotzige, blendendweiße Gebäude oder geborstene Ruinen, in denen Leute die ganze Nacht herumlaufen, sucht man hier vergebens. Hier werden nicht viele Postkarten aufgenommen und nur wenige Filme gedreht. Besucher sehen sich den Dom im Zuckerbäckerstil an, das verblassende »Abendmahl«-Wandgemälde von da Vinci, die dem Trump Tower ähnliche Galleria, und weg sind sie.

Aber Todd weiß das nicht. Und auch nicht Paul, der Cowboy aus der Agentur. Die beiden stehen nun vor dem winzigen gläsernen Mailänder Flughafengebäude, das ungefähr die Ausmaße des Terminals eines Autoverleihs am Kennedy Airport hat. Durch den Maschendrahtzaun an der Grenze des Zufahrtsgeländes können sie rote Ziegeldächer und buschige grüne Bäume mit scharlachroten Tupfern sehen.

Todd trägt einen hellbraunen Anzug, dazu ein weißes Hemd und schwarze Tony Lama-Stiefel. Seine große braune Segeltuchtasche ist jetzt sein Zuhause, denn sein Studio in der Perry Street hat er an einen illegalen Ausländer untervermietet. Todd sieht heute eher wie ein Cowboy aus als Paul, der ein gestreiftes violett-rot-schwarzes Rugbyhemd, eine grüne Kordhose und dunklere olivgrüne Oxfordhalbschuhe mit Argylesocken trägt und sein ganzes Hab und Gut gefaltet in einem gewöhnlichen grauen Lacklederkoffer untergebracht hat.

Todd (über eine Reklametafel auf der anderen Seite eines Akkers): Schau mal, die sind viel dunkelhäutiger als amerikanische Werbefamilien.

Paul: Regel Nummer eins. Keine vorschnellen Schlüsse ziehen.

Schließlich biegt ein helles Taxi auf das Rund der Auffahrt ein. Todd mustert einen Soldaten, der nicht weit von ihnen in einer grauen Uniform (über eine Schulter ein Seil geschlungen) an einer Mauer lehnt und seine Maschinenpistole lässig auf Todds Unterleib richtet. Dann quetschen sie sich in den Wagen.

Todd: Corso Magenta Nummer vierzig. Top Model. Da halten wir zuerst. Dann fährt er weiter. Zu Star.

Fahrer: *Cosa*?

Todd hatte ganz selbstverständlich angenommen, der Fahrer könne ihn verstehen, weil er ihn für einen Amerikaner italienischer Abstammung gehalten hatte.

Todd: Corso Magenta. Vierzig. (Hebt vier Finger hoch.)

Fahrer: *Quaranta*.

Sie fahren los. Vorbei an Lagergeländen, schimmernden Backsteinfabriken, glänzenden Reklametafeln. Unter kreuz und quer verlaufenden Drähten, auf denen zwitschernde Vögel herumflattern. Als sie sich der Innenstadt nähern (durch tunnelartige Unterführungen), verengt sich die Straße. Ältere, wuchtige graue Bauten machen sich breit.

Paul (in schleppendem Südstaaten-Akzent, während er sich selbstgefällig am Sack kratzt): Ich glaube, die Leute hier verehren Amerikaner als so 'ne Art Helden. Wegen des Zweiten Weltkriegs.

Todd (in einem Du-Trottel-Ton): Mein Onkel hat im Zweiten Weltkrieg Bomben auf die Italiener geworfen.

Das Taxi schiebt sich langsam an dem großen Gebäudekomplex eines Kaufhauses in der Innenstadt vorbei, in dessen silbern- und bernsteinfarben getönten Schaufenstern Gliederpuppen ausgestellt sind, die in geometrischen Kostümen, roten, dreieckigen Kleidern und grauen, breitschultrigen Anzügen auf ultramodernen Stühlen und Sofas im Miró-Design sitzen und in das hektische Geflacker der Videobilder auf den Fernsehern getaucht sind. Lange, blutrote kommunistische Fahnen hängen aus den oberen Fenstern des Kaufhauses, und viele Leute in Gelb und Braun stehen grüppchenweise draußen, schreien und recken ihre Fäuste in die Luft.

Taxifahrer (erklärend): *Sciopero*.

Todd und Paul sehen sich verdutzt an, wie jemand, der seinen Doppelgänger trifft.

Kurze Zeit später muß Todd vor Palazzo Nummer 40 aussteigen. Paul fährt zu seiner Agentur weiter. Todd schleppt den braunen Matchbeutel durch das Eisentor. Bleibt einen Augenblick in einem verborgenen Garteninnenhof voll grüner Schatten, alter funktionierender Springbrunnen und hoher Zypressen stehen. Kommt sich vor, als hätte man ihn hier ausgesetzt. Eigentlich möchte er dieses undeutliche fiktive Gefühl nicht zerstören, indem er die wenigen Treppenstufen hinaufgeht, aber er tut es trotzdem. Drückt auf einen kleinen goldenen Knopf; alte Tür schnappt automatisch auf; Todd tritt ein.

Innen das genaue Gegenteil von draußen. Der angestaubte Renaissance-Kasten ist voller Plastikmöbel, elektrischer Spielereien, Neonlampen und Rockmusik. Todds Eintreten wird von den schnellen Blicken der auf den Steinbänken in den Fluren sitzenden männlichen und weiblichen Models registriert. Keine Begrüßung. Sie könnten ebensogut Gazellen sein. Dann biegt er um eine Ecke in den Booking-Raum. Kann den Streß hier sehen, hören, spüren. Auch hier stehen überall Models herum, schieben sich an den Wänden entlang, werfen kritische Blicke auf die dort aufgehängten Porträtaufnahmen ihrer Kollegen.

Ein großes pulsierendes Rechteck in der Mitte ist das Zentrum der Betriebsamkeit. Vier Leute sitzen an den Ecken und führen ein Arbeitsballett auf. Jean, der Chefbooker, ist ein seltsam schöner schwarzer Brasilianer um die fünfunddreißig und trägt ein kurzärmeliges Qiana-Seidenhemd mit einem Muster von Palmen, Flugzeugen und Hotels. Schräg gegenüber von Jean sitzt Luigi, ein Italiener mit blondem, krausem Haar, den Anfängen einer Glatze und Geheimratsecken, der grellbunte Kleidung von Fiorucci anhat, die nicht so richtig zu ihm paßt. Gegenüber von Luigi sitzt Beatrice, eine kleine, nette junge Frau mit hinten zusammengebundenem braunen Haar und einem Mona-Lisa-Lächeln, die eine Hose trägt. Auf der anderen Seite arbeitet Susanna, eine schwierige, zurückhaltende junge Frau mit dunklem Teint, die weder mit den Bookern noch mit den Models gut auskommt. Ihre Wochenenden verbringt sie auf Yachten.

Jean (steht nicht auf): Ich erinnere mich an dich. Du hast Glück.

Todd (freundlich): Ich habe einen langen Flug hinter mir. Bin nicht so ganz auf dem Posten.

Jean (hat eine gehässige Ader): Um so besser, denn wir können dich sowieso nicht gebrauchen. Soupy hat einen Fehler gemacht.

Todd (leise): Erklär mir mal bitte, was das heißen soll.

Jean (mit lauterer Stimme, als Gegengewicht zu Todds Gemurmel): Was ich sagen will ist, daß Soupy dich zur völlig falschen Zeit geschickt hat, und dafür wird er aufkommen, nicht wir.

Todd (in Sorge): Soll das heißen, daß es keine Arbeit gibt?

Jean (zu Luigi): Luigi, gibt es Arbeit? (hält inne, während Luigi aufblickt, aber nicht darauf eingeht): Gibt es Arbeit in Mailand?

Großes, blondes deutsches Model (verrenkt sich wie bei einem epileptischen Anfall): Nein!

Luigi steht auf und geht auf Todd zu, weil er herausfinden möchte, wer er ist. Legt Todd die Hand auf die Schulter.

Luigi: Hast du Fotos? Kann ich dein Buch sehen?

Todd öffnet den Reißverschluß seiner Tasche und zieht eine neue hellbraune Mappe hervor, auf deren Umschlag eine Postkarte mit einem englischen Punkerpärchen geklebt ist; sie tragen Batikhemden, von so leuchtenden blutroten Streifen durchzogen wie Sonnenuntergänge in Industriegebieten, und ihre rostrot und schwarz gefärbten Haare sind zu Frisuren aufgetürmt, deren Spitzen in den Himmel ragen. Luigi setzt sich an den Tisch und blättert die Plastikseiten der Mappe durch. Das Buch ist widersprüchlich und enthält eine Reihe Schwarz-weiß-Bilder, auf denen Todd eher wie ein Filmstar aus den Vierzigern als ein Sexidol von heute aussieht.

Luigi: *Stupendo*... Susanna. Wo haben wir Todd untergebracht?

Susanna: Medici.

Luigi: In der Pensione Medici? Todd, wenn du möchtest, komme ich heute abend vorbei und wir gehen was essen, in einem ganz einfachen Lokal, und dann zeige ich dir ein bißchen was von Mailand. Möchtest du? Wenn nicht, kann ich das verstehen.

Todd (froh über die Gesellschaft): Das wäre toll. Weißt du, wo ich wohne? Ich nicht.

Luigi lacht aus vollem Hals, macht sich aber nicht die Mühe zu antworten.

Beatrice (kommt freundlich auf Todd zu): So unrecht hat Jean nicht mit dem, was er gesagt hat. Nicht daß es keine... gar keine... Arbeit gibt... aber dieses Wochenende machen wir in Italien... wie sagt man gleich?... *facciamo il ponte*.

Jean (ruft vom Telefon her): Eine Brücke bauen.

Beatrice: Es ist ein Feiertag. Und deshalb bauen wir eine Brücke von heute abend bis Montag. Keine Arbeit. Die Agentur hat geschlossen.

Todd (fühlt sich hin und her geworfen wie ein Volleyball): Aber ich habe New York ganz überstürzt verlassen müssen. Ich könnte noch bei meiner Freundin sein.

Luigi (taut bei der Erwähnung der Freundin auf): Du mußt lokkerer werden. Lernen, Mailand zu genießen. Alles steht zum besten. Dann komme ich also um acht vorbei. Ich schreibe dir dein Hotel auf, fürs Taxi.

Todd nimmt den gefalteten rosa Zettel und schleift seine Tasche wieder über den Boden zur Eingangstür. Eine junge, etwa siebzehnjährige Amerikanerin, die ein bißchen Ähnlichkeit mit Franks Freundin Sharon hat, springt auf, um ihm die Tür zu öffnen.

Mädchen (im Ton einer Informantin): Du hast Glück, daß du im Medici und nicht im Lucinda untergebracht bist. In der Pensione Lucinda ist ein amerikanisches Model umgekommen. Als er eine Dusche nehmen wollte, hat der Wirt das Gas am Wasserboiler angelassen oder so was, und das Ding ist explodiert. Er war einer von uns und starb an einer Gasvergiftung.

Todd kann die bitteren tödlichen Dämpfe fast riechen, als er durch die aufgehaltene Tür hinaustritt.

Pensione

Todd steht barfuß in seinem Zimmer in der Pensione Medici. Das Zimmer ist sehr klein, sehr eng. An einer Wand steht ein Bett, dessen Kopfteil ein im Holzdekor mit Kunststoff überzogenes Bücherregal ist. In der Ecke ein Waschbecken, oben ein umlaufender Metallstab, an dem ein Vorhang angebracht ist, der um den Waschbeckenbereich gezogen werden kann. Ein unter dem Waschbecken verstautes Bidet aus Plastik. Ein Klapptisch und ein Holzstuhl. Großer Schrank. Die einzigen Lampen sind eine Glühbirne an der Decke und eine kleine Lampe mit einem orangefarbenen Schirm auf einem Bücherregal neben dem Bett. Ein Druck von Bronzinos Neptun-Gemälde hängt an der Wand. Zwei Türen gehen auf einen Balkon hinaus.

Immer wenn Todd an dem angemackten Spiegel über dem Waschbecken vorbeikommt, kontrolliert er sein Aussehen.

Todd (singt laut): Wild thing. You make my heart sing.

Inzwischen beginnt es dunkel zu werden. Todd hat beide Lampen eingeschaltet, obwohl immer noch etwas Licht von außen in das Zimmer dringt. Und leichter Wind. Todd packt seine Kleider aus, alle zerknittert, hängt sie auf Kleiderbügel in den Schrank. Sie wirken hier dunkler, schmutziger und merkwürdiger als in New York: eher wie Kostüme, zum Beispiel eines Straßenräubers aus der Renaissance. Nimmt seinen Waschbeutel und leert den Inhalt auf die Ablage über dem Waschbecken – Head & Shoulders, Ban, VO5, Colgate, Listerine, One-A-Day.

Ganz unten in der Segeltuchtasche liegt ein neues leeres Scrapbook, das er in den Zwischenraum unter der Matratze schiebt.

Dann kippt er die Tasche ein paarmal zur Seite, so daß die noch nicht ausgepackten Gegenstände gegeneinanderklappern. Holt einen laut tickenden Reisewecker zum Aufziehen heraus, den er über das Bett stellt. Ein paar Plastikkassetten mit aktuellen Hits. Eine Kassette mit klassischer Musik (Tschaikowsky). Stellt die Kassetten wie Bücher auf dem Bücherregal auf.

Aus der Tasche des Matchbeutels zieht er ein Taschenbuch, Ernest Hemingways *A Farewell to Arms*. Jemand hat ihm den Roman empfohlen, weil er in Mailand spielt. Auf dem Umschlag des Buchs ist ein Stilleben mit einer weißen Espressotasse und einer rauchenden Zigarette auf dem Rand des Untertellers abgebildet. Todd stellt es neben die Kassetten auf das Regal, aber es kippt um. Dann schaltet er sein Radio ein. Entscheidet sich für einen Schnulzensänger, der eines dieser im schwermütigen Mittelmeerraum so beliebten Softrock-Liebeslieder singt.

Leise Musik. Todd tritt nun auf den Balkon, der sich über die ganze Vorderseite des dritten Stocks der Pensione erstreckt. Vier Zimmer gehen zur Straße raus, ihr Balkonanteil ist jeweils durch kleine, hüfthohe Maschendrahtzäune abgetrennt, die teilweise hinter Kletterpflanzen verborgen sind. Auf der einen Seite wohnen ein Junge und zwei Mädchen. Den Jungen hat Todd schon kennengelernt, ein großer Basketballspieler aus Michigan, der ihm erzählte, daß er auf dem College mit dem einen Mädchen befreundet gewesen sei, jetzt aber mit dem anderen. Die Ex-Freundin schläft daher in dem Einzelzimmer. Am anderen Ende des Balkons, rechts von Todd, wenn er sich der Straße zuwendet, sitzen eine Frau und ein Mann, sie dick, er dünn, vielleicht aus Tunesien, und sehen sich einen italienischen Cowboyfilm auf einem kleinen Schwarzweißfernseher an, der auf der gleichen Art Klapptisch wie in Todds Zimmer steht.

Auf der anderen Straßenseite befindet sich ein moderneres Wohnhaus. Todd beobachtet eine dicke Italienerin mittleren Alters, die das Abendessen zubereitet. Sie setzt Wasser auf, schneidet rote Paprika, Kopfsalat und Tomaten klein und wellt auf einem Holzbrett Nudelteig oder so was ähnliches aus. Sie blickt auf, bemerkt, daß Todd sie anstarrt, und wendet sich nonchalant wieder ihrer farbenfrohen Arbeit zu. Ihr langhaariger Sohn zieht sich im Zimmer nebenan aus. Nackt und dünn steht er da und wirkt ohne Kleider wie ein Wolf.

Todd hat so starkes Verlangen nach einer Zigarette, daß er es nicht mehr aushält. Er schlappt über den Flur und klopft an eine Tür, durch die er zuvor ein blondes Mädchen mit kurvigen Hüften gehen sah, das auch ein Model sein muß. Er wartet, sie kommt raus, und er stellt ihr die berühmte Frage. Sie sucht hastig nach einer Zigarette und will offenbar, daß er verschwindet. Er findet heraus, daß sie keine Amerikanerin, sondern Australierin ist. Todd geht mit der Zigarette wieder in seine Jungenbehausung. Zündet die Zigarette an, zieht sich bis auf die Unterhose aus, legt sich zurück und fängt an, den grauen Rauch in tiefen Zügen einzuatmen. Während er eine Rauchwolke bläst, hat er, wie so oft, eine von Hypernervosität hervorgerufene Eingebung. Steht auf, als müßte er vor jemand strammstehen. Steigt in Hemd und Hose.

Hat etwas vor. Fährt nicht mit dem Ein-Personen-Aufzug. Läuft einfach die Treppe runter, wobei seine Fußsohlen ganz schwarz werden.

Der erste Stock besteht hauptsächlich aus einem mit Zierdeckchen übersäten Wohnzimmer, wo Gäste sitzen und man Koffer abstellen kann. Dort sind die liegengebliebenen Bücher aufgetürmt, darunter viele Romane von Harold Robbins. Die Familie des Besitzers sitzt in einer winzigen Küche, wo sie ißt, kocht, raucht und sich laut unterhält. Im Flur neben einem noch winzigeren Büro hängt ein gerahmtes billiges Bild der Jungfrau Maria inmitten sprießender Rosen. Todd haut mit der Handfläche auf eine altmodische metallene Empfangsklingel und entlockt der Glocke ein »Ting«.

Todd: Ich muß mit Amerika telefonieren. Rasch!

Padrone: *Aspetta. Aspetta. Dóve? Scrivi!*

Der Besitzer, der eine alte David Copperfield-Weste und eine Anzugshose trägt, übergewichtig ist und abwechselnd an verschiedenen Zigarettenstummeln pafft, reicht Todd einen Zettel zum Schreiben. Todd notiert Lucys Nummer darauf. Der Besitzer ruft die Vermittlung an, um das Gespräch anzumelden.

Padrone: *Aspetta!*

Todd geht im Wohnzimmer auf und ab und reibt mit verschwitzten Fingern gelegentlich an den Spitzenvorhängen. Immer wieder klingelt das Telefon, aber nicht für ihn. Erst zwanzig Minuten später.

Todd (stürzt aus dem Zimmer und schnappt sich den altmodischen schwarzen Hörer, den sich dem Aussehen nach schon Al Capone ans Ohr gehalten haben muß): Lucy?

Nein. Es ist immer noch die Vermittlung. Nach einigem Gepiepse und Geprassel dann der Rufton, Lucy nimmt ab.

Todd: Lucy?

Lucy: Todd. Ich kann nicht glauben, daß du's bist. Wieviel Uhr ist es jetzt bei euch?

Todd: Weiß nicht genau. Wieso?

Lucy: Na ja, hier ist es früher. Ich habe es nachgeschlagen. Aber ich habe vergessen, wie viele Stunden. Wie teuer ist es, hier anzurufen?

Todd: Weiß nicht. (hartnäckiger) Wieso?

Lucy: Dein Anblick fehlt mir.

Todd (horcht sie aus): Hast du was vor? Was machst du, jetzt wo ich nicht da bin?

Lucy: Dein Freund Frank hat angerufen. Wir gehen diese Woche mal essen. Um uns über deinen Verlust hinwegzutrösten.

Todd (platzt raus): Ich will nicht, daß du das machst.

Lucy (wiegelt ab): Wie fühlt man sich so als internationales Modemodel? Mögen sie dich?

Todd: Hör auf, so zu reden. Willst du mich quälen?

Lucy (spricht den Namen hart aus, so wie sie es tut, wenn sie ihn aus der Fassung bringen will): Todd...

Todd (sobald er diesen Ton hört, geht es ihm gleich besser): Ja. Es ist super. Die Agentur ist wirklich toll. Sie ist in einem Palast. Neben einer Kirche, wo das »Abendmahl« von Leonardo da Vinci ist. Das mußt du sehen. Und einer der Booker geht heute abend mit mir essen. Das tun die nicht für jeden. Und du fehlst mir, wahnsinnig.

Lucy: Das ist nett. Du fehlst mir auch. Es ist so grau hier heute. Der Himmel ist so schmutzig wie die Straße. Und es ist kalt. Was fange ich ohne dich nur an?

Todd: Frag Frank.

Lucy (noch einmal): Todd...

Todd (senkt die Stimme, als der Padrone reinkommt, um theatralisch den kleinen Zähler abzulesen, der die Einheiten für Todds Telefonat registriert und alle paar Sekunden klickt): Ich möchte nicht auflegen. Dann werde ich einsam. Weißt du, wo ich die Einsamkeit am meisten spüre? In den Füßen.

Sie legen auf. Als Todd sich umdreht, sieht er Luigi, der während der letzten Sekunden des Gesprächs an der Tür gelehnt hat. Luigi hat schicke italienische Designerkleidung an: ein gestreiftes blau-gelbes Jackett, eine Hose aus einem schimmernden Gewebe von schwarzen, silbernen und weißen Fäden, spitze schwarze Schuhe, ein Seidenhemd, das er am Hals offen trägt.

Todd (erinnert sich): Ich bin spät dran.

Luigi: Nein. Komm.

Todd: So kann ich doch nicht gehen, oder? (deutet mißmutig auf seine blaue Jeans und das gelbe T-Shirt, auf dem in rosa Lippenstift-Buchstaben VENICE BEACH geschrieben steht)

Luigi: Doch. Wir gehen bloß in ein kommunistisches Restaurant hier in der Straße. Da kannst du andere Models sehen, die in der gleichen Lage sind wie du.

Mit »kommunistisch« meint Luigi billig.

Todd: Okay. Laß mich nur eben rauflaufen und mir mit einem Kamm durchs Haar fahren.

Luigi: Aber dein Haar sitzt auch ohne Kamm. Es ist wie aus Draht.

Todd läuft trotzdem nach oben und schlüpft in ein Paar Tennisschuhe, hat aber keinen Kamm. Statt dessen steckt er den Kopf unter den Wasserhahn und fährt sich dann mit den Fingern durchs Haar. Schlägt die Tür zu, ohne einen Blick zurück auf den Eindringling in seinem Zimmer, eine getigerte Katze, die langsam ihren Rücken an seinen schwarzen Cowboystiefeln reibt.

Ferienlager

Luigi führt Todd über die Via Torino. Aus den Vorderfenstern verschiedener Restaurants fällt Licht auf den Bürgersteig. Luigi ist aufgedreht und putzmunter. Er möchte Todd dazu bringen, sich in Mailand wohlzufühlen.

Das Restaurant, in das er ihn führt, besteht aus einem großen Raum, in dem dicht an dicht Vierertische stehen. Viele Gäste. Der Raum ist vorn schmal und größer im hinteren Teil, an den sich die Küche anschließt. Ein billiges italienisches Arbeiterlokal, das ein Tagesessen für 5000 Lire anbietet, bestehend aus Pasta, Fleisch und einem Viertelliter Wein. Dicker freundlicher Wirt mit Jacketkronen, schmutziger weißer Schürze und dickrandiger Brille sitzt auf einem Hocker vor der Registrierkasse. Er streitet sich mit seiner Frau, die auch eine Schürze umgebunden hat und wiederum einen jungen Italiener anschreit, der hinter der Theke Kaffee zubereitet und dessen andere Aufgabe es ist, Karaffen mit Wasser und Wein an die Tische zu bringen.

Luigi, der in seinem Aufzug wie ein Aristokrat aussieht, packt einen der Kellner – Sandro – an der Schulter. Sandro ist mit seiner Clique ganz von einem Rolling Stones-Flipper gefesselt. Sobald ein Spieler punktet, spielt das Gerät verschiedene Hits der Stones in melodischen Pieptönen. Sandro trägt in einem Ohr einen Ohrring, hat schmutzige Hände; er ist die Mailänder Version eines Kleinganoven. Als er jedoch Luigi erkennt, wird er rot und ganz freundlich. Er macht Luigi mit seinen Kumpeln bekannt, alle küssen und umarmen sich und schlagen sich klatschend auf die Hände. Dann umringen sie wieder den blinkenden Spielautomaten. Außer Sandro, den Luigi für den heutigen Abend zu seinem Privatkellner ernannt hat. Während sie sich in schnellem Italienisch unterhalten, wobei Luigi hin und wieder auf Todd deutet, bahnen sie sich einen Weg durch die vollgestopfte Mitte des Restaurants.

Sandro führt sie zu den einzigen beiden freien Plätzen an einem Tisch mit zwei derben alten Männern und drei jüngeren, ebenfalls Ganoventypen, die an einem Ende zusammenhocken.

Sandro (zu denen am Tisch): *Un americano.*

Mann (sieht aus wie ein Fernfahrer): *Cóme si chiamà?*

Todd: Todd.

Anderer Mann: New York.

Todd (überrascht): Ja. *Si.*

Die Männer lachen einander an. Einer der Jungen hält Todd seinen Handrücken hin, auf den ein amerikanischer Adler tätowiert ist. Luigi und Sandro unterhalten sich murmelnd. Ziemlich bald wenden sich die Italiener wieder ihrem Gespräch zu, und Todd und Luigi bleiben sich selbst überlassen.

Todd (über einige männliche Models, die ein paar Tische weiter sitzen): Die Jungs da drüben sehen genau aus wie ich. Im Vergleich zu den anderen hier, meine ich.

Dann bahnen sich fünf weibliche Models lärmend einen Weg zu ihrem Tisch im hinteren Teil des Restaurants. Eines der Mädchen winkt Luigi zu. Ein anderes faßt Todd ins Auge. Seit dem College ist er mit Lucy eng befreundet. Erkennt aber an dem Blick der Teenagerin mit dem Fuchsgesicht, daß er allein ist. Er kommt auf Gedanken. Gedanken, diese Schatten der Gefühle. In Todds Kopf macht es klick. Nicht bedrohlich wie das Klicken eines Revolvers. Eher wie das Klicken, das ganz selten beim Sex unten an der Wirbelsäule auftritt. Todd zuckt mit einem Bein unwillkürlich nach vorn, als er sich wachsam in lässiger Haltung mit durchgedrücktem Rückgrat schräg nach hinten lehnt, ohne sich der Form des Stuhls anzupassen.

Er sieht zu dem Tisch rüber, an dem sie sitzt. Die fünf Mädchen witzeln beim Lesen der Speisekarte über das Essen. In der Hoch-Zeit des Magersucht-Fimmels. Sein Liebling hat azurblau lakkierte Fingernägel und fuchtelt mit der Hand durch die Luft, um ihrer Freundin einen Ring zu zeigen. Ein Mädchen mit einem Smaragdring vergleicht ihren damit. Todd schnappt einige Namen von Fotografen auf – Olivieri Toscanni, Fabrizio Ferri –, die wie Namen von Englischlehrern bei einem Schwatz in der High-School-Cafeteria einfließen. Die Mädchen betatschen sich mit den Händen, besonders die Beine, Hüften und Ärsche.

Todd (schweift wild mit den Händen gestikulierend wieder einmal ab): Es ist nicht so, wie ich es mir vorgestellt habe. Es ist wie ein Ferienlager. Alle diese amerikanischen Kids, die sich nach Europa verirrt haben, jeden Abend Spaghetti essen und die Sprache nicht können. Die nur auf die schnelle Nummer und das schnelle Geld aus sind. Und dann nicht mehr heim nach Kansas und Nebraska möchten. Ihr Leben lang Sklaven des Fleisches.

Luigi (gelangweilt): *Basta!*

Sandro kommt mit einer grünen Plastikschüssel Nudeln mit dünner Tomatensoße zurück. Aus einer Karaffe schenkt er Todd und Luigi starken Rotwein in die Gläser. Streut von einem Löffel Käse auf die Pasta. Hänselt Luigi wegen seiner beginnenden Glatze und streicht ihm mit der Hand über die kahle Stelle auf dem Hinterkopf.

Luigi (zu Sandro): *Puttano*.

Während des Abendessens erzählt Todd Luigi ausführlich die Handlung des neuesten *Superman*-Films. »Margot Kidder ist die Härte.« Luigi erklärt ihm, welche Modeschöpfer und Models in Mailand schwul sind und welche hetero.

Luigi (reicht Todd ein zusammengefaltetes Papiertütchen): Geh auf die Toilette und schnupf es durch die Nase.

Todd (protestierend): Ich habe gerade gegessen.

Primadonna

Todd hat den Koks genommen. Als er durch den Eingang des »Primadonna« geht, scheint der Kassenschalter zu funkeln und wie ein Seurat von babyblauen Lichtpunkten erfüllt zu sein. Der Eintritt kostet soviel wie zehn Mahlzeiten in dem kommunistischen Restaurant.

Todd und Luigi gehen über die lange, steile, mit Kunststoffbelag überzogene Treppe zu der im Untergeschoß gelegenen Diskothek. Mit jedem Schritt wird das Rosa und Orange des Neonlichts intensiver. Der bekiffte Luigi läßt Todd allein, sobald sie unten angekommen sind – ein Gefühl von solcher Eindringlichkeit, als berühre man den Grund eines mit Wasser gefüllten Schwimmbeckens.

Luigi: Ich habe jetzt zu tun. (Setzt ein gekünsteltes breites Grinsen auf.) Mal so richtig abhotten.

Todd (mokiert sich über Luigis krampfhafte Jugendsprache): Da fliegt mir doch das Blech weg.

Todd bewegt sich in der Disko wie eine fahrbare Kamera auf Schienen. Er wirft einen Blick auf die mit Teppich bespannten Sitzecken, wo viele der Models, die am Nachmittag in der Agentur waren, quasseln und sich mit eingezogenen Wangen und schräggelegten Köpfen in Pose setzen – und dabei eher an Felsformationen als an hochentwickelte biochemische Organismen erinnern.

Es ist wie auf einer Büroparty. Die Bar ist zu fast hundert Prozent in der Hand von Models, Designern, Fotografen, Agenten, Zeitschriftenredakteuren. Todd entdeckt Beatrice und Susanna aus der Agentur, die auf der Tanzfläche des großen, von schrillen Schallwellen erfüllten Nebenraums miteinander tanzen. Die beiden Frauen legen sich beim Tanzen jede einen Arm ums Kreuz. Gespielt werden Klassiker: die Rolling Stones, Diana Ross, Michael Jackson.

Der Diskjockey ist ein ausgeflippter, kraushaariger Italiener mit Brille, der ein Primadonna-T-Shirt trägt und den Tänzern aus seiner teilweise von gelbem Plexiglas umschlossenen Kabine über Mikrofon mit Zwischenrufen einheizt.

Diskjockey (im Ton eines Schnellredners wie ein Radiosprecher): *Buona sera buona sera buona sera. Ciao bellissimi.* Willkommen im Primadonna. Der erste First-Lady-Nachtklub in Mailand. *Ciao carissimi. Number one. Uno. Prima. Nummer Eins. Molto Star.*

Die meisten der wie aus Granit gehauenen Jungs tanzen quer über die Tanzfläche, ihre Hüften in enge Hosen und bis zum Nabel aufgeknöpfte Netz- oder Seidenhemden gezwängt. Die Mädchen wollen nichts trinken und versuchen sich daher zu zügeln, eine Anstrengung, die man ihren Miniwickelsarongs ansieht. Paul kreuzt in seinen alten Westernklamotten auf, in Begleitung eines kleinen Mädchens mit schwarzem lockigen Haar, eine jüngere Anna Magnani, aber wahrscheinlich eine amerikanische Jüdin. Paul schließt Todd in die Arme; es ist zu laut, um ihn mit seiner Partnerin bekannt zu machen, aber er lächelt Todd komplizenhaft zu.

Todd (schreit): Wieder im Sattel.

Doch Paul hört oder versteht ihn nicht, und die beiden verschwinden in rötlich orangefarbenem Geflimmer.

Luigi ist wieder da. Packt Todd hinten an der Schulter und bugsiert ihn auf die Herrentoilette. Weiße Kacheln, grelles Licht. Luigi stellt sich mit geschlossenem Hosenladen vor ein Pissoir, sieht sich um, streut dann aus einem kleinen, kunstvoll wie Origami gefalteten Papiertütchen Pulver auf seinen Handrücken und schnupft es. Der neben ihm stehende Todd macht es ihm nach. Eine dunkle, kleine Frau um die dreißig tritt ein, in einem schwarzen Cocktailkleid, mit blondgefärbtem Haar, hohen Stöckelschuhen und viel protzigem Schmuck. Luigi schreit auf, als er sie sieht.

Luigi: Rosalina! Rosalina!

Rosalina begrüßt ihn ebenso laut.

Rosalina: *Cattivi ragazzi.*

Sie drängt sich zwischen die beiden an den Pissoirs.

Luigi (flachsend): *Solo per uomini.*

Rosalina lacht und formt mit den Lippen den Text von »I'm Coming Out«, während Luigi ihr auf dem Handrücken eine Linie zieht.

Rosalina lebt von ererbtem Geld. Sie verbringt ihre Jahre damit, von einem Schickeria-Ort zum nächsten zu ziehen und junge Männer kennenzulernen. Befriedigung findet sie dabei nicht, aber sie macht ständig die ersten Phasen des Verliebtseins durch – die schlimmsten. Läßt sich jede Woche von einer anderen Tarotkartenleserin die Zukunft vorhersagen.

Nachdem sie eine Nasevoll genommen hat, wirkt Rosalina sofort älter. Ihre Falten treten hervor, die braunen Ringe unter ihren Augen werden schwarz.

Todd (stößt Atem durch den Mund aus, um sich etwas zu entspannen): Zu viele Leute. Ich krieg nicht mehr alle auf die Reihe.

Rosalina (legt ihm die Hand um den Kopf und küßt ihn auf die Schläfe): Nein nein. Bleib hier und tanz mit mir.

Todd hat seit dem Flug nicht mehr geschlafen und kann nicht viel tun. Aber er legt ihr die Hände auf den Hintern, hält sie ganz fest und atmet den starken Forsythien-Duft eines Parfüms ein, der von einem kleinen Bausch zwischen ihren Brüsten aufsteigt. Es freut sie zu spüren, daß er einen Steifen in der Hose hat. Er leckt ihr über die Haut an der Stelle ihres Busens, die das Kleid freiläßt und wo sich der Schweiß mit einem nach Chemie schmeckenden Eau de Toilette vermischt hat.

Rosalina (aufrichtig): *Ti amo.* (dann, die Worte weniger aufrichtig stöhnend) *Ti amo.*

Luigi legt Todd den Arm um die Taille, als er Rosalina von der wie eine Fotozelle wirkenden Tanzfläche führt. Er eist ihn von Rosalina los und lotst ihn in eine Ecke, um ihn mit Rex bekannt zu machen, der Assistent bei Ferrati ist, dem berühmtesten Männermodedesigner in Mailand. Rex ist klein, hat kurzgeschnittene dunkelbraune Haare, eine Frisur wie Popeye, nachdem er Spinat gegessen hat, trägt enge schwarze Jeans, die eine Reliefkarte auf dem Baumwollstoff zwischen seinen Beinen zeichnet, und Sandalen, die er vergangenen Sommer auf Fire Island gekauft hat. Obwohl er etwa in Todds Alter ist, benimmt er sich älter und wirkt verbrauchter, wie er da gleichzeitig einen Wodka pur, eine Zigarette und ein Fläschchen Poppers in den Händen hält.

Rex (zu Todd, durch seinen starken Akzent kaum verständlich): Bist du schwul?

Todd (Luigi hatte ihn auf dem Herweg über Rex' Verbindung zu Ferrati aufgeklärt, deshalb geht er darauf ein): Schwul oder cool?

Rex packt Todd am Kopf und zieht ihn zu sich her, damit er seinen Körpergeruch riechen kann.

Rex (in europäischem Feldwebelton): Luigi bringt dich jetzt zu einer Party in meinem Haus. Wie bist du gepolt?

Todd (zappelnd): Rate mal.

Die Party bei Rex ist ein Hexenkessel. Sein Haus besteht aus einem einzigen Raum, dessen Decke hoch wie eine Kathedrale ist, und einer Empore. Aus der Stereoanlage dröhnt »Funky Town«. Von den Holzbalken an Rex' Empore hängen ein paar Lederriemen und Ketten herab. Inzwischen ist er nackt, trägt eine Motorradmütze, schnüffelt an einem bernsteinfarbenem Fläschchen Amylnitrit mit leuchtend gelbem Etikett und reicht es an eine Gruppe Freunde weiter, die aus Los Angeles auf Besuch da sind. Ein nackter Typ mit einem braunen Spitzbart küßt ein Kalenderblatt, auf dem ein muskelbepackter Pornostar abgebildet ist, der in der Kluft eines Film-Gladiators steckt.

Die meisten Models auf dieser Party – alles junge Männer – haben es sich auf dem Boden bequem gemacht, wo mit der Regelmäßigkeit des kleinen Zeigers einer Uhr auf einem Handspiegel Kokainlinien herumgereicht werden. Schweigend. Todd fühlt sich isoliert. Beobachtet, wie die Gesichter mit den Unschuldsmienen selbst dann noch ihr gesundes Aussehen bewahren, wenn die Augen sich rosa verfärben und die Lippen austrocknen. Die Jungs in ihren Jeans und Khakihosen bilden eine Collageplastik, ähnlich den zusammengestauchten Objekte John Chamberlains – ineinander verschlungene Beine, ein Gewirr von Blicken, in dem Achselhöhlen ins Auge springen wie Verkehrszeichen.

Todd spürt einen warmen Mund an seinem Schwanz, aber wegen der Drogen wird er nicht knochig hart, sondern bleibt fleischig weich und fühlt sich an wie ein Fisch in einem Teich.

Dann hört Todd den fernen gedämpften Schlag einer Turmglocke. Fühlt sich wie in einem Märchen zur Flucht gedrängt. Steht auf und geht direkt durch das Stimmengewirr. Draußen auf der Straße putscht ihn die Klarheit des linden Winds einen Moment lang auf. Dann holt ihn Luigi ein, legt ihm die Hand auf den Hinterkopf und streicht ihm das Haar glatt.

Luigi: Einen Koksertreff Mailands zeige ich dir noch.

Todd (eine Zeitlang das letzte, was er sagt): Von mir aus können wir jetzt auf Hochzeitsreise an die Niagarafälle fahren.

Ihr nächstes Ziel ist die Residenza Clothilde. Das bestußteste und feudalste der von Models frequentierten Hotels. Hat sogar einen Zimmerservice. Ein paar der erfolgreicheren Frauen veranstalten die Party. Im Rund der Auffahrt sind viele Fahrzeuge mit einem Schwarzen Panther oder einem Silbertiger vorgefahren. Das sind die Vehikel der Playboys, eine in Mailand besonders gut gedeihende Spezies, die stets hinter neuen weiblichen Models her ist, um sie auf eine Yacht zu entführen, sie mit schwarzen Diamanten zu überhäufen oder ihnen eine Chance in Rom beim Film zu verschaffen, besonders in Barbarella-Balladen.

Die Suite ist wie ein Apartment in Miami möbliert: weiße Zottelteppiche, runde rosa Resopaltische im Licht der von der Decke hängenden Moskitolampen. Es wimmelt von Frauen, die tatsächlich Trikots aus Leopardenfell oder durchsichtige Plastiktops tragen, und Männern, die ihr schwarzes Haar tatsächlich nach hinten geschniegelt haben oder deren Halsketten tatsächlich aus Gold sind.

Todd sitzt auf einem zusammenklappbaren Stuhl an einem zusammenklappbaren Spieltisch, kann aber nicht lange stillsitzen. Alle Anwesenden sind in eine Rauchwolke gehüllt. Ein weißhaariger Sean Connery-Typ in einem weißen Anzug hat den Arm um eine junge, intelligent wirkende Brünette gelegt, die seinen Ausführungen über die geplante Forschungsreise seiner Yacht zuhört.

Playboy: Ich glaube, ich habe das untergegangene Atlantis entdeckt. Unsere Tiefensonden können Gold orten. Die Regierung hat Angst, es könnten Spuren von außerirdischem Plunder zutage kommen, ist aber bereit, unser Projekt zu finanzieren, wenn wir einen Brunnen oder ein Trümmerstück von einem Palast an Land bringen.

Frau (hilfreich): Ich habe gelesen, die *Ilias* sei möglicherweise in Atlantis entstanden.

Playboy (hingerissen): Genau!

Nicht lange, und Todd ist allein, summt »Everybody's Talking« vor sich hin, im Widerhall der Schritte seiner Tennisschuhe vor dem Dom auf dem breiten steinernen Mondreflektor von einem Platz, den er auf dem Heimweg zu seiner Pensione überquert.

***

Mailand bei Nacht. Der Domplatz auf der einen, Neonreklame wie am Times Square auf der anderen Seite. In der Galleria, wo Jungen auf dem wächsernen Pflaster Skateboard fahren. Geschlossene U-Bahn-Stationen mit verrunzelten Männern, die Heroin schießen. Musikbox in einer Punkerkneipe. Gäste im Restaurant Rigolo, die unter verschiedenen üppigen Desserts auf einem Tablett wählen. Kaffeetrinken im Tabakkiosk. Drinks auf einer Terrasse. Castello Sforzesco. Giardini Pubblici. Die Leonardo da Vinci-Kanäle. Straßenbahn, die zwischen den Säulenruinen an der Via Torino durchfährt. Der Flughafen Malpensa mit einschwebendem Flugzeug. Ein Empfangschef. Leere brutale

Straßen aus schnellfahrendem Auto herausgesehen, wenn sie an Polizisten mit Maschinengewehren und Insektenhelmen vorbeirasen.

Pfennigabsätze

Todd liegt im Bett in dem Pensione-Zimmer. Sein Herz schlägt doppelt so schnell wie sonst, und seine Venen und Arterien kribbeln. Er fährt sich mit der Zunge vorn über die Zähne, und vergleicht das, was er spürt, mit vor ein paar Stunden, als seine Zähne völlig empfindungslos waren. Straßenlaternen, deren Schein mild durch die geschlossenen Fensterläden dringt. Das Ticken der Uhr. Auf dem Kassettenrecorder läuft die Tschaikowsky-Kassette; Schwankungen in der Klangqualität. Kassette schaltet sich ab.

Todd stört das regelmäßig wiederkehrende Geklapper der Stöckelschuhe, treppauf, treppab oder im Flur, gefolgt von lautem Türenschlagen. Er steht auf und sucht in seinem Waschbeutel nach einer Packung »Unisom«, seinen bevorzugten Schlaftabletten, muß aber vergessen haben, sie einzupacken. Schaukelt schweißbedeckt auf der Matratze hin und her und wiederholt in einem fort das Wort »Pferdetranquilizer«.

Plötzlich ist lautes Hämmern zu hören. Todd wälzt sich aus dem Bett. Zieht den japanischen Bademantel und Turnschuhe mit offenen Schnürsenkeln an. Späht in den schummrigen Flur. Sieht eine Prostituierte – eindeutig eine Frau, geschminktes Gesicht, Schuhe mit Pfennigabsätzen, enges Vinylkleid –, die einen Freier in ein Zimmer führt. Sie bedenkt Todd mit einem mißbilligendem Blick, ehe sie die Tür zuschlägt. Todd will mehr über diese Geräusche herausfinden. Peng, peng. Klapper, klapper. Außerdem kann er sowieso nicht schlafen.

Todd geht mit tappenden Schritten nach unten. Auf der Treppe drängen sich drei schwerbewaffnete Polizisten an ihm vorbei. Kommt sich nackt in seinem Kimono vor. Hat das Gefühl, daß sie hinter der Hure mit den Pfennigabsätzen her sind. Aber als er unten in die Eingangshalle kommt, bemerkt er einen vierten Polizisten mit blassen Hängebacken, der an der Wand neben dem kitschigen Druck der Jungfrau Maria lehnt, hinter dem Palmwedel stecken, und sich mit den Fingern durch seinen dichten Schnurrbart fährt, während der Padrone Geld von einer anderen geschminkten Dame kassiert, auf die das trübe Licht der Lampe am Empfang fällt. Todd wird nicht schlau aus der Sache. Der Padrone ist über Todds Auftauchen nicht sonderlich erfreut.

Padrone: *Cosa fai?*

Todd: Ich kann nicht schlafen. (Dann lauter und verzweifelter): Ich kann nicht schlafen.

Padrone (mit einem entschuldigenden Blick auf die Frau): *Per piacere, signore. Silenzio.*

Die drei Polizisten kommen wieder runter, nicht mit der im Zimmer verschwundenen Prostituierten, sondern mit einem blonden jungen Amerikaner, den Todd früher am Abend auf Rex' Party gesehen hat. Todd glaubt, daß hier Unrecht geschieht, und ist aufgebracht und verwirrt. Ein gleichgültiger Bulle hält dem Model die Arme auf den Rücken.

Bulle (ernst): *Passaporto. Subito.*

Padrone (zieht das kleine blaue Heft hervor): *Eccolo.*

Während die Polizisten und der Padrone miteinander palavern, eingehüllt in den Zigarettenqualm der rauchenden Prostituierten, unterhalten sich Todd und das Model gelassen und leise.

Todd: Was hast du verbrochen?

Model: Ich habe die Miete für diesen Monat nicht bezahlen können. Sie haben mich im Zimmer meines Freundes gefunden. Sie hatten einen Haftbefehl. Ich war im Schrank.

Todd: Bei welcher Agentur bist du?

Model: Star.

Todd (erleichtert): Ich bin bei Top Model.

Model: Läuft aufs gleiche raus. Irgendwie muß man seine Miete bezahlen.

Todd: Gibt es denn keine Arbeit?

Model: Wann bist du hier angekommen?

Todd: Gestern.

Model: Ich kann dir nur den Rat geben, in die Schweiz zu gehen und im Kataloggeschäft zu arbeiten.

Todd: Wo kommst du heute nacht unter?

Model: Keine Ahnung. Vielleicht im Clothilde.

Todd (fängt an zu verstehen): Ich habe Angst, daß mir das Geld ausgeht. Sehr viel hab ich nicht.

Todd verfolgt das Gesten- und Gebärdenspiel nicht genau, aber kurze Zeit später sind die Beamten und das merkwürdig schicksalsergebene Model verschwunden.

Todd (entschieden): *Telefono.*

Padrone (mißtrauisch): *Cóme?*

Todd: Amerika.

Todd schreibt eine Telefonnummer auf den Block, der Padrone ruft die Vermittlung an, und Todd wartet. Zwanzig Minuten später taucht der Padrone in einem Morgenmantel aus roter Seide auf, um den Rückruf entgegenzunehmen.

Todd: Mom?

Elaine: Todd? Was gibt's?

Todd: Nichts. Ich wollte dir nur sagen, daß ich angekommen bin. Wieviel Uhr ist es bei euch?

Elaine: Neun.

Todds Mutter redet immer in schleppendem Ton, als stünde sie unter Valium, was aber nicht der Fall ist. Todd hat keine Geschwister.

Elaine: Dein Vater ist im Büro. Wir sind heute auf der Bank gewesen, um die Coupons unserer Pfandbriefe zu schneiden. Da hört man immer von alten Leuten, die Coupons schneiden, und plötzlich gehört man selbst dazu, komisch, was? (Sie lacht.)

Todd: Warum hat das so lange gedauert?

Elaine: Er schneidet die Coupons immer schon gern für ein Jahr im voraus und bewahrt sie dann im Büro auf, bis man sie einlösen kann. Jedenfalls war es drei Uhr, als wir aus dem Tresorraum kamen. Dann sind wir zu Arby's gegangen und haben uns ein Roastbeefsandwich geholt. Wenn er nach Hause kommt, gehen wir vielleicht noch eine Kleinigkeit essen.

Todd: Dein Geburtstag und Vatertag sind dieses Jahr auf den gleichen Tag gefallen.

Elaine: Ja. Wir hatten bei einer Tombola Gutscheine gewonnen, die man in verschiedenen Restaurants einlösen kann. Wir haben uns eins ausgesucht, in dem wir noch nicht waren, ein Lokal in einem alten Zug auf einem Platz in der Stadt, und sind da zum Essen hingegangen. Viel gegessen haben wir aber nicht. Tags darauf mußte dein Vater nämlich mit einem Mann, der sich um einen Direktorenposten bewarb, und dessen Familie zum Essen gehen. Sie hatten sich hier Schulen angesehen. Sie sind aus Wyoming. Und ihr Sohn ist im Debattierklub seiner Schule. Also mußten sie nach einer Schule mit einem Debattierklub suchen. Die einzige ist eine katholische Privatschule.

Todd: Sind sie katholisch?

Elaine: Ich glaube schon. Aber Dad war das ganze Wochenende draußen und hat die Sträucher geschnitten. Ich finde, er sollte jemanden dafür anstellen.

Bald machen sie Schluß.

Todd: Ich kann dich nicht verstehen, da ist ein Echo in der Leitung, deine Wellen werden von einem Satelliten reflektiert.

Elaine: Ich habe gedacht, wir hätten bloß eine schlechte Verbindung.

Todd kommt sich wie der Astronaut in *2001* vor, der mit seinen Eltern auf der fernen Erde spricht.

Todd: Ich liebe dich.

Elaine: Sei ein guter Junge. (kichert): Junge sollte ich nicht mehr zu dir sagen. (kichert): Paß auf dich auf.

Sie legen auf. Sie hat ihn nicht gefragt, wie es in Mailand ist. Vielleicht möchte sie sich nicht eingestehen, daß er dort ist. Todd geht ins Bett und wickelt sich wie eine Mumie in ein weißes Laken. Zum Glück ist morgen ein Feiertag. Was immer es für ein Feiertag sein mag.

Lucy und Frank

Am Abend steht Lucy zu ihrem Treffen vor Franks Tür. Sie ist weniger unkonventionell gekleidet als sonst. Weißes Kleid mit grauen Nadelstreifen. Blaue Segeltuchschuhe. Schwarzes Haar, das sie wie ein aufgeschreckter Schwarm schwarzer Bienen umschwirrt. Sie tritt von einem Fuß auf den anderen, als starre die Tür sie herausfordernd an und mache sie nervös.

Als Frank öffnet, fällt die Spannung von ihr ab. Er trägt eine weiche graue Hose, ein hellgraues T-Shirt, auf das ein College-Abzeichen aufgenäht ist, schwarze Mokassins.

Frank (ganz präsent, etwas ausstrahlend): Komm erst mal eine Weile rein. (Sobald Lucy durch die Wohnungstür getreten ist): Sharon ist eine Woche nach Hause zu ihren Eltern gefahren.

Lucy (wie um sie zu verteidigen): Ich mag Sharon. Ich finde, sie ist originell.

Frank setzt sich auf die Couch und stützt das Kinn in die Hände, die wie Radarschüsseln auf den Antennen seiner Arme sitzen. Lucy wippt auf dem aus dem Leim gehenden Schaukelstuhl rasch hin und her.

Lucy (distanziert plaudernd): Ich habe mit Todd gesprochen. Er klang niedergeschlagen.

Frank macht es sich der Länge nach auf der Couch bequem, schaltet den Fernseher ein und gleich wieder aus, noch ehe der leuchtende Punkt auf dem Bildschirm größer werden kann, zappelt unruhig herum, landet schließlich schwungvoll wie ein Turner nach einem Salto auf dem Boden und tritt dann an das rosarote quadratische Fenster.

Frank (den Blick nach draußen gerichtet): Mein Fahrrad muß mal wieder gründlich geputzt werden.

Lucy (hartnäckig): Hast du was von Todd gehört?

Frank: Nein. Aber ich bin nächste Woche in Mailand. Bestimmt hängt er sich mir dort an die Rockzipfel wie hier auch.

Lucy (aus dem Konzept gebracht): Bazille. Ich dachte, wir würden uns treffen, um nur Gutes über Todd zu sagen.

Frank: Das entspricht nicht meiner Art. Meine Art ist es, äh, dich ihm auszuspannen. (Geht zu ihr rüber und baut sich monströs und drohend vor ihr auf.) Mir den Bauch vollzuschlagen. Das Faß zum Überlaufen zu bringen.

Lucy: Du hast Sharon.

Frank: Um so besser.

Lucy (lacht hektisch und schaukelt immer schneller): Ich bin so froh, bei jemandem zu sein, mit dem ich Quatsch reden kann.

Frank fühlt sich nun weniger verkrampft. Aus Jux geht er, ohne sich umzusehen, so weit zurück, bis er den ganzen Fensterrahmen ausfüllt. Lucy lacht über seinen Witz.

Frank: Möchtest du, daß ich ihm etwas von dir nach Mailand mitnehme? Ein Stück Wäsche von dir?

Lucy: Stehst du wirklich auf Unterwäsche? (Geht rüber, um zu

Frank ans Fenster zu treten.) Du bist zum Schreien. Da läuft mir echt 'n Ei aus.

Frank: Das da ist ein ausgelaufenes Ei.

Lucy: Wieso? Was meinst du damit?

Frank legt Lucy die Hand auf den Nacken und zieht sie zu sich hin, damit sie aus dem Fenster nach oben in den weißgelben Abendhimmel schaut. Sogar ein Scheibchen Karamelmond ist zu sehen. Und ein leichter Wind bewegt die hellbraunen Leinenvorhänge hin und her.

Frank (zärtlich): Laß uns einen Spaziergang zum Fluß machen.

Frank zieht eine schwarze Nylonjacke an, dann gehen er und Lucy aus dem grauen Chelsea-Backsteinhaus über die Achte Avenue und durch enge Straßen im West Village, die verästelt sind wie die Linien einer Handfläche, hinunter zum Hudson River.

An einer Ecke bleiben sie auf einem kleinen, von Koreanern betriebenen Obst- und Gemüsemarkt stehen. Das Obst sieht fast wie gewachst aus – so glänzend, so bunt.

Lucy: Ich möchte dir was zu essen kaufen. Auf was hast du Lust?

Frank: Wenn du möchtest, kannst du mir einen Schokoriegel kaufen. So einen schweizerischen, mit Kirschen drin.

Frank deutet auf ein europäisch wirkendes Törtchen, dessen schlau für den amerikanischen Markt konzipierte Verpackung an einen Schokoriegel denken läßt. Diese Innovation der Süßigkeiten-Industrie, die 1923 von den Schokoladenfabrikanten Frank und Ethel Mars aus Minnesota, den Herstellern des ersten Milky-Way-Riegels, in den Handel gebracht wurde. Heute zählen die vielen Milliarden Dollar ihrer Familie zu den größten Vermögen in den Vereinigten Staaten.

Lucy nimmt eines der Törtchen aus dem Verkaufsständer. Dann greift sie in ein großes Kühlfach und holt einen kleinen Behälter mit frisch gepreßtem Orangensaft heraus. Während sie die Tür aufhält, haucht sie in die gekühlten Regale, so daß ein weißes Atemwölkchen entsteht.

Lucy: Wenn ich das mache, habe ich das Gefühl, es sei Winter.

Lucy bezahlt, sie gehen aus dem Laden und weiter nach Westen zum Hudson. Nach kurzer Zeit gelangen sie zu dem

Eisenzaun am Flußufer. Bummeln über eine Promenade, die aus Gründen der Verbrechensverhütung von unangenehm grellen Laternen erhellt wird.

Sie haben sich einen ungewöhnlichen Moment für ihren Spaziergang ausgesucht. Eine Art Prozessionszug schlängelt sich zum Flußufer. Der Zug wird von Männern und Frauen gebildet, die gerade von der feierlichen Enthüllung eines Denkmals für die in Vietnam gefallenen amerikanischen Soldaten kommen. Das Denkmal steht auf einem Platz in der Nähe. Sie führen Kerzen, Blumenkränze und Pappschilder mit sich, auf denen mit Leuchtstift die Namen von im Krieg getöteten Angehörigen und Freunden geschrieben sind. Die in Kerzenlicht getauchte Menschenmenge gelangt an den Zaun, und einer nach dem anderen wirft seine Blumen in die kabbeligen Fluten. In dem flackernden, schummrigen Licht sind tiefbewegte Mienen auf den Gesichtern erkennbar. Nicht viele Leute schluchzen oder weinen laut. Aber fast alle scheinen den Tränen nahe, und ihre Seelen schmelzen mit dem Wachs der Stummelkerzen. Manche werfen ihre Kerzen in hohem Bogen hoch, so daß sie zischend in die dunklen Fluten klatschen – Fluten, aus denen die Polizei schon so viele Leichen mit Zementklötzen an den Beinen herausgefischt hat.

Frank: Geht einem ganz schön an die Nieren.

Lucy: Hast du schon mal Dokumentarfilme von hinduistischen Bestattungen gesehen, wo die Leichen an den Ufern des Ganges verbrannt und die Asche dann in den Fluß geworfen wird? Das erinnert mich daran.

Frank (schüttelt den Kopf): Hm-hm.

Auf dem Rückweg zu Franks Apartment gehen die beiden in eine Eisdiele auf der Siebten Avenue. Frank holt sich Schokolade, Lucy Erdbeer-Tofutti. Sie nehmen die kalten Kugeln mit nach Hause, wo sie sich unterhalb des Fensterbretts auf den Boden setzen, jeder ein Bein zwischen denen seines Gegenübers.

Frank: Um deine Frage zu beantworten, Unterwäsche macht mich an, weil es genau so ist, wie wenn man eine Frau am Kitzler streichelt.

Lucy (vorwurfsvoll): Ich dachte, dir hätte es die Petersilie verhagelt. Daß dich das vorhin so bewegt hätte.

Frank: Hat es auch. Ich habe deine Frage von vorhin nicht beantwortet, deshalb beantworte ich sie jetzt.

Lucy: Ach. (So lange nachdenklich und still, wie die Ampel an der Ecke auf Rot steht, bevor sie wieder auf Grün umschaltet, und die Autos sich in Bewegung setzen.) Meine Jeanne d'Arc-Stimme rät mir jedenfalls, jetzt aufzubrechen. Bevor noch weitere Fragen beantwortet werden. Oder sonst was passiert.

Frank (streichelt ihren Hals): Ist mir recht.

Kurz darauf stehen sie an der Tür.

Frank: Sag mir gute Nacht.

Lucy gehorcht. Sie stellt sich auf die Zehenspitzen und küßt ihn auf die Wange, genauer gesagt auf den Wangenknochen, fast auf die gleiche Stelle der Physiognomie, wo sie Todd an jenem Abend unter dem Laternenpfahl auf der Siebten Avenue geküßt hatte, der Nacht des Tages, an dem er Frank kennenlernte.

Romeos

Todd steht mit ungefähr fünfundzwanzig anderen Jungen im feuchten Untergeschoß der *Vogue*-Studios. Morgens um zehn. Überall versperren Kleiderständer den Weg. Wandschirme unterteilen den Raum in verschiedene Bereiche. An verschiedenen Punkten strahlen Scheinwerfer. Ein Anblick wie bei der Immatrikulation an einem College: Polohemden, ordentliche Haarschnitte, Khakihosen, weiße Zähne.

Nicht ganz so schick wie die meisten anderen Models, dafür aber auffallender, ist Michelangelo (richtiger Name: Mike). Er war als Modemodel auf einer Reklametafel am Times Square abgebildet – sein welliges schwarzes Haar so geformt und so hoch wie eine Zypresse, seine Wangen so ausgehöhlt wie ein Cañon. Das einzige Foto in seiner Mappe ist die Aufnahme dieser Reklametafel. Und doch hat er bisher jeden Tag Arbeit gehabt.

Michelangelo sitzt, ein Bein angewinkelt, auf einem Schreibtisch aus Eiche, redet mit niemandem. Unter seinem engen schwarzen T-Shirt treten Muskelpakete hervor; trägt eine grüne Militärhose, eine Schirmmütze und eine verspiegelte Sonnenbrille. Todd spürt, wie ihn der Modesoldat hinter der Brille anstarrt, entweder verächtlich oder einfach, weil ihm die Augen stehengeblieben sind, jedenfalls unverwandt und scheinbar ausdruckslos. Da Michelangelo das berühmteste Model unter den anwesenden ist, reden die anderen über ihn.

Ein Model aus Texas (zu Todd): Ich habe gehört, er sei heroinsüchtig. Falls er noch einmal bei einem Shoot eine Kamera klaut, will Jean ihn aus der Stadt jagen.

Todd (fühlt sich durch Michelangelos aufmerksame Unaufmerksamkeit geehrt): Was du nicht sagst.

Ein Model aus Long Island (später bei Zebra rausgeworfen, als Nacktaufnahmen von ihm in der Schwulenzeitschrift *Blueboy* erscheinen): Er hat eine Frau und zwei Kinder in Amerika, aber ein Agent hat ihn in einer Stricherbar aufgegabelt.

Das Casting ist für die zweistündige Aufnahme eines Einseiters zum Mindestlohn angesetzt. Zwei Frauen kommen in das Studio stolziert und unterhalten sich murmelnd in leisem Italienisch, während sie sich von den Models ihre Setkarten geben lassen. Es sind Einheimische. Da sie im modebewußten Mailand leben, tragen sie runde schwarze Metallohrringe. Lebten sie in Kalabrien, würden sie schwarze Kopftücher tragen. Todd gibt ihnen einen Schwarzweißabzug von Louis' Foto in der Dusche. Seine Karte ist noch nicht fertig.

Die beiden Frauen nicken Michelangelo zu, der dieses Rennen ums schnelle Geld offenbar gemacht hat. Er reicht ihnen von sich aus keine Karte, und sie verlangen von ihm auch keine. Statt dessen bitten sie ihn – ein schwarzer Prinz –, noch dazubleiben. Die anderen – die Höflinge – sind entlassen. Todd geht mit zwei neugewonnenen Kumpeln die Treppe rauf und hört nur zu.

Model Nr. 1: Das ist doch nicht zu fassen! Wegen einer Seite in 'ner Illustrierten veranstalten die so 'nen Auftrieb.

Model Nr. 2: Wenigstens kann ich notfalls wieder in meinem alten Beruf als Immobilienmakler anfangen.

Todd geht zum nächsten U-Bahn-Eingang und fährt mit der Rolltreppe in eine elegante, in Rot und Grau gehaltene Station, wo er Jetons in einen gewölbten gelben Telefonapparat einwirft, der einer Espressomaschine ähnelt.

Todd (zu Jean): Was glaubst du, wie es in der Sowjetunion mit Aufträgen aussieht?

Jean (schnell): Ihr jungen Amerikaner habt immer Rußland im Kopf. Im Ernst. Hier ist ein Kunde, der dich heute nachmittag sehen möchte. Du mußt um drei in der Agentur sein.

Todd bummelt im prallen Sonnenschein über die Via Torino zu seiner Pensione. Er hat einige Stunden Zeit. Geht kurz in den Lebensmittelmarkt auf der anderen Straßenseite. Kauft eine *Herald-Tribune*, ein Plastikschälchen Erdbeeren, eine Tüte Milch. Schlängelt sich auf dem Rückweg zwischen Straßenbahnen und starkem Autoverkehr durch.

In der Kühle seines schattigen Zimmers streift sich Todd eine bequeme schwarze Badehose über. Breitet dann ein Handtuch auf der Terrasse aus, legt sich dort in die glühendheiße Sonne und ißt beim Lesen der sich wie grobes Toilettenpapier anfühlenden Zeitung die leckeren Erdbeeren. Streckt sich flach auf dem Rükken aus, um die Sonne seine Probleme für sich lösen zu lassen. Hat das Gefühl, die Luft sei seine unsichtbare Masseuse.

Bis auf die Knochen durchgewärmt, holt Todd sein Scrapbook, öffnet das leere Buch auf dem Terrassentisch, setzt sich eine grüngetönte GI-Sonnenbrille auf, nicht unähnlich der Michelangelos, und geht an die Arbeit. Die erste Seite läßt er frei. Blättert um. Auf der ersten linken Seite klebt er einen Schnipsel von einem Stadtplan Mailands aus seinem Städteführer ein, den er mit gezackten Rändern ausgeschnitten hat. Auf der gegenüberliegenden Seite zeichnet er mit Bleistift eine Kopie von Edvard Munchs »Der Schrei«. Darunter klebt er aus einer Schlagzeile der *Herald-Tribune*, die er gelesen hat, nur die Wendung SPRACHBARRIERE. Sein Wecker klingelt – halb drei. Er zieht sich an, nimmt die U-Bahn.

In der Agentur geht es genauso zu wie am Morgen in den *Vogue*-Studios. Auf dem Stuhl von Beatrice sitzt ein grauhaariger Kunde mittleren Alters, der wie ein Papst auf einem Gemälde von Francis Bacon aussieht. Als Todd ankommt, packt ihn Luigi an der Schulter, als erweise er ihm damit eine besondere Auszeichnung, und bugsiert ihn in ein kleines Zimmer im hinteren Teil des Gebäudes.

Michelangelo kommt soeben von der Vorführung in einem beigefarbenen Anzug ins Umkleidezimmer getrabt. Zieht den Anzug aus, läßt arrogant alle anderen unbeachtet, steigt in seine Militärhose und läßt den Anzug auf einem Haufen am Boden liegen. Luigi hebt den Anzug auf und reicht ihn Todd, der sich inzwischen bis auf seine blaue Nylonunterhose ausgezogen hat – ein Fund aus einem hiesigen Kaufhaus. Todd soll nun denselben Anzug vorführen. Die Hose ist viel zu weit, deshalb schlägt Luigi sie am Bund um und knöpft das Jackett zu, damit die so entstandene clowneske Taille nicht zu sehen ist.

Luigi (angeberisch, während er Todd den Gang entlangführt): Zuletzt habe ich als Verkäufer bei einem Herrenausstatter in der Via Monte Napoleone gearbeitet.

Der Kunde ist weder mit Todds Mappe noch mit seiner verkrampften Pirouette in dem schlackernden Anzug zufrieden. Todd geht mit einem flauen Gefühl im Magen in das Umkleidekabinett zurück, wo der nächste, ein blonder Typ, in Unterwäsche und Socken darauf wartet, daß er an die Reihe kommt.

Als Todd jedoch, nachdem er die Agentur so schnell wie möglich verlassen hat, schließlich in den Innenhof tritt, fährt es ihm plötzlich durch alle Glieder; es kommt ihm vor, als sei er geblendet. Nicht durch den Wechsel aus dem künstlichen ins natürliche Licht, sondern durch das Auftauchen eines alles überdeckenden Gefühls von Einsamkeit. Eine nervliche Anspannung, die schon den ganzen Tag über latent vorhanden war. Er kann es nicht ertragen, jetzt schnurstracks in die Pensione Medici auf sein Zimmer zu gehen. Deshalb beschließt er, statt dessen das Refektorium der Kirche nebenan zu besuchen, um sich das »Abendmahl« anzusehen.

Das Wandgemälde selbst, Tempera auf Stein, wird größtenteils von einem Gerüst verdeckt. An den Wänden stehen Ansageautomaten in sämtlichen Sprachen. Wenn man ein paar *gettone* einwirft, kann man die Geschichte des Wandgemäldes hören, das wegen der kreuz und quer laufenden Metallstangen ohnehin nicht zu sehen ist. Todd steckt *gettone* in den Automat mit englischer Sprache. Nicht weil er an kunstgeschichtlichen Fakten interessiert ist. Sondern weil er ungestört seine eigene Sprache hören möchte. Allerdings hat er nicht mit dem Oxford-Akzent des Sprechers gerechnet und kommt sich am Ende noch deplazierter vor.

Daher geht Todd wieder raus und auf die Rückseite der Kirche.

Dort entdeckt er einen dreieckigen, von einem eisernen Staketenzaun umschlossenen Park. Er setzt sich auf eine dunkle Bank im dunklen Schatten. Der einzige andere Mensch in dem Park ist ein Geistlicher, der unter seinem schwarzen Hut da sitzt und döst. Tauben und andere Vögel trippeln auf dem Pflaster hin und her wie Reisende, die in einem Bahnhof auf einen Zug warten. Todd konzentriert sich auf seine empfindliche schmerzhafte Stelle. Er könnte überall auf der Welt sein. Einsamkeit ist eine große Gleichmacherin, eine Vernichterin von Zeit und Ort.

Todd kann seine Einsamkeit fast schmecken. Er findet, sie schmeckt wie Johannisbrot.

Inzwischen nimmt der Nachmittag eine bronzene Färbung an. Auf dem Rückweg zur Via Torino fährt Todd mit einer orangefarbenen Straßenbahn, die durch schiefe Stromabnehmer mit den Oberleitungen verbunden ist; die dunklen Holzbänke sind hauptsächlich mit Frauen besetzt. Es ist die Zeit der *passeggiata* zwischen fünf und halb sieben, wo die Mailänder, besonders junge Leute und Männer, die Straßen entlangpromenieren. Mit ausdruckslosem Gesicht beobachtet Todd aus der Straßenbahn diese sich wie Pfauen spreizenden Männer, wie sie einander mustern, Klatsch austauschen und ihre neuen Klamotten spazierenführen.

In seiner Pensione fährt er mit dem kleinen Aufzug in den Empfangsraum im ersten Stock. Sein Schlüssel hängt wie ein Mann am Galgen in einem Schlüsselkasten. Ein Zettel ist darum gewikkelt. Todd streicht den Zettel glatt und schnallt ab. Der Zettel ist von Frank.

Nachricht (mit Bleistift gekritzelt): *Meine Wohnung ist ganz in der Nähe. Bleib auf deinem Zimmer und warte auf meinen Anruf.*

Todd wartet, während die blaßweiße Sonne in einem der Münzschlitze des Himmels durch einen gelben Mond ersetzt wird und die rotgrüne Atombombenfärbung der Atmosphäre (Mailand hat viel Industrie) ins Violettbläuliche umschlägt. Schließlich schläft er mürrisch ein, zusammengerollt wie ein Tier. Frank ruft die ganze Nacht nicht an.

Motorradfilm

Gerade als Todds lange Wartezeit anbricht, beginnt für Lucy ein heißer, schwüler Tag. (Sechs Stunden Zeitunterschied.)

Jetzt, wo Frank und Todd weit weg sind, kommt sich Lucy wie ein Lügendetektor ohne Lügner vor. Unnütz, brachliegend. Sie nimmt eine Kippe aus Todds Aschenbecher mit der Landkarte Floridas, den sie als Andenken aufbewahrt, raucht sie hirnrissigerweise zu Ende. Versucht, den Sony-Farb-Portable mit der Fernbedienung einzuschalten. Das rubinrote Lämpchen leuchtet auf, aber es kommt kein Bild. Deshalb geht sie zum Fernseher und drückt den Knopf von Hand. Es läuft eine Geschichte über Terroristen, die im Nahen Osten ein Flugzeug entführen und es zur Landung in Syrien zwingen. Die Anführer der Araber wirken mit ihren gestreiften Kopftüchern wie aus dem Alten Testament. Das verstört Lucy. Dies Detail springt ihr verwirrend ins Auge.

Lucy stopft ihre ganze schmutzige Wäsche in einen Kissenbezug, den sie als Wäschesack verwendet. Die schmutzige Kochwäsche, hauptsächlich Unterwäsche, wandert in einen kleineren Kissenbezug. Sie schnappt sich eine große, orangeblaue Schachtel Waschpulver und schleppt den ganzen Kram zum Waschsalon. Rüber zur Zweiten Avenue. Aber als sie dort ankommt, hängt ein Zettel an der Tür hinter dem heruntergezogenen Gitter: AM MEMORIAL DAY GANZTÄGIG GESCHLOSSEN.

Lucy: Scheiße.

Lucy will sich einen Film ansehen. In dem versifften Kino an der Ecke Zweite Avenue und St. Mark's Place läuft als Holiday-Special ein Motorradfilm von früher. Dieses Jugendepos wurde in satten, schreienden Farben gedreht. Als die Motorradgang an einem See haltmacht und nackt baden geht, ist der See in Blaues und Oranges getränkt, und die Krieger tauchen aus dem kühlen Tintenfaß blauer und orangefarbener auf als vorher. Viel fetzigere Blau- und Orangetöne als auf dem Waschpulverkarton, den Lucy umklammert hält, während sie in dem eiskalt klimatisierten Kino sitzt.

Der Motorradheld ist ein Schlaks mit fettigen schwarzen Haaren, trägt eine jasmingrüne Uniformjacke aus dem Koreakrieg, die mit Abziehbildern geschmückt ist, und ist als einziger der

Rocker gut rasiert. Lucy gefällt die Szene, wo die junge Freundin des Motorradhelden auf der Feuertreppe darüber schimpft, daß er ihr den Laufpaß gegeben hat, weil sie Rauschgift nimmt. Er hat keinerlei Erbarmen mit ihr. Aber später dann, in dem Vergnügungspark, als sie high ist, taucht der Motorradheld wieder auf, tanzt mit ihr und wirbelt sie langsam herum, bis er sie schließlich vor sich hinknien läßt und sie ihre feuchten Lippen zwischen seine Beine auf den Stoff seiner Hose pressen darf. Diese Szene läßt Lucy das Wasser im Mund zusammenlaufen. Sie reckt den Kopf, ob irgendwelche Typen in der Nähe sind, die dem Motorradhelden das Wasser reichen können. Am Ende ihrer Reihe sitzt vielleicht einer. Sie sehen sich ein paarmal kurz an, während die Rocker eine dünne, dümmliche Dorfschullehrerin drangsalieren. Lucy wünscht sich, sie hätte nicht diesen blöden Wäschesack auf dem Schoß. Sie kommt sich wie eine Schwangere vor.

Als das Licht angeht, wartet er an der Tür unter dem AUSGANG-Schild auf sie. Ohne Umschweife fängt er zu reden an, und sie antwortet direkt. Er begleitet sie über die 8. Straße, die lebhafteste Gegend der ganzen Stadt; offenbar fährt niemand aus diesem Viertel übers Wochenende weg.

Lucy: Gestern nacht habe ich mir stundenlang MTV angesehen. Zum Schluß habe ich meinen Fernseher auf Einschlafautomatik gestellt. Da schaltet er sich nach einer Stunde von selbst ab. Muß so gegen vier gewesen sein.

Gabe: Hast du die Jeans-Werbung mit mir gesehen?

Lucy (überschlägt sich fast): Aber klar! Ich habe nur nichts sagen wollen, bis ich mir ganz sicher war.

Gabe: Ist diese Großaufnahme am Schluß nicht unglaublich? Und dieses Mädchen, das sich total geil ihre Muschi an der Seite reibt?

Gabe sieht wie ein Italiener aus, ist aber keiner. In seinen Adern fließt das Blut vieler Völker, auch indianisches. Sein Vater ist Schwarzfuß-Indianer. Er trägt ein offenes Hemd, eine schwarze, mit Goldfäden durchschossene Stoffhose und schwarze Wingtip-Stiefel, Antiquitäten, die er vor kurzem bei einem Schuster auf der 6. Straße hat reparieren lassen. Sein Haar ist schwarz, seine Augen grün, er ist fünfundzwanzig.

Lucy: Ich habe einen Freund, der Model ist.

Gabe: Ja? Bei welcher Agentur ist er? Ach, schon gut, nicht so wichtig. Mir ist das scheißegal. Ich bin mit meinem Vertrag für diese Werbung zu den Typen bei »Elite« gegangen, und die erzählten mir da was vom Pferd von wegen daß ich noch ein paar Fotos für meine Mappe bräuchte. Aber jetzt bin ich in diesem landesweit ausgestrahlten Werbespot, und ihre Schwulenmodels haben keine Arbeit. Deshalb können die mich am Arsch lecken. (In grollendem Ton): Die können mich am Arsch lecken.

Lucy empfindet eine Mischung aus Abneigung, Zuneigung, Angst, Begierde und Verlangen. Sie lädt ihn ein, mit nach oben zu kommen, aber um auf Nummer Sicher zu gehen, macht sie zur Bedingung, daß er nach einer halben Stunde gehen muß.

Also kommt Gabe mit rauf und macht es sich gemütlich, wozu er seine Wingtip-Stiefel auszieht. Der lange Stiefelschaft ist aus Krokoleder. Lucy bietet ihm Hasch in einer Pfeife an, die sie anzündet. Wenn sie einen Zug machen, leuchtet die Asche bernsteinfarben auf.

Lucy fühlt sich unbehaglich. Hat keine Erklärung dafür. Sieht dann Todds Florida-Aschenbecher, der auf einem Wörterbuch auf einem Tisch in der Nähe steht. Sie kippt den Aschenbecher mitsamt der Asche um, so wie manche russisch-orthodoxe Gläubige die Ikonen zur Wand drehen, wenn sie miteinander schlafen. Daraufhin fühlt sie sich besser.

Gabe: In welcher Stimmung bist du heute? Fühlst du dich wohl? Hast du Zeit für mich?

Lucy (vorsichtig): Ich fühle mich heute ganz okay.

Gabe: Kannst du später mit mir ins Kino gehen?

Lucy: Nein.

Gabe: Darf ich dann mal telefonieren?

Lucy: Nur zu.

Gabe drückt die Tasten des Telefons. Nichts. Richtet seine Aufmerksamkeit wieder auf Lucy, die auf dem Bett liegt und Sport schaut, Tennis.

Gabe: Du bist so schön. Schönes Gesicht. Schöner Körper. Du bist einfach perfekt. Ich möchte nur mit dir knutschen.

Lucy ist die ganze Zeit über ungewöhnlich still und passiv. Sie wälzt sich auf Gabe, und die beiden beginnen, sich küssend zu entdecken, spüren ihre Körper.

Gabe: Habe ich Mundgeruch?

Lucy leckt um die Bartstoppeln an Gabes Hals. Darauf fährt er total ab. Sie machen eine Pause, und er zeigt ihr Fotos aus seiner Brieftasche, eines von ihm beim Militär, er sieht hübsch aus unter dem Käppi, wie Elvis, als er in Deutschland stationiert war. Dann setzt Gabe sich rittlings auf sie und drückt sie in die Matratze.

Lucy legt Gabe die Hand zwischen die Beine. Läßt die Hand nach unten gleiten, öffnet den Reißverschluß, drückt den Druckknopf auf. Leicht erschrocken stellt sie fest, daß sein Schwanz krumm ist, fast L-förmig. Sie leckt noch eine Zeitlang weiter, bis sich oben auf der islamischen Kuppel bereits ein feuchter Tropfen ansammelt.

Gabe: Ich möchte dich auffressen. Deinen Körper – ganz. Deine Muschi. Und deinen Arsch auch.

Gabe zieht sich bis auf sein T-Shirt aus, auf dem eine Zeichnung von einer Banane ist (in Gelb). Dann pellt er Lucy aus ihren Kleidern, bis sie nackt ist. Er beugt sich vor und leckt mit seiner muskulösen Zunge an ihrer Muschi und über ihre weichen Haare.

Lucy: Manchmal träume ich davon, eine Frau mit einem Harem voller Männer zu sein. Als Konkubine wärst du toll. Deine Zunge tut so gut. Braver Junge. Leck weiter. Leck weiter.

Dann läßt Gabe sich auf Lucy fallen. Sie kommt sich etwas eingezwängt vor, und sein Atem riecht tatsächlich irgendwie nach Medizin. Doch jetzt, wo er in ihr ist, fühlt sich sein krummer Schwanz gerade an. Er läßt sie kommen, und während es ihr kommt, hat sie das Gefühl, ihr Herz sei ein Whirlpool. Sie fühlt mehr in ihrem Oberkörper und Herzen als im Unterleib. Vielleicht hat sie ihre erogene Zone betäubt. Schließlich wälzt sich Gabe wieder von ihr runter.

Gabe (nach einigen Minuten): Geht's dir gut?

Lucy: Wunderbar. Ich mag deine Zunge. Bist du gekommen?

Gabe: Ein bißchen. Aber ich habe mich zurückgehalten.

Gabe beugt sich auf die andere Seite und ruft ein Mädchen an. Er verabredet, etwas später mit ihr ins Kino zu gehen.

Gabe (legt auf): Da du nicht mit mir ins Kino gehst, muß ich mir jemand anders suchen.

Lucy: Hast du eine Freundin?

Gabe: Ja. Es gibt da ein Mädchen, mit dem ich oft zusammen bin. Hast du einen Freund?

Lucy: Ja. So was ähnliches. Er ist das Model, von dem ich dir erzählt habe.

Gabe: Wann kann ich anrufen, ohne Ärger zu bekommen?

Lucy (schützt sich): Tagsüber.

Gabe legt sich wieder aufs Bett.

Gabe: Ich sollte anfangen, Sport zu treiben. Ich bin so dünn.

Lucy (raucht jetzt mit tiefen Zügen eine Zigarette): Du hast einen schönen Körper. Du hast gesagt, ich hätte einen schönen Körper. Aber du hast einen schönen Körper.

Gabe (kuschelt sich auf seiner Seite zusammen): Findest du nicht, daß ich wie eine Frau aussehe, hier an dieser Stelle? (deutet auf seinen Oberschenkel) Das Casting dieser Jeans-Sache lief unter dem Titel »Kurven«. Ich dachte, die würden meinen Arsch hervorheben. Haben sie aber nicht gemacht. Von der Jeans haben sie auch nicht viel gezeigt. Nur bis hier. (Deutet eine Linie unterhalb der Taille an.)

Lucy: Dafür sind die viel zu schlau. Die wissen genau, daß niemand ihre blöden Jeans sehen möchte. Die Leute wollen nur dich sehen.

Gabe: Wie auf einer Flanierstraße.

Lucy (überrascht): Ja!

Lucy bringt Gabe zur Tür.

Gabe: Einen Kuß noch.

Lucy ist beim Küssen einen Augenblick etwas abwesend. Den ersten Kuß bekommt sie gar nicht richtig mit. Aber dann beschließt sie, diese unverhoffte Begegnung richtig zu beenden. Also küssen sie sich volle zwanzig Sekunden lang was das Zeug hält.

Wieder allein in dem Apartment, fühlt Lucy einen Stich. Nicht, weil ihr Gewissen sie quält; Einsamkeit quält sie. Es ist eine Stimmung, der sie zunächst ausgewichen war, indem sie runter auf die Straße und ins Kino gegangen war. Sie nimmt das schwere Telefonbuch mit den Gelben Seiten zur Hand. Macht einen Anruf.

Lucy: Ja, ich möchte mich erkundigen, wieviel ein einfaches Ticket nach Mailand kostet. In drei Wochen. Danke.

Lucy läßt sich ein Ticket reservieren.

Ein Mann für gewisse Stunden

Piep. Piep. Piep. Leises Wecksignal der Digitaluhr. Frank setzt sich im Bett auf. Dreht am Dimmer an der Wand, der die Deckenlampe und Pflanzenstrahler sanftes weißes Licht verströmen läßt.

Sein Zimmer ist im modernen italienischen Olivetti-Stil gehalten. Niedriges Bett. Graue Teppiche. Auf Knopfdruck verstellbare Jalousien, die er jetzt vom Bett aus elektrisch öffnet; danach dämpft er die Zimmerbeleuchtung, um die Lichtmischung genau zu regulieren. Bücherregale und Spiegel aus geschwungenem schwarzem und gelbem Plastik. Gummibäume unter Bio-Lampen. Auf der Suche nach einem guten Song spielt Frank an seinem gelben, aufklappbaren Brionvega-Radio herum. Schließlich gibt er es auf.

Hüpft rasch aus dem Bett. Nimmt eine weiche gelbe Turnhose vom Stuhl. Trainiert mit Hanteln, absolviert dann einen militärischen Drill von Fitneßübung (erst Liegestütz, dann Aufsetzen aus der Rückenlage). In dem mit Holz ausgekleideten Duschraum nebenan stellt er den Regler auf Sauna, so daß heißer Dampf einströmt. Wäscht sich die Haare mit Kräutershampoo; seift sich mit einer Luxusseife ab, die an einer Kordel hängt; putzt sich die Zähne mit Pasta del Capitano.

Wischt dann mit einem rosa Baumwollhandtuch einen bullaugengroßen Kreis auf dem dampfbeschlagenen Spiegel frei, damit er sein Gesicht genau betrachten kann. Streicht die blonden Haare auseinander und sucht nach brünetten Ansätzen. Weitet die Nasenlöcher, um die Poren besser überprüfen zu können. Bemerkt die Art, wie seine hellblauen Augen auf geheimnisvolle, wolkenlose Weiten gerichtet sind, diese gleichzeitig aber auch widerspiegeln. Versucht zu begreifen, wie diese Knochen, hart wie Quartz, andere Menschen beeinflussen können.

Ein Klopfen an der Tür. Frank zieht sich einen eleganten roten Morgenmantel an, bevor er aufmacht.

Vor der Tür steht Carlo, ein Italiener um die Vierzig, klein, mit beginnender Glatze, einem schiefen Milchgesicht, das breit und aufrichtig lächelt und nach Liebe schmachtet. Carlo trägt einen blauen Leinenanzug, weißes Einstecktuch in der Brusttasche, gestreifte Krawatte, blaßblaues Hemd, weiche, gelbe italienische

Schnürschuhe mit niedrigen Absätzen. Er gibt Frank einen Klaps auf den Nacken.

Carlo: Es ist zehn Uhr. Du hast gesagt, wir sollen dich um zehn Uhr wecken. Dein Agent ist am Telefon.

Frank: Ich habe den Stecker rausgezogen.

Carlo: Ich wünschte, ich könnte aus dem Flugzeug steigen und fünf Stunden später so aussehen wie du.

Frank: Fünfzehn Stunden. Danke.

Frank geht wieder ins Zimmer; schließt die Tür; setzt sich verkrampft in dem Morgenmantel auf die Bettkante; stöpselt das graue Telefon ein. Dann macht er Jean zur Schnecke. Um in einem neuen Markt das Geschäft anzukurbeln, hat Frank die Taktik, erst mal den wilden Mann zu markieren und mit der Faust auf den Tisch zu schlagen. So wie manche Prominente, die in Restaurants eine Schlägerei vom Zaun brechen, um dafür zu sorgen, daß ihr Name in den Klatschspalten auftaucht.

Jean: Frank, ich wollte dich nur daran erinnern, daß du morgen früh um zehn für Linea Italia arbeitest. Sie geben dir noch mal eine Chance. Also sei pünktlich.

Frank (läßt ihn ins offene Messer laufen): Was heißt noch mal eine Chance?

Jean: Weißt du noch, als du damals demonstrativ weggegangen bist, weil sie von dir verlangt haben, daß du dich hinter Udo stellst und ihn mit Wasser bespritzt?

Frank (nimmt ihn auseinander): Ich gebe denen noch mal eine Chance. Außerdem arbeite ich nicht für dich, sondern du für mich. Gibt's sonst noch was zu klären?

Jean läßt sich von Franks rotziger Art immer wieder einnehmen. Er erklärt sich sogar bereit, einen Termin für Todd bei Ferrati zu vereinbaren, zu dem Frank ihn begleiten wird. Frank war letztes Jahr der Ferrati-Mann.

Jean: Ich will versuchen, morgen nachmittag um drei einen Termin zu bekommen. Falls sich was ändert, rufe ich dich an. Und mit Todd rede ich jeden Morgen wie mit allen kleinen Fischen.

Frank: Scherzkeks.

Frank legt auf. Er rekelt sich eine Weile in den ungemachten Seidenlaken des Betts, wobei seine Körpersprache dieselbe Genüßlichkeit verrät wie die Marc Antons auf Kleopatras Barke. Dann ruft er Todd an, der hastig nach dem Hörer des Wandapparats in seinem Zimmer griff.

Padrone: *Telefono per Signor Todd.*

Todd hat an diesem Vormittag mehrmals die Pension verlassen, hat aber dennoch hauptsächlich auf diesen Anruf gewartet – mit flauem Magen, zerfleddert wie die Seiten einer Illustrierten in einem Friseursalon. Seine Kleidung ist leicht angepunkt. Er trägt Punkklamotten – schwarze Hose, schwarzes Verlourshemd mit Reißverschluß, schwarze Mao Tse-tung-Slipper. Stürmt in die Eingangshalle, geht an das schmuddelige rosa Telefon, das auf einem grauen Spitzendeckchen auf dem hölzernen Beistelltisch steht.

Todd (mit Geprassel in der Leitung): Frank?

Frank (smart): Wie hast du das erraten? Bist du Jeane Dixon, die Hellseherin?

Todd (nörglerisch): Du hast mich hängenlassen.

Frank (kontert direkt): Falsch verbunden oder was?

Todd (nachdem so klargestellt ist, daß sie auf der gleichen Wellenlänge liegen, unerklärlicherweise besänftigt): Na schön... Hör mal, ich habe gestern oft an dich gedacht. Weißt du noch, als ich dich mal mitten in der Nacht angerufen habe?

Frank: Und ich dich dann zurückgerufen habe?

Todd: Genau... Ich habe mir überlegt, ob ich davor oder danach zu Soupy gegangen bin.

Frank: Ehrlich gesagt, ich glaube diese Frage ist was für unsere Statistikfans... Hör mal. Ich bin in der Via Nerino Nummer 12 und wohne da bei meinen Freunden Carlo und Tania. Seine Frau. Laß dir an der Rezeption den Weg beschreiben und komm rüber. Okay?

Todd: Ist gebongt.

Frank legt auf. Geht in gelbem Kaschmirpullover mit V-Ausschnitt, weißer Hose und Freizeitschuhen aus dem Schlafzimmer. Schlendert auf den Balkon, wo Carlo und Tania ihren Frühstückskaffee trinken. Tania ist um die dreißig, Burin, rothaarig, Gesicht und Körperbau knochig und schlank. Sie trägt eine weiße Seidenbluse mit blauen Blumen, eine seidige rosa Hose und legere weiße Schuhe mit hohen Absätzen.

Der Balkon, den ein breiter Streifen stärker werdenden Sonnenscheins säumt, bietet einen großartigen Ausblick auf Mailand von oben. Liegt direkt neben der Kirche San Giorgio: Tauben fliegen um ihren Turm. Der Ausblick geht hauptsächlich auf rote Ziegeldächer. Nicht weit entfernt ein Teil des grauen Doms. Auf dem Geländer Tauben. Viele Fernsehantennen bilden ein Durcheinander am ferneren Horizont.

Tania »entdeckte« Frank in der Garderobe auf einer großen Modenschau. Sie ist Art-director bei einem berühmten Modeschöpfer. Carlo gehört ein Geschäft für französische Möbel auf der Via Manzoni. Tania lud Frank einmal zum Abendessen zu sich nach Hause ein, und auch Carlo war ganz verrückt nach ihm. Deshalb wohnt er jetzt bei ihnen, wann immer er nach Mailand kommt. Sowohl Carlo als auch Tania richten sich ganz nach ihm, sind wie von einer Last befreit, wenn sie sich seinen Launen unterwerfen können. Untereinander, ohne Frank, sind sie nervöser und ängstlicher.

Frank: Ihr seht ziemlich geschafft aus.

Tania (tippt auf einen Stuhl): Komm her und setz dich. Ich habe dich noch nicht mal gesehen.

Frank setzt sich auf einen der Metallstühle. Schlüpft aus den Schuhen und legt die Füße in Tanias Schoß. Sie hält sie mit einer Hand fest.

Tania (zu Carlo): Schau mal, wie wohl er sich bei mir fühlt. Er behandelt mich wie einen Hund. (Sie lacht.)

Carlo: Ich bin eifersüchtig, daß er die Füße nicht in meinen Schoß legt.

Tania (zu Frank): Das ist doch nicht zu fassen, hast du gehört, was er gesagt hat?

Frank: Carlo, du weißt doch, daß Tania mich zuerst entdeckt hat.

Carlo: Aber das Geld kommt von mir.

Sie streiten noch eine Zeitlang im Spaß um Frank. Dann klingelt es an der Tür. Frank macht auf. Draußen steht Todd, linkisch in seinen schwarzen Klamotten. Frank zieht ihn rein, als rette er ihn aus einer schwerelosen Umlaufbahn. Heute sieht man ihnen ihre Sternzeichen an: Todd, der mittwinterliche Wassermann; Frank, der hochsommerliche Löwe.

Frank: Du siehst schon älter aus.

Todd (zwischen zusammengepreßten Zähnen hervor): Du hast mir nicht gesagt, was für eine Knochenmühle mich hier erwartet. (Dann): Aber die Bediensteten in einem Jungbrunnen altern wohl immer schneller.

Frank: Tu mir mal einen Gefallen. Red mal von oben herab zu mir.

Frank führt Todd auf den Balkon, um ihn mit Tania und Carlo bekannt zu machen. Die vier plaudern ohne besondere Sachkenntnis über Sommersprossen. Dann steckt Tania eine Frank Sinatra-Kassette in die Stereoanlage. Sie und Frank tanzen einen Stehblues. Carlo macht Pimm's Cup auf Eis für alle.

Tania schlingt Carlo die Arme um die Taille und tanzt mit ihm zur Melodie von »Try to Remember«. Sie bringt ihn dazu, an dem mit Rüschen besetzten Sofa im Wohnzimmer vorbei in ihr Schlafzimmer zu torkeln. Schweißbedeckte Stirnen.

Frank (schaltet die Kassette aus): Tania läßt sich um diese Zeit gern vögeln.

Todd (schlagfertig): Ich habe übrigens Lucy angerufen. Sie klang niedergeschlagen.

Frank: Fängt das schon wieder an.

Todd: Was willst du damit sagen?

Frank: Komm mit in mein großes bezauberndes High-tech-Schlafzimmer und ich gebe dir das Geschenk, das sie mir für dich mitgegeben hat. Bringen wir's hinter uns.

Todd geht hinter Frank in das Schlafzimmer. Frank läßt sich sofort aufs Bett fallen; Todd bleibt unten an der Kante stehen und sieht ihn erwartungsvoll an, wie eine Statue in einem Hafen, die aufs offene Meer hinausblickt.

Todd: Und, wo ist es?

Frank (spannt ihn auf die Folter): Wo ist was?

Schließlich greift Frank in eine Schublade neben seinem Bett. Zieht, zieht, zieht an einer sehr langen Goldkette mit schönen, zierlichen Gliedern, an der als Medaillon ein goldenes Herz hängt. Faßt noch einmal in die Schublade, um ein silberblaues Kuvert hervorzuholen, das dazugehört. Wirft Todd das Medaillon zu und läßt dann das Kuvert wie ein silberblaues Frisbee quer durchs Zimmer segeln.

Todd öffnet das Medaillon. Auf der Innenseite ist ein Ausschnitt aus einem Kodacolor-Foto von Lucy, die eine weiße Bluse und schwarzen Lippenstift trägt, mit einer bläulich-violetten Blume im naßgesprayten Haar.

Todd: Wer hat das altmodische Foto gemacht?

Frank: Ihr Freund Josef. Er ist Kunstfotograf.

Todd (mißtrauisch): Was für eine Art Kunstfotograf?

Frank: Nicht so einer. Einer von der anderen Sorte.

Todd reißt das Kuvert auf. Es enthält einige Zeilen aus Lucys Lieblingsgedicht, »Das Wüste Land« von T. S. Eliot, handgeschrieben mit magentaroter Tinte.

> – Aber als wir heimkehrten, spät, vom Hyazinthengarten
> Deine Arme voll, und dein Haar feucht, da konnt' ich
> Nicht sprechen, die Augen versagten, ich war weder
> Tot noch lebendig, und wußte nichts,
> Schaute ins Herz des Lichts, des Schweigens.
> Öd und leer das Meer.

Todd (sentimental): Wie klug sie ist! Wetten, daß die Blume da in ihrem Haar eine Hyazinthe ist? Das sähe ihr ähnlich. Sich so viel Mühe machen. Manche Leute treten in Johnny Carsons Talkshow auf, weil sie Gedichte schreiben oder Bilder malen. Aber ihr kommt das alles ganz natürlich und spontan. Sie macht aus Dunkelheit Licht. Ich liebe sie.

Frank (geladen): Okay, okay... Warum legst du dich nicht eine Weile hin? Du siehst müde aus. Vielleicht war das aufregende Wiedersehen mit mir und das alles zuviel für dich. Und trag bitte nicht das Medaillon um den Hals. Mir zuliebe.

Todd (mit tiefer Stimme): Ich bin so müde. Ich habe heute nacht kein Auge zugetan. Ich muß mich ausruhen.

Frank verschränkt die Hände hinterm Kopf, bildet mit den Armen zwei Dreiecke. Er deutet mit einem Kopfnicken auf das untere Bettende. Todd legt sich mit dem Kopf dort hin. Die beiden liegen einander gegenüber, Kopf an Füßen, Füße an Kopf. Zwischen den Lamellen der Jalousie sind weiße Streifen der Außenwelt zu sehen. Frank steht auf, schließt die Tür, nimmt wieder die gleiche Lage ein. Beide dösen ein.

Später hören sie, wie jemand sacht an die Tür klopft. Carlo kommt rein. Inzwischen ist in den hinter der Tür liegenden Zimmern schon schattiger Nachmittag.

Frank (benommen): Kaory? (Seine Version von *Che ora è?*)

Carlo (leise, den Blick auf den schlafend im Bett liegenden Todd gerichtet): Eins. Tania kocht für uns alle Pasta. Auch für deinen Freund.

Carlo hat einen wohlwollenden Ausdruck auf dem Gesicht. Er ist ungewöhnlich ruhig und freundlich, nicht um Aufmerksamkeit heischend.

Carlo: Manchmal ist das meine Lieblingszeit. Gerade am Beginn der Siesta. Wenn das Essen in der Küche auf dem Herd steht. Auch Tania mag diese Zeit. Sie ist dann nicht so der Tiger.

Frank (entschuldigt sich): Mein Freund war so einsam. Er hat sich einfach mit mir hinlegen müssen.

Carlo: Ich bewundere euren Anblick. Er ruft Gefühle in mir wach, die ich seit meiner Militärzeit nicht mehr hatte.

Tania kommt jetzt mit einem großen hölzernen Kochlöffel in der Faust an die Tür und schlägt Carlo damit, weil er ihr beim Tischdecken helfen soll.

Frank tritt Todd mit dem Fuß am Arm. Schließlich kommt Todd zu sich.

Todd (leise): Ich habe geträumt. Und ich habe mich was gefragt. Frank. Bist du mit Lucy ins Bett gegangen, als ich weg war?

Frank (laut): Weshalb interessiert sich jeder nur für das eine? Als ob sonst nichts auf der Welt zählt?

Todd (warnend): Frank…

Frank: Nein, du Armleuchter, bin ich nicht.

Franks und Todds Geheimnis

Nach dem Essen.

Das Licht in dem Zimmer ist jetzt rosenrot. Todd steht nackt am Fenster. Er ist eine Statue.

Frank durchwühlt den Kleiderschrank, wirft in einem Anfall vergänglicher Energie Hosen, Hemden und Pullover aufs Bett.

Frank: Wenn du mit diesen Punk-Klamotten zu Ferrati gehst

und aussiehst, als hättest du in 'ner Mülltonne übernachtet, kannst du die Sache gleich vergessen. Trag Kleidung wie ich. Gesund. Typisch amerikanisch. Calvin Klein. Genau das wollen sie.

Todd (widerspricht): Aber diese Modeschöpfer sind alle schwul.

Frank: Genau das wollen sie. Sie wollen junge Heteros, die ihren Typ verkörpern.

Todd (versucht sich an einem Witz): In diesem Fall werde ich Lucys Herzmedaillon tragen.

Frank (glaubt zu verstehen): Damit bist du süß wie eine Tasse Cappuccino. So richtig Mamas Liebling.

Todd: So richtig schwul eben.

Beide lachen, laut wie das Gelächter vom Tonband in einer Fernsehserie. Aber dann geht Todd tatsächlich zum Bett, streift sich die Kette anmutig über den Kopf und läßt das kühle Metallherz auf seine mäßig beharrte Brust fallen. Ein Bein stellt er aufs Bett, so daß sein Penis wie eine lange violette Frucht herabbaumelt. Frank geht zu ihm und legt die Hände auf ihn. Eine auf seinen Arsch. Eine auf seinen Bauch. Und er sieht ihn aus diesen seltsam kontrastierenden matthellblauen Kulleraugen durchdringend an, und Todd erwidert den Blick mit seinen unheimlichen katzenfarbigen Augen. Was kommt jetzt?

Todd: Du bringst mich zum Lachen.

Frank: Ich möchte, daß du mich zum Lachen bringst. (Zieht die Hose und den gelben Pullover aus, so daß er nur in orangefarbenen Socken dasteht.) Ich möchte, daß du mich zum Lachen bringst.

Todd: Ich werde mich nicht vor dir erniedrigen, falls du das meinst.

Frank: Wie sehr bist du auf diesen Job bei Ferrati scharf? Den Job, den ich letztes Jahr hatte? Der deine häßliche Visage ins *GQ* und in all die Zeitschriften in Amerika bringt, so daß deine Mom und dein Dad dich sehen werden, stolz auf dich sind und wissen, daß du der Größte bist. Damit sie es mit eigenen Augen sehen können und nicht nur dein Wort dafür haben?

Todd (fast im Flüsterton): Leben deine Eltern noch?

Frank: Sicher. Meinem Vater gehören mehrere Fitneßcenter. Und als mein Bruder früher seine Freunde mit nach Hause brachte, hat mein Vater sie immer betatscht, mit ihnen anbändeln wollen und gern an ihren Achselhöhlen geschnüffelt.

Todd: Hat er das auch mit deinen Freunden gemacht?

Frank: Mit meinen Freunden nicht.

Todd: Macht er es immer noch?

Frank: Er hat meine Mutter verlassen. Heute wohnt er mit seinem Freund zusammen, einem platinblonden Achtzehnjährigen, und ich rede nicht mehr mit ihm. Meine Mutter ist eine Heilige, und er ein Haufen Scheiße.

Todd: Meine Mom ist…

Frank: Halt die Klappe… Versetz dich mal kurz zurück… Willst du den Job oder nicht?

Todd (sein Penis zeigt nun wie ein Finger auf Frank): Klar will ich den Job. Kannst du mir garantieren, daß ich ihn bekomme?

Frank: Zu achtundneunzig Prozent. Ich habe einen gewissen Einfluß auf Ferrati. (Packt Todds Schwanz.) Ich könnte fester zudrücken.

Todd: Ich möchte mein Foto da haben, wo es alle meine Freunde sehen können. Das war die Härte. Stimmt's?

Frank: Stimmt.

Todd: Ich will nicht bloß… Ich will bloß nicht…

Frank steckt jetzt seinen Zeigefinger in Todds Hintern und drückt auf den roten Knopf seiner Prostata.

Todd: Ich will mich bloß nicht dafür vögeln lassen. Kann ich dich vögeln?

Frank steckt seinen anderen Zeigefinger in Todds würgenden Hals und drückt Todd nach unten auf die Matratze. Sie sind zwei braungebrannte Beutel wirbelnden Ärgers, ihre Körper bestehen eher aus Strom oder Molekülen als aus Fleisch, Knochen oder Blut. Sie sind modern und schalten eine Zeitlang ihren Verstand einfach ab.

Frank schiebt Todd nach oben aufs Bett und dirigiert ihn mit seinem Finger im Hintern. Als er Todd soweit hat, daß er ausgestreckt dort liegt, steckt er statt seinem Finger seine Zunge rein. Macht Todds Loch von innen naß. Läßt schaumigen Schweiß entstehen.

Todd liegt da und fühlt sich gleichzeitig schlecht und gut, wie eine verdorbene Scheibe Roastbeef auf gutem Brot.

Todd (sein Kopf in ein Kissen gedrückt): Das ist bloß ein Pornofilm.

Frank (sarkastisch): Bloß? Frank senkt sein braunes Lotblei am Ende der Lotschnur in Todds unbekannte Gewässer.

Durch den Schmerz und das Scheuern ist es eher so, als ob er versuchte, eine Schraube in eine Wand aus knirschenden Ri-Gipsplatten zu hämmern, statt sie zu schrauben. Die Auskleidung ist entblößt. Aber schließlich erreichen sie eine stabile, dauerhafte Stellung. Die Gaslampe von Franks erhitztem Metallfleisch erhellt die rohbehauenen Konturen der Höhle in Todds Innerem. Todd fühlt sich von innen erleuchtet. Dann gehen die Lichter aus. Wie die Drei-Minuten-Lampen in den Mietshäusern Mailands. Frank zieht seinen Schwanz raus. Und sprüht weiße Farbe über das braune Holz von Todds steifem Rücken. Todd bumst in die Matratze und stößt einen glibberigen Schwall aus, wie ein auf dem Boden zerplatzender Wasserballon.

Todd (stöhnend, während er zergeht): Ich... möchte... nach... Hause.

Frank (hat sich bereits runtergewälzt): Du möchtest nach Hause fürn Arsch.

Als Todd sich abgeregt hat, wälzt er sich von dem feuchtklebrigen Fleck auf der Tagesdecke herunter auf den Rücken. Frank steht bereits wieder am Schrank und sieht Hosen durch. Obwohl alle Jalousien runtergezogen sind und es in dem Zimmer fast dunkel ist, leuchtet Franks blonder Haarschopf wie eine verschwommen erkennbare Landmarke, eine dichte, bernsteinfarbene Gaswolke, die nicht lange nach Sonnenuntergang über einem dunklen Wald schwebt.

Todd streicht sich fahrig mit den Händen über den Kopf, öffnete den Mund zu einem stummen Halleluja, wie ein Spiritualist, den der Geist überkommt. Dann rollt er sich auf die Seite und schmiegt sich mit Brust und Bauch an eines von Franks Kissen.

Todd (selbstzufrieden): Die Welt ist ein einziger großer Rorschach-Test, findest du nicht?

Frank: Mach's dir da drüben bequem. Wir müssen los.

Todd: Eine Frage.

Frank: Nein, du darfst mir keinen blasen. Falls du danach fragen willst.

Todd: Nein, das habe ich nicht gemeint... Du wirst doch Lucy nichts davon erzählen.

Frank: Herzchen, manchmal redest du zuviel.

Denkst du je an Männer?

Im Scheinwerferlicht der Sonne schlendern sie die Via Monte Napoleone entlang. Todd hat sich umgezogen; er hat sich etwas sportlich Weißes aus Franks Kleiderschrank ausgesucht. Den Schatten der schwarzen Kleider, die er ausgezogen hat, läßt er hinter sich zurück. Zuvor wirkte seine Kleidung wie eine Radierung, jetzt scheint er einem Gemälde entstiegen. Oder einem Kodacolor-Foto. Frank ist das gleiche gelb-weiße Verkehrsschild.

Todd: An was denkst du, wenn du dir einen abwichst?

Frank: An Mädchen. Wieso?

Die Monte Napoleone erstreckt sich von der Via Manzoni zur Piazza San Babila. Hier befinden sich die elegantesten Geschäfte der Stadt. Die Boutiquen der Modeschöpfer. Hell erleuchtete Glaswände, in Abschnitte aufgeteilt durch die darin aufgestellten Schaufensterpuppen. Diese Zombies, diese Gecken.

Todd: An was für Mädchen?

Frank: Na ja, gestern abend hab ich an so'n Mädchen gedacht, das mit mir im Flugzeug saß und eine Jacke vom New York City Ballet anhatte. Ich glaube, sie war Tänzerin. Ich habe abgespritzt, als ich mir vorgestellt habe, wie sie mit mir in einer Garderobe vögelt. Wieso? An was denkst du?

Todd: Ich denke oft an Lucy. In einem von drei Fällen.

Auf dem Weg die Straße hinunter kommen sie an einem Luxus-Schaufenster nach dem anderen vorbei. Glatzköpfige Männerpuppen in lila Anzügen mit wattierten Schultern und eng zulaufenden Hosen. Männerpuppen in Lederhosen, die wie eine Heavy-Metal-Band aussehen. Bleistiftdünne Frauenpuppen lehnen sich nach hinten, als wollten sie durchgevögelt werden, tragen aber dicke bunte Wollkleider. Keine Schaufensterpuppen, wie man sie in gepflegter, dezenter Umgebung bei Macys oder anderen großen amerikanischen Kaufhäusern sieht. Viele der Frauenpuppen sind bizarr in grotesken Stellungen aufgestellt. Ihnen wird mehr Gewalt angetan als den männlichen Puppen.

Todd: Denkst du je an Männer?

Frank: Ja. Aber meist mit einer Frau zusammen. Ich stelle mir zum Beispiel vor, die Frau eines Mannes zu vögeln, während er zusieht. Oder mir von ihm einen blasen zu lassen, während seine Freundin an sich rumspielt. Aber nur an Männer solo denke ich nicht.

Todd: Das ist bisexuell. Schlicht und einfach bisexuell. Du glaubst also, daß es Bisexuelle gibt, ja?

Frank: Ich glaube gar nichts. Und wie steht's mit dir? Denkst du je an Männer?

Todd: Nur um gefickt zu werden. Das ist das einzige, was eine Frau nicht für einen tun kann.

Frank (beiläufig): Soll das heißen, daß ich nicht der erste gewesen bin?

Todd: Doch, das warst du.

Frank: Warum sollte ich dir glauben?

Todd: Warum sollte ich dir ein Wort glauben von dem, was sich angeblich in deinem Kopf abspielt? Deinem perversen Kopf?

Frank: Du abartiges Arschloch.

Aus allen Läden dudelt Musik. Jeweils andere, und doch immer die gleiche. Maschinenmusik. Fade Musik für das fade Leben fader Menschen. Die Flaneure auf dieser Straße haben häufig Seidenschals um den Hals geschlungen. Wäre dies die Französische Revolution, würden sie an diesen Schals aufgehängt. Aber die Französische Revolution ist vorbei, und dies ist die schickste Einkaufsmeile von Mailand, wie der Rodeo Drive in Los Angeles.

Frank (macht eine ermahnende Geste mit dem Finger): Ich möchte nicht, daß irgendwas von dem, was vorhin geschehen ist, noch mal erwähnt wird. Verstanden?

Todd: Also Maul halten und weitergehen. (Wird aufgeregt, als sie zum Dom kommen): Aber was, wenn's anders wäre? Was, wenn wir wüßten, was alle diese Jungs und Mädels abends mit ihren Schwänzen und Fotzen treiben? Dann würden wir uns jetzt nicht so komisch vorkommen.

Frank: Ich habe meine eigenen Probleme.

Oben auf der geschwungenen Marmortreppe des Renaissance-Palazzos, wo Gianmarco Ferrati seine Geschäftsräume hat, hält Frank die Tür für Todd auf. Die beiden durchqueren eine Reihe goldprunkender Salons aus dem achtzehnten Jahrhundert, alle mit locker gestellten, grauen futuristischen Space-Lab-Möbeln eingerichtet. Während sie weit ausschreiten, sehen sie sich verschwommen in einigen rauchgrauen venezianischen Spiegeln, an deren Seiten barocke Wandleuchter ohne Kerzen prangen.

Die beiden kommen zu einer jungen Italienerin, deren dunkles Gesicht gefühlvoll und hinreißend wirkt, wie das eines Tiers, wenn es in Gedanken versunken scheint. Sie sitzt an einem breiten schwarzen Marmortisch und macht Telefondienst. Alle Apparate klingeln ganz leise. Frank beugt sich vor und küßt die Empfangssekretärin auf den Hals. Sie macht großen Wirbel um ihn.

Frank (zu Todd): Ständig rate ich ihr, sie soll nach Rom gehen und einen Haufen Geld mit Spaghettiwestern verdienen. (Zu ihr gewandt): Die Umgebung Roms sieht wie die Badlands aus.

Ein Poster der Ferrati-Anzeige mit Frank, auf dem er grübelnd in einem braunen Anzug auf einer Brücke über dem braunen Arno in Florenz steht, hängt gerahmt an der Wand hinter ihr, an der Stelle, wo in einer Botschaft normalerweise das Bild des Staatsoberhaupts hängen würde.

Ein kleiner, kräftiger braungebrannter Mann in einem modischen weißen Baumwolltrenchcoat taucht auf; er trägt eine sehr nüchtern wirkende Brille. Es ist Gianmarco Ferrati. Er umarmt Frank wie ein Bär. Sein schütter werdendes Haar ist silbergrau und wellig, distinguiert, er hat eine Art Schweinsnase und wirkt gedankenverloren. Gerüchten zufolge trinkt er nur Wasser.

Frank (kratzt sich am Arsch, zu Ferrati): Es fehlt mir, nicht mehr mit dir italienisch essen zu gehen.

Ferrati wendet sich Todd zu. Sieht ihn mit seinen klaren hellgelben Augen an. Lächelt ein sanftes Lächeln. Streckt die Hand nach dem Buch aus. Todd verwechselt diese Bewegung mit einem Handschlag. Er fuchtelt einige Sekunden lang mit den Händen in der Luft rum. Ferrati greift energisch nach dem Buch. Legt es auf den Tisch. Betrachtet die Fotos mit einem kleinen Vergrößerungsglas, das einem Diamanten ähnelt.

Sein Blick bleibt an dem Foto hängen, das auch Soupy zuerst ausgewählt hat: das, auf dem Todd naß und in Boxershorts mit gespreitzten Beinen in dem gekackelten Badezimmer steht.

Ferrati: Dein Haar gefällt mir, wenn es nach hinten gekämmt ist, so wie hier. Falls wir dich nehmen, machen wir dein Haar wahrscheinlich naß.

Ferrati klopft mit dem Finger mehrmals hintereinander auf die Fotografie.

Schnellvorlauf

Die Zeit vergeht schneller. Aktivität ist der Schnellvorlauf der Zeit.

Lucy erhält mit der Post ihr Flugticket in einem großen langen Umschlag, der zwischen den Rechnungen und Werbesendungen herausragt. Sie ruft Todd an, um es ihm zu erzählen. Weckt ihn auf, bei ihm ist es halb acht Uhr morgens. Schwitzend und in der hellblauen Unterhose im Bikinistil, die er in einem nahegelegenen Kaufhaus gekauft hat, steht er am Telefon.

Lucy: Ich bin so gut wie unterwegs.

Todd (begriffsstutzig): Braves Mädchen.

Lucy (enttäuscht): Ich habe gedacht, du würdest vor Freude wenigstens jodeln. Ich finde, ein bißchen Begeisterung könntest du schon zeigen.

Todd (wacht auf): Ich werde dir noch was ganz anderes zeigen.

Lucy: Schon besser… Ich komme irgendwann in der zweiten Juliwoche. Ich fliege mit Virgin Air nächste Woche nach London. Dort miete ich mir einen Wagen und fahre von London über Paris nach Italien.

Todd (mißtrauisch): Wer hat dir diesen Floh ins Ohr gesetzt?

Lucy (nach einer Pause): Ist was?

Todd (überlegt es sich anders): Nein, gar nichts. Es ist bloß so, daß diese Ferrati-Werbung, von der ich dir erzählt habe, offenbar klappt. Dadurch wird mein Gesicht ganz schön weit rumkommen. Aber die Aufnahmen dafür sollen auch im Juli stattfinden. Am Lake Major-Dingsbums.

Lucy: Lago Maggiore. Ich dachte, du interessierst dich so für Landkarten. Hast du dich verändert?

Todd: Ich bin nicht mehr wiederzuerkennen.

Lucy: Dann gib mir Franks Nummer.

Todd (wieder mißtrauisch): Wozu?

Lucy (schreit): Todd! Ich frage dich danach, weil er mir vielleicht weiterhelfen kann, falls du zufällig nicht in der Stadt bist. Gib mir seine Telefonnummer oder irgendwas.

Todd gibt ihr die Nummer.

Necronomicon

Lucy vermietet ihr Apartment an Steve weiter. Steve ist Filmemacher. Er dreht Horrorfilme, billige Plagiate von *Die Nacht der lebenden Toten*. Außerdem steht er auf Voodookulte aus der Karibik, die zum Sakrament Marihuana austeilen. Steve ist groß und dünn, hat rotes Haar und rötliche Glupschaugen. Ständig trägt er ein graues Pyjamahemd. Noch ehe Lucy abgereist ist – er ist vor ein paar Tagen aus New Mexico gekommen und bei ihr eingezogen –, stellt er im ganzen Apartment seine Voodoopuppen auf. Manche sind harmlos, exotisch und niedlich. Aber eine oder zwei sind wirklich gruslig. Über der Tür zum Schlafzimmer steht ein Dämon, auf dessen schrecklichem Schädel Zähne und Haare von Menschen kleben und der einen Speer aus Metall in der Hand hält. Steve muß rund um die Uhr bestimmte stinkende Kerzen brennen lassen. Wenn sie erlöschen, sitzt er in der Patsche. Seine Haut ist auch deshalb so käsig, weil er zuviel Gras raucht. Er hat die Filmakademie der New York University auf der 70. Straße Ost besucht. Damals hat er seine Dealerin kennengelernt, Lucy. Seine aus allen Nähten platzende Büchersammlung enthält auch *Das Necronomicon*, eine Sammlung böser Zaubersprüche.

Kleinere Übel

Frank ist nicht ganz so ungebrochen und glücklich. Er ist in etwas gefangen, das der Lyriker Hart Crane »einen Turm nicht aus Stein« nannte.

So wie jetzt zum Beispiel. Es ist Nacht. Und Frank ist in Carlos und Tanias Schlafzimmer. Das Licht ist violett. In silbernen Haltern brennen auf verschiedenen Tischen, Stühlen und Regalbrettern einige hohe schwarze Kerzen. Rauchgraue Spiegel in Goldrahmen spiegeln die Straffheit der Muskeln, aus denen Frank besteht, der wie ein Preßluftbohrer auf Tania auf- und abhämmert, die wie ein glattes Stück Pfirsichfleisch unter ihm liegt. Im Arm hält sie eine wie übriggeblieben wirkende neunschwänzige Katze, ein längst vergessenes Requisit, das bis auf den Boden vor dem Bett reicht. Die Peitsche deutet auf Carlo, der eine Windel anhat, über die seine Fleischwülste quellen, und in einer Ecke vor einem Sockel kniet, auf dem die schwarze Büste eines pfiffig aussehenden Männerkopfs mit einem Spitzbart und spitzen Ohren steht. Vielleicht Mephistopheles.

Carlo (während er an seinem Schwanz rubbelt): Laß sie stöhnen, Frank. Laß sie die Wahrheit sagen.

Frank (schaukelt sich hoch, bis zum Überschlag): Halt's Maul, Drecksack.

Noch während er das sagt, läßt Carlo seinen Korken knallen und den Champagner seines Samens fließen. Eine Soße, die sich über seine Welt ergießt. Da er nun befriedigt ist, explodieren Tania und Frank, verlieren allmählich an Schwung, werden langsamer und lösen sich voneinander.

Bald liegt Tania im Bett und trinkt importierten Tequila direkt aus der Flasche, in der wie in Formaldehyd ein leuchtender grüner Wurm konserviert ist. Carlo hat sich hingelegt und schnarcht, noch immer in der Ecke.

Frank steht nackt vor offenen Fensterläden aus Kiefernholz, die den Blick auf eine durchschnittliche Stadt aus Schlackenstein freigehen, wie ein Gebilde aus schmutzigem Schnupfpulver in der violett ausgeschlagenen Pillendose der getüpfelten Nacht. Er wirkt auf so sympathische Weise traurig wie Alexander der Große, der keine Länder mehr zum Erobern hat.

Tania (heiser): Du warst toll, Schatz. Es würde mir nichts ausmachen, wenn du zwanzig Jahre älter und dreißig Pfunde schwerer wärst.

Frank (muß etwas enthüllen, irgendwas, um seine Verdrossenheit aufzuhellen): Mal ganz ehrlich. Ich weiß nicht, wo mir der Kopf steht.

***

> Ich genieße den Gedanken, in der Nacht im Schlaf von Zauberei, die ihre Tunnel überall hingräbt, von Tausenden Sendern und Tausenden unwissenden Empfängern umgeben zu sein. Verwünschungen werden ausgestoßen, Gifte gehen ihre Wege; Seelen verlieren sich, frei von parasitären Bewußtseinsebenen, die in den Schlupfwinkeln des Gehirns lauern.
>
> Paul Bowles, *Without Stopping*

Das gestellteste Bild wird nie aufgenommen

Ein Gold-Nachmittag am Lago Maggiore. Die Models gehen hinter Bet, der Fotografin, über eine Treppe in ein Dorf. Sie trägt ein ärmelloses rotes Kleid, dazu beige Schuhe ohne Strümpfe oder Socken. Ihr Haar ist rot wie ein rostiger Schubkarren, bräunlich rot. Sie bewegt sich in leicht gebeugter Haltung.

Bet ist eine amerikanische Fotografin, bekannt für lebenspralle, unkonventionelle Bilder, meist mit einem Weichzeichner fotografiert. Es kursieren viele Anekdoten über sie. Während eines schwülen Sommers in Venedig machte sie einmal Aufnahmen von Models in Winterpelzen. Auf der Suche nach einem guten Motiv zog sie mit ihnen den ganzen Tag lang durch die Stadt. Am späten Nachmittag waren die Models völlig abgeschlafft. Entnervt ließen sie sich auf die Stühle eines Cafés am Giudecca-Kanal fallen. Bet rief: »Toll, das nehmen wir!« und fotografierte sie, während sie schwitzend und abgekämpft auf diesen ramponierten Stühlen saßen.

Das Dorf wirkt wie ausgestorben, abgesehen von einzelnen Autos, die sich durch die zu engen Straßen quälen. Auf einem Platz, der auf einer Seite ganz von dem kabbeligen blauen See begrenzt wird, bleiben sie stehen.

Bet trennt sich eine Weile von den anderen und geht in eine winzige, kühle dunkle Kirche, die mit goldenen Heiligenfiguren, hauptsächlich Madonnen, vollgestopft und mit einem zweitklassigen Rokoko-Deckengemälde ausgestattet ist. Sie setzt sich in die hinterste Reihe und macht sich an ihrer Kamera zu schaffen, um einen neuen Film einzulegen. Kurz darauf geht Todd ihr nach und rutscht auf die gleiche Bank.

Bet (ihr Gesicht irgendwie hübsch-häßlich, wie ein roter Esel in einem Zeichentrickfilm, während ihre wunderbar elfenbeinfarbenen Hände beim Wechseln des Films unabsichtlich Mudras in die Luft zeichnen): Ich mag die Kühle und den Geruch hier drin. Es erinnert mich an den Keller meines Elternhauses im Süden, als ich ein Kind war. Es ruft Erinnerungen in mir wach. (Sie gerät ins Schwärmen, scheint Baumwollplantagen-Heldinnen nacheifern zu wollen.) Es erinnert mich an damals, vor langer, langer Zeit, an Chili aus der Dose und die Zikaden auf den Albizzien.

Todd: Den was auf den was?

Bet: Ich habe gesehen, daß du im Bus ein Buch gelesen hast.

Todd: Einen *fotoromanzo*. Kennst du die? Die haben so kitschige Fotos. Jedes einzelne könnte als Kinoplakat für einen B-Film dienen. Außerdem sind sie mit einem Text verbunden. Um eine Geschichte zu erzählen. In meinen Scrapbooks mache ich das jetzt auch. Die haben mich auf die Idee gebracht.

Bet (geht sofort darauf ein): Was sind das für Scrapbooks?

Todd (überrascht): Na ja, in meiner Freizeit führe ich Scrapbooks. Mit Zeitungsausschnitten, Zeichnungen, Texten, Fotos, gepreßten Blumen und so was.

Bet: Die möchte ich unbedingt mal sehen. Wäre ein tolles Thema für einen Zeitschriftenartikel. Das Model, das Scrapbooks führt.

Todd fühlt sich geschmeichelt und tut den Vorschlag zunächst mit einem Grinsen ab. Dann setzt er den rechten Fuß auf die Lehne der Kirchenbank vor sich.

Todd: Ich kann dir mehr darüber erzählen.

Die beiden gehen wieder nach draußen zu den anderen. Bet führt das ganze Team weiter, auf der Suche nach einem Bild, das es noch nicht gibt. An einer Piazza vorbei, wo drei alte Matrosen auf einer Bank sitzen. An Ständern mit Postkarten vorbei, die alle blaustichig sind. An einem Touristenrestaurant vorbei, das hauptsächlich von Deutschen bevölkert ist. Die Sonne versinkt hinter einer Insel im See, auf der das braun verschattete Gemäuer eines alten Mönchsklosters steht.

Schließlich findet Bet am Rande des Dorfs einen üppig wuchernden Garten hinter einem englisch wirkenden Landhaus. Eine Matrone schaut hinter langen Samtvorhängen aus dem Haus heraus.

Todd zappelt auf einem der weißen Gartenstühle aus Metall herum, als stünde er unter Strom. Weiß, daß er im Gold sitzt, daß das goldene Licht schräg über sein Gesicht fällt. Holt aus seiner Tasche die Tube Haargel und streicht es sich mit den Fingern durchs Haar, wie es Ferrati gefällt. Mari, Bets nimmersatte Assistentin, die früher (reiches Mädchen) im Museum of Modern Art gearbeitet hat, schminkt die Haut unter seinen Augen braun, um die schwarzen Halbmonde zu kaschieren, das Gegenteil des Terroristen-Make-ups von Footballspielern und Vietnam-Guerillas, die sich schwarze Ringe unter die Augen malen. Todd streckt seine Beine aus. Er trägt einen schönen Leinenanzug, weiß, dazu ein hellgelbes Hemd und eine blaugepunktete Krawatte. Seine Schuhe sind bambusfarben.

Bet will mit ihrer Polaroid ein Bild machen, aber ihre Kamera verklemmt immer wieder. Mari geht zu ihr rüber und bringt die Kamera mit ein paar Handgriffen wieder in Ordnung. Obwohl Bets eigenwillige Fotografien in Museen hängen, stellt sie sich immer noch unfähig und tut so, als hätte sie von Kameras, Beleuchtung und Lichtmessern keine Ahnung. Vielleicht kommt sie deshalb so gut mit Todd aus. Sie liegen auf der gleichen Wellenlänge.

Tatsächlich zeigt Todd an diesem Nachmittag vor ihrer Kamera eine solide und ungekünstelte Leistung. Er hat sein Repertoire, das bisher nur aus dem einen erfolgreichen Wütend-in-der-Dusche-Look bestand, um so manches Gesicht erweitert. Und für Bet zieht er alle Register, dreht den Kopf langsam von links nach rechts und geht wie in einer Verbrecherkartei alle seine Gesichtsausdrücke durch. Das extreme Rushmore-Profil. Der schräggelegte Denkerkopf. Das frontale Bronzino-Portrait. Der Sexprotz. Der leicht weggetretene Bryan Ferry. Die Wange, die gerade geohrfeigt wurde. Dann wieder von rechts nach links. Der Maulaffen feilhaltende Sportler. Das frontale Botticelli-Frauenportrait. Der Schäker, der dem Vampir absichtlich seinen Hals zeigt.

Aber das gestellteste Bild wird nie aufgenommen. Es ist das Leben. Die beiden anderen Models, Maureen mit den kastanienbraunen Haaren und Udo, der amerikanische Sohn eines westdeutschen Polizisten, sitzen auf einem Felsvorsprung im gelben Gras, warten darauf, daß sie an die Reihe kommen, und können den ganzen See überblicken, der dunkler wird wir eine Suppe, in die man einen Spritzer Teriyaki-Soße gegeben hat. Sie wirken harmonisch, wie klassische Statuen in einer klassischen Landschaft. Ihr Gespräch verrät jedoch, daß sie nur zu zeitgenössisch und sterblich sind, noch zwei Stückchen verzaubertes menschliches Konfetti.

Udo: Mach dir keine Sorgen. Denk nur mal an Marilyn Monroe. Weißt du, was sie gesagt hat, als sie mit den Dreharbeiten von *Manche mögen's heiß* fertig war? Sie hat gesagt: »Ich habe ausgesehen wie ein Schwein.«

Maureen (durch diese freundlichen Worte keineswegs beschwichtigt): Aber so war es doch auch. Dicker als bei den Dreharbeiten von *Manche mögen's heiß* war sie nie.

Lucy telefoniert mit Frank

Lucy ist fix und fertig. Sie ist irgendwo mitten in Mailand, fährt unter mittelalterlichen Torbögen hindurch, deren Figurenfriese in vanillegraues Scheinwerferlicht getaucht sind. Aber sie weiß nicht genau, wo sie ist, biegt immer wieder ab. Hält an einer Ecke an, um im Licht der smaragdgrünen Radioskala einen Blick auf einen komplizierten rosa Stadtplan zu werfen. Schließlich stellt sie den lauten Motor ab. Geht in ein Café, schafft es, einen *gettone* zu kaufen und in der Pensione anzurufen. Aber der Padrone im Medici sagt, Todd sei nicht da. Was er sonst noch sagt, versteht sie nicht. Lucy hastet aus dem Café und bleibt nervös auf der Straße stehen, wo der Mond hell wie das Flutlicht eines Footballstadions auf sie herabscheint. Dann geht sie wieder rein und steckt noch einen *gettone* ins Telefon, um Frank anzurufen. Niemand nimmt ab.

Was tun? Sie hätte vorher anrufen sollen. Hat im Reisefieber aber nicht mehr daran gedacht. Ist jetzt beunruhigt. Steigt wieder in den spießigen Wagen, legt den Gang ein und fährt weiter. Fährt ziellos durch die Straßen und hält alle halbe Stunde an, um es bei Frank zu probieren. Erreicht schließlich rumpelnd die Giardini Pubblici. Parkt direkt neben dem gußeisernen Zaun, der sich im Licht des Vollmonds scharf abhebt, steigt aus, setzt sich auf eine kunstvoll verzierte Parkbank im Dunkel einer Tanne, das bei Tag ein Schatten wäre. Sie ist zu aufgeregt, um sich ihre Zeit damit zu vertreiben, die Katzen von den Eichhörnchen zu unterscheiden. Ihr Verstand ist eine Tafel, auf die sie mit Kreide immer wieder dieselben Sorgenworte kritzelt.

Todd bricht Lucys Schlösser auf

Der Ferrati-Transporter fährt über die Via Vigevano den Kanal entlang, an dem Leonardo da Vinci gearbeitet hat, zurück nach Mailand. Alle sind total kaputt. Ankommen ist manchmal einsamer als unterwegs sein. Mailand ist schwül, vertraut. Beim Aussteigen aus dem Transporter mopst Todd eine gelbe Leinenhose, die er bei den Aufnahmen getragen hat, und stopft sie in seinen Rucksack.

Todd holt seinen Schlüssel an der Rezeption. Um den Schlüssel ist ein Zettel gewickelt. Von Frank.

Nachricht: *Lucy ist hier.*

Anfangs läßt Todd die Neuigkeit kalt. Er wirft seinen Rucksack auf den Boden. Legt sich eine Weile auf das schmale Bett und pfeift die Melodie aus *Die Brücke am Kwai* vor sich hin. Wälzt sich dann runter, zieht die geklaute gelbe Hose an, dazu sein schmutziges T-Shirt und Segelslipper ohne Socken.

Geht runter auf die ausgedörrten Straßen des hochsommerlichen Mailand. Bleibt unterwegs vor Schaufenstern stehen, um zu sehen, wer die Models auf den kleinen Reklameplakaten sind. Am längsten sieht er sich die Ferrati-Werbung mit Frank an, der sich auf See an die weiße Reling eines weißen Schiffs lehnt. Geht dann in eine Eisdiele auf der Via Torino. In der langen grellbunten Vitrine sind *gelati* in allen Farben. Todd bestellt durch Zeigen einen gemischten Becher mit Zitrone, Schokolade und Kastanie. Der gedrungene, wahrscheinlich süditalienische *ragazzo* mit der

Pumpernickel-Haut hinter der Theke reicht ihm nachlässig einen gelben Plastiklöffel. Draußen lehnt sich Todd an einen Einsatzwagen der Polizei und leckt langsam an den Eiskugeln. Als wollte er seine Unabhängigkeit noch einmal genießen, auskosten.

Doch als Todd auf die Türklingel drückt (ein kupferner Knopf, der in eine große kupferne Vertiefung eingelassen ist) tritt eine Veränderung ein. Er wird aufgeregt. Sein Herz schlägt schneller. Aus der Wohnung hört er gedämpfte Geräusche, als ob einige Kisten verschoben oder Türen geöffnet und wieder geschlossen würden. Dann hört er von der anderen Seite des Eichenbodens Schritte näherkommen.

Es ist Lucy. Sie wirkt spröde, trägt ein langes weißes Hemdkleid und hat den Blick nach unten auf Todds Slipper gerichtet. Dann blickt sie auf. Sie ist offensichtlich in jungfräulicher Stimmung. Was sonst nicht ihre Art ist.

Todd (als ob er sie nicht erkenne): Lucy?

Lucy: Ja. Komm nur rein. Ich habe nicht gewußt, wann du kommst.

Todd tritt ein, schiebt Lucy mit seinem ganzen Körper mit nach drinnen und schlingt dann die Arme um sie. Er leckt an ihrem Ohrläppchen. Hört den eigenen Herzschlag in seinen Ohren. Ihr Haar schmeckt wie nasses Gras. Er zittert leicht am ganze Körper.

Todd (mit erstickter Stimme): Ich bin so froh, daß du hier bist. Nicht zu fassen, was ich alles in mir unterdrückt habe.

Lucy: Ich bin den ganzen weiten Weg hierhergekommen, um dich zu sehen. (Deutet auf einen mit Aufklebern bepappten Koffer am Boden.) Mit meinem Koffer. (Fängt an zu weinen.) Und einem Wagen. (Das Weinen geht in Schluchzen über.)

Todd (beruhigend): Ich bin ein ruhiger Typ. Ich bleib jetzt erst mal hier.

Todd geht mit Lucy zu der modernen Couch, die mit rauhem Segeltuchstoff überzogen ist. Er knipst die Lampe aus. Sie sitzen im Dunkeln.

Lucy: Ich komme mir vor, als wäre ich in der Bibel. Als wäre ich Ruth oder so jemand, der eine lange Reise macht.

Todd (Tenor): Ich verstehe, was du meinst… (Baß) Komm, laß uns von hier weggehen.

Lucy beugt sich vor und knipst die Lampe wieder an.

Lucy: Es ist nicht unser Haus.

Todd: Wann hatten wir je ein Haus?

Lucy geht zu ihrem Koffer. Nimmt ein Flanellhemd heraus, das sie in einem Army-Store für Todd gekauft hat: ein magentarotes Feld, das mit Fäden in hellem Raupengrün, dunklem Glühwürmchenorange und sattem Indigoblau bestickt ist. Wirkt ebenso prächtig wie Carlos Perserteppiche, die auf dem Boden liegen.

Endlich geht die Tür von Franks Zimmer auf. Er kommt raus, trägt eine rote Jogginghose, sonst nichts. Setzt sich in einen hellbraunen Lederklubsessel, läßt sich nach hinten fallen und streicht sich mit der Hand über die feuchte Brust und den Magen.

Frank (übertrieben großkotzig heute abend): Deine Freundin und ich haben uns also ein paar Wochen nicht gesehen. Dagegen habe ich heute etwas getan. Ich bin mit ihr ins Museum gegangen.

Todd (zwischen seinen erst kürzlich polierten Zähnen hindurch): In welches Museum?

Frank (zu Lucy): Hat es nicht Berra oder so ähnlich geheißen? Wie Yogi Berra?

Lucy (zu Todd, herzlich): Da hing ein perspektivisch gemalter Christus. Ich zeig ihn dir, wenn du mir das »Letzte Abendmahl« zeigst.

Frank gefällt nicht, wie sich das Gespräch entwickelt.

Frank (gefühllos, während er auf die Terrasse schlendert): Ciao.

Frank macht in der mondhellen, windigen Nacht seine Gymnastik, streckt zur Straffung seiner Taille abwechselnd den linken und den rechten Arm bis an die Waden.

Todd schleppt für Lucy den Koffer aus der Wohnung. Sie hat eine Menge Tüten und Taschen zu tragen. Wie Einwanderer zotteln sie über die Straßen. Als sie in der Pensione ankommen, sind sie kaputt. Quetschen sich in den Fahrstuhl und fahren nach oben. Laden das Gepäck im Zimmer ab.

Todd (erschöpft, aber aufgedreht): Ich muß immer wieder an die Kanäle denken. Vielleicht sollten wir da einen Spaziergang machen. Ich zeige sie dir. (Zügelt sich): Oder hat Frank sie dir schon gezeigt?

Lucy: Möchtest du nicht, daß wir mal allein zusammensitzen?

Todd: Noch nicht. Ich muß mich wieder an dich gewöhnen.

Lucy (schroff): Schön. Gehen wir spazieren.

Sie gehen zurück in die Sauna der Sommernacht.

Es geht abwärts, abwärts wie auf einer schiefen Ebene, abwärts zum Kanal. Dann der Blick über eine Ziegelmauer aufs Flußwasser, das träge, aber stetig weiterfließt. Eine Schotterstraße, über die gespiegelte Sterne ziehen.

Lucy schlingt von hinten die Arme um Todd, und er läßt sie auf seinen Rücken klettern und läuft mit ihr huckepack den Bürgersteig am Kanal entlang zur Stadtmauer. Sie ruft verschiedene italienische Worte, die sie aufgeschnappt hat – *Signora, latte, aspetta, senta, ascensore* –, bis sie lachend neben einer Mauer zusammenbrechen, auf die Kinder ihre Namen gekritzelt haben.

Dann laufen sie schwitzend zurück zur Pensione. Zu Fuß sind es ungefähr zwanzig Minuten. Auf dem Weg kommen sie an einigen römischen Ruinen vorbei, die jetzt als Straßenbahnhaltestelle fungieren. Im Licht der gelben Lampen ringsum sehen die Säulen gelb aus.

Lucy: Wir hätten das Auto nehmen sollen.

Todd: Scheiß auf das Auto.

Sie sind wieder auf ihrem Zimmer in der Pensione. Lucy liegt nackt unter einem weißen Laken, ihr Blick fällt rasch auf verschiedenen Krimskrams im Zimmer. Todd sitzt zusammengekauert auf einem niederen Schemel neben dem Waschbecken, wie auf dem Klo. Er ißt Erdbeeren aus einer Plastikschale von dem Lebensmittelgeschäft auf der anderen Straßenseite. Dann knipst er die beiden Lampen aus. Stellt den Wecker auf neun, damit er die Agentur anrufen kann. Als er ins Bett geht, stört er Lucy, die sich zusammengekuschelt hat.

Todd fängt an, Lucy mit der Zunge über den Nacken zu lecken. Sie versteift sich. Ihr Nacken ist eine äußerst empfindliche Stelle. In New York bestand zwischen ihnen die stillschweigende Abmachung, daß Todd nicht zu lange oder zu heftig an ihrem Nakken leckt. Das brachte sie zum Rotieren. Sie schrie und wand sich dann immer. Aber hier setzt sich Todd darüber hinweg. Er stürzt sich mit dem ganzen Mund auf ihren Nacken, als wollte er den Isthmus aus Fleisch verschlingen. Lucy kichert hemmungslos und schreit dann in einem fort. Todd ist es egal, wer es hört. Lucy kann nicht anders.

Lucy (kaum in der Lage, zusammenhängend zu sprechen): Bitte. Bitte hör auf. Du brichst meine Schlösser auf.

Der Morgen danach ist idyllisch. Lucy wacht als erste auf, liegt da und versucht sich zu erinnern, wer sie ist. Die Sonne ist total, weil Todd vergessen hat, die Fensterläden zu schließen. Als der unangenehme Weckton lossummt, schüttelt sie ihn wach. Er drückt auf die Schlummertaste. In Todds Augen ist pappiges Sekret, das ihm die Lider verklebt. Mit dem Finger ritzt er die Perforation auf, um Lucy zu sehen.

Todd (bedächtig): Ich habe geträumt, ich reite auf einem großen Pferd namens Lockvogel. Es war eines dieser Pferde, die in Wien gezüchtet werden. Und du bist auch in dem Traum vorgekommen, als Artistin, die stehend auf Pferden reitet und so ein Kostüm wie die Playboy-Bunnys trägt.

Lucy (geschmeichelt): Mit dir zusammen macht alles viel mehr Spaß, als wenn wir getrennt sind. Alles ist befriedigender.

Todd: Das Schlimmste an der inneren Leere ist, daß man gar nicht merkt, wenn man sich leer fühlt. Erst hinterher.

Lucy reckt den Hals, so daß der Knorpel rippenartige Linien bildet, die sich abheben.

Lucy: An was hast du als erstes gedacht, als du aufgewacht bist?

Todd: Heute habe ich als erstes an dich gedacht.

Lucy: Schööön… Ich möchte auch lieber zu den Menschen gehören, die an jemand anderes denken, wenn sie morgens aufwachen.

Eine Taube mit großen orangefarbenen Beinen, Schwimmhäuten und einer grünen Brust trippelt gurrend am Geländer entlang.

Mussolini

Frank kommt am nächsten Nachmittag spät von Aufnahmen für *Uomo Linea Italiana* nach Hause und kann nicht abschalten. Carlo und Tania sind beide bei der Arbeit. Er greift zum Telefon, um Todd und Lucy anzurufen, knallt den Hörer aber wieder auf die Gabel.

Frank (laut): Sollen die doch anrufen.

Er zieht sich um: verschwitztes schwarzes T-Shirt, grüne Arbeitshose und braune Wanderstiefel. Bricht zu einem langen Spaziergang auf. Sieht viele neue Models auf den Straßen. Kann sie erkennen. Mädchen, die tagsüber wie für einen Diskobesuch angezogen sind – konstruktivistische Ohrringe und Bluejeans, aber frisch wie Milch – und zu zweit unterwegs. Jungen – solo – , Paul Bunyans in Siebenmeilenstiefeln von Tony Lama, mit einem Sony-Walkman auf den Ohren.

Schließlich landet er im Mailänder Bahnhof, jenem Denkmal faschistischer Architektur mit seinen einschüchternden Dimensionen, steinernen Strukturen, Samsonsäulen und gestauchten Eingängen. Fährt mit der Rolltreppe nach oben durch die graue, wie ein ausgeschachteter Felsblock wirkende Eingangshalle, die an das Innere eines Grabmals denken läßt, das die erregende Spannung grandioser Leere und Unerforschtheit vermittelt.

Frank lungert eine Weile im zweiten Stock herum. Züge, Pfiffe und Geschrei, Ankunft und Abfahrt. Ein brauner De-Chirico-Wartesaal, in dem ein riesiges weißes Zifferblatt spukt, füllt sich mit Reisenden, die den Bänken zustreben, leert sich und füllt sich dann wieder, wie eine Eieruhr mit Sand. Fliegende Händler an mit Christbaumlichterketten behängten Verkaufstischen schreien gegen den Krach der aus allen Lautsprechern dröhnenden allwissenden Erzählerstimme an, die Zeiten und Gleisnummern bekanntgibt.

Schließlich lehnt Frank sich ärgerlich neben ein großes Plakat, auf dem er irgendeinen dämlichen Fruchtsaft aus einer winzigen Flasche trinkt. Eine Reklame.

Aus einer nahe gelegenen Herrentoilette kommt ein junger Mann Ende zwanzig, ungefähr einsneunzig, kurzgeschorenes braunes Haar, der ein graues Arbeitshemd, eine grüne Arbeitshose und weiße Wildlederschuhe anhat. Er trägt eine ziemlich dicke Brille mit durchsichtigem Gestell. Bemerkt das Nebeneinander von Frank und seiner Reklame, schleicht eine Weile um ihn herum und versucht, einen Blick von Frank aufzufangen. Hat aber kein Glück. Schließlich pirscht er sich an ihn heran.

Richard (mit einer Stimme, die so klar wie eine mittelgroße Orgelpfeife ist): Irre ich mich, oder bist du das Model da drüben auf dem Foto?

Frank (verblüfft, da er nicht bemerkt hatte, daß das Plakat in der Nähe war): Ja. Amerikaner? Auf der Durchreise?

Richard: Ich heiße Richard Hayworth. Ich wohne in Mailand.

Frank sieht ihn nun genauer an, läßt seinen Blick ohne Scheu und abschätzig wie ein Käufer, der einen Anzug auf einem Kleiderständer ins Auge faßt, über das Gesicht und die seltsame Kleidung des Fremden wandern.

Frank (maulfaul): Beruflich? Zum Studieren?

Richard (vage): Nein.

Frank (diese geheimnisvolle Antwort fuchst ihn und macht ihn unwillkürlich noch neugieriger): Aha, was liegt an?

Richard (im Ton von Tony Perkins oder vielleicht Roddy McDowall): Ich habe bloß gedacht, wir könnten miteinander reden, als zwei Amerikaner.

Frank (mißtrauisch): Sprichst du immer Fremde auf diesem Bahnhof an?

Richard: Bisher noch nie. Ich bin gerade mit dem Zug aus Rom gekommen. Außerdem bemühe ich mich immer, meinen spontanen Eingebungen zu folgen. Ich hoffe, du tust das auch.

Frank: Nein. Ich wünschte, ich könnte das. Könnte mir in den Hintern treten, wenn ich mir vorstelle, was mir deshalb schon alles entgangen ist. (Stellt ihn auf die Probe): Vor allem Bräute.

Richard (ein Buch mit sieben Siegeln): Ich wohne hier ganz in der Nähe. Wenn du Lust hast, kannst du auf eine Limo oder einen Negroni zu mir kommen, und ich zeige dir meine Sammlung Super-8-Filme.

Frank: Was sind das für Filme?

Richard: Alte. *Dracula, Frankenstein*. Hauptsächlich Horrorfilme.

Frank (geködert): Darauf steh ich.

Sie nehmen die Rolltreppe, und während sie nach unten fahren, weichen Wände und Decken immer weiter von ihnen zurück. Schließlich erreichen sie das Erdgeschoß. Gehen durch ein Spalier gleichmütiger steinerner Adler in Drohstellung, die Abzeichen in den Krallen halten, alle nach vorn in die gleiche Richtung starrend, Schnäbel wie spitze Waffen.

Richards Wohnung liegt in einem der äußeren Vororte Mailands, wo es Platz für runde und viereckige klassische Gärten gibt. Das Wohnhaus ist eine von vielen toastbraunen Festungen, die wie die roten Sandsteinhäuser Manhattens lückenlos nebeneinanderstehen, aber breiter und mit detaillierteren Verzierungen. Diese Ornamente haben die Farbe und Aura fallender Blätter und bringen eine melancholische Herbststimmung in alle vier Jahreszeiten, selbst jetzt, im schwülsten Sommer.

Richard geht mit Frank in den altmodischen kupfernen Lift, der in der Mitte des Hauses nach oben fährt. Den Flur entlang, den hellgrüne Deckenlampen erhellen oder vielmehr nur umrißhaft beleuchten. Durch seine kühle, klamme Mehrzimmerwohnung, die zum größten Teil ungenutzt zu sein scheint.

Schließlich führt er Frank in ein Schlafzimmer, das wie das Zimmer eines Teenagers aussieht. Überall stehen Modelle von Monstern. Die Jalousien vor den Fenstern sind runtergezogen, auch die Filmleinwand. Hinter dem Kopfende des Betts ist ein Projektor aufgestellt. Das Modell eines gläsernen Menschen läßt sämtliche Venen, Arterien und Organe erkennen. Am merkwürdigsten ist der zur Schau gestellte Nazi-Schnickschnack: Fahnen, Hitlerbilder, eine Uniform auf einem Kleiderbügel, hohe SS-Stiefel, Abzeichen und Orden.

Richard: Setz dich doch.

Es gibt nichts, worauf man sich setzen könnte. Daher nimmt Frank vorsichtig auf der Kante des Betts Platz, auf dem ein rotschwarzer fahnenartiger Überwurf liegt. Er fühlt leichten Ekel.

Frank: Warum zum Teufel hab ich mich darauf eingelassen?

Richard: Worauf? Du kannst gehen. Aber ich habe einen alten Film über Lady Godiva, der dir vielleicht gefällt.

Frank: Wer ist das?

Richard: Das ist die, die im Mittelalter nackt auf einem Pferd durch Coventry reiten mußte.

Frank: Ach ja? Klingt ja scharf.

Richard: Ist es. Ist es.

Richard schaltet das Licht aus. Der Projektor wirft wie eine überdimensionale Taschenlampe Licht auf die leere Leinwand. Dann tauchen die wackligen Schwarzweiß-Bilder auf, voller Sepiatöne und Schatten, die das Alter der Kopie bezeugen. Frank sieht interessiert zu, wie diese ziemlich dünne junge Frau auf einem Pferd durch die Stadt mit den Giebelhäusern reitet, ihr hüftlanges Haar über ihre Brüste drapiert, ihr Schritt gegen den Hals des folgsamen Hengsts gedrückt, während die Bürger sich hinter den Fensterläden verstecken. Er streicht sich mit dem Nagel seines gekrümmten Daumens über den Umriß seines Schwanzes in der Hose, während Richard ihn beobachtet, den Kopf auf die Lehne seines Schreibtischstuhls gestützt. Der ganze Film dauert nur ungefähr eine Viertelstunde. Dann schaltet Richard das Licht wieder an.

Richard (stotternd): Ich habe amerikanische *Playboys*.

Frank: Die kriegt man hier in jedem Tabakladen. Was wird das hier überhaupt? Ein Herrenabend? Hast du sonst noch 'nen Porno?

Richard (erleichtert): Ich habe einen Spielfilm mit dem Titel *Pink*.

Frank: Den seh ich mir an.

Richard: Es ist ja schon toll, daß mir jemand meine Einsamkeit vertreibt. Aber daß sie mir eine Berühmtheit vertreibt...

Frank (geschmeichelt): Bitte.

Der Film ist lang, in Farbe, mit hohen Produktionskosten. In einer Szene weist eine Karrierefrau in einem Anzug mit Krawatte ihre Sekretärin an, keine Anrufe durchzustellen, während sie mit einem gedrungenen, südländisch wirkenden Vertreter verhandelt. Der Vertreter läßt sie aus ihrem Drehstuhl aufstehen und spielt eine Weile den Boß. Er schlägt sie mit einer Reitpeitsche, die er aus einer Schublade holt. In einer anderen Episode teilen sich zwei Mädchen ein gemütliches bescheidenes Apartment. Ein Typ in einem Sportjackett ist mit einem Mädchen verabredet und will sie abholen, landet zu seiner Freude aber in einem Dreier.

Frank schaut sich gern diese Geschichten an. Obwohl sie nichts dazu beitragen, ihn zu beruhigen.

Frank (verkrampft): Versuchst du mich zu kaufen oder was?

Keine Antwort. Während des ganzen Films sitzt Richard an seinem Schreibtisch, hält eine Stabtaschenlampe in der Hand, blättert alte vergilbte Papiere durch und betrachtet manche mit einer runden Lupe genauer. Als der Film zu Ende ist, würde Frank am liebsten aus der Haut fahren. Aber einfach abhauen will er auch nicht. Diese widerstreitenden Wünsche verursachen Probleme.

Frank: Machst du mal das Licht an? Ich kann nichts sehen.

Richard bewegt sich langsam wie Uriah Heep zu einer Lampe, die er grinsend anschaltet.

Frank: Was gibt's da zu lachen?

Richard (fummelt an dem roten Lampenschirm aus Plastik herum): Du scheinst heute nervös zu sein, Frank.

Frank: Was meinst du mit heute? Seit wie vielen Tagen kennen wir uns denn?

Richard: Macht dir die Arbeit als Model zu schaffen? Stehst du zu oft im Rampenlicht?

Frank: Verschon mich bloß mit Phantasievorstellungen von meinem Job als Model. Aber würdest du mir bitte verraten, was du da an deinem Schreibtisch machst?

Richard (geht zum Schreibtisch zurück): Ich versuche... es ist vertraulich, aber dir kann ich's ja sagen... Ich versuche, eine Geschichte des Faschismus in Italien zu verfassen.

Frank (geht darauf ein): Wohlwollend oder nicht?

Richard: Gute Frage. Eigentlich ziemlich wohlwollend. Ich hoffe, daß sie gerade dadurch Anspruch auf Originalität erheben kann. Diese Position hat in den letzten dreißig Jahren niemand vertreten. Es ist ein radikaler Schritt.

Frank: Das kannst du laut sagen. Und was ist mit der Uniform, die da drüben an der Tür hängt? Ist das eine italienische Faschistenuniform?

Richard: Du sagst es.

Frank (stachelt ihn an): Willst du sie nicht mal für mich anziehen? Paßt sie dir? Trägst du sie zu Hause?

Richard: Ich gehöre sogar einer Gruppe an. Die Uniform hat meine Größe, ist aber authentisch aus den vierziger Jahren.

Frank zuckt zusammen. Seine ganze Wut und Frustration werden jetzt gebündelt, so wie Kinder auf einem Spielplatz die Sonnenstrahlen mit einem billigen Vergrößerungsglas auf einem Papierfetzen bündeln, der schließlich ohne Streichholz Feuer fängt.

Frank (zwischen zusammengebissenen Zähnen hindurch): Zieh sie an, Richard.

Richard geht auf den Flur und steigt geräuschvoll in die Uniform und die Stiefel. Aus er zurückkommt, sieht er wie ein Statist aus. Er ist ein Granatsplitter aus der Vergangenheit – schwarz, orange und rot –, der im Knochengewebe der Gegenwart steckt.

Seine Uniform ist so steif, seine Stiefel so blitzblank, daß er mit dem verstörten Gesichtsausdruck und dem hoffnunglosen Blick gar nicht hineinpaßt.

Frank (steht auf und geht drohend auf Richard zu): Ich habe einen Freund namens Todd. Und sein Onkel wurde verwundet, als er Bombenangriffe gegen die Leute flog, die diese Uniformen früher getragen haben. (Packt Richard mit einem Würgegriff am Hals). Er fände es doch bestimmt gar nicht lustig, wenn er so einen amerikanischen Verräter in dieser Uniform herumstiefeln sähe, oder? (Schreit): Oder?

Richard hat plötzlich Angst. Er ist Frank in die Falle gegangen.

Richard: Ich habe nur Spaß gemacht. Ich habe dir bloß imponieren wollen. Damit du mein Freund wirst.

Aber Frank läßt sich nicht beschwichtigen. Er hat Wut im Bauch, ihm brennt die Sicherung durch. In seinem Inneren explodiert eine Megatonnenbome, größer und stärker als alles, was er je gespürt hat.

Frank fängt an, Richard zu verprügeln. Er versetzt ihm eine Reihe kräftiger Ohrfeigen mit der flachen Hand. Dann boxt er ihn in den Magen, so daß er zusammenklappt. Schließlich rammt er ihm das Knie in die Eier. Und als Richard zusammengekrümmt am Boden liegt, kauert Frank über ihm und schlägt mit den Fäusten auf ihn ein, während Richard zittert und schreit und sogar weint, aber seine Muskeln oder seine fünf Sinne nicht so weit unter Kontrolle bringen kann, um etwas Verständliches hervorzustoßen. Daraufhin steht Frank auf, stellt sich breitbeinig über sein Opfer, holt seinen Penis aus der Hose und läßt einen gelben Schwall stark riechender Pisse auf ihn niederplatschen. Ein einschüchternder Regen. Als er schließlich innehält, blickt er auf und erkennt sich in dem großen Spiegel an der Schranktür kaum wieder. Auf wundersame Weise hat er sich in eines der Monster in den Regalen verwandelt.

Richard (mit brennenden Augen): Du hast mich ganz falsch verstanden. Du bist zu dumm, um mich zu verstehen.

Frank: Dumm, wer ist hier dumm?

Frank stößt einen Beistelltisch mit einem Aschenbecher und einigen Kulis und Pillen um, die klappernd auf den Holzboden fallen.

Richard (liegt immer noch am Boden): Ich werde die Polizei und deine Agentur anrufen und dafür sorgen, daß du Mailand verlassen mußt.

Frank nimmt einen Spazierstock mit metallenem Griff und zerschlägt die Glühbirne an der Decke.

Frank: Was wirst du tun, Mussolini? Kleiner Mussolini?

Richard ist jetzt klug genug, nicht noch etwas zu sagen. Er bleibt einfach liegen und stellt sich tot. Frank öffnet die Tür und will gehen. Steht schwer atmend auf der Schwelle, eine Silhouette im lindgrünen Licht der Flurlampe. Er ist ein Schattenmensch mit einer fremden Ausstrahlung.

Frank (ein Wort, das wie ein Schuß widerhallt): *Duce!*

Erregung öffentlichen Ärgernisses

Frank macht torkelnd auf dem Absatz kehrt, rast die Treppe runter und läuft auf der Suche nach der Pensione Medici durch Mailand. Schwieriger, als sich in einem Wald zurechtzufinden. Er rennt Straßen entlang, nur um sich dann dort wiederzufinden, wo er losgelaufen ist. Niemand kann ihm sagen, wo er hin muß. Sein Italienisch ist nicht sonderlich. In Mailand spielt sich alles Leben hinter großen Festungstoren ab. Es wird nicht öffentlich zur Schau gestellt. Wie in Rom. Also sind die Straßen ein Friedhof.

Als er schließlich vor Todds Tür steht, sind seine Kleider vor Schweiß klatschnaß. Sein Gesicht wirkt völlig fremd. Er spürt fauligen Atem aus den Tiefen seiner Lungen kommen.

Todd ist sofort besorgt, legt die Arme um ihn und führt ihn herein. Läßt ihn auf die Bettkante sitzen. Lucy kommt von der Terrasse ins Zimmer und bemerkt die dramatische Veränderung. Frank erzählt die ganze Geschichte, während er das Gesicht in den Händen verbirgt, ohne einmal aufzusehen. Todd und Lucy tauschen während der Erzählung viele Blicke, suchen beim anderen nach einem Hinweis darauf, wie sie sich verhalten sollen. Als Frank zu Ende erzählt hat, sagen sie nichts.

Das Haustelefon klingelt. Todd nimmt den Wandapparat ab.

Padrone: *Telefono per Signor Todd* (Er spricht Todds Namen immer wie das deutsche »Tod« aus.)

In seiner Verwirrung hat Todd das Gefühl, die Polizei habe Frank aufgespürt. Aber das hat sie nicht. Es ist Jean.

Jean (spricht rasend schnell): Wenn du deinen Freund Frank siehst, sag ihm, daß er pronto aus Milano verschwinden muß.

Todd: Bloß weil er sich auf eine kleine Prügelei eingelassen hat?

Jean: Ich bin so sauer auf ihn, daß ich nicht mehr darüber reden möchte. (Schlägt einen netteren Ton an): Jetzt aber zur dir, *caro*. Zwei Agenten aus Paris sind hier. Sie gehen heute abend mit einigen Models essen, an denen sie interessiert sind. Sei um acht im Rigolo. Außerdem hast du ein Booking. Du fährst morgen nach Sizilien. Sei morgen um neun in der Agentur, da wartet ein Wagen auf dich. So, und außerdem habe ich ein Telex von Anna in München bekommen. Sie möchte dich im August. Das könnte gut werden. Du weißt ja, Mailand und Paris sind im August drei Wochen tot.

Als er ins Zimmer zurückkommt, erzählt er den anderen die Neuigkeiten. Aber Frank reagiert ziemlich verhalten.

Frank (ungewöhnlich zaghaft): Ist es euch recht, wenn ich mit euch nach München oder Paris gehe? Oder dort auf euch warte?

Dann bleibt er einfach auf der Bettkante sitzen, am Boden zerstört, und spielt mit einzelnen blonden Haarsträhnen, die er sich bis vor die Augen zieht und genau betrachtet.

Maiocchi

Maiocchi ist in typisches Mailänder Restaurant der gehobenen Mittelklasse. Dunkle Holztische. Wägelchen mit cremigen Desserts. Kellner in schwarzen Jacketts. Vor einem Monat wurde es durch einen dieser neumodischen Restaurantüberfälle erschüttert. Proletarische Diebe drangen mit Maschinengewehren ein, überfielen sämtliche Gäste und raubten Schmuck und Bargeld. Dieser gereizte Terrorismus hat Mailand in letzter Zeit an seiner empfindlichsten Stelle getroffen, seiner Speiseröhre.

Fünf Models, darunter Todd und Paul, sitzen an einem langen Tisch, auf dem ein weißes Tischtuch liegt. Aber Todd ist der einzige, der eine blaue Baseballmütze mit dem Schild nach hinten trägt. Wie zur Rechtfertigung dieser Mütze unterhalten er und Paul sich über Baseballergebnisse. Todd geht weder gern ins Stadion noch spielt er selbst, aber er hat immer die Spielerkarten gesammelt. Viele sind in den Scrapbooks aus seiner Schulzeit eingeklebt. Alles, was er über Baseball weiß, hat er von den Karten gelernt. Kann sie auch in die Luft schnippen, um sie gegen bessere einzutauschen. Lieblingsspieler: Clete Boyer, ein dritter Baseman der New Yankees Mitte der sechziger Jahre.

Bertrand und Simone, die Agenten von »Premier« in Paris, sind auch da. Veranstalten das Essen, um sich die besten Models zu sichern. Simone ist ein Mann um die fünfzig mit nach hinten gekämmtem, gut frisiertem Haar, er trägt ein cremefarbenes Seidenhemd mit offenem Kragen, eine Kette, an der ein goldener Hundekopf als Talisman hängt, eine schwarze Hose und braune Stiefel, die sehr knallig wirken. Bertrand, Simones Partner, ist etwa fünfundzwanzig, hat strubbeliges, braunes lockiges Haar, trägt ein zu Simones Kluft passendes Outfit, Hemd, Hose, Stiefel, ohne Kette, dafür einen Ohrstecker mit einem Diamanten.

Bertrand (zu Todd): Weißt du, Baby, Soupy hat mir das Foto geschickt, auf dem du in Shorts aus der Dusche kommst, und ich habe ihm sofort per Telex geantwortet, daß du nach Paris kommen sollst, wir kümmern uns um dich. Weißt du, dieses Bild löst so'n Gefühl in mir aus. So arbeite ich. Einfach durch... (er wackelt mit den Fingern, um eine besondere Art von Intuition anzudeuten, die er offenbar aus der Luft bezieht) ...stimmt das nicht, Simone?

Simone, der immer ein bißchen wie mit Quaalude bekifft wirkt, blickt mit einem unverbindlichen Lächeln von einer Unterhaltung mit einem anderen Model auf.

Bertrand: Das ist Todd Eamon. Weißt du, er wird wohl der neue Ferrati-Mann sein.

Todd beißt fest in sein Brötchen und kaut, als hätte er Tabak zwischen den Zähnen.

Simone (nicht bereit, Bertrands Entdeckung sofort zu akzeptieren): Das ist Alan Blaire. (Zeigt auf einen großen Blonden mit knochigem Gesicht, ganz Unschuld vom Land.) Ooooh. Weißt du, Blaire spricht perfekt Französich. Diese Amerikaner. Die nehmen alles schrecklich ernst. (Zu Alan): Sprich französisch mit Bertrand.

Alan (in Alliance-Française-Französisch): *Qui, je peux parler, je l'étudiais dans l'école.*

Bertrand: Ist ja toll, Baby. Schließlich wollen wir natürlich, daß du dich zunächst mal in Paris wohlfühlst. Du weißt schon, du solltest mit deiner Freundin dort sein, dein ganzes Leben soll dort sein, denn wenn du nicht glücklich bist, ist es schwer, gut zu arbeiten.

Todd (zu Alan, gereizt): Sag ihm auf französich, wie sehr dir sein Hundehalsband gefällt.

Die anderen Models lachen, mit Ausnahme von Alan und Paul. Aber Simone versteht die Ironie nicht.

Simone (hält das Schmuckstück in der Hand): Es ist aus Gold. Pures Gold. Und ziemlich bald bekomme ich sogar einen noch größeren Anhänger.

Todd und Paul gehen zusammen weg. Sie bleiben ein paar Minuten in dem perfekten Kreis eines Parks unter einem Maulbeerbaum stehen, an dem viele Scheinfrüchte hängen, die Himbeeren ähneln.

Paul: Was ist bloß aus diesem jungen Yankee-Gentleman geworden, neben dem ich im Flugzeug gesessen habe? Nur ein fetter Auftrag, und schon bist du ein Arschloch?

Todd (traurig): Nein. Daran liegt's nicht. So einfach ist das nicht.

Paul: Ich habe von der Sache mit Frank Yastremski gehört, deinem Kumpel.

Todd: Gut möglich. Vielleicht liegt's daran.

Als Todd nach Hause kommt, schlafen Frank und Lucy. Frank unter ein paar kratzigen Decken in einem Liegestuhl draußen auf der Terrasse. Todd beobachtet, wie sich Franks Brustkorb beim Atmen hebt und senkt. Lucy liegt unter den Laken. Todd spürt die Feuchtigkeit, als er sich ins Bett schleicht und den Wecker auf sieben Uhr stellt.

Haarschnitt

Als Todd aufwacht, merkt er sofort, daß etwas nicht stimmt. Ihm ist nicht wohl. Sein Hals ist rauh. Fühlt sich heiß an, als er sich mit der Hand über die Stirn fährt. Wie in einem Schatten aus Schweiß liegt er im Bett. Aber er steht trotzdem auf. Sonst ist noch niemand wach. Ist noch zu früh.

Todd knipst die Glühbirne über dem Spiegel an. Auch sein Gesicht sieht nicht gut aus. Blasse Haut; große Poren; ein paar Pikkel. Allgemein fällt ihm eine gewisse Aufgedunsenheit auf. Sein Haar ist stumpf, trocken, glanzlos. Inzwischen kennt Todd sein Gesicht so gut, daß er morgens nach dem ersten Blick in den Spiegel genau weiß, wie strahlend es an diesem Tag aussehen wird. So wie Bauern vorhersagen können, wie das Wetter tagsüber wird, wenn sie bei Morgengrauen durchs Schlafzimmerfenster einen kurzen Blick auf den Himmel werfen.

Todd arbeitet heute auf Panarea, einer Insel vor der Küste Siziliens. Der Kunde hat für den Transport eine private Propellermaschine gechartert, die vom Mailänder Flughafen startet. An dem Take sind sieben Leute beteiligt, und es ist geplant, daß sie ein paar Tage auf der Insel bleiben. Unter den Models ist ein stark gebauter Australier, der alle Frauen anzumachen versucht. Eine der Frauen ist Sophia. Sie ist siebzehn und lebt noch bei ihrer Mutter in Verona.

Todd hat Fieber und läßt beim Plaudern im Flugzeug die nötige Vorsicht vermissen.

Todd: Doppelgänger sind dick im Geschäft. (Zu dem Australier): Du könntest der Stuntman von Mel Gibson sein. (Zu Sophia): Und du siehst wie deine Namensschwester aus. Sophia Loren. Wie kommt das?

Sophia: Stimmt. Stimmt. Alessandro, das Model aus Bologna, sieht genau wie Mick Jagger aus.

Australier: Zwillinge sind auch sehr gefragt. Jobs für Brüder oder Schwestern gibt's massenhaft.

Todd: Komische Sache, einen Menschen durch einen anderen zu ersetzen. Wie beim Kopieren. Oder Klonen. Die Persönlichkeit wird dabei zerstört. Wir haben keine Spur von Persönlichkeit.

Diese letzte Bemerkung trägt ihm einen Verpiß-dich-Blick von dem Australier ein.

Ihr Flugzeug fliegt dicht über den grazilen Autobahnen entlang, die auf Pfeilern die düstere, im Süden gelegene Vampirregion Kalabrien durchschneiden. Schließlich landen die sieben in der Hafenstadt, wo sie auf das kleine Boot warten, das sie nach Panarea bringen soll. In der Ferne raucht ein Vulkan wie eine im Aschenbecher vergessene Zigarre vor sich hin.

Die Art-Direktorin und der mit ihr verheiratete Fotograf erklären dem Team, daß noch eine Stunde Zeit bleibt, bis das Boot nach Panarea die Passagiere an Bord nimmt. Die Insel, eine der aus schwarzer Vulkanasche bestehenden Liparischen Inseln, ist nur mit dem Schiff erreichbar; sie ist nicht ans Stromnetz angeschlossen, es gibt nur Generatoren. Nachts benutzen die Leute auf dem bewohnten Teil der Insel Taschenlampen, um sich auf den schmalen, geschlängelten Pfaden zu leuchten. Bis gegen Mitternacht sorgt Generatorenstrom für die Musik in der einzigen Disko. Der andere Inselteil bleibt den Felsen, verfallenen Statuen und riesigen Fischskeletten überlassen. Da geht niemand hin.

Todd will die Stunde nutzen, um etwas Schlaf nachzuholen. Er ist so benommen, daß er sich nicht mal mehr mit den anderen Models unterhalten kann. Er legt sich neben eine Obstkiste auf die Holzmole. Die Sonne scheint heiß und wird immer heißer. Er liegt in der Sonne, nicht im Schatten. Vorbeikommende Matrosen schreiten über ihn hinweg. Ab und zu krächzen Vögel. Nach einer Weile steht Todd auf und geht auf die Ladenzeile an der Hauptstraße des Hafens zu. Er sieht einen Friseursalon und beschließt, sich dort die Haare schneiden zu lassen. Ihm ist so heiß, daß er sich dadurch etwas Kühlung verspricht. Außerdem möchte er eine Abwechslung. Eine Abwechslung von dem Fieber und der Gluthitze, die ihn völlig durcheinanderbringt – mal was anderes eben.

Todd macht dem jungen Friseurlehrling mit Gesten klar, daß er die Haare ganz kurz geschnitten haben möchte. Der langhaarige Junge – ungefähr fünfzehn, aus seinem Transistorradio tönt blecherner Rock –, ist überrascht und zögert, eher er mit dem Schneiden anfängt. Aber Todd bringt ihn auf Trab. Alle fünf Minuten hält der junge Friseur inne und bietet Todd die Gelegenheit, einen Rückzieher zu machen. Er holt einen Rundspiegel, damit Todd sagen kann, ob er mit den Stoppelhaaren hinten so zufrieden ist. Todd starrt auf seinen kurzgeschorenen Nacken und schaut fröhlich im Spiegel zu den unordentlich zusammengelegten Zeitungen und *fotoromanzi* auf einem kleinen Nebentisch und den Farbfotos von Fußballklubs an den Wänden. Dann gibt er dem Jungen ein Zeichen: kürzer, noch kürzer! Todd blickt aus den Fenstern auf den hölzernen Gehweg, wo bunt ausstaffierte Leute Kisten und Ballen vorübertragen; so muß es im neunzehnten Jahrhundert wohl auch in einer Walfängerstadt Neuenglands ausgesehen haben. Schließlich hat Todd den gleichen Bürstenhaarschnitt, wie er ihn als Neunjähriger getragen hat, und ist zufrieden. Kurze Zeit hat er wieder einen kühlen Kopf. Fühlt sich überlegen und rebellisch. Er zahlt 5000 Lire und geht lächelnd und fast wie ein Betrunkener aus dem Laden, über die Straße und zum Kai, an dem das wartende Boot liegt.

Als Elga, die Art-Direktorin, eine niveauvolle, aber kompromißlose Frau aus dem Norden, nahe der Grenze zu Österreich, die von Zuhause einiges Geld hat, Todd sieht, ballt sie die Hand zur Faust. Dann schreit sie ihn auf italienisch an. Todd steht einfach da. Die anderen scharen sich um ihn. Alle wirken entsetzt.

Todd (witzelnd): Ich hab mir bloß kurz die Haare schneiden lassen. Habt ihr einen an der Waffel oder was?

Keines der Models antwortet. Nicht mal der Australier, der diesen Slangausdruck versteht. Sie fühlen sich durch seine Tat bedroht und hassen ihn dafür. Seinetwegen platzt vielleicht ihr Job.

Elga stürmt lauthals schimpfend zu dem Büro des Bootseigners. Eine Dreiviertelstunde bleibt sie spurlos verschwunden. Während dieser Zeit halten sich die anderen an dem Take Beteiligten von Todd fern. Er setzt sich auf einen Poller und schaut aufs Wasser. In Gedanken ist er woanders. Das türkisfarbene Wasser glitzert wie elektrisch beleuchtet. Todd lauscht auf den Krach der Boote, die mit hochgejagten Motoren Wasser aufspritzen lassen und wie Fußbälle über die rastlosen Schultern der Wellen tänzeln. Schließlich kommt Elga aus dem Holzschuppen zurück. Sie redet mit Händen und Füßen; ihre Gesten wirken linkisch. Ihr bedächtiger, schwerfälliger Mann geht auf Todd zu.

Mann (im Ton eines Sendboten): Du mußt zurück nach Milano. Bei diesem Take können wir dich mit deiner Frisur nicht brauchen. Meine Frau sein so wütend, am liebsten sie würde dich umbringen. Also geh rüber zu dem Haus da und warte, bis jemand kommt. (Dann, nun offenbar selbst Worte findend). Kinder wie dich kann ich nicht ausstehen.

Der Mann läßt ihn stehen. Das übrige Team, darunter auch die Models, reiht sich nach und nach in die Prozession ein und geht ohne zurückzublicken an Bord. Todd leidet inzwischen an leichten Fieberphantasien, zumindest bildet er sich das ein. Geduldig setzt er sich auf eine dunkelblaue Bank und wartet. Ungefähr drei Stunden später kommt ihn ein lustloser Sizilianer mittleren Alters abholen, der in seiner weißen Uniform wie eine Thekenkraft in einem Schnellimbiß aussieht. Die beiden unternehmen keinen Versuch, ein Gespräch anzufangen. Todd kommt sich vor, als bringe man ihn in ein Gefängnis.

Inzwischen ist es fast dunkel. Niemand sonst fliegt mit der sechssitzigen Maschine zurück, dem letzten Flugzeug, das in den pfirsichfarbenen Himmel aufsteigen darf. Todd lehnt sich weit in dem Sessel zurück und denkt sich gegenständliche Formen für die massigen und verschieden dunklen Kumulonimbuswolken aus. In Mailand wird er von einem Wagen abgeholt und direkt zur Agentur gefahren.

Nur Jean und Luigi arbeiten noch, als er dort ankommt. Sie sehen ihn ernst an, so ernst, daß Todd sich nicht verkneifen kann, nervös aufzulachen. Sie sitzen beide auf der gleichen Schreibtischseite ihm gegenüber.

Jean: Du und Frank habt euch also in den Kopf gesetzt, mir beide in der gleichen Woche durchzudrehen. Was mich eine Menge Geld und, was wichtiger ist, meinen guten Ruf kosten kann. Ich kann dich jetzt nicht mehr gebrauchen. Dein Haar ist zu kurz.

Luigi: Niemand in Mailand kann dich mehr gebrauchen. So kannst du nicht arbeiten.

Todd (flehend): Es ist doch nur ein neuer Look.

Jean: Falls du dich mit diesem GI-Look verkaufen willst, mußt du eine ganz neue Mappe mit neuen Fotos anlegen. Aber ich rate dir davon ab, dieser Look zieht hier in Europa nicht sonderlich. Und ich glaube nicht, daß es in den Staaten anders ist.

Luigi: Europäer mögen lange Haare. Amerikaner auch. Sieh mal (Er wirft Todd die neueste Nummer einer amerikanischen Zeitschrift für Männermode zu. Todd macht sich nicht die Mühe, nachzusehen.)

Zum letztenmal in diesem Sommer legt Luigi die Hand fest auf Todds Schulter. Er begleitet ihn zur Tür. Todd ist verkrampft. Er hatte nicht die Absicht, sich mehr als diesen einen Job zu versauen. Urplötzlich steht er ohne Arbeit und Geld da, gerade als er Erfolg zu haben begann. Er spürt, wie ihm flau im Magen wird.

Luigi: *Senti.* In vier Wochen, rechtzeitig für die Saison in Paris, wird dein Haar nachgewachsen sein. Die Modenschauen für Männer sind sogar erst in sechs Wochen. Ich würde erst mal Urlaub machen und dann zu Simone und Bertrand gehen.

Todd: Mir war doch nicht klar, was ich mir da einbrocke.

Luigi: Du mußt endlich erwachsen werden. Aber wer weiß, wenn du erwachsen bist, ist dein Aussehen vielleicht nicht mehr gut oder gefragt.

Es fehlt nur der langsame Trommelwirbel, wie bei der unehrenhaften Entlassung eines Soldaten, als Todd durch den Tunnel geht, den er zum erstenmal vor drei Wochen betreten hat.

***

Todd hat fast schon fertig gepackt. Lucy ist bei Frank. Die Stille ist ausgesprochen violett, so sanft und kristallen. Er geht auf die Terrasse und beobachtet, wie die Hausfrau im Nachbarhaus wieder Spaghetti Bolognese kocht, ihr Sohn ist heute abend aber nicht zu sehen.

Tigert ins Zimmer zurück, holt sein Scrapbook unter der Matratze hervor. Er wird ein neues kaufen müssen, wenn er nach Paris kommt. Dieses ist bis zur letzten Seite voll. Drei Monate ist neuer Rekord für Todd. Andererseits war das Ausschneiden und Einkleben sein einziger Zeitvertreib in all den öden Stunden zwischen den Vorstellungsterminen und Castings.

Todd setzt sich aufs Bett und blättert das Album durch. Die ersten Seiten ähneln den in New York entstandenen. Dicht nebeneinander hat er verschiedene Souvenirs angeordnet. Hier das

Deckblatt eines Streichholzbriefchens aus dem Primadonna mit dem siebziger-Jahre-haften Silber-auf-Schwarz-Schriftzug. Dort eine sorgfältig ausgeschnippelte Anzeige für einen privaten Krankentransportdienst, neben dessen überaus elegantem Ambulanzwagen eine Krankenschwester und ein Arzt abgebildet sind.

Auf den Mittelseiten verwandelt sich das Scrapbook jedoch in eine Art selbstgebastelten *fotoromanzo*. Die Figuren sind alle ausgeschnittene Fotos von Models, Jungen und Mädchen, die er größtenteils in der Agentur kennengelernt hat. Unter ihren aus Anzeigen oder Visitenkarten stammenden Fotos stehen die Bildtexte, die er auf weiße Zettel geschrieben und eingeklebt hat. Weil die Figuren in so künstlichen und oft auch romantischen Posen aufgenommen sind, hat die Handlung einen Hang zum Melodramatischen und dreht sich um Liebe oder Mord oder um beides, ungefähr so wie in dem Comicstrip *Rex Morgan*.

Die letzten zehn oder elf Seiten sind kraftvoll abstrakt, ein auffallender Bruch. Nicht lange nach Lucys Ankunft begann Todd, ausschließlich mit Farben zu arbeiten, zunächst mit Grüntönen, um dem Bild eine Struktur zu verleihen. Tagelang lief er durch die Gegend und sammelte zum Beispiel jeden resedagrünen Fetzen auf: Kinokarten, Bonbonpapiere, Grashalme. Später ging er auf Rosa über, dann auf Eisblau, schließlich auf Schwarzweißfernseher-Grau. Diese Flecken, Kleckse und welligen Papierbänder hat er zu ganzen Seiten voller Farbwirbel verwoben, die aussehen wie jene Notizbücher aus Marmorpapier, die in einem ganz bestimmten kleinen Laden in Venedig erhältlich sind, nur einen Katzensprung von der Piazza San Marco entfernt.

Nachdem er sich sattgesehen hat, klappt Todd das Buch zufrieden seufzend zu, als hätte er gerade einen Wälzer aus dem neunzehnten Jahrhundert ausgelesen. Sorgfältig wickelt er das Buch in zitronengelbes Seidenpapier ein und verstaut es in seiner L. L. Bean-Tasche. Fläzt sich dann auf die Matratze. Wartet, daß Lucy ihn abholen kommt, während er sich lustlos eine Kassette mit schmalzigen Popsongs anhört, die er sich gekauft hat. »I'sto bene con te«, »Car'amico ti scrivo«, »Solo noi«.

Ist gut drauf.

Der Zug fährt aus dem Mailänder Bahnhof, wo Frank vor einer

Woche Richard Hayworth kennengelernt hat. Das Tak-tak-tak vorbeirauschender Zugfenster. Todd, Lucy und Frank haben zwei Abteile mit einer Verbindungstür, die jetzt offensteht. Auf beiden Seiten sind zwei Etagenbetten, ein Waschbecken mit Spiegel, ein kleiner Kühlschrank. An den Wänden hängen die üblichen Zugfotografien, schwarzweiß, italienische Stadtansichten. Erste Klasse.

Zu dritt drängen sie sich in Franks Abteil, wo Lucy, ganz fünftes Rad am Wagen, sich ans Waschbecken lehnt. Sie wiegt sich im Takt mit den Erschütterungen des fahrenden Zugs. Erst stört sie ein italienischer Schaffner, der ihre Fahrkarten kontrolliert, dann ein Dienstmädchen, das ihre Betten aufschüttelt, schließlich ein Steward, der die drei Flaschen *vino bianco* bringt, die Frank vorher bestellt hat. Jeder hat jetzt eine Flasche.

Frank (rachsüchtig): Lieber werde ich Verkäufer bei Burger King, als daß ich noch mal in dieses ätzende Drecknest gehe.

Todd (beipflichtend): Das Essen bei Burger King ist jedenfalls besser. Hat weniger Zucker und Kohlehydrate.

Lucy (verträumt): Eine Burger-King-Filiale als Kulisse für Leonardos »Abendmahl«, stellt euch das mal vor.

Hinter den viereckigen Fenstern flimmert die Landschaft Norditaliens vorbei. Zumindest nehmen die drei Reisenden sie als vorbeiflimmernd wahr. Sie sehen orangefarbene Dächer im Wechsel mit braunen Feldern, im Wechsel mit grünen Feldern, im Wechsel mit einem Obstbaumgarten, im Wechsel mit einer Fabrik, aus der aschgraue Wolken in einen rosa Himmel qualmen. Aber die Landschaft bewegt sich natürlich nicht. Ist keine Kulisse. Ist satt, in sich selbst versunken.

PARIS

Jazz

Jackie (scha-ki ausgesprochen) tanzt auf dem niedrigen Laufsteg eines Nachtklubs mit viel Chichi in einer Seitenstraße vom Pigalle. Vor der Tür des Kellerlokals stehen Renaults und Peugeots. Der Klub ist voller Rauch, eine graue Wolke, die sich niemals auflöst. Die Gäste – in Kostümen, Smokings und Straßfummeln – tauchen kurz daraus auf und verschwinden dann wieder, je nach der bedächtigen Rumba des Qualms, der durch, über und um rote Samtsofas, Stühle, Sitzecken, Gardinen, schwarze Plastiktische und den Teppich wabert, rund, rechteckig, dreieckig, wie Moleküle ausgestoßenen Rauchs, die sich nicht von grellgeschminkten Lippen trennen wollen.

In einem violetten Minislip, mit Troddeln an den Titten wie eine Bauchtänzerin, klirrenden Armreifen und blaugefärbtem Haar geht Jackie ans andere Ende des Laufstegs. Er hat algerisches, ägyptisches und französisches Blut in den Adern und von Natur aus das dichte schwarze Haar der Nordafrikaner. Sein Körper ist keine große Attraktion. Mager, mit dunkler, öliger Haut bespannt. Wie eine Abessinierkatze stößt er sich mit den Füßen vom Laufsteg ab. Macht zu milder Jazzmusik aus den Zwanzigern einige aufreizende, an alles und nichts erinnernde Tanzschritte. Der Blick seiner schwarzen, mit Goldglimmer geschminkten Augen huscht über viele Tische mit Wasserpfeifenrauchern.

Jackie (Spricht ganz leise seinen Text, fast unhörbar, während er seine Tittentroddeln wackeln läßt): *Tu veux l'entendre de ma bouche. Eh bien, oui, j'ai aimé. J'ai souffert. Mais je n'ai pas été aimé.*

Wie einen Mond läßt Jackie seinen dunkelhäutigen Arsch über den Zuschauern prangen.

***

Paris bei Tag. Jogger laufen bergauf, bergab, kreuz und quer über die Wege durchs Unterholz des Bois de Boulogne, unter einem Himmel, so blitzsauber und hellblau, als hätten ihn die weißen Aco-pads-Kratzer der Wolken blankgescheuert. Tut-tut. Auf ein Glas Wein in dem Café, das angeblich Hemingways zweitliebstes in Montparnasse war; der Rotwein ist nahrhaft wie Blut für einen Vampir. Katholische Schülerinnen in Uniformen, die sich auf dem Weg zum Grab von Jim Morrison, dem meistbesuchten auf dem Père-Lachaise-Friedhof, vor den grauen Tafeln der Grabsteine gegenseitig unter ihre scharlachroten Röcke schauen. Metallene Caféstühle, umgestoßen von einer Clique bulliger Lastwagenfahrer aus der *banlieue*, die gegenüber der goldenen Emulsion eines Schlosses von Ludwig XIII. über die Stränge schlagen. Auf Luftpostpapier nach Hause schreiben in den Gassen des jüdischen Ghettos, dem wasserfleckigen Marais. Der Flughafen Roissy wirkt wie der Phantasie H. G Wells' entsprungen: zahllose Kuppeln und Röhren, große graue Metallbauten wie Raumanzughelme, anonyme Reisende, die auf schwarzen Laufbändern vorübergleiten. Vom düster aufragenden Obelisk an der Place de la Concorde strahlen Straßen schwindelerregend aus wie Speichen von den Naben am Rad eines Le-Coq-Sportif-Fahrers auf dem Bogen einer napoleonischen Brücke über der riechbaren Seine.

Die verlorene Generation

Bald ist der Nieselregen so stark, daß er in richtigen Regen übergeht. Daher bugsiert Frank Todd und Lucy in ein Café an der Place du Chatelet.

Sie setzen sich neben die schlierigen Fenster. Viel Lärm von Gläserklirren, französischem Geplauder und Flippergepiepse. Verdammt wirkende Leute gehen in grellem gelben Licht vorbei. Um diese frühe Abendzeit ähnelt das künstliche Licht Gaslicht. Lucy bestellt eine nach Krankenhaus schmeckende *infusion verveine*, Todd ein Glas roten Beaujolais und Frank ein Bier vom Faß. Lucy klebt in ihrem schwarzen Lederrock an den roten Vinylsitzen.

Frank (in einen grünen Army-Trenchcoat gehüllt): Laßt es mich noch mal bei Jackie versuchen.

Todd (besonders leichter schwarzer Kaschmirpullover, Jeans): Ja. Mach mal.

Frank wirft *jetons* in das Wandtelefon, wartet ein paarmal das Klingeln ab, das sich wie ein Morsesignal anhört, und geht wieder zurück, als niemand abhebt.

Lucy (ihr Körper krümmt sich aus Frustration, weil sie zum nächsten Stop möchte): Wie hast du Jackie eigentlich kennengelernt?

Frank: Eines Nachts auf dem Nachhauseweg von einem Klub. Es dämmerte. Die Vögel zwitscherten. Und er stand in einem Park hinter einer Kirche auf dem Boulevard St. Germain neben einer Statue und rauchte Hasch. Er bot mir was davon an.

Frank versucht es nochmal. Niemand hebt ab. Deshalb lädt er Todd und Lucy ein, in seiner Wohnung zu übernachten. Er ist sicher, daß er ihnen morgen ein Zimmer bei Jackie verschaffen kann. Sie gehen in Richtung Odéon. Todd tut so, als betrachte er die antiquarischen Bücher an den Ständen am Fluß, weiß aber nicht, wohin er schaut. Sie steigen zu dem Kopfsteinpflasterweg am Fluß hinab. Der Gestank ist heute nicht sehr stark. Die Ratten zeigen nicht ihre Banditenköpfe.

Todd: Also wenn sich dieser Jackie gern als Frau verkleidet, dann muß er schwul sein.

Frank: Irrtum. Wenn er vögeln wollte, würde er Frauen vögeln.

Todd: Was meinst du mit wenn?

Frank: Er sieht gern zu. Er ist ein Dingens, ein Voyeur. Da steht er drauf. Zusehen, wenn's andere treiben. Er besorgt mir Huren und bezahlt mich, um sie vor seinen Augen zu vögeln.

Lucy: Damit habe ich keine Probleme. Es gibt ja zum Beispiel auch Hetero-Männer, die auf Transvestiten stehen. Am meisten gefällt ihnen der Schwanz.

Todd (unterbricht sie): Das interessiert die Frauen sowieso am meisten. Große Schwänze. Weniger Gesichter oder Körper. Das habe ich im *Playboy* gelesen.

Frank: Ich dachte, ich hätte gelesen, sie interessieren sich am meisten für den Arsch.

Lucy: Laßt mich ausreden. Sie sind wie diese Pseudo-Frauen, weil sie Titten haben und von ihnen gevögelt werden können.

Todd: Wenn sie Titten haben, sind sie keine Transvestiten.

Lucy: Ich verwechsele die immer. Was das betrifft, bin ich legasthenisch. Was ist es?

Frank: Ich glaube Transsexuelle vor der Operation, die sich Hormone spritzen, haben sowohl Titten als auch Schwänze.

Lucy: Das beste beider Welten.

Frank: Echte Transsexuelle lassen sich dann den Schwanz abschneiden. Aber sie spüren überhaupt nichts, wenn sie gevögelt werden. Das ist der Preis, den sie bezahlen müssen, um echte Männer zu haben.

Lucy: Verschone mich.

Todd: Wenn Jackie einfach nur gern zusieht, so oder so, dann ist das die Urszene. Mommy und Daddy beim Vögeln zusehen.

Lucy: Die TV-Show in Vollendung.

Franks Agentur-Apartment ist ein Studio etwas weiter unten an der Straße von der Metro-Haltestelle Odéon. Wenn er weg ist, läßt er es die Agentur an andere Models vermieten. Wegen des stetigen Kreislaufs alleinstehender Männer hat die Wohnung ein Callboy-Ambiente. Das Durcheinander von persönlichem Krimskrams verstärkt die Anonymität der leeren weißen Wände eher als sie zu mildern: schmutzige Wäschehaufen, über dem Heizkörper aufgreihte Socken, verstreut herumliegende pastellfarbene Kassettenhüllen, muffiger Moschusgeruch, Jalousien, komfortables Badezimmer mit wahllos verstauten exquisiten Männerkosmetikprodukten.

Frank (Arme über der Brust verschränkt): Wer will wo schlafen?

Lucy: Aber unser Gepäck ist noch am Bahnhof.

Frank: Könnt ihr nicht ohne es schlafen?

Lucy: Na schön. Ich schlafe im Bett mit euch beiden.

Frank: Todd?

Todd (mit kaum unterdrücktem Ärger): Ich schlafe hier am Boden, wenn du einen Schlafsack oder ein paar Decken hast.

Frank: Ich habe einen Schlafsack. (Ungläubig): Du möchtest also hier am Fuß unseres Betts am Boden schlafen?

Todd (höhnisch): Ja.

Frank (zuckt unschuldig mit den Schultern): Tu was du willst.

Frank entrollt einen Schlafsack, der den das Apartment durchziehenden Moschusgeruch aufgesaugt hat. Die Außenseite des

Sacks ist dunkelgrün. Innen sind Szenen von jagenden Jägern und campenden Campern in einem Urwald in leuchtenden Orangetönen, Rots und Blaus eingestickt. Die Außenseite des Sacks ist zweckmäßig, die Innenseite skurril und luxuriös.

Todd schläft schnell ein. Sein Hypothalamus hat sich entladen, sobald er in den Schlafsack kroch. Lucy und Frank haben es schwerer. Sie achten darauf, am Rand ihrer Matratzenseite zu bleiben. Aber die Distanz ist nicht natürlich. Ihre Muskeln und Bänder sehnen sich danach, andere Muskeln und Bänder zu berühren und berührt zu werden. Irgendwann mitten in der Nacht steht Lucy auf und zwängt sich zu Todd in den Einzelschlafsack. Als er morgens aufwacht, ist sie flach an ihn gedrückt wie eine Essiggurke, die ein Verkäufer in einem Deli mit einem Roggensandwich eingepackt hat.

Das Weiß des Gespensts

Es ist Mittag. Jackie schlurft in einem aus einem Bettlaken gewikkelten Sarong auf das kühle blaue Linoleum seines schicken, modernen Badezimmers in einem geometrischen, schlichten niedrigen Wohnhaus an der Place Blanche in der Nähe der Place de Clichy. Ein Wohnhaus wie in Truffauts *Die Braut trug Schwarz*.

Er zieht seine Tränensäcke runter, so daß im Spiegel die gelbe Färbung des Weißen in seinen Augen zu sehen ist. Macht dann Tuben mit einer pappigen medizinischen Flüssigkeit auf, die er für »*La force*« nimmt, wie er sagt. Schluckt die gelatineartige Pisse runter. Läßt sich dann in eine bläuliche Badewanne gleiten und duscht. Trocknet sich ab. Geht in das Wohnzimmer zurück, wo er jeden Morgen auf einer Decke am Boden schläft, wie eine Fledermaus in einer phosphoreszierenden Höhle, die metallenen Fensterläden fest geschlossen, nur das gelbe Licht von seiner Halogenpyramide erzeugt ein dämmriges Leuchten. Er legt eine Pink-Floyd-Platte auf, bald gefolgt von Leo Sayer.

Als die drei dort ankommen, ist Jackie angezogen und hat den Einkauf erledigt. Er trägt seinen gestreiften blau-weißen Matrosenpullover, enge dunkle Bluejeans mit Schlag, braune italienische Stiefel, eine goldene Halskette und ein goldenes Armband.

Als er Frank sieht, drückt er ihn in einer spontanen kräftigen Umarmung an sich und zerrt ihn rein.

Jackie (zu dem leicht gegruselten Frank): Jetzt erinnere ich mich wieder an dich. Du bist der Wagenlenker aus dem Tarot. *Bien sûr.*

Die vier sitzen an einem langen modernen Tisch im Wohnzimmer. Jackie hat einen riesigen Salat in einer japanischen Schüssel zubereitet. Die Endivie ist zerrupft und mit einer klebrigen Vinaigrette bedeckt. Sie trinken Rotwein aus Mickymaus-Gläsern.

Jackie (zeigt seine Manieren): Es tut mir leid, daß das Zimmer so klein ist. Ich wünschte, ich hätte einen Fernseher für euch. Aber ihr dürft gerne hier reingehen und dieses Zimmer auch als euer Zimmer benutzen. Ich reise viel. Nach Südamerika. Nach New York. Nach Marokko. Ihr werdet also auch allein sein.

Lucy: Du bist unglaublich süß. Dein Herz ist süß wie ein Palmenherz, *un cœur de palmier*. (Ein düsteres Flackern tritt einen Moment in ihre Augen.) Andererseits ist mir aufgefallen, daß Leute mit einem *cœur de palmier*-Herzen oft gemein sein können. Da sie uneigennützig handeln, täuschen sie sich leicht oder kommen durcheinander. Das ist gefährlich, nicht?

Überrascht richten alle drei den Blick auf Lucy. Ihr veränderter Ton bewirkt eine andere Stimmung, einen drastischen Temperaturabfall, doch dann fungiert Jackie als Thermostat.

Jackie (lachend): Du gefällst mir. Von allen hier im Zimmer gefällst du mir am besten. Du hast... eine eigene Art.

Jetzt ist Lucy mit sich zufrieden.

Lucy (erwidert das Kompliment): Aber du weißt, daß ich nur ganz allgemein gesprochen habe. Ich kenne dich nicht, und du löst auch keine Eingebung in mir aus.

Frank (zu Todd): Habe ich dir nicht gesagt, daß die beiden gut miteinander auskommen werden? Da geht jetzt die totale Psycho-Diskussion ab.

Todd (lehnt sich zurück, balanciert nur auf einem Stuhlbein): Da bleibt uns beiden nur Wut, Trauer und Betroffenheit.

Jackie (zu Todd): Gefällt dir die Arbeit als Model?

Todd (landet unsanft auf allen vier Stuhlbeinen): Ursprünglich schon. Jetzt bin ich mir nicht mehr so sicher.

Jackie: Ich glaube, der nicht so sichere Teil von dir ist der beste.

Frank: Jetzt redest du schon so schlimm wie Lucy. Aber du hast wenigstens eine gute Entschuldigung. Deine Muttersprache ist Französisch.

Jackie: Models, die wirklich gern in ihrem Beruf arbeiten, sind meistens Monster. Aber sie verwirren einen, weil sie schöne Monster sind, nicht die häßlichen Monster, die wir so leicht erkennen können.

Frank (gelangweilt): Ich muß los.

Todd und Lucy verbringen den Rest des Nachmittags in ihrem kahlen neuen Zimmer. Es ist ein Rechteck mit metallenen Fensterläden, blanken Holzfußböden, einem Doppelbett, Stuhl, Tisch, wenig sonst. Ein Pariser Motelzimmer.

Als der Himmel sich hiroschima-rosa verfärbt, gehen sie auf die Rue Lepic, um fürs Abendessen einzukaufen. Die Rue Lepic ist sehr kleinstädtisch. Eine am Hang gelegene Einkaufsstraße mit ein paar Lebensmittelgeschäften aller Art, die bergauf Richtung Sacré-Cœur und Montmatre führt. Heute abend muß man für alles Schlange stehen. In der Mitte der Straße marschiert ein kleiner Schüler-Musikzug vorbei. Ihre Lehrer gehen am Straßenrand entlang, sammeln Geld und verteilen Flugblätter. Der Musikzug ist zweigeteilt. Die eine Hälfte stellen die Mädchen in Rot. Sie wirbeln ihre Stöcke und tänzeln in kurzen Röcken herum. Ihre mangelnde Routine merkt man daran, daß sie nicht die Kaugummis aus dem Mund nehmen. Hinter ihnen folgt eine große Gruppe Jungen in blauen Uniformen. Sie spielen Holzblasinstrumente, Trompeten und Trommeln. Passanten sehen vom Straßenrand aus zu, nicht eben breit grinsend, sehen einfach zu. Der Lautsprecher einer *Boulangerie* stört mit Gewimmer von Edith Piaf.

Lucy (drückt einen Salatkopf): Bist du auf der Schule im Orchester gewesen?

Todd: Nein, ich hatte genug mit meinem eigenen Klub zu tun, dem Blutgericht-in-Texas-Klub. Wir haben uns Horror- und Mörderfilme angesehen.

Lucy (sehr snobistisch): Igitt.

Als Todd und Lucy in das Apartment zurückkehren, ist es draußen dunkelviolett. Jackie hat jetzt Besuch von einer sehr bohèmehaften Freundesclique, die bei Kerzenlicht um den Eßtisch sitzt.

Sie werfen Todd und Lucy kühle Blicke zu, als sie hereinkommen. Die beiden kommen sich vor wie zwei Welpen, die in eine Schlangengrube getappt sind: Warmblüter gegen Kaltblüter. Aber als Jackie sie miteinander bekannt macht, werden die komischen Typen an dem Tisch sofort lebhaft und freundlich. Eine ist eine Südamerikanerin mit langen Ohrringen, die in einem fort schwatzt. Ein französicher Junge und ein französisches Mädchen, beide Teenager um die dreizehn in schwarzer Beatnikkluft, die eng aneinandergeschmiegt knutschen – ein Krake mit vier Augen. Eine abgehalfterte bulgarische Herzogin in einem bronzefarbenen Lamékleid posiert auf der Stuhlkante, die verschränkten Arme auf die verschränkten Beine gestützt, dunkle Sonnenbrille, die sie nie abnimmt. Als Todd und Lucy sich entschuldigen, klingt das Tischgeplapper wieder zu einem leisen ernsten Murmeln ab.

Die beiden essen ihr Hähnchen in ihrem Zimmer, trinken den Rotwein direkt aus der grünen Flasche. Sie sitzen auf dem schmalen, an die Wand gerückten Bett und balancieren die Teller auf dem Schoß. Die grünen Bohnen sind aus einer Dose, aufgewärmt. Lucy hat für einen vom Mittagsessen übriggebliebenen Rest Endivie ein Dressing gemacht. In einem großen Löffel vermischte sie Öl mit Essig und Senf, verquirlte die sämige Soße mit einer Gabel und träufelte sie von oben über den Salat. Wenn einer von ihnen in die Küche geht, verstummt die Clique draußen.

Um elf liegen sie in den Federn, nackt, mit Licht. Todd liest Lucy eine Füllsel-Geschichte aus dem *Herald-Tribune* vor, die Druckerschwärze färbt wie Zeichenkohle auf seine Finger ab.

Todd: Das ist ihn Florida passiert. Der Junge schrie: »Hilfe! Mike! Ein Hai!« Und jetzt hör dir mal an, was sein siebzehnjähriger Kumpel gesagt hat, mit dem er zum Fischen da war. »Ich hatte die Sonne in den Augen und glaubte, eine Haifischflosse zu sehen.« Der Junge war nur eben mal zum Schwimmen ins Wasser gesprungen. Und weiter sagt sein Freund: »Er war weg, als ich hinkam. Es war nur etwas Blut auf dem Wasser.«

Lucy: Das glaube ich nicht. Für mich klingt das wie ein schiefgelaufener Drogendeal. Wer geht beim Fischen schwimmen?

Todd: Hmmmm.

Bald darauf kommt Jackie ohne anzuklopfen herein. Er trägt

eine graue Hose und darüber ein Hemd in einem etwas anderen Grauton.

Jackie: Ich gehe weg. Bitte geht jetzt, wo's so spät ist, nicht mehr ans Telefon.

Sie sehen sich an, nachdem er weg ist. Keiner von ihnen möchte sagen, daß etwas faul ist.

Lucy: Mich fröstelt.

Todd (kuschelt sich tröstend an sie): Mein Schatz.

Sie machen das Licht aus. Ein paar Stunden später wachen sie beide auf. Todd schreit erstickt auf. Lucy atmet pfeifend aus. Sie richtet sich rasch auf und knipst die Lampe an. Sie tauschen erschreckte Blicke.

Ein erschrecktes Gesicht gleicht seinem Gegenteil, einem Pokerface.

Lucy: Wer ist da?

Todd spürt, wie ihm am ganzen Körper kalter Schweiß ausbricht, am stärksten auf der Stirn. Er hat ein komisches Gefühl in den Lippen, weder heiß noch kalt.

Todd: Hast du auch etwas gespürt?

Lucy (in einem Ton, der sich noch nicht beruhigt hat): Es ist alles auf einmal passiert und ganz durcheinander. Ich bin nicht sicher, ob ich geschlafen habe. Aber ich habe so einen Mann gesehen, mich aufgerichtet, das Licht angeknipst und gleichzeitig geschrien. Ich weiß nicht, was als erstes kam. Ich könnte es geträumt haben, aber was ist mit dir?

Todd: Es war einfach ein Frösteln. Du weißt ja, es war die ganze Nacht warm. Und dann war da so ein kalter Wind.

Lucy: Glaubst du, hier ist ein Gespenst? Ich habe noch nie in meinem Leben ein Gespenst gesehen.

Todd: Und jetzt hast du auch keins gesehen. Du hast es nur gespürt. Aber es ist komisch, daß es überhaupt passiert ist. Daß wir beide es gespürt haben.

Lucy: Der Typ hat was Unheimliches an sich.

Todd: Vielleicht auch nicht.

Lucy: Was haben die da draußen gemacht? Eine Séance abgehalten?

Todd: Das glaube ich kaum. Ich werde Frank danach fragen.

Lucy: Können wir beim Schlafen das Licht anlassen?

Todd: Aber sicher.

Also schmiegen sich die beiden in einer fürsorglichen Umarmung aneinander. Und sie liegen da und versuchen im Lichtkegel der störenden Lampen zu schlafen.

Etwa eine Stunde später steht Todd auf, um zur Toilette zu gehen. Nackt schleicht er durch das Apartment und geht nach der Runde wieder zurück. Bleibt in der Zimmermitte stehen.

Todd: Es ist weg. Was es auch gewesen ist.

Lucy wälzt sich verschlafen auf die andere Seite und seufzt. Aber Todd ist jetzt tatendurstig, fast blutdurstig, wie eine Katze, die sich anschickt, einen warmen, gerade getöteten Vogel aufzufressen. Er legt sich mit seinem ganzen Gewicht auf Lucy. Die unerwartete Last weckt sie. Sie versteht sofort.

Lucy dreht sich auf den Rücken und sie stecken sich gegenseitig die Zungen in den Mund. Anfangs kaum weiter als über die Lippen. Dann rollt Lucy ihre Zunge ganz in Todds Mund aus und macht Sauggeräusche mit ihr. Aber als Todd ihr seine Zunge ganz in den Mund stecken will, widersetzt sie sich, indem sie den Kiefer nach oben bewegt und den Zugang versperrt. Also bearbeitet Todd eine Weile nur ihren Nacken, um an ihrem Zeit- und Ortsgefühl zu rütteln. Dann versucht er seine dicke muskulöse Zunge in ihren Mund zu stecken. Diesmal genießt sie den großen Zungenfisch, der wichtigtuerisch in ihrem kleinen Mund herumschwimmt.

Todd packt Lucys Hand und drückt sie nach unten an seinen Schwanz. Mit der eigenen Hand fängt er dann an, in ihrem Loch herumzustochern. Er richtet sich auf der Matratze in einer Hocke auf, neigt dann den Kopf und leckt sie an der Stelle, wo ihre Beine wie zwei Äste in einer Gabelung aufeinandertreffen. Er bereitet sie vor. Lucys Herz schlägt jetzt schnell. Todd legt sich wieder auf sie, diesmal aber mit dem Schwanz in ihrem Loch. Er fängt an, sich auf und ab zu bewegen, auf und ab, wie der Hebel eines Wagenhebers, der ein Auto hochhievt, damit der Fahrer einen Platten wechseln kann. Beide atmen heftig durch die Nase ein.

Lucy (schreiend): Ich werde wach.

Todd (noch lauter): Das ist das einzige Mal.

Ein paar Stunden später, als Licht durch die Schlitze der Fensterläden fällt, kommt Jackie nach Hause. Er öffnet die Schlafzimmertür, und Todd beobachtet, wie er sich als Silhouette in der Tür abzeichnet, stellt sich aber schlafend. Dann läßt Jackie die Tür leise wieder ins Schloß klicken.

Der Schnitt

Der Vorführsaal ist stromlinienförmiges Versailles. Er ist lang, und auf einer Seite stehen miteinander verhakte Sofastühle. Große Spiegel funkeln in goldenen Rahmen auf beiden Seiten des Saales, abgesetzt durch faltbare Spiegeltrennwände.

Todd, in einer weiten braunen Cordhose, hellblauem Jackett, hellbraunen Segelschuhen, seine Mappe in einer marineblauen Umhängetasche, lehnt sich in einer Couch zurück und tut so, als lese er die europäische Ausgabe von *Time*. Neben ihm sitzt ein spanisches Model, Matteo. Sie versuchen radebrechend, ein Gespräch zu führen.

Todd: *Tu travaille pour Oller?*

Matteo (narbiges Baskengesicht, spricht bedächtig französisch mit spanischem Akzent): *Non. J'étais en Espagne pour juillet. Et après en Allemagne. C'est très bien pour l'argent, Allemagne.*

Todd versucht immer noch, das Ende von Matteos Satz zu verstehen, hinkt aber hinterher wie ein UNO-Dolmetscher.

Am Ende des Saales steht Allessandro, das dunkelhäutige italienische Model, von dem Sophia im Flugzeug nach Sizilien sagte, er habe Ähnlichkeit mit Mick Jagger, raucht Marlboros und unterhält sich mit ein paar Typen, hauptsächlich Amerikanern.

Kurz darauf kommt eine kleine Frau in schicker Kleidung und mit grauem, nach hinten gekämmtem Haar herein. Sie läßt nie locker.

Frau (klatscht in die Hände): Monsieur Oller kann jeden Moment kommen. Wir gehen jetzt alle wieder in diesen Raum. Wenn Monsieur Oller bereit ist, geht ihr einzeln raus und laßt euch von Monsieur Oller begutachten. (Klatscht wieder in die Hände.)

Ein Blonder (rebelliert): Ich besorg mir jetzt was zum Mittagessen. (Geht raus.)

Die anderen Models schlendern in kleinen Grüppchen in die Garderobe, die voller Kleiderständer steht und viel zu klein für sie alle ist. Ein paar bleiben mit Todd vor der Tür.

Patrick (ein Franzose mit rotem Lockenkopf, dünn, zu Todd): Nimmst du deine Karte mit raus?

Alessandro: Ich nehm sie mit. Mir ist das egal. (Er knickt sein Foto und steckt es in die Hosentasche seiner Jeans.) Siehst du? (Steht auf und tut so, als verbeuge er sich vor Monsieur Oller und ziehe die Karte aus der Tasche, um sie ihm in die Hand zu drükken.)

Frau: Nein. Nein. Ihr braucht nichts. Keine Karten. Monsieur Oller hat einen sehr guten Blick und ein perfektes Gedächtnis. Er muß euch nur sehen, um zu wissen, ob ihr die Richtigen seid.

Todd: Und wo ist Monsieur? (Vollführt ein Flamenco-Fingerschnippen.) Olé?

Patrick (warnend): Hüte deine Zunge.

Frau: Oh. Er hat einen Termin. Er sieht sich die Mädchen für die Modenschau an. Aber die Jungs sind dieses Jahr viel besser. (Blickt in die Garderobe): Es ist schön, dieses Jahr so viele gutaussehende *têtes* zu sehen. Ich sehe viele neue *têtes*. Und junge. Die Kleider sind dieses Jahr sehr jung.

Frank stürmt hastig herein, klatscht unterwegs eine zum Gruß hingestreckte Hand ab und drängelt sich zu Todd. Steckt von Kopf bis Fuß in unterschiedlich blauem Jeansstoff. Rempelt Todd an.

Todd (rührt sich nicht von der Stelle): Möchtest du nach hinten gehen?

Frank: Du sagst das, als meintest du rausgehen.

Todd, inzwischen viel selbstsicherer im Umgang mit Frank, ruckt mit dem Kopf, und die beiden drängeln sich zu den langen Mänteln, um unter sich zu sein.

Todd (beginnt langsam ein Verhör): Jetzt erzähl mir mal, in welchem Verhältnis du zu diesem komischen Jackie stehst. Und was er mit seinem Leben anfängt.

Frank: Hab ich dir doch schon gesagt. Eigentlich hab ich mit dem Typ überhaupt nichts am Hut. Er empfindet so 'ne Art Heldenverehrung für mich. Allerdings ziemlich abartig.

Todd: Dann hast du ihm also Lucy und mich aufgehalst, um zu testen, wie ergeben er dir ist?

Frank (verärgert): Nein. Es lag einfach nahe, euch dort unterzubringen. Wenn's euch nicht paßt, geht ins Hotel.

Todd (beschwichtigend): Nein, so hab ich's nicht gemeint. Aber gestern abend hatte er so merkwürdige Leute zu Besuch.

Frank: Könnte mit Kunstschmuggel zu tun haben. Oder mit Drogen. Was kümmert's dich? Schau dir nur mal Lucys zwielichtige Vergangenheit an.

Todd: Und dann ist mitten in der Nacht ein Gespenst aufgetaucht. Wir haben es beide gespürt. Und als er nach Hause kam, hat er einfach die Tür aufgemacht und reingeschaut, ohne anzuklopfen.

Frank: Alles hat seinen Preis. Gab's was Interessantes zu sehen?

Todd (im Ton eines Schulfreunds): Ja. Ich habe Lucy gevögelt.

Frank (wird starr und zuckt dann zusammen): Ist das eine Art, von Lucy zu sprechen?

Todd (nachdem sein Verhör Hinweise auf noch einen anderen Fall ergibt, kneift er die Augen zusammen): Weißt du eine bessere, Frank?

Frank: Sicher. Paß nur auf.

Frank brüllt etwas durchs Zimmer, an niemand Bestimmtes gewandt, und verschwindet ohne einen Blick zurück. Todd bleibt allein inmitten der aufgehängten Mäntel stehen und spürt eine Säurefontäne in den Tuilerien seines Magens aufstieben.

Frau (sich wahllos anvertrauend): Die Frauen sind dieses Jahr häßlich. Ganz Prêt-à-porter. Und wir machen hier nur Haute Couture... (verkündet): Monsieur Oller ist da. Er ist angekommen.

Oller, ein Mann um fünfundfünfzig, mittelgroß, sechsundachtziger Taille, mit dicker Brille, spricht mit seinen Assistenten, die vom Flur aus verstohlene Blicke auf die Schar der Models werfen. Oller bewegt sich wie ein erfahrener Bühnenschauspieler, ein Laurence Olivier. Keine Handbewegung, kein Gesichtsausdruck und keine Anweisung wirkt ganz zufällig. Er ist eine Tussaudsche Wachsfigur seiner selbst.

Frau (fuchtelt mit den Händen): Schön. Immer einzeln.

Das sich anschließende Ritual wirkt ungezwungen und locker, ist aber eigentlich brutal. Die Models müssen einzeln rausgehen, sich am hinteren Ende des Zimmers umdrehen, auf Oller zugehen, der ganz vorn in seinem Sessel sitzt, sich wieder umdrehen und dann durch eine Seitentür rausgehen. Manchmal läßt er sie das zweimal machen. Wenn sie hinausgehen, hat er ja oder nein gesagt. Im Kabuki-Theater würden die Verlierer bühnengerecht enthauptet oder in ein kabbeliges Meer stürzen und ertrinken.

Als Todd für Oller seine Runde macht, kommt er sich wie ein primitives Säugetier vor. Ein Fortbewegungsmittel aus Muskeln und Knochen. Nimmt nur die eigenen tiefen Atemzüge wahr, seine Lungen ein Schmetterling, der seine hellbraunen und blauen Flügel auf- und zuklappt. Unbewußt hält er in einer Hand sein Foto. Als er schließlich am Ende des Teppichs anlangt, beginnt Todd sich erleichtert zu lockern. Strebt der Tür zu.

Oller (ihm nachrufend): *Commet vous appelez-vous?*

Todd (verblüfft, vergißt sein High-School-Französisch): Was?

Im Stil der alten Nummer der Three Stooges »Langsam drehe ich mich um, Schritt um Schritt«, geht Todd zurück zu dem Off-limits-Bereich, wo Oller sitzt.

Oller: *Comment vous appelez-vous?*

Einer der Assistenten reißt Todd die Karte aus der Hand und liest seinen Namen ab.

Todd (kapiert): Todd.

Oller: *Vous êtes de quelle taille?*

Assistent: Wie groß bist du?

Todd: Einseinundachtzig. (Ganz ganz langsam) *Cent quatre-vingt-et-un.*

Oller: Warte dort.

Assistent schubst Todd zur Seite, wo er sich zu einer Gruppe anderer ausgesonderter Models stellt.

Frank ist nicht locker, als er den Raum in der Mitte durchschreitet. Scheint von dem königlichen Duft, den Oller verbreitet, nicht angetan zu sein. Wirkt abgeschlafft, unglücklich. Er ist mit dem Herzen nicht ganz dabei. Wie die Tennisspielerin, die auf die Frage, weshalb sie bei der U.S.Open so schlecht abgeschnitten habe, geantwortet hat: »Ich bin keine Maschine.«

Frank (am Podium): Wir kennen uns bereits. Stimmt's, Peter?

Die anderen Models links an der Seite stoßen beeindruckt den Atem aus.

Pierre (amüsiert): Stimmt, stimmt, *très bien.*

Aber Pierre läßt sich nicht seine Karte geben und weist ihn

auch nicht zu der ausgewählten Gruppe. Als Frank merkt, was passiert ist, sieht er sich scharf und direkt nach Todd um. Er gibt ihm die Schuld.

In dem Moment, als Frank die Wendeltreppe zur Straße runtergeht, ändert sich die ungehörte Musik. Sie ist der klimpernden, dissonanten Klaviermusik ähnlich, die in der vorletzten Folge von Fassbinders *Berlin Alexanderplatz* zu hören ist, wenn ein verletzlicher Bösewicht die Freundin seines besten Freundes becirct und sie dann in einem schrägen Wald vergewaltigt, der immer dunkler wird, je länger die Szene dauert, während der Vergewaltiger einen dicken Baumstamm umschlingt wie eine Schlange im Garten Eden. Die Musik ist hohl, kindergartenhaft, frostig. Könnte auf einem Spielzeugklavier gespielt sein.

Todd spürt den Wandel deutlich. Frank tut ihm leid, fast hat er ein schlechtes Gewissen. Außerdem hat er Angst, was Frank tun wird, wie er sich bei ihrer nächsten Begegnung verhalten wird. Aber sein Down wird unterbrochen.

Oller (macht einen Bogen mit der Hand): Stellt euch jetzt in einer Reihe auf. Bildet eine Reihe.

Die übrigen Models, insgesamt zweiundzwanzig, bilden einen Halbkreis. Oller sagt ihnen, wer wohin soll. Er stellt Todd zwischen Alessandro und einen Japaner. Dann sondert Oller auch noch von diesem winzigen Kreis aus.

Oller: Es tut mir leid, aber ich habe nur für sechzehn Verwendung. Du. (Zeigt mit dem Finger) Du im weißen Pullover. Laß mich noch mal sehen, wie du gehst. (Das Model geht ungelenk auf ihn zu.) Nein. Tut mir leid. *Je suis désolé.* Du, in der roten Jacke. Zieh deine Jacke aus. Ich möchte deinen Körper sehen, *le corps.* (Das Modell tritt aus dem Halbkreis, zieht sein rotes Blouson aus.) *Non. Je suis désolé.* (Oller zählt sie an den Fingern ab): *Un, deux, trois.* Nein. Tut mir leid. Ich brauche nur sechzehn. *Je suis désolé.* (Die Assistenten flüstern ihm zu und zeigen mit den Fingern.) *Un, deux, trois, quatre…*

Todd ist unter den letzten sechzehn. Die Übriggebliebenen klatschen, so wie Sportler am Ende eines Trainingslagers.

Todd vergißt an jenem Abend fast, nach Hause zu gehen. Bis sieben oder acht am Abend geht er noch zu anderen Vorstellungsterminen. Trinkt mit ein paar der anderen Oller-Models in einem nachgeahmten englischen Pub gegenüber dem Centre Beaubourg, dem Museum aus Glas und Plastik mit den angepappten Staubsaugerschlauch-Durchgängen an den Seiten.

Als Todd schließlich in die Wohnung zurückkommt, schläft Lucy schon fest. Zunächst ist er erleichtert. Er ist den ganzen Tag auf einem fremden Planeten herumgelatscht. Hat ein komisches Gefühl, als er dieses Gesicht aus der Vergangenheit sieht. Aber kaum liegt er in dem warmen Bett, erfüllt von Lucys muffigem Geruch, möchte er ihr erzählen, wie er ausgewählt wurde. Er küßt sie auf den Rücken, um sie aufzuwecken. Aber sie drückt sich flach an die Wand, selbst im Schlaf noch wütend, weil Todd nicht angerufen hat.

Er gibt sich große Mühe. Und je mehr er sich anstrengt, desto mehr verhärtet er sich in seinem Inneren. Wie die Soldaten im Vietnamkrieg, die von ihrer Arbeit so hypnotisiert wurden, daß sie am Ende keine Menschen mehr waren, aber überlebensgroß, tatsächlich mordeten, plünderten und vergewaltigten, als wären sie Figuren in einem trivialen Film oder Buch. Das wirkliche Leben ist meistens trivial. Aber damals war Rauschgift im Spiel. Drogen und Geld können das Schlechte als das Gute erscheinen lassen.

Schade, daß er eine Hure ist

Unausgeschlafen steht Todd fünf Stunden später auf. Es ist halb acht; um halb zehn muß er zur Arbeit im »Studio Alésia« sein. Als er in den Spiegel schaut, sieht er sein Morgengesicht: rote Augen, gelbe Haut, schwarze Augenränder, die Haare abstehend und wirr. Groggy und in Panik nimmt er der Reihe nach kosmetische Veränderungen vor. Eine Do-it-yourself-Retusche. Seine morgendliche Routine im Bad umfaßt viel mehr Schritte als früher.

Als erstes spritzt sich Todd kaltes Wasser ins Gesicht und wäscht besonders die Augen. Dann Zähneputzen. Dann hockt er sich in die Badewanne, duscht sich mit dem Schlauch ab, schamponiert sich mit Roger & Gallet-Shampoo, läßt den Vanille-Seifenschaum einwirken, während er seinen Körper mit brennender Kernseife scheuert und beides zusammen abspritzt. Schmiert sich einen besonderen antibiotischen Rasierschaum ins Gesicht. Rasiert sich mit einer abgestumpften Einwegklinge von Gillette, um sich nicht zu schneiden. Nach der Rasur reibt er sich mit einem speziellen Gesichtswasser ein, damit sich die Poren schließen. Reibt sich im Vitalis-Stil einen Klecks Tenax ins Haar, um ihm einen etwas fettigen Touch zu verleihen, ohne zu sehr ins Glitschige zu gehen. Trägt Orangen-Hautcreme im Gesicht auf, um seine Haut feucht und ein bißchen gebräunt zu erhalten. Träufelt sich Tropfen in die Augen. Unter den Augen verteilt er weiße Niveacreme, um die schwarzen Ringe zu verdecken.

Als nächstes nimmt er seine Medikamente. Veredelte Multivitamin- und Mineralstoffe auf einer natürlichen Basis. Vitamin C-Kautabletten mit Acerola. Ein vorbeugendes Mittel gegen Ohrenentzündung sowie antibiotisches Nasenspray. Borsäure gegen Pilzinfektion in der rechten Achselhöhle und außerdem eine anti-mykotische Salbe. Kodeinhaltige Hustenmedizin mit Karamelgeschmack.

Zieht sich an. Hautenges blaues T-Shirt. Alte Bluejeans. Schwarze Adidas-Turnschuhe, dazu dicke himbeerrote Socken. Heute keine Tony Lama-Cowboystiefel, um größer zu wirken, weil das Booking bereits bestätigt ist. Über dem T-Shirt hellbrauner Köperpullover. Grüne Armyjacke mit wattierten Schultern und orangefarbenen Schützenabzeichen.

Todd geht um halb neun aus dem Haus und nimmt die Metro, verstößt gegen sein Prinzip, mit der Metro zu Castings und mit dem Taxi zu Jobs zu fahren. Er ist der Ersatzmann in einem dreitägigen Shoot von Skibekleidung für einen Katalog. Drei andere Jungs und zwei Mädchen hocken bereits in der Garderobe herum, als er ankommt. Todd setzt sich auf einen der hölzernen Klappstühle und beginnt zu warten. Hat nichts zu lesen mitgebracht. Versucht die Angst vor der Langeweile zu überstehen, die wachsende Panik davor.

Jay, der einen Ohrstecker mit einem Diamanten im rechten Ohr trägt, wenn er nachts im Nightclub Elysée Matignon tanzt, legt ihn tagsüber ab, liest einen Spionagethriller über Doppelagenten in Nazi-Deutschland.

Jay (beklagt sich): Dieses Buch interessiert mich einen

Scheißdreck, wie überhaupt jedes Buch außer die von Stephen King. Er ist der King.

Eine junge Schwedin mit strohblondem Haar sitzt auf Rons Schoß. Ron ist ein zweiundzwanzigjähriger Tennischampion, fast einsneunzig groß mit Mont-Rushmore-Aussehen. Das schwedische Mädchen steckt ihm die Zunge ins Ohr.

Todd (sarkastisch): Ist es neun Uhr morgens oder abends?

Jay: Ron albert gern und oft mit Frauen herum. Aber wenn's ernsthaft ans Vögeln geht, tauche ich auf der Bildfläche auf. Zack! Wie ein geölter Blitz. Sie kommt aus Schweden. Die machen sich dort auch nichts aus Sex. Da ist alles entweder ein Pornofilm oder ein Heimatfilm. Ich war schon mal dort. L-a-n-g-w-e-i-l-i-g.

Schwedin: Wo kommst denn du her? Aus Vögelhausen?

Jay: Aus Portland, Oregon. Hast du schon mal *Shining* gesehen? In diesem Hotel bin ich früher immer zum Skilaufen gewesen.

Die Schwedin verläßt Rons Schoß und setzt sich auf ihren eigenen Stuhl. Daraufhin setzt sich Jay auf ihren Schoß, mit dem Gesicht zu ihr, und macht Geräusche, als laufe ihm das Wasser im Mund zusammen. Ron wendet sich wieder der Lektüre von *The Real War* von Richard Nixon zu.

Todd (zu Ron, versucht die Operationsbasis zu verlagern): Was ist der wirkliche Krieg?

Ron: Dieser Typ vertritt die Theorie, daß der wirkliche Krieg gegen den Kommunismus geführt wird und 1945 begann, sogar schon vor 1945. Ich finde es verblüffend, wie viele Fakten er auf den ersten sechzehn Seiten ausbreitet.

Matt liest einen Roman über einen Computerfehler, der die Welt fast in ein Atominferno stürzte. Er ist ein Jude aus South Dakota, der vier Jahre bei den Marines war. Er hat heute einen militärischen Arbeitsanzug an.

Matt (kann sich nicht auf sein Buch konzentrieren): Eh, laß den Scheiß. Laß den Scheiß. (Zu der Schwedin): Bring mir noch ein paar von den schmutzigen Wörtern bei, die du mir gestern gesagt hast. Ich habe sie in mein Streichholzbriefchen notiert.

Matt zieht sein Streichholzbriefchen hervor und zeigt Jay die schwedischen Wörter, der ihn wegschubst.

Cindy, vierundzwanzig, blondes Haar, im Aufzug eines Baseballspielers, lehnt sich gegen den langen Frisiertisch im Schimmer des Popbulb-Lichts. Sie schaut Todd über die Schulter, während er *Etre beau* durchblättert, eine französische Übersetzung von *Looking good*, dem amerikanischen Bildband mit Fotos von Bruce Weber.

Cindy: Ich höre, du bist aus Pennsylvania. Ich auch. Ich komme aus Hershey.

Todd: Ich hab da mal die Hershey-Kisses-Schokoladefabrik besichtigt.

Cindy (in gekünstelter Aufgereiztheit): Ich habe eigentlich noch nicht oft in Paris gearbeitet. Meine Mitbewohnerin auch nicht. (Deutet mit dem Kopf zu der Schwedin.) Wir haben diesen Job bekommen, weil wir im Matignon Patrick kennengelernt haben, den Fotografen. Ich habe einfach noch nicht so viele Fotos. Ich glaube, nächste Woche gehe ich nach Mailand. Wie ich höre, ist es für jemand wie mich leicht, dort Arbeit und Fotos zu bekommen. (Bühnenstimme): Aber ich werde mit niemandem schlafen, um einen Job zu bekommen. (Wieder vertraulich): Hast du eine Freundin?

Todd: Ja. Hier in Paris.

Cindy: Dann möchte ich dich zum Freund haben. Gehst du aus?

Todd: Na ja, ich war in ein paar Kneipen.

Cindy: Darf ich irgendwann mit dir gehen?

Todd (zieht sich nun ein wenig zurück): Ja. Irgendwann. Aber heute abend gehe ich nach Hause.

Cindy: Ich auch.

Todd: Wo wohnst du?

Cindy: Wir wohnen in einem verdreckten Hotelzimmer in der Nähe vom Odéon. Es ist ein widerliches Rattenloch.

Der Maskenbildner ist mit seinem großen roten Metallbehälter eingetroffen, der wie ein Werkzeugkasten aussieht. Er streicht bereits mit seinen schwarzen Händen über das Gesicht von Cindys Zimmergenossin. Die drei Jungs suchen in einer Ausgabe des *Herald Tribune* nach Baseball-Resultaten.

Cindy (fährt zusammenhanglos fort): Ich bin so arm in Paris, und es gefällt mir großartig. Ich finde das Landstreicherleben toll.

Todd: Wie alt bis du?

Cindy: Vierundzwanzig. Ich tu aber so, als wäre ich zwanzig. Ich verhalte mich wie ein kleines Mädchen, vor allem, wenn ich mit Leuten mittleren Alters zusammen bin. Mein Freund in New York ist vierzig. Er ist in der Musikbranche. Ich mag keine Männer in meinem Alter. Ich halte sie für dumm und unreif. (Dann): Liebst du deine Freundin?

Todd: Darüber habe ich seit einer Weile nicht mehr nachgedacht. Ich habe so hart gearbeitet. Es ist so, als ob ich nicht beides zugleich tun könnte.

Cindy: Hmmmmm. Hoffentlich stehst du am Schluß nicht allein da.

Todd: Wäre das das Schlimmste auf der Welt?

Cindy: Ja. Hast du das nicht gewußt?

Gegen zehn taucht Patrick Martory auf. Er trägt einen blausilbernen Overall und eine riesige Glotzbrille. Sein blondes, krauses wehendes Haar läßt ihn wie eine Comic-Figur aussehen. Er ist so quirlig und lustig wie ein Komiker in einer französischen Komödie, die Art, die bei Air-France-Flügen vorgeführt werden. Wenn er nichts Lustiges zu sagen hat, sagt er das, was immer er zu sagen hat, schneller, so daß es lustig klingt.

Die sechs müssen nun in einen abgegrenzten, schneeweißen Bereich, Seidenpapier, mit dem Firmenzeichen des Katalogs hinter ihnen, einem großen K. Bei einem Shot steht Todd auf Skiern, sich bückend und in den Hüften wiegend, mit hinter dem Kopf verschränkten Stöcken. Bei einem anderen flirtet er mit der Schwedin, die sich nicht mehr bremsen kann und ihn auf die Wange küßt, wodurch ein Rougefleck zurückbleibt, den eine Assistentin mit einem Kleenex abwischt, Cindy dann Todd auf die andere Wange küssen läßt, dann diese abwischt, um beiden Seiten den gleichen Ton zu verleihen. Todd steht auf der Seite und lächelt honigsüß in die Kamera.

Ron (stößt ihm hart in die Rippen): Auf welche hast du ein Auge geworfen?

Todd kann die Frage nicht beantworten. Spürt, wie die Zahnräder seines Magens aus dem Getriebe springen. Er kriegt heute einfach nichts auf die Reihe. Das Gefühl, aus seinem Körper herausversetzt zu sein, das ihn das erste Mal an dem Tag auf Louis'

Balkon überkam, kommt immer wieder zurück. Jedesmal anders und doch gleich. Nicht nur die Kamera, sondern jetzt auch die anderen Models, der Hintergrund, sind alle Vergrößerungsspiegel wie in einem Lachkabinett, von dem Zustand seines Zustands.

Das Mittagessen ist nicht nur ein Mittagessen, es ist eine Geburtstagsfeier für Patrick. Der Assistent des Kunden bringt eine Torte mit Kerzen und jede Menge Champagner herein. Zuvor hat er Salaam-Verbeugungen vor Todd gemacht, als er ihm die Schnallen der Skistiefel schloß. Todd deutete mit den Skistöcken einen Ritterschlag auf seine beiden Schultern an.

Todd (zu Cindy): Ich muß hier weg.

Cindy: Ein Shot kommt noch. Aber du siehst wirklich wie ein Wahnsinniger aus.

Todd: Ich wache gerade erst auf.

Cindy (reicht ihm eine Tasse): Riech' den Kaffee.

Ron und Jay witzeln untereinander.

Ron: Weißt du, was zusammenpaßt?

Jay: Ja. Dein Gesicht und ein Büffelfurz. (Macht entsprechendes Geräusch.)

Inzwischen hat Todd drei Gläser Champagner und drei Tassen Kaffee runtergeschluckt, fünf oder sechs Zigaretten geraucht. Die Studiosekretärin, Typ Phyllis Diller, schaut kurz rein, kichert über den verrückten, verrückten, verrückten, verrückten Trubel, verschwindet, taucht wieder auf, schlägt in gebrochener Sprache vor, daß Cindy Todd in ein freies Zimmer im oberen Stock mitnimmt.

Studiosekretärin (stolz auf die Redewendung): Schau mal, ob seine Größe paßt.

Todd nimmt Cindy an der Hand und führt sie nach oben, findet einen leeren Lagerraum, sie rauschen rein und setzen sich unter die vergessenen Kisten. Er fühlt sich, als müßte er gleich kotzen.

Cindy: Ich bin froh zu sehen, daß dich diese Shoots verrückt machen. Auf mich haben sie die gleiche Wirkung, sie machen mich genauso verrückt. Ich dachte, ich wäre die einzige.

Todd und Cindy blenden sich gemeinsam für eine halbe Stunde aus.

Der sprechende Baum

Todd steht auf einem Hügel im Bois de Boulogne. Weit entfernt der Lärm von Moto-Cross-Maschinen, die über und um verrottete Baumstämme gefahren werden. Er ist barfuß in Lee-Jeans, fünf Uhr, hat Schlagseite, ißt Tomaten mit zwei Mädchen und einem anderen Jungen aus einem Picknickkorb. Der Fotograf steht hinter einem Stativ weiter unten am Hang, trägt eine rote Baskenmütze.

Todd schlendert davon. Kommt zu einem dicken grauen Baumstamm, dessen Borkenstücke hart wie Dachschindeln sind. Mit einer Hand berührt er die Borke. Ein Vogel klappert oben in den Zweigen, an denen ein paar Blätter wachsen, befestigt an gummiartigen Stielen, angeordnet wie Noten auf einer Tonleiter. Todd hört den Baum zu sich sprechen. Na ja, nicht direkt. Die Stimme kommt aus seinem Inneren. Wie Gedanken. Aber die Gedanken sind hörbar, wie in einem Traum, synchronisiert über eine Szene, bei der sich gar keine Lippen bewegen.

Baum: Mach dir keine Sorgen, Todd. Du mußt aufhören, dir Sorgen zu machen. Du mußt frei sein. Frei, um brutal zu sein. Frei, um zärtlich zu sein. Ein Mann ist so auf sich gestellt wie ein Baum. In seinem Alleinsein gefangen. Mach dir keine Sorgen.

Todd geht weg von dem Baum und zurück zur Aufnahme. Eigentlich kennt er gar niemanden dort.

Todd: Ich könnte schwören, daß dieser Baum gerade zu mir darüber gesprochen hat, daß jeder so allein ist wie ein Baum.

Hahaha. Der Assistent des Fotografen übersetzt dem Fotografen, und alle amüsieren sich.

Alex (junges und engelköpfiges amerikanisches Model, in der Rugby-Mannschaft seiner Privatschule, ehe er ausgerissen ist, um diesen Job zu machen): Er ist verrückt. Er ist verrückt. Mach ein Bild von ihm.

Um neun ist Todd zu Hause. Aber niemand ist da. Jackies Zimmer ist dunkel. Im Schlafzimmer ist Licht an, aber Lucy hat offenbar nur Unordnung gemacht, während sie sich anzog, und ist dann eilig weggegangen. Kein Zettel.

Todd geht ohne Unterlaß herum. Er kann sich nicht hinsetzen oder hinlegen. Er schaut sogar in den Schränken nach, so wie man nach einer Katze sucht, die unter Kleider gekrochen oder vielleicht versehentlich in einen Kühlschrank geklettert ist, bevor die Tür sie in einem zeitweiligen Sibirien einsperrte. Keine Lucy.

Todd bleibt eine Stunde auf und schaut sich in Jackies Fernseher das französische Programm an. Es ist eine Show im staatlichen Kunstsender – drei Männer in Anzügen führen eine hitzige Diskussion über irgendeinen lateinischen Begriff. Todd versteht so gut wie nichts und geht sich schließlich die Zähne putzen. Sein Herz ist ein zerwühltes Bett.

Mitten in der Nacht kommt Lucy hereingeschlichen. Diesmal dreht sich Todd zur Wand. Zunächst ist er zu halsstarrig, um zu fragen, wo sie gewesen ist. Sie liegt nebem ihm, schwitzt durch ihr Baumwoll-T-Shirt, und tut so, als schliefe sie, aber ihr Herz pocht von zu vielen Zigaretten.

Todd (wälzt sich schließlich zu ihr rum): Wo bist du gewesen? Es ist mitten in der Nacht. Und ich bin hier allein und habe keine Ahnung, wo du dich rumtreibst.

Lucy: Ich war mit Frank zusammen. Er war durcheinander, weil Sharon einen anderen gefunden hat. (Fast schreiend): Weil Frank nicht der emotionale Rückhalt war, der er hätte sein sollen.

Todd (eingeschnappt): Na bestens.

Wieder vergeht eine Weile.

Todd (bohrt nach einer verborgenen Wahrheit, die er spürt): Ist es wirklich bestens?

Lucy (legt ihm beschwichtigend die Hand auf die Schläfe): Laß mal. Wenn ich anfange zu reden, höre ich nicht mehr auf. Dazu ist keine Zeit.

Todd: Stimmt. Und morgen muß ich den ganzen Tag arbeiten.

Lucy (setzt sich auf): Wo bist du denn heute den ganzen Tag gewesen?

Todd: Ich möchte es dir nicht sagen.

Plötzlich fängt Lucy an zu weinen und hört gar nicht mehr auf. Es sprudelt einfach so aus ihr raus.

Lucy: Das funktioniert nicht. Das funktioniert nicht. Wir passen nicht zusammen.

Sie sagt diese Worte heulend. Todd weiß nicht, wo er anfangen soll.

Lucy: Hier ist es schrecklich.

Todd (gehässig): Bitte hör auf damit.

Lucy: Das mache ich. Ich werde mit dem Ganzen hier aufhören.

Todd: Nein, hör damit auf, nicht hiermit.

Lucy: Du hast keine Ahnung, von was du redest.

Keiner von beiden kann wirklich in den Schlaf finden. Am Morgen zwitschern die Vögel draußen los wie nervige Nachrichtensprecher in einem Radiowecker. Das Tageslicht wird immer heller und heller und heller gemacht. Als würde ein Dimmer hochgedreht.

Todd steht auf, wäscht sich wieder und hält es einfach nicht aus. Lucys Kopf ist unter dem Kissen. Sie ist ein enthüllter schlafender Körper mit einem großen Kissen als Kopf. Wie ein Kind an Halloween mit einer grausigen Tüte über dem Kopf. Wie das Opfer eines Sexualverbrechens.

Todd (bereit zu gehen, steht über ihr, in Jeans, Freizeitschuhen und einem Regenmantel, leise sprechend): Lucy. Das Zuhause ist ein Dschungel, grausamer als jeder draußen in der Natur. Er hat seine eigenen Klapperschlangen und roten Ameisen. Das Zusammenleben ist tödliche Expedition.

Keine Antwort.

Monsieur Saint-Laurent

Todd geht in das Büro von Monsieur Ricard bei Saint-Laurent. Er setzt sich auf ein Sofa. Dann kommen Monsieur Ricard und das andere Anprobe-Model des Morgens, David, herein.

David ist ein junger Typ irgendwo von Long Island. Er ist nicht größer als Todd, hat dunkle Haut, dunkle Augen und dunkles

Haar und eine vorstehende Hakennase. Er ist wie ein biederer amerikanischer High-School-Schüler angezogen – graue Kordhose, weißes Hemd, weiße Socken, schwarze Slipper.

Monsieur Ricard hat weißes Haar, trägt einen tiefblauen, vornehmen Anzug aus der Art von feinem Kord, der ins Samtige spielt. Er ist ein hochnäsiger Kojote. Seine beiden Assistenten folgen ihm auf dem Fuß, beide in neuen hellbraunen Saint-Laurent-Sportsakkos, die so gemacht sind, daß sie wie Safarijacken wirken.

Monsieur Ricard: Also heute ist dein Glückstag, Todd. Es ist ein rein amerikanischer Morgen. Ihr beiden seid Amerikaner. Und der Mann hier, der Hersteller, ist auch Amerikaner. Ihr werdet ihm also folgen können. (Klatscht in die Hände, fast wie die Frau bei Oller.) Ihr beide werdet euch also hier drin anziehen. Sie (nickt zu den beiden Assistenten) werden euch anziehen (nickt mit dem Kopf zurück zu Todd und David).

Monsieur Ricard rauscht aus dem Zimmer, auf wackligen Beinen, wie der zappelige, hysterische Besen des Zauberlehrlings aus *Fantasia*. Todd und David sitzen auf der Couch in dem schattigen Büro, noch ist kein Licht eingeschaltet, als die Geschäftsleute nach und nach eintreffen und sich an einen großen, rechteckigen Tisch im Nebenzimmer setzen.

Todd (gähn-redend): Wie gefällt dir Europa?

David: Nicht soviel zu tun. Nicht genügend Mädchen, an die ich bisher rankomme.

Todd: Weshalb hat dich Soupy hierhergeschickt?

David: Mein Bild erschien im *Puritan*. Das ist ein Pornomagazin. Ich habe die Aufnahmen gemacht, bevor ich ins Model-Geschäft einstieg, vor einem Jahr. Deshalb wollte er mich eine Weile außer Landes haben.

Todd blickt weg. Er hat es satt, mit anderen Models zu reden. Auch David scheint nicht sonderlich an Todd interessiert zu sein.

Dann kommen die Assistenten herein, schwenken eine Menge Kleider auf Bügeln herum, die sie über den Schreibtisch und die Bürostühle legen. Sie ziehen die beiden jungen Männer an. Todd hat einen gelben Flecken auf seiner Unterhose, den er zu verdekken versucht. Auch der Kragen seines T-Shirts ist fleckig, vielleicht von Suppe.

Die Models werden jeweils einzeln rausgeschickt. Todd geht in dem Zimmer auf und ab, beobachtet die Männer in den Anzügen, die Angestellten, die ihn ansehen. Er kommt sich vor wie die Frau in der Reklame für Maidenform-BHs, die nackt über einen Konferenztisch läuft. Monsieur Ricard kommt offenbar nicht zurecht mit dem Hersteller, einem Mann mit einem Südstaatenakzent, kurzem, braunem, seidigem Haar, Hängebacken, in einem braunen Anzug, der nicht von Saint-Laurent ist. Alle Fabriken des Herstellers sind in Frankreich, deshalb verbringt er ungefähr sieben Monate des Jahres hier. Er rührt sich kaum, während sich Monsieur Ricard ständig bewegt, entweder zuckt er oder steht von seinem Stuhl auf oder macht nervöse Gesten mit den Fingern in der Luft.

Monsieur Ricard: Todd. Sag jetzt die Wahrheit. Würdest du diesen Pullover, den du jetzt anhast, kaufen?

Todd (schaut auf den weißen dicken Pullover, den er über einer gelben Samtkordhose trägt, seine Füße stecken in übergroßen rosa Wildlederschuhen darunter): Nein.

Monsieur Ricard: Schön. Geh weg.

Todd verdreht die Augen vor David, der aus dem Büro in einem Tweedmantel kommt, sein Haar ganz naß. David muß auf die Toilette gelaufen sein, während Todd mit trockenem Haar draußen in dem häßlichen Pullover war. Die Assistenten reichen Todd ein gestärktes rosa Hemd, sie binden ihm eine Krawatte mit Hornmuster um, und er trägt eine schwarze Hose. Die gleichen rosa Wildlederschuhe. David tänzelt draußen stolzierend herum und hüpft geladen herein. Todd ist es nicht. Er geht hinaus, und Monsieur Ricard fängt wieder an.

Monsieur Ricard: Todd. Sag mir die Wahrheit. Würdest du dir diese Hose je in Amerika kaufen? Oder was das betrifft in Frankreich?

Todd (hat seit fünf Jahren keine Anzughose mehr gekauft): Nein.

Monsieur Ricard: Ich kann sehen, daß du meinen Geschmack teilst. Vielleicht solltest du auch Manager bei Saint-Laurent sein.

Aber nun beschließt der Hersteller, der immer schärfer Atem einsog, zum Angriff überzugehen. Diese kleinen Wortwechsel zwischen Monsieur Ricard und Todd kosten ihn seinen Alfa

Romeo, seine Flugtickets nach Alabama an Weihnachten, die Krankenversicherung seiner Tochter, seine Nächte in Pigalle, wo er dunkelhäutige Frauen kauft, die ein lahmes Entzücken in seinem Geist entfachen.

Hersteller (sich lässig erhebend): Ich glaube, unser Problem hier sind nicht meine Kleider, sondern Ihr Model. Sehen Sie ihn sich an. Er ist zu klein. Was nützt es, ein Model zu haben, dem die Kleider nicht passen. Sehen Sie mal. (Er kneift Todd in die Schultern, drückt sie tatsächlich kräftig). Er ist völlig verkrampft in den Schultern. Ich kann die Knoten spüren, wie Knoten in einem Seil. (Setzt sich wieder.) Das kommt vom Gewichtheben. (Todd kocht.) Außerdem sind unsere Kunden nicht hübsche Jungen, sie sind normale Männer, wie man sie täglich auf der Straße sieht.

Monsieur Ricard schnappt übertrieben nach Luft.

Monsieur Ricard (zu dem Hersteller): Ich kann Ihre Meinung, Ihre Vorstellung vom Saint-Laurent-Kunden nicht gutheißen. Es ist so la la. Na gut. Sie wollen durchschnittliche Männer in Ihren Kleidern sehen? Diese Leute hier bei Ihnen, das sind durchschnittliche Männer. Sie sind übergewichtige, einfache, ernste, müde, sanfte, brutale Männer. Lassen Sie sie uns in Ihrem durchschnittlichen Männer-Outfit ansehen. (Brüllt wie ein Feldwebel.) Nur zu! (Klatscht in die Hände.)

Die drei Kollegen des Herstellers stehen unbehaglich auf, zwischen die beiden Schwergewichte der Konferenz gestoßen, wie Todd gerade gestoßen war. Sie walzen auf den Kleiderständer zu, und Monsieur Ricard zieht ihnen Sportsakkos an und bedeutet ihnen, zu dem Hersteller zu gehen, der zornig starrt, rotglühend unter seiner Kleidung. Die rekrutierten Models stehen in großen, plumpen Sakkos verlegen herum, ihre Gehemmtheit ist an ihren auf- und abspringenden Adamsäpfeln abzulesen. Todd wartet einfach, trommelt mit den Fingern auf eine Ecke der Tischplatte.

Hersteller (verärgert): Saint-Laurents Hosen haben sich letztes Jahr nicht sehr gut verkauft. Sie taugten nichts.

Monsieur Ricard (zieht theatralisch einen Flunsch): Nichts. (Geht zu den drei *mal à l'aise*-Rekruten.) Dieser Herr sagt, daß die Saint-Laurent-Hosen nichts taugen. (Lauter): Nichts. (Bellt die Anweisung): Setzen Sie sich.

Die drei gehen also geräuschvoll zurück zu ihren Stühlen. Und

Monsieur Ricard beginnt, auf- und abzulaufen. Er wird mit dem Auf- und Ablaufen während der restlichen Zeit nicht aufhören.

Monsieur Ricard (seine kalkige Gesichtsfarbe verwandelt sich in Rosa): Sie sind so sprachbegabt. Daß Sie mit dem schlichten Wort »nichts« alles zusammenfassen können, was über die Hosen von Saint-Laurent zu sagen ist. Ich erkenne diese Begabung. Ich erkenne sie in dem Namen Ihrer eigenen Kollektion. »Neue Klassische Kollektion.« Aber entschuldigen Sie, könnten Sie vielleicht erklären, wie Sie auf diesen schönen Namen gekommen sind?

Hersteller (versucht, seinen Mund zu kontrollieren): Nein. Hab ich vergessen.

Monsieur Ricard: Denn mir scheinen diese beiden Worte Gegensätze zu sein, sich gegenseitig zu widersprechen. Ich meine, neu ist neu. Und klassisch sind für mich vielleicht die Fabeln La Fontaines, oder die Essays der *philosophes*, von Voltaire, der auch *Candide* geschrieben hat. Sind Ihnen die vertraut?

Hersteller: Nein. Lassen Sie uns mit der Vorführung weitermachen.

Die Show dauert noch drei Stunden. Todd und David wechseln sich ab, mit vielen Unterbrechungen durch Monsieur Ricard.

Monsieur Ricard (während eines seiner Vorträge): Letztes Jahr haben Sie einige sehr erfolgreiche Designs produziert. Sie und Ihre Firma. Leider so erfolgreich, daß Sie dieses Jahr einfach die gleichen Designs in anderen Materialen produziert haben. Sie haben den Baumwollstoff vom letzten Jahr genommen (seine Hand nun auf Todds Ärmel) und es dieses Jahr noch mal in Wolle gemacht. Aber was Sie dabei nicht erkennen, ist, daß Sie nicht alles verändern, wenn sie das Material verändern. Plötzlich wirkt ein Gürtel, der bei Baumwolle etwas bedeutet hat, bei Wolle wie ein Eselsschwanz.

Hersteller: Ich sehe den Unterschied überhaupt nicht. Ich glaube, Sie sind anders. Nervös, weil Ihre Hosen letztes Jahr so schlecht gegangen sind.

Monsieur Ricard entläßt die Models. Während sie sich anziehen, führt er eine eigene Modenschau für den Hersteller auf, wobei er einen Charakter annimmt, den er »Monsieur Saint-Laurent« nennt, eine Art reicher Jedermann. Nacheinander führt er drei oder vier alte Saint-Laurent-Mäntel vor, die sich bereits bewährt haben und die er für Modeklassiker hält. Er begleitet die Vorführung fortwährend mit Erläuterungen.

Monsieur Ricard: Hier haben wir Monsieur Saint-Laurent, der in seiner neuen Trainingsjacke einen Spaziergang im Bois de Boulogne macht.

Er vollführt vollständige Pirouetten und dramatische Kehrtwendungen, als bohre er seinen Absatz in den Bauch des Herstellers.

Todd (zu David, während sie in der Tür lehnen): Glaubst du, er leidet an Bleivergiftung?

David (stärker beeindruckt): Von wegen. Von diesem Mann könnten wir uns eine Scheibe abschneiden.

Untreue und / oder Gleichgewicht

Frank sieht heute gut aus. Frisch. Hat sich das Haar aus der wächsern glänzenden Stirn gekämmt. Trägt eine blaue kurze Jacke mit dem Abzeichen der New York Yankees auf dem Rücken, Bluejeans, federnde weiße Nike-Laufschuhe ohne Knöchelschutz mit einem hellblauen Streifen, einem Winkel, auf den Seiten aus Segeltuch. Er kommt von einer Aufnahme für eine Brautmodenzeitschrift nach Hause, für die er sich als Bräutigam hat fotografieren lassen.

Franks Wohnung liegt an einer der Straßen, die an der Kreuzung vor dem Café in dem V-förmigen Gebäude unterhalb des Odéon abzweigen. Die meisten Häuser auf der Straße haben ausgebaute Dachgeschosse für die Zimmer der Dienstmädchen, sind fünfstöckig, taubengrau, verschlossen hinter Fensterläden und feinstrukturiert wie dicke Wellpappe.

Lucy steht vor Franks Haus und wartet auf ihn. Ihr Haar ist heute ein schlampiges schwarzes Wirrwarr, eine explodierte Feuerwerksrakete, und ihr Blick flitzt unstet hin und her, so daß man nicht genau sagen kann, wo sie hinschaut. Sie trägt eine Kunstlederjacke, (braunorange, von der Farbe und Struktur her wie die Sitzbänke in Le Drugstore, dem Woolworth von Paris), einen kurzen schwarzen Kordrock, schwarze Strümpfe aus imitierter Spitze und niedrige weiße Pumps.

Frank legt ihr den Arm um die Schulter und zieht sie zu sich her. Sie läßt es zu. Er riecht den Geruch von Plastik in ihrem Haar (der Geruch, der amerikanisches Shampoo durchdringt), und in ihm regt sich etwas. Etwas, das einem wie Liebe vorkommt, aber keine Liebe ist. So wie Homonyme Wörter sind, die gleich klingen, aber verschiedene Bedeutungen haben.

Sie gehen durch den kühlen, langen, feuchten, schmalen, beengenden und beschützenden Flur. Treten in Franks muffeliges Apartment, eine Erlösung. Nach wie vor ist das einzige Möbelstück eine Matratze, und so setzt sich Lucy darauf und schnuppert den Mief. Heute mag sie diesen Geruch nach männlichem Säugetier. Ist mal wieder in so einer Stimmung, bei der ihr das Wasser im Mund zusammenläuft.

Frank (steht über ihr und zieht seine Turnschuhe aus, die Schnürsenkel sind bereits aufgeknotet –, indem er mit der Ferse des einen Fußes über die Zehen des anderen streicht): Schön, und jetzt?

Lucy: Todds Show fängt gleich an. Gehen wir hin?

Frank (hockt sich vor ihr hin): Das hast du mir jetzt unbedingt unter die Nase reiben müssen, was? (Legt sich auf den Boden.) Willst du Zoff? Kein Problem, kannst du gerne haben. (Seine Streitlust ist nur vorgetäuscht.)

Lucy (mit Marlene-Dietrich-Akzent): Ja. Ich möchte, daß du über mich hinwegmarschierst wie die deutsche Armee über die Ebenen Europas.

Frank: Du machst mich an… Aber dein Freund hat's bei mir verschissen.

Lucy: Bloß weil er den Job bekommen hat und du nicht?

Frank: Nein. Bloß weil er nicht mehr der gleiche ist. Weder mir noch dir gegenüber.

Lucy (legt sich verführerisch aufs Bett): Stimmt. Einmal ist er sogar erst mitten in der Nacht nach Hause gekommen.

Frank drückt sie noch weiter aufs Bett, legt sich kurz auf sie und wälzt sich dann von ihr runter.

Frank: Fang mich doch.

Lucy (wackelt mit den Zehen): Willst du spielen oder was?

Frank: Fang… mich… doch…

Lucy: Du bist ja heute richtig animalisch.

Frank: Laß mich deine süße Zunge sehen.

Lucy wälzt sich auf die Seite, öffnet Franks Reißverschluß, schiebt den ovalen Schlitz der Unterhose auf und läßt seine runden Eier herausspringen, auf denen Haare sprießen, schwarze feste Haare. Dann fährt sie mit der Zunge über seine Eier und leckt sie ab. Während Lucy Franks Eier anfeuchtet und weich macht, sieht sie die ganze Zeit mit einem überglücklichen Kleinmädchen-Blick zu ihm auf, der ihn erregt, dessen Macht in seiner Ohnmacht liegt.

Frank lehnt sich zurück, löst den Haken seiner Jeans und schiebt sie mitsamt der Unterhose nach unten. Dann drückt er Lucys Mund auf seinen steifen Schwanz. Sie mag den kräftigen Rhabarbergeschmack. Todd stemmt sich ihr normalerweise entgegen, wenn sie seinen Penis aufsaugt wie eine *Dionaea muscipula*, das gemeinhin unter dem Namen Venus-Fliegenfalle bekannte Sumpfgewächs. Diese neue Stellung macht sie ganz scharf. Sie hebt den Kopf, um nach Luft zu schnappen.

Lucy (aha): Darum geht's also.

Frank (spielt, drückt sie wieder nach unten): Runter, Schlampe, schluck ihn, Schlampe.

Lucy nimmt seinen Schwanz immer weiter in den Mund, als schlucke sie ein Seil, das sich in ihrem Inneren unablässig entrollt.

Frank (Hände hinter dem Nacken verschränkt): Zieh dich aus.

Lucy steigt verwirrt aus ihren Kleidern. Frank steht auf und drückt sie gegen eine Wand. Wie man es abends um zehn oder elf, nach der Rush-hour, oft in Bahnhöfen sieht, wenn ein Typ in einem Sweatshirt mit Kapuze, Jeans und großen Turnschuhen ein Mädchen mit winzigen roten Schuhen auf einen riesigen Ständer hebt, während die Eisenbahnunterführung das Gedonner der ein- und ausfahrenden Züge füllt.

Aber Lucy und Frank sind nicht auf einem Bahnhof, deshalb können sie schließlich so zu einem Orgasmus kommen. Frank hat immer noch sein T-Shirt an, die Jeans hängt ihm um die Knöchel. Lucy ist nackt. Sie spürt, wie die Wärme des elektrischen Heizgeräts eine Seite ihrer Wade erhitzt, der Rest ihres Körpers ist völlig empfindungslos.

Je mehr sie sich auf diese angeblich körperliche Empfindung einläßt, desto weniger kann sie den Großteil ihres Körpers spüren, sie könnte auch auf einem Nagelbrett liegen. Doch allmählich kehrt das Gefühl und die damit verbundenen Wehwehchen zurück.

Frank und Lucy sitzen oder liegen auf dem Boden und auf der Matratze. Er legt ihre Hand auf seinen nackten Fuß, und geistesabwesend drückt sie auf seine unteren Fußmuskeln, so daß sich alle anderen Muskeln in seinem Körper, die dort in einem Knoten verschlungen sind, lockern.

Lucy (sagt als erste etwas): Weißt du, welches Lied ich jetzt gern hören würde?

Frank (muß nicht schlau sein): Nein.

Lucy: Ich würde jetzt gern ›Alfie‹ hören. Ich glaube, das ist mein absoluter Lieblingssong. (Sie singt): *What's it all about, Alfie? Is it just for the moment we live? What's it all about? When we sort it out, Alfie? La di da da di da da di da.* Weiter weiß ich nicht mehr.

Frank: Das ist wunderschön, Schätzchen.

Stille, fünf oder zehn Minuten lang. Dann steht Lucy auf und holt Franks schwarzen Kaschmirmantel aus dem Schrank. Sie breitet ihn auf dem Bett aus, legt sich hin und streift mit der Wange über die Wolle. Immer wieder wickelt sie den Mantel um sich.

Frank (emotional): Ich liebe das Gefühl, daß du mir gehörst.

Der Schwur im Couscous-Restaurant

Später am Abend gehen Todd und Lucy zu Fuß nach Pigalle, um in einem der schmuddeligen arabischen Restaurants am Boulevard de Clichy Couscous zu essen. Im hepatitischen Licht sitzen sie an einem Holztisch vor einer mit verdreckter roter Seide bespannten Wand und einem trüben Fenster, das den Großteil der gesamten Vorderseite des Lokals einnimmt.

Todd merkt, daß etwas nicht stimmt.

Todd: Was hast du heute alles gemacht?

Lucy (hat den Mund voller winziger Körner): Sokrates gesehen.

Todd (erhascht durch das mit Fingerabdrücken übersäte Fenster einen Blick auf einen Arsch in einem roten Plastikrock, der um die Ecke biegt): Was?

Lucy: Ein alter Mann im Gare de Lyon mit weißem Haar und zerlumpten Kleidern hat alle beschimpft, zu sehr hinter Geld her zu sein.

Todd (gereizt): Bleib beim Thema.

Lucy: Wie denn? Wir hatten doch gar kein Thema.

Todd (im Ton eines Staatsanwalts): Du hast dich doch auch mit Frank getroffen. Aber darüber hast du kein Wort gesagt.

Lucy: Wenn du am gleichen Tag Frank und Sokrates sehen würdest, von wem würdest du zuerst reden?

Todd: Du hast nach Right Guard gerochen, als du nach Hause gekommen bist.

Lucy (tut so, als würde sie nachgeben): Oh, na schön. Ich weiß, was du sagen willst. Und ich werde darauf bla-bla erwidern, und dann sagst du bla-bla-bla, und dann gibt's Knatsch. Möchtest du das?

Todd: Hast du eine Idee, wie sich das vermeiden läßt?

Lucy: Klar. Denk doch nur mal an Sokrates. Oder Mahatma Gandhi. Oder Königin Victoria. Die hatten Träume von sich, wie sie noch niemand vor ihnen hatte. Und diese Träume haben sie ausgelebt. Jedes Frühstück, jedes Mittagessen oder Telefonat haben sie anders angepackt als je ein Mensch zuvor.

Todd (hört nur den Anachronismus): Lucy! Das Telefon war damals noch gar nicht erfunden.

Lucy: (mit scharfer Betonung) Womit ich sagen will… womit ich sagen will, daß wir diese Sache mit Frank anders anpacken können. Wir müssen uns deswegen nicht wie in einer Schmierenkomödie aufführen.

Sie essen ihre Teller leer, auf denen blaßgelbe Couscous-Körner unter Hammelfleischstückchen dampfen. Todd verdaut nicht nur das Essen, sondern auch Lucys eigenartige Maximen. Sie zündet eine Gitane an und reicht sie Todd. Er nimmt einen Zug.

Lucy: Laß uns schwören. Nur, damit wir uns sicher fühlen.

Todd: Was schwören? Zu heiraten? Jetzt?

Lucy: Nein, einfach schwören.

Todd (erstaunt): Mitten in dieser Krise willst du, daß wir uns etwas schwören? Das haut mich um. Hast du denn überhaupt keine Gefühle?

Lucy (wie zu einem Dummkopf): Todd. Ich versuche, uns aus diesem Tief rauszubringen. Vertrau mir.

Todd (mit einer Schwäche für das Unerwartete): Okay.

Und so zieht Lucy eine Sicherheitsnadel aus der Innenseite ihres Gürtels, die sie für Notfälle dort hingesteckt hat. Sie hält Todds Daumen über sein Halwa-Stückchen und sticht ihn mit der Nadel, so daß sich ein Juwel aus dunkelrotem Blut bildet. Dann piekst sie sich selbst in den Daumen. Schließlich vermischen sie ihr Blut wie zwei kleine Jungen. Die arabischen Kellner lächeln übertrieben.

Das Paar bleibt noch eine Weile in der neugefundenen Gelassenheit sitzen.

Todd: Ich fühl mich wirklich besser. Weiß auch nicht, warum. Vielleicht weil wir diesen Schwur jeder so auslegen können, wie wir wollen. Vielleicht habe ich auch nur einen Aderlaß gebraucht.

Lucy (wissend): Vielleicht hat es eben einfach funktioniert.

Draußen herrscht eine starke Stimmung. Als die Nacht sich verdichtet, tritt in die Augen der Leute auf der Straße ein aufgeregter Blick. Arabische Teenager, Transvestiten, ein altes schottisches Ehepaar mit grauer Haut, Touristenbusse, hauptsächlich mit Deutschen und Japanern besetzt, dicke Menschen mit Hängebacken, dürre Aufreißer für die Strip-Shows, Taschendiebe, alle brennen lichterloh. Manche wenden sich plötzlich von dem ab, was sie gerade tun, und werfen durch die fleckige Scheibe, die nicht viel durchsichtiger als Lucys mit Plastikplanen verhängtes Fenster auf der Bleecker Street ist, glühende Laserblicke auf Todd und Lucy.

Der starke hemmungslose Narzißmus der Jugend

Tags darauf gehen Frank und Todd mittags über den Boulevard de Clichy. Die warme Pariser Sonne läßt dieses *quartier,* das ansonsten so hektisch wie der Times Square ist, gedämpft, lieblich und unaufgeregt wirken.

Frank ist ganz in Gelbtönen gekleidet, Todd in Schwarz und Weiß. Wie üblich treffen sie sich einmal wöchentlich zum Schwimmen, obwohl sie sich beide wie zwei entsicherte Handgranaten fühlen.

Todd (zeigt auf die andere Straßenseite): Dort haben Lucy und ich uns gestern abend etwas geschworen. Couscous und Blut.

Frank (spuckt aus): Davon will ich nichts hören.

Der Boulevard de Clichy mündet in den Boulevard Rochechouart. Das kostenlose öffentliche Hallenbad ist in einem alten Waffenlager am Boulevard de Clichy untergebracht. Schweigend schlurfen die beiden in die kühlen, nassen Umkleidekabinen. Feucht. Grau. Auf dem Boden schwappt eine dünne, schimmlige, übelriechende Wasserpfütze. Sämtliche Spiegel sind von den Duschen beschlagen. Jetzt ist es nicht zu voll. Mittagszeit. Sie ziehen ihre Badehosen an, die von Frank ist orange, Todds ist weiß, dann gehen die beiden zum Schwimmbecken.

Todd steigt am flachen Ende des Beckens ins Wasser und beginnt zu kraulen, zieht die Arme am Kopf vorbei, macht die Hände hohl und strampelt mit den Beinen. Je mehr Bahnen er schwimmt, desto stärker brennen seine Augen und desto lauter wird das Summen in seinen Muskeln. Frank ist ein Taucher. Immer wieder klettert er auf den Sprungturm, springt vorwärts runter, macht eine oder zwei Schrauben und einen eineinhalbfachen Salto und taucht gefährlich nahe der Stelle ein, wo Todd in der nächsten Bahn schwimmt. Der grüne Boden des Beckens ist mit Linien gestreift, die hin und her zu wogen scheinen.

Frank macht es sich auf einer Bank bequem. Er legt sich auf den Rücken und streckt die Beine links und rechts von sich. Todd geht zu ihm, klatschnaß, setzt sich ihm gegenüber auf die gleiche Bank, zieht die Beine hoch und schlingt die Arme wie den Querstrich eines A um sie.

Todd (hämisch): Das mit dem Schwur war so – Lucy hat erst

sich und dann mich in den Daumen gestochen, und dann haben wir das Blut vermischt. In dieser orientalischen Umgebung.

Frank (wütend): Das glaube ich nicht.

Todd: Wieso nicht? Hat dir Lucy was anderes erzählt? War es so? Ist sie eine Doppelagentin?

Das riesige Hallenbad ist erfüllt mit Geschrei und Geplansche, Geräuschen wie auf der Stereo-Demoplatte *Sounds in Space*, die man in den fünfziger Jahren beim Kauf der ersten Stereoanlagen geschenkt bekam: man hörte das Geräusch von Schritten, die aus dem einen Lautsprecher näherkamen und sich dann in Richtung des anderen Lautsprechers entfernten; auf dem Plattencover war ein Sender abgebildet, der Wellen – parallele Klammern – in ein violettes Sonnensystem mit roten Planeten und gelblich-weißen Monden ausstrahlt.

Todd (fängt wieder an, diesmal direkter): Ich habe Grund zu der Annahme, daß du meine Lucy vögelst.

Frank (spielt absichtlich Schmierentheater): Das ist verrückt. Ich glaube, du bist reif für's Irrenhaus. Wie kannst du so was sagen? Zu mir, deinem großen Bruder?

Todd: Lucy hat es sogar zugegeben.

Frank drückt seine Hand auf Todds entkrampften Nacken und streicht über seinen geraden Haaransatz.

Frank (kriecherisch): Du bist mein Idol. Ich würde niemals deine Freundin vögeln. Wenn doch, könntest du mir den Schwanz abschneiden, und ich würde ihn aufessen, das schwöre ich. Laß uns jetzt gleich zu ihr gehen und sie fragen.

Unten in der Umkleidekabine frönen ein Dutzend Schüler dem starken, hemmungslosen Narzißmus der Jugend. Ein Schwimmer steht vor einem Spiegel im Duschraum, raucht eine Zigarette, die fast zu groß für ihn ist, und trägt eine mit Dschungelmotiven bedruckte Badehose. Er betrachtet sich von allen Seiten, schüttelt den Kopf, damit seine Haare anders fallen, pumpt sich dann wieder auf, mustert sich, wirft sich in Pose. Am besten scheint er sich zu gefallen, wenn sein Haar ganz strubbelig ist, wie das von Elvis Presley, und er die Zigarette zwischen Daumen und Zeigefinger hält. Neben ihm macht sein Freund Klimmzüge am Türrahmen der Herrentoilette.

Todd tigert um die lange Bank, geht im Viereck auf und ab,

während Frank aus der Badehose schlüpft und sorgfältig seine Straßenkleidung anzieht. Je energischer Frank die Wahrheit leugnet, um so heftiger wirbelt der Sturm in Todds Innerem, wie Büchsenmilch, die in einer Tasse Kaffee verrührt wird. Todd unterbricht sein Auf- und Abgehen erst, als er sich das Knie an einer Ecke der Bank anschlägt.

Todd (schreit genau in dem Moment, als er sich das Knie anschlägt): Du hast mich an einem Punkt getroffen, wo's weh tut. Ich habe es gespürt. Das kannst du nicht bestreiten.

Frank (gerät jetzt auch aus der Fassung, ihm ist diese öffentlich vor den jungen Machos ausgetragene Eifersuchtsszene peinlich): Dann hau ich dir eben eine in die Fresse. Ich schlag dir deine Visage zu Brei, du weißt, daß ich das fertig bringe, wenn mir eine Sicherung durchbrennt. Willst du etwa, daß eine Bombe, ein Riesenfurz in deinem Geischt explodiert, du Waschlappen?

Todd bleckt die Zähne, seine Lippen werden schmal wie ein bis zum Äußersten gespanntes Gummiband.

Er hat diese emotionale Selbstdarstellung satt. Muß hier raus. Also öffnet er sein Schließfach und zieht sich in aller Ruhe an, ohne Dusche oder irgendwas. Geht raus, ohne noch ein Wort zu Frank zu sagen.

Frank (ruft ihm nach, vielleicht besorgt): He, Blödmann!

Todd sieht überhaupt nichts. Geht weiter, als würde er marschieren. Tapp, tapp, tapp, tapp. Wieder den Boulevard Rouchechouart entlang. An dem Anvers-Pissoir vorbei, dessen gewölbtes Dach von der Sonne in Gold getaucht wird; Rostflecken sprenkeln die Metallwände. Am Kino vorbei, wo sich im Foyer, vor dem Eingang und den Postern Einheimische drängen, hauptsächlich Araber. Es läuft *Master Bruce Lee: Conqueror of the Manchurians.*

Frank heftet sich an Todds Fersen. Läuft aus dem Hallenbad, der Träger seiner Umhängetasche rutscht ihm immer wieder von der Schulter. Hält an einer Telefonzelle an, um rasch Lucy anzurufen.

Frank: Lucy. Er weiß es.

Lucy (unverbindlich): Ach?

Frank: Und ich weiß es auch.

Lucy: Was weißt du? Du redest wie Maxwell Smart, Süßer.

Frank: Ich weiß Bescheid über den Schwur.

Lucy (seufzt gedehnt): Frank. Das wächst uns beiden über den Kopf. Es ist Scheiße. Bitte versuch's mal mit ein bißchen Zärtlichkeit. Ich fühl mich mies. Echt.

Frank: Na schön. Ich hör auf damit… Vorläufig.

Todd läuft weiter in der gleichen Richtung zur Place Blanche. Geht auf ein *demi* ins La Nuit, ein schäbiges Café. Zwei fette Männer scheinen gallische Freier mit arabischen Jungs zu verkuppeln. In der violetten Musikbox laufen schmalzige italienische Liebeslieder. Einer der Jungen lehnt sich an einen Barbarella-Flipper. Oberhalb der Taille sieht er mit seinem blaugestreiften Mafia-Zweireiher dem jungen Frank Sinatra ähnlich, aber seine zerknitterte, burgunderrote Hose zerstört diesen Eindruck.

Todd kippt ein goldenes, sämiges dickflüssiges Bier runter, ist sich des Trinkens ebensowenig bewußt wie des Wegs hierher. Frank stürmt in das Café und tritt ihm an der Theke gegenüber. Bestellt zwei Bier für sie. Beide zittern, aktivieren Muskeln, die seit langem entspannt waren.

Frank (als rede er mit der Wand am anderen Ende des Cafés): Also gut. Einmal habe ich mit Lucy gevögelt. Weil sie einsam war. Hier in Paris. Unter meinem Dach. Aber es wird nicht wieder vorkommen. (Seine Stimme wird eine Dritteloktave tiefer.) Außerdem bin ich einsam gewesen, wegen Sharon.

Todd (mit belegter Stimme): Du bist einsam gewesen, weil dir mein Arsch gefehlt hat.

Sacré-Cœur

Als Lucy Franks Anruf von der Straße erhält, trägt sie nur einen schwarzen BH und einen beigefarbenen Slip. Hat bereits ein Bad in der taubenblauen Wanne eingelassen. Nach dem kurzen Gespräch steigt sie in das helle seifige Wasser und macht es sich in der Wanne bequem. Die Wärme wallt in ihr hoch wie in einer Brotscheibe im Toaster. Je wärmer ihr wird, desto stärker schwitzt sie, und sie genießt es, mit den Händen über ihre ölige Haut zu streichen.

Lucy steht in der kleinen Badewanne auf. Steigt heraus, läßt warme Wassertröpfchen auf die rosa Matte mit dem hellbraunen Fransenflor tropfen. Sie wickelt sich ein graues Handtuch um und tapst auf Zehenspitzen ins Schlafzimmer. Läßt das Handtuch fallen und geht nackt durchs Zimmer. Sucht im Schrank weiße Kleidung raus – weiße Bluse, weißer Rock, weiße Schuhe, weiße Lederhandtasche. Als sie angezogen ist, steckt sie einen Schleier und ein Paar Handschuhe in die Handtasche.

Lucy geht zur Rue Lepic. Es dämmert, und auf der steilen Straße drängen sich Kauflustige. Während das Sonnenlicht langsam verblaßt, wird das elektrische Licht in den Geschäften stärker und heller. Lucy geht weiter Richtung Montmartre. Bald steht sie am Fuß einer langen Steintreppe, die zur Sacré-Cœur führt, einer von Touristen überlaufenen Kirche aus dem neunzehnten Jahrhundert, ein Phantasiebauwerk, das aussieht, als gehöre es nach Konstantinopel. Lucy ist auf dem Weg zur Samstagabendmesse. Sie steigt die Stufen hinauf, während Glocken läuten und die auf den Kirchtürmen sitzenden Vögel aufschrecken, die eine Zeitlang Warteschleifen drehen, bis die Schwingungen aufhören und sie sich wieder niederlassen können. Eine Straßenbahn transportiert wie ein Skilift Fahrgäste den abschüssigen Hügel hinauf. Aber Lucy geht lieber zu Fuß. Sie könnte ebensogut in Lourdes sein, als sie den Schleier an ihrem Kopf feststeckt und mit der Andacht eines jungen Mädchens aus einem spanischen Dorf in die kleinen weißen Handschuhe schlüpft.

Lucy tritt ein, tippt sich das kühle Weihwasser auf die Stirn, setzt sich auf eine der harten Holzbänke. Das Licht von oben ist grell, fast Neonlicht, wie die Beleuchtung in einem Kaufhaus. Auf dem Altar liegt eine Polyesterdecke, die mit schlichten goldenen Mustern von Adlern, Kreuzen, Kelchen und Lämmern bestickt ist. Nach und nach füllen sich die ersten zwanzig Bankreihen mit Gläubigen, die lieber in diese Messe am frühen Samstagabend gehen als in die festliche Sonntagsmesse. Sie wollen es hinter sich bringen. Viele abgespannte Frauen. Frauen mit ihren Kindern. Ein großer dicker Mann in einem grauen Anzug geht seiner Frau und seinen drei Kindern voran. Große dünne Spieler der Basketballmannschaft einer katholischen Schule sitzen zusammen in einer der vorderen Reihen, alle ganz lässig.

Unvermittelt tritt der Priester ein, zupft an seiner weißen Soutane herum, gefolgt von zwei Ministranten, die ihm assistieren. Eine Frau aus der Gemeinde in einem grauen Kaschmirpullover mit Schildkrötenkragen und einem grauen Rock singt vor, ins Mikrofon, alte lutherische Choräle, die für die Verwendung in der katholischen Kirche bearbeitet wurden. Die Messe ist auf französisch, nicht Latein. Lucy versteht nicht, was gesagt wird, aber es ist ihr egal. Sie sitzt gern in dieser feuchten Höhle. Es gefällt ihr, daß hier keine Schickimickis sind. Die Leute sind wie das traditionelle einfache Volk ihrer Lower East Side. Am Höhepunkt tritt sie nach vorn in die Reihe, die der Priester abgeht, streckt fast wie eine Göre die Zunge heraus, empfängt die weiße Hostie und läßt sie langsam im Mund zergehen, während sie sich bekreuzigt und in ihre Bank zurückgeht. Ihr ist warm ums Herz, sie ist rührselig. In ihrer Brusthöhle ist eine altmodische Lampe entzündet worden.

Die Messe geht rasch zu Ende, unter großem Getöse stehen alle auf und gehen raus. Keine anschließende Kaffeestunde, kein Geplauder zwischen Familien. Dies ist keine kleinstädtische oder vorstädtische Gemeinde. Sie ist eher wie die katholischen Kirchen in der Nähe der Bahnhöfe in Großstädten, die anonyme Reisende anziehen. Der Kirchenraum ist ein großer Wartesaal.

Lucy geht in die blauschwarze Luft hinaus, es ist ein bißchen kühl. In den weißen Pumps klappert sie die vielen Stufen bis zum untersten Treppenabsatz runter. Entdeckt ein Café an der Ecke und ruft zu Hause an. Todd geht ran.

Todd: Wo bist du gewesen?

Lucy: In der Kirche.

Todd (verwirrt): In der Kirche? Seit ich dich kenne, bist du noch nie in die Kirche gegangen.

Lucy: Ich fühle mich jetzt erfrischt. (Nur halb im Spaß): Im Blut des Lammes gewaschen.

Todd (durch diese exzentrische Bemerkung beruhigt, daß es immer noch die gleiche alte Lucy ist): Ich möchte dir nur sagen, daß diese Sache nur mich und Frank angeht. So war es schon immer. Mit dir hat das nichts zu tun. Er hat dich einfach benutzt. Ich mache dir keine Vorwürfe. Du bist nicht im Bild, brauchst das auch nicht.

Lucy (weiß den bequemen Ausweg zu schätzen): Ich habe Lust auf Lamm.

Todd (mit einem Mal allzu jovial): Spinn nicht rum.

Lucy (wieder auf der Reihe): Ehrlich. Ich möchte in so 'ner Shish-Kebab-Kneipe am Pigalle essen.

Todd: Nein.

Lucy: Dann in einem dieser großen zweistöckigen, roten Fischrestaurants. Laß uns was essen. Ich bin angezogen.

Todd: Na schön. Ich treff dich in zwanzig Minuten. In dem Restaurant neben dem Kino an der Place de Clichy. Weißt du was? Ich hab mir heute einen Roman von Henry Miller gekauft, der *Stille Tage in Clichy* heißt.

Lucy (laut): Wahnsinn.

Eine Stunde später sitzen sie im zweiten Stock eines riesigen geräuschvollen Restaurants an einem Tisch mit einem weißen Tischtuch und essen Seeigel, diese runden Kugeln mit schwarzen vorstehenden Stachelschwein-Stacheln, geschnittenen Rotkohl mit Zitrone, Vinaigrette, *steak frites* und *crème fraiche*, die mit zierlichen Erdbeersternen bestreut ist. Sie trinken zwei Flaschen kalten, lieblichen Weißwein.

Die ganze Zeit über erläutert Lucy, deren Frisur heute abend so wirr und lockig ist wie die Robespierres, mit Feuer und Flamme die Stichhaltigkeit der »Trans«-Doktrinen, Transsubstantiation und Transfiguration.

Pensées

Frank hat während der letzten Stunden in seiner Lust geschmort. Nur in einem Flanellbademantel liegt er auf der Matratze. Streichelt seine Eier. Leckt über seinen Handteller und zieht an jenem kleinen Hut aus Fleisch, der einem angelsächsischen Helm gleicht, der Eichel seines beschnittenen Schwanzes. Die Wohnungsfenster verdunkeln sich.

Frank (laut, jammernd): Was ist bloß los mit mir?

Er geht zu dem kleinen Absorber und holt eine kleine Flasche elsässisches Bier heraus. Öffnet den Kronenkorken mit einem Öffner, der neben dem Kühlschrank an einem Nagel hängt.

Knipst dann das Licht in der Kochnische aus, steht vor dem leeren Fenster und trinkt sein Bier. Tigert um das Bett, so durcheinander wie Todd vorher im Rechteck um die Turnbänke auf- und abgegangen war.

Frank ruft Lucy an. Jackie nimmt ab.

Jackie: *Allo? Oui?*

Frank: Jackie. Frank. Ist Lucy da?

Jackie: Nein, sie sind Essen gegangen.

Frank: Zusammen?

Jackie: *Tous les deux.*

Frank (nach einer langen Pause): Hast du ein paar von diesen schwarzen Pillen?

Jackie: Ich kann dir vier oder fünf Schwarze geben. Wenn du mich um neun in den Tuilerien triffst. Heute abend ist Vollmond.

Frank kommt pünktlich in den Park. Der Mond scheint auf die Gebäude, so daß sie wie Spitze anmutig leuchten. Im ganzen Louvre-Komplex brennt nur ein Licht, oben im Stockwerk der Gesindezimmer. Vielleicht wohnt dort eine Kaiserinwitwe. Oder eine Hausmeisterin. Frank schlendert über die Kieswege, an Denkmälern vorbei, goldenen Zäunen und flanierenden Perversen. Setzt sich auf etwas, das wie ein reiner Schatten in Gestalt einer Bank aussieht. Schließlich taucht Jackie auf, ganz in Schals eingemummt, eine verhüllte Statue auf der Durchreise. Er setzt sich neben Frank.

Jackie holt vier schwarze Pillen aus seinem langen, sich bauschenden Steppmantel und reicht sie Frank. In diesem Moment rauscht ein Mannschaftswagen der Bullen heran.

Jackie (paranoid): *Viens vite.*

Nach ihrem überstürzten Aufbruch aus dem Park nimmt Jakkie Frank auf einen Rundgang durch die verschiedenen Nuttenviertel von Paris mit. Er möchte, daß Frank jemanden zum Vögeln findet und mit nach Hause nimmt, damit er zusehen kann. Unterwegs gehen sie oft in verschiedene *Tabacs* und trinken jeder ein Glas Vichy, mit dem sie die Pillen runterspülen.

Erstens. In der Nähe der *Operá.* Normale Straßenprostituierte, die wie Statistinnen für das *Das Mädchen Irma La Douce* angezogen sind – rote Kleider, grelles Make-up, enge schwarze

Tops, Netzstrümpfe – und melodisch mit *les gendarmes, les flics* flirten.

Zweitens. Montmartre. Wo Transvestitennutten von Hauseingängen und Treppenschächten aus Freier ansprechen. Sie sind dünner, jünger, dunkler als die Opéra-Damen. Tragen schickere Kleidung, Perücken mit Bienenkorbfrisur oder Kleider mit Schlitz wie Diana Ross. Mit ihnen witzeln keine Bullen.

Und zum Schluß. Hinter der Métro Barbès-Rochechouart. Hier, in Häusern, die ebenso heimlich verlegt werden wie die *drugshooting-galleries* auf der Lower East Side New Yorks, gehen die Drei-Minuten-Huren ihrem Gewerbe nach. Vor einer Metalltür steht eine Schlange Männer. Immer wenn die Tür aufgeht, kommt ein Mann heraus, der am Reißverschluß seiner Hose nestelt. Dann schiebt sich der nächste Mann rein, die kalte Metalltür knallt zu, die Schlange rückt rastlos auf, die Zügellosen fummeln an den Schnapsflaschen im Futter ihrer langen Mäntel herum. Eine Puffmutter bewacht die Tür.

Frank (zu Jackie, nachdem er eine Weile fasziniert zugesehen hat): Das ist das dreckigste Loch der Welt.

Frank geht also allein nach Hause, deckt sich, nackt, mit seinen Laken zu. Er zündet eine langbrennende Kerze mit Erdbeerduft an, die erwartungsgemäß einen süßlichen Geruch verbreitet. Hört sich eine Kassette von den Pretenders an. »Stop Your Sobbing«. Nimmt die zweite der schwarzen Pillen. Und ungefähr zehn Minuten später die dritte.

Die Pillen steigen Frank zu Kopf. Sie erweisen sich als Aufputsch-Pillen. Zucker fürs Gehirn. Und Zucker fürs Herz. Sie bringen seine Pumpe auf Hochtouren. Er weiß nicht, was er als nächstes tun soll. Greift nach seinem Kassettenrecorder-Walkman, den er nur benutzt, um Musik aufzunehmen, die er auf Zugfahrten, während Aufnahmen oder beim Training im Fitneß-Center hört. Doch nun beschließt er, den »Record«-Knopf zu drükken und ins Mikrofon zu sprechen.

Frank (spricht leise auf Band, die elektrischen roten Lämpchen flackern zum Geräusch seiner Stimme): Hier spricht Frank Yastremski im Jahre unseres Herrn Ende des zwanzigsten Jahrhunderts. Das ist mein Tagebuch, das ich heute abend beginne.

Weil ich keine Freundin habe, der ich meine Geheimnisse anvertrauen könnte. Ich weiß auch nicht, warum ich keine Freundin habe, mal davon abgesehen, daß ich ein Riesenarschloch bin. »Manchmal muß man einfach sagen: Scheiße, was soll's!« Das, Leute, ist ein Satz aus einem Film, der uns damals hier viel bedeutet hat. Irgendwie, aus Dusel, hat diese Kassette die atomaren Explosionen überlebt, die diesen Planeten in den neunziger Jahren erschütterten. Aber dieser tolle Film mit Tom Cruise in der Hauptrolle nicht. Ich würde euch die Handlung erzählen, wenn ich mich daran erinnern könnte. Ich habe euch nichts zu sagen. Daheim in New York habe ich meiner Freundin auch nie etwas zu sagen gehabt. Ich bin einer von diesen Typen, die ständig reden. Aber eigentlich habe ich nichts zu sagen. Vielleicht bin ich einsam, weil sich heute abend alle auf irgendwelchen Partys amüsieren. Meine Model-Kollegen. Ich werde euch nicht erklären, was ein Model ist. Ist ja egal. Diese Nullen treiben sich heute abend also auf Partys rum. Und meine beiden besten Freunde sind inzwischen vermutlich von Wein besoffen. Und mir dreht sich der Kopf so schnell, daß ich nichts mehr auf die Reihe kriege. Schön, was mache ich also? Ich bin vielleicht der einzige auf diesem ganzen Planeten, der sich die Zeit nimmt, mit der Zukunft zu sprechen, einer Zeit, die ich gar nicht zu erleben erwarte. Aber das ist Quatsch. Ich bin das, was man einen »Quatschkopf« nennt. Also, bis dann, Bewohner der Zukunft. Vielen Dank, daß ihr einem einsamen Gott Gesellschaft geleistet habt.

Klick.

Frank dämmert ein, mit rasenden Kopfschmerzen, sein Bett ist warm und sein Körper zum ersten Mal seit Stunden entspannt.

Défilé

Todd muß nicht vor sieben am Abend, Sonntag abend, zu der Modenschau. Oller hält viel von Spontaneität, deshalb hat es keine Proben gegeben. Sobald die Models eintreffen, werden sie wie am Fließband zu einem Friseur geschleust, der ihre Haare auf fünfziger Jahre trimmt: Fassonschnitte, Irokesen- und Entenschwanzfrisuren. Todds Haare werden mit Pomade nach hinten frisiert, so daß sie wie auf seiner Ferrati-Werbung aussehen.

Todd (murmelnd, zu einem Surfertyp-Model neben ihm): Jetzt weiß ich, wie sich ein wachsversiegeltes Auto fühlt.

Er und die anderen aufgemotzten Jungen werden daraufhin für Ollers Anweisungen in die Garderobe geführt. Der Garderobenbereich steht voller Kleiderständer, daneben liegen jede Menge Schuhe, Gürtel, Hosenträger, Hüte, Socken, Pistolen, Spazierstöcke, Masken, Stiefel, Jacken, Mäntel, Schlafanzüge, Bademäntel, Zigarettenhalter, Feuerzeuge, Uhren und Ringe.

Oller spricht in einem Anzug aus gelbem Samtkord in ein Handmikrofon, will die allzu lässige Schar der Models etwas aufpeppen, die Kluft zwischen seinem feinen Gespür für die Geschichte der Couture in Frankreich und ihrer Ignoranz auf diesem Gebiet überbrücken. Todd spielt mit einem Requisit, einem Gehstock mit Goldknauf, wie ihn der Revolverheld Bat Masterson immer trug, während Oller eine Rede hält.

Oller (auf einer Kiste): Ich möchte, daß meine diesjährige Show jung ist, spontan, den Geist der fünfziger Jahre verkörpert, Poesie. Deshalb habe ich euch ausgewählt. Und aus diesem Grund will ich auch keine Proben. Ich hasse diese Shows, wo sich in den Gesichtern nichts abspielt, weil sich auch in den Köpfen nichts abspielt. Ich weiß nicht, wer wann und in welchen Sachen rausgehen wird. Ich werde lesen oder nicht lesen, Gedichte ins Mikrofon sprechen, die ich spontan für das Publikum erfinde. Auch ich bin nervös und gespannt. Avant-garde, wie wir Franzosen sagen. (Spricht lauter, im Ton eines Guerillaführers): Ich bin bei euch.

Ein Dresser mittleren Alters, wahrscheinlich ein Baske, nimmt Todd den Gehstock aus der Hand und knallt ihn auf eine Tischplatte. Pampig zieht er Todd das erste Ensemble an, eine Smokingjacke mit Paisley-Muster, dazu eine schwarze Lurexhose und schwarze Schnürschuhe. Kisten mit Champagner werden geliefert, die Assistenten schenken Plastikbecher für die Models ein. Dann wird das eingeschmuggelte Kokain rumgereicht.

Todd (nachdem er ein paar Linien geschnieft hat, mit deutlicher Artikulation an den Dresser, der ihn ankleidet): Meine

Hände fühlen sich geschwollen an. Wie die Hände eines Gummimonsters.

Die Show beginnt. Oller packt Todd und stößt ihn raus. Todd geht steifbeinig auf ein anderes Model zu, das ein aufregend stahlblaues Sakko trägt. Die beiden treffen sich, drehen sich um und gehen den Laufsteg entlang. In diesem Moment lockert sich Todd, der sich mit einem Mal wie ein flanierender Zuschauer vorkommt. Er bemerkt, daß die eigentliche Modenschau im Publikum stattfindet: Pillbox-Hüte aus rotem Samt, schwarze Gehstöcke mit silbernen Adlern als Knäufen, Wildlederwesten im Rockstar-Chic, graue Smokings mit violetten Samtkragen, Halsketten aus Federn, Frauen mit kahlgeschorenen Köpfen und grellgrünem Marsmenschen-Make-up. Sieht eine lebendige Fotomontage von Gesichtern, die er fast schon vergessen hat: Soupy, Dom, Bet, Louis, Sandy, Jean, Luigi, Ferrati. Sie stehen hintereinander auf beiden Seiten. Als er einem bekannten Gesicht zunickt, ist es, als kämen zwei unter Strom stehende Drähte in Berührung. Am Ende der Rampe lächeln er und sein Partner synchron, klatschen sich wie Baseballspieler im Fernsehen an den Händen ab und gehen den beiden jungen Mädchen entgegen, die in langen silbernen Abendkleidern wie zur Oscar-Verleihung ungelenk über den Laufsteg staksen. Zu den Klängen der digitalen Musik haken die vier sich unter und gehen nach hinten über den Laufsteg ab, während Fotoapparate wie Ausrufezeichen klikken und das Klatschen anschwillt.

Neun simultane Pingpong-Spiele. So geht's im Garderobenbereich zu. Ungefähr ein Dutzend Dresser befinden sich ununterbrochen in Panik. Sie werfen sich untereinander Schuhe, Gürtel oder Krawatten zu. Todd fühlt keinen Schmerz, wird in Tenniskleidung gesteckt, dann für weiße Socken und Turnschuhe zu einem anderen Dresser bugsiert, schließlich für eine Sonnenblende und einen Tennisschläger zu einem dritten. Beim Versuch, wieder ein Gefühl für seinen Körper zu bekommen, faßt er sich zehnmal an die Zehen. Schließlich schubst Oller ihn auf den Laufsteg.

Oller (unsichtbar, seine Stimme füllt über Lautsprecher verstärkt den Zuschauerraum, während Todd träge über den Laufsteg geht und es diesmal auf Sexappeal anlegt): Frühling statt

Sommer. Winter statt Herbst. Es gibt keine Jahreszeiten. Nur Stimmungen. Dieses Jahr stellt Oller Stimmungskleidung für den modernen Kalender vor. Bloß weil es Winter ist, kann man trotzdem Tennis spielen. Man spielt in Südafrika. Man spielt in der Halle.

An diesem Abend gibt es zwei Shows. Frank und Lucy haben Karten für die zweite. Während der Pause führt einer von Ollers Assistenten, ein Franzose, bleich und zerbrechlich wie Porzellan, in einem beruhigenden grauen Maßanzug, Todd etwas herum. Im Foyer macht er ihn mit Andy Warhol und Fred Hughes bekannt.

Warhol benimmt sich wie der Lyriker Henry Gibson in *Laugh-In*, der Fernsehserie aus den Sechzigern. Sein Haar ist silberweiß und glatt auf die Seite gekämmt. Fred Hughes, sein Assistent, ein Cary Grant-Typ, dunkle Haare, dunkle Haut, trägt einen blauen Nadelstreifenanzug. Warhol ist ein wandelndes Oxymoron, ein fickriges Pokerface. Hughes ist ganz Weltmann. Scheint nicht so glücklich wie sein Boß zu sein.

Andy (melodisch): Du warst toll da oben. Du hast einfach klasse ausgesehen. Wir wollen eine Geschichte über dich mit deinem Foto für *Interview* machen. Nicht, Fred? Es gibt einen Jungen in New York, der auch Todd heißt, dir von der Größe und vom Aussehen her ähnelt und gerade den Durchbruch schafft. Er sieht stark aus in dem Werbespot von McDonald's, wenn er sagt: »I'm gonna make it big, Big Mac big.«

Fred: Geh doch nach der Show mit uns essen. Oller kommt auch.

Todd (wie auf Wolken): Gern.

Andy (zu Fred): Findest du nicht, daß Todd wie der junge Terence Stamp in *Der Verdammte der Meere* aussieht?

Die zweite Show ist lockerer als die erste. Ein Model bekommt Nasenbluten vom Kokain. Für das Finale müssen alle nach draußen laufen und wieder zurückspurten. Dann müssen sie Oller auf ihren Schultern tragen, klatschen und herumalbern. Todd, die Arme in die Hüften gestemmt, sieht nach unten und entdeckt Frank und Lucy am Ende einer imaginären Linie, die direkt vor seinen Füßen anfängt. Lucy starrt fragend zu ihm rauf, ein tapsiger Welpe. Frank, stahlhart, ist zu sehr damit beschäftigt, seinen Smaragdring am kleinen Finger zu begutachten, um aufzusehen.

Im Garderobenbereich beugt sich Todd zu einem der ovalen Spiegel vor und wischt sich mit einem runden, in Kokoscreme getauchten Wattebausch sein Make-up ab. Frank und Lucy kommen zu ihm. Lucy umarmt Todd und sagt ihm, wie gut er war. Frank steht einfach da. Anschließend hatten sie geplant, in das Restaurant Les Trois Petits Cochons in Les Halles zu gehen, dem Marktviertel aus dem neunzehnten Jahrhundert, das von Victor Hugo den Spitznamen »Der Bauch von Paris« erhalten hat. Aber Todd erzählt ihnen, daß er statt dessen mit Andy Warhol zum Essen gehen wird. Die Neuigkeit tut weh.

Frank: Mein Bild war schon vor fünf Jahren in *Interview.*

Lucy (düster): Weshalb bin ich nicht eingeladen?

Frank: Weil du anderen Leuten nicht so gut in den Arsch kriechen kannst.

Andy Warhol war ein Hohlspiegel

Am Tisch ist es sehr eng: Andy, Fred, Todd, Justine, das Mannequin, dessen Vater eine Zeitung in England gehört, Carol, eine französische Schauspielerin, die als Chanel-Mädchen vorgesehen ist, Gerald, ein junger Fotograf und Andys Sekretär, Oller, Ollers Assistent und David, der Junge aus dem Mittelwesten, dessen Gesicht und Körper einmal in *Puritan* zu sehen waren.

Fred (starrt in die große Weinkarte): Ist es okay, wenn wir eine Flasche Wein für zweihundert Dollar bestellen?

Andy: Ja.

Der Kellner, ganz in Weiß mit einer weißen Schürze, bringt den Wein, den er bereits in einen riesigen alten Glaskolben dekantiert hat, und stellt die leere, mit Moos bedeckte Originalflasche daneben. Todd nimmt die Flasche in die Hand und sieht sich das Etikett an. 1966.

Andy: Wahrscheinlich haben sie Farbstoff reingetan.

Gerald (trägt eine schwarze Lederjacke mit einer Stars-and-Stripes-Anstecknadel am Revers): So was Ähnliches hast du schon mal gesagt. (Erklärend an die Tischrunde): Diese Idee der falschen Farbe ist schon mal aufgetaucht, als wir am Eiffelturm vorbeigefahren sind, der angestrahlt war. (In bemühtem Ton, um

Heiterkeit auszulösen): Andy war sicher, daß der Turm weiß gestrichen worden war. Ich habe gesagt, das Licht würde es nur so wirken lassen, er sei immer noch grau. (Appell an die Geschworenen): Das ist er doch, oder?

Andy (Klage abgewiesen): Was hast du eigentlich in Berlin gemacht, nachdem wir abgereist sind?

Gerald: Das verrate ich nicht.

Andy (zu Justine, nach einigen Sekunden Schweigen): Was glaubst du, wie war wohl Cecil Beatons Liebesleben?

Justine: Ich hatte mal ein Foto, das Beaton von mir gemacht hat, als ich klein war, aber das habe ich weggeworfen, weil es einfach schlecht war.

Fred (schelmisch): Andy. Du zeigst in letzter Zeit ein übermäßiges Interesse an Sex.

Justine: Apropos Sex, ich bin heute nach Notre-Dame gegangen, zur Messe, obwohl ich kein Französisch kann. Es war wundervoll. Solche Sachen liebe ich. Kirche. Tarotkarten. Weiße Magie.

David (knurrend, zu Todd): Als Justine und ich das letzte Mal Essen gegangen sind, redete sie die ganze Zeit nur davon, wie ihre Cardin-Uhr am Handgelenk aussah.

Justine ist im *Interview* von diesem Monat, sieht genau richtig aus, schlicht und elegant mit Kissen aus weißem Scheinwerferlicht im Hintergrund.

Todd (mag David nicht): Ich bin zufrieden.

Andy macht viele Fotos von einem Jungen, der am offenen Grill ein Lamm zubereitet. Der Junge trägt eine weiße Kochmütze über seiner deutschen Frisur, bei der die Haare wie an einer umgedrehten Schüssel entlang ganz gleichmäßig geschnitten sind.

Assistent von Oller (der seinen ganzen Urlaub in Amerika verbringt): Ich habe das Bild von David in diesem Magazin gesehen und finde, er hat klassische Brustmuskeln.

Andy: Schon möglich. Aber ich bin sicher, daß Gerald größere hat.

Assistent von Oller: Ich glaube, David hat größere Brustmuskeln als Gerald. Ich wäre bereit, um die Rechnung für dieses Essen zu wetten.

Todd wackelt mit seinem übergeschlagenen Bein, als wäre es

ein Propeller oder ein Hebel, der ihn hier wegbringen könnte, so daß er das Austragen dieser Wette nicht miterleben müßte.

Gerald knöpft sein Hemd auf, wirkt nicht weniger blaß als sonst. Seine Brust wirkt wie ein Gipsabdruck konkaver und konvexer Formen mit braunen Brustwarzen wie Flecken. Auch David läßt sich nicht zweimal bitten, wenn er auch rot wird und unablässig plappert, die braungebrannte Kopie einer römischen Marmorstatue, eine Studie der Anspannung (Sehnen, Stränge) in Technicolor. Doch wie es sich herausstellt, hat tatsächlich Gerald die ausgebildetere Brust, seine Muskeln sind zwar nicht so klar umrissen die die Davids, dafür aber größer. Brüllendes Gelächter. Oller greift, Lebensüberdruß mimend, nach der Rechnung. Und bis auf den verausgabten Oller und seinen Assistenten ziehen alle anderen weiter.

Als nächstes machen sie in einem riesigen Haus Station, wo eine Hochzeit gefeiert wird. Der Saal ist groß und hat Mauern aus unverputzten Ziegelsteinen, wie ein Flügel des Metropolitan Museum of Art. Der Kamin ist doppelt so groß wie Todd, der mit Justine davor steht.

Todd (verlegen): Ich habe ein schreckliches Gefühl. Vielleicht sollte ich meine Freundin anrufen.

Justine (vornehm): Sei doch nicht so hektisch, du bist wie ein Terrier.

Andy knipst Todd und Justine und stellt bei jedem Foto eine Frage an Justine.

Andy: Welche Bücher hast du in letzter Zeit gelesen, Justine?

Justine: Ich mag *Das Glasperlenspiel* und *Der Zauberberg.*

Andy: Du magst also dicke Bücher?

Justine: Nein. Tolkiens Bücher sind auch dick, und die mag ich nicht.

Andy: Wer sind deine Lieblingslyriker?

Justine: Ich glaube Ted Hughes. Und dann T. S. Eliot. (Diese Frage macht ihr Probleme, sie gibt Antworten wie eine Schülerin.) Und Sylvia Plath.

Andy (klick, klick, klick): Oh, mir gefallen Rockmusik-Texte. Das ist die wahre Lyrik. Sie sind besser als T. S. Eliot.

Andy trägt einen Sony-Walkman, aber jetzt hängt ihm der Kopfhörer um den Hals. Die halb abgespulte Kassette in dem

Kästchen ist Puccinis *Turandot*. Auf der Fahrt von dem Restaurant hat er sich den Teil mit den drei Fragen angehört.

Fred und Andy haben für heute genug und gehen, aber Justine, Gerald und David wollen noch bleiben. Etwas nagt an Todd. Von einem rosa Telefon auf einem Sockel ruft er zu Hause an. Aber niemand nimmt ab. Das nagende Gefühl wird immer stärker, bis es ihm die Eingeweide zu zerfressen droht, und setzt erst aus, als Justine ihm auf die Schulter tippt, weil auch sie jetzt gehen möchte.

Justine, Gerald und David sitzen eng aneinandergedrängt auf dem Rücksitz eines Taxis. Todd sitzt vorn neben dem Fahrer, der dünnes braunes Haar hat, Mitte dreißig ist und ein wenig wie Bela Lugosi aussieht; mit einer Hand drückt er einen Hund nach unten in den tintenschwarzen Schatten seines Schoßes.

Taxifahrer (zu Todd): *Vous êtes sado ou maso, monsieur?*

Niemand hört zu. Todd glaubt, verstanden zu haben, ist aber nicht sicher und will es nicht darauf ankommen lassen. Also lehnt er sich einfach zurück und beobachtet, wie der Regen über die Windschutzscheibe schmiert, während die winzigen Scheibenwischer hin und her quietschen. Die einzige Farbe, deren Leuchten die Nässe zu durchdringen scheint, ist Bernsteingelb. Ganz Paris ist bernsteingelb, bis auf die weißen Gebäude, wenn das Taxi um die Ecke biegt. Die kreuz und quer verlaufenden Straßen ergeben eine kubistische Collage.

Todd und die anderen sind unterwegs zu John Edmontons Party. Er ist eine »Steuerabschreibung«, einer von vielen englischen Lords, die außerhalb Englands leben, weil das ein Hintertürchen im Einkommenssteuergesetz ist. Edmonton ist eine zarte Falle. Er ist einundzwanzig und hat gerade sein Philosophiestudium an der Sorbonne begonnen. Immer sehr nett und sehr verträumt. Und sehr leicht auszunutzen.

Als sie in Edmontons Wohnung in einem Haus aus dem neunzehnten Jahrhundert eintreffen, die in tiefdunkelblauem Plüsch gehalten ist, viele Zimmer mit dem Zeug, nimmt ihnen ein Butler die Mäntel ab. Als erstes benutzt Todd ein Telefon auf einem Beistelltisch. Niemand nimmt ab. Dann führen ihn Justine und Gerald in ein großes Zimmer. Die beiden werden sofort in eine gerade entstandene Traube von Gästen integriert, von denen ein

Foto geknipst wird, was Todd die Möglichkeit gibt, sich umzusehen.

Eine Weile beobachtet er Roger Pale, noch eine »Steuerabschreibung«, der Quirligste, ein Teufel, Anfang dreißig. Pale sieht aus wie ein Hai oder ein Rockstar. Blonde, zottig geschnittene Haare. Er verschüttet absichtlich einen Drink auf dem Schoß eines Freunds, mimt den Betrunkenen. Pales Sekretär ist ein großer grauhaariger Amerikaner Mitte vierzig mit einer winzigen roten Rose hinter dem Ohr und einer albernen Lache, der eine Frau auf seinem Schoß sitzen hat.

Justine (zu Gerald, über Pales Freund): Ich glaube, er ist ein CIA-Agent. Glaubst du, daß er hetero ist?

Gerald: Für einen Hetero hat er eine zu tiefe Stimme.

David kreuzt mit einem Teller Häppchen für Todd auf, der es sich auf einer violetten Ottomane bequem gemacht hat. Fünf Minuten später kommt er mit einem Spiegel an, auf dem Kokainlinien gezogen sind, die perspektivisch merkwürdig verzerrt wirken. Todd schnieft, das eine Nasenloch offen, das andere hält er sich zu. Justine quetscht sich irgendwie neben Todd auf die Ottomane, das Kinn in der Hand aufgestützt.

Justine: Wie alt bist du?

Todd: Fünfundzwanzig.

Justine: Es ist toll, mal jemand zu treffen, der fünfundzwanzig ist und sich noch nicht in einen Grufti verwandelt hat. Das passiert so vielen Leuten.

Sie gehen weiter in das Zimmer nebenan, wo Leute rauchend und trinkend herumstehen und sich unterhalten. Ein großer glatzköpfiger Typ spielt mit Handpuppen. Justine macht Todd mit neuen Leuten bekannt, die jeweils ein paar Sätze sagen. Todd befühlt ständig das Gel, das man ihm bei der Modenschau ins Haar geschmiert hat, um ihm einen New-Wave-Look zu verleihen.

Danielle (jung, elfenhaft, mit steifem Kragen, arbeitet für Sotheby's): Wenn ich etwas kaufe, ist meine Depression immer wie weggeblasen.

Alexander (ein fetter Mann mit roter Krawatte, roten Adidas-Schuhen und einer dicken Brille, der im Zweiten Weltkrieg für die britische Armee angeblich Gefangene verhört hat und jetzt

Leuten mit englischer Muttersprache Französischunterricht gibt): Der Schlüssel zu den Franzosen ist, daß sie insgeheim Individualisten sind, die ihre Kultur als Geheimnis bewahrt sehen wollen, auch gegenüber sich selbst.

Anne (eine *ancienne* Prinzessin, angeblich aus dem französischen Königsgeschlecht, hat eine Reibeisenstimme): Die Angelsachsen sind die besten Geschichtenerzähler. Die Franzosen schreiben Memoiren, wie Proust.

Schließlich gesellt sich John Edmonton zu der Gruppe. Er wirkt sensibel, hat distinguierte Gesichtszüge, sein dünnes rotes Haar ist nach hinten gekämmt und bringt eine breit vorgewölbte, glänzende Stirn zum Vorschein. Er trägt einen braunen Kordanzug, dazu ein weißes Hemd, schmale orangefarbene Krawatte, Seidensocken und bestickte marokkanische Slipper. Hat den geschärften Verstand eines wesentlich älteren Herrn. Doch zugleich eine jugendliche Verlorenheit. Obwohl Verlorenheit kein auf die Jugend beschränkter Charakterzug ist. Johns Fingernägel sind lackiert. Er raucht eine dünne englische Zigarette aus einer Packung mit Karomuster.

Todd: Hallo.

Edmonton antwortet nicht. Lächelt nur, schwebt dann weiter. Todd fuchst sich. Ungefähr zwanzig Minuten später platzt er aus Versehen in die Kokaintoilette. Er entschuldigt sich und läuft in der Tür direkt in Edmonton.

Todd: Wo ist die richtige Toilette?

Edmonton (ein neuer Mensch, legt den Arm um Todd): Ich habe mich gefragt, wann ich dich wiedersehen würde. Wir sind noch nicht dazu gekommen, uns richtig zu unterhalten.

Daraufhin geht John weg, ohne Todds Frage beantwortet zu haben. Todd ist äußerst genervt. Alle faseln wirres Zeug. Schließlich tritt David zu ihm, der freundliche Gigolo.

Todd (zu David): Wo ist die richtige Toilette?

David legt den Arm um ihn und führt ihn zur Toilette. Doch auf dem Weg dorthin bleibt er stehen, um ihm Edmontons Schlafzimmer zu zeigen.

David: Typisch John, alles durcheinanderzubringen. Er hat sich Tapeten mit dem Muster der Vorhänge anfertigen lassen. Und Vorhänge mit dem Muster der Tapete.

Im Badezimmer, ein weißgekacheltes U-Boot, glitzernd und diffus, setzen sich Todd und David auf den Wannenrand, um zu palavern; ihre Gesichter erscheinen verzerrt in Spiegeln aller Größen und Formen, in denen die reflektierten Körperpartien des anderen mückenklein oder elefantengroß erscheinen. Ohne sich dessen bewußt zu sein, dreht David immer wieder den Wasserhahn der Badewanne auf und zu und läßt so während ihres Gesprächs einen Wasserfall entstehen.

Todd (nuschelnd, kurz und bündig): Ich bin sowieso nicht auf Frank und Lucy angewiesen. Sie stammen aus der Vergangenheit. Sie sind langsam. Es ist für uns alle am besten, wenn ich mich von ihnen löse und einen Schlußstrich ziehe.

David (erschreckt): Du schwitzt.

Gegen Ende des Abends oder zu Anfang des Morgens setzt sich John zum Spielen an den schwarzen Flügel in dem großen Zimmer, wo Todd auf der Ottomane seine Häppchen gegessen hatte. Johns zarte Hände fliegen über die Tasten wie die einer Sekretärin über eine Schreibmaschine. Er spielt Scrjabin. Seine Gäste treten einzeln zu ihm, um sich zu verabschieden, aber er spielt einfach unbeirrt weiter. Schließlich gehen sie verlegen weg. John spielt mit seinen an modulatorischen Einschüben reichen Interpretationen der Sonaten des großen, geheimnisumwitterten russischen Komponisten die ganzen Artigkeiten und sämtliche Gäste einfach weg. Es ist, als besäße er die Macht, alle seine Gäste nach Belieben verschwinden zu lassen, nur weil er sie im Grunde gar nicht wahrnimmt. Läßt er auch die Sonne aufgehen? Es ist ein Pariser Märchen.

Todd sagt niemandem gute Nacht. Geht einfach durch die Tür und düst ab. Der Butler ist mit dem Licht verschwunden. Es ist hell. Todd geht aus dem Haus in der Nähe des Eiffelturms und kneift in dem goldenen, grellen Licht in den leeren Straßen die Augen zu. So golden wie die Innenfläche walisischer Teetassen. Er geht immer weiter. Es gibt keine Taxis. Die Metro fährt nicht. Er geht weiter, bis er an eine Bäckerei kommt. Die Bäckereien machen als erste auf. Dann folgen die Metros. Er kauft einen Laib Brot, der die Form einer Regenwolke hat. Dazu kauft er noch eine kleine Dose violetter Konfitüre. Die auf das Etikett gemalte Frucht erkennt er nicht. Dann geht er mit dem in dünnes Papier eingewickelten Brot in einen dreieckigen Park. Setzt sich auf eine grüne Holzbank, die raffiniert wie ein Ruhesessel gewölbt ist. Todd wickelt das Brot aus. Öffnet die luftdicht verpackte Dose. Und stippt das von dem Laib abgerissene Stück Brot in das violette Gelee, das wie Haargel aussieht. Die Vögel im Park sind wach. Sie sind grau und machen Lärm. Todd beobachtet sie, ganz konzentriert auf den Morgen. Er ist mit den Hühnern aufgestanden, aber aus den falschen Gründen. Er ißt die Hälfte des Brots, bis sein Magen zu voll ist. Die Stärke da drin explodiert schnell. Er geht zur Metro, eine der Haltestellen, die mit nachgemachten Jugendstilschildern ausgestattet sind. Sie ist offen. Auf der Rolltreppe fährt er nach unten. Die Unterführung ist voller Arbeiter, die meisten in Blau und Grau. Es könnten ebensogut Arbeiter im maoistischen China sein. Er fährt mit dem Zug bis zur Haltestelle Clichy. Schlendert über den Boulevard de Clichy. Lauscht den Vögeln in den Grünstreifen auf der Mitte der Straße und aufgereiht auf den Giebeln der Häuser, die wie orangefarbene Lebkuchenhäuser aussehen.

Todd (benommen): Halleluja!

Gegen elf klingelt das Telefon. Lucy geht aus dem Bett. Todd schläft so fest, daß er es nicht mitbekommt. Sie trägt einen Pyjama aus gelbem Baumwollstoff mit einem diffusen weißen Häschenmuster. Sie nimmt das Telefon in Jackies Zimmer ab. Auch er schläft. Ein atmender Haufen weißer Laken, schneebedeckte Berge.

Es ist Frank, so enervierend hellwach wie der Fernsehmoderator der *Today Show*.

Frank: Um wieviel Uhr ist er gestern in die Falle?

Lucy: Gegen sieben.

Frank: Wo war er?

Lucy: Ich habe noch keine Gelegenheit gehabt, ihn zu fragen.

Frank: Hör mal. Ich habe große Neuigkeiten. Wenn Neujahr wäre, könnte man das meine guten Vorsätze nennen.

Lucy: Ich platze vor Neugier.

Frank (ein Rückfall): Ja, mach mal. (Wieder im richtigen Fahrwasser.) Jetzt ist Schluß. Ich hör auf mit dem Model-Job, gehe zurück nach New York und fang ein ehrliches Leben an. Ich habe es satt, ein Gigolo zu sein.

Lucy (kreischt): Ist ja toll.

Todd geht in weißen Boxershorts, gemustert mit vielen blauen Ponys, an ihr vorbei. In der Hand hält er zwei *GQ*-Hefte. Reicht eines, aufgeschlagen, Lucy. Dann geht er zur Toilette.

Lucy (genug gesagt): Er.

Frank: Ich hab mir noch was überlegt.

Lucy: Frank! Du hast dich in Paris so verändert. Du bist so... so introspektiv geworden Das sieht dir gar nicht ähnlich.

Frank: Ich möchte, daß du mit mir fliegst.

Lucy kann die Neuigkeit nicht so rasch verdauen. Sie muß auflegen. Einige Minuten rast sie durch einen Blindflugsektor der Aufregung und Sorge. Läßt die Zeitschrift zugeschlagen auf dem Tisch liegen. Klopft an die geschlossene Toilettentür.

Lucy (im Ton einer wütenden Hausfrau): Todd? Das war Frank. Er macht sich aus dem Staub. Und er möchte, daß ich mit ihm zurück nach New York fliege. (Geht weg.)

Todd sitzt mit der aufgeschlagenen Zeitschrift auf der Toilette. Er hört Lucy, gibt aber keine Antwort. Dann setzt er sich auf das Bidet. Läßt das Wasser über seinen ganzen Hintern spritzen, während er dasitzt, fünf Minuten liest und die Wasserstrahlen wie Nadelstiche spürt. Er liest einen kleinen Beitrag in *GQ* über seine Scrapbooks. Bet hatte sie dem Magazin gegenüber erwähnt. Sie haben ein kleines Foto von seiner Ferrati-Werbung in den Text eingerückt. Und eine Seite, die sie bei einem Besuch in seinem Apartment fotografiert haben: eine aus der *fotoromanzo*-Serie. Todd ist geschmeichelt.

Aber sein Hochgefühl ist bald wieder verflogen. Als er rasch ins Schlafzimmer zurückgeht, ist Lucy verschwunden. Er will nicht, daß sie sich ausgerechnet heute für Frank entscheidet. Allmählich werden die Kopfschmerzen von seinem Kater spürbar. Er holt das Scrapbook aus dem Schrank. Auf der ersten Seite steht das Wort Paris mit verschiedenartigen Buchstaben, die er gefunden hat – ein Jugendstil-P, ein Lippenstift–A, ein I wie eine Panthéonsäule. Aber alle anderen Seiten sind leer. Seit er hier angekommen ist, hat er keine mehr fertiggestellt. Er legt sich aufs Bett, breitet dann das aufgeschlagene Buch als Sombrero für eine eskapistische Siesta mit den Seiten nach unten über sein Gesicht, während er gähnend stöhnt.

Die Geschichte der O.

Obwohl Matt und Todd die einzigen Gäste in der leerstehenden Skihütte sind – renoviert, aber noch nicht wiedereröffnet, am Gipfel eines sehr steilen Bergs mit kurvenreichen schmalen Straßen, vielen Sternen, passend zum Gefunkel der Lichter in den Seen unten in den Tälern – werden ihnen zwei schmale Betten in einem Einzelzimmer zugewiesen, das mit knorrigem Kiefernholz ausgekleidet ist.

(Sie sind wegen Aufnahmen für Skibekleidung in den Dolomiten. Am Tag, nachdem Lucy ihm das durch die Tür gesagt hat.)

Matt zieht sich sofort bis auf seine weißen Boxershorts aus und legt sich ins Bett auf die Seite, so daß der Anhänger seiner Kette, ein magisch wirkender hebräischer Buchstabe, an seinem Hals runterbaumelt. Matt ist der Marineinfanterist aus South Dakota, der bei den Katalogaufnahmen mit Todd zusammengearbeitet hat – groß, lockiges blondes Haar, ein ausdrucksvolles männliches Gesicht, dunkel, zerfurcht und geschmeidig wie ein Baseballhandschuh. Todd, auf dem Bauch einen Prospekt lesend, ist warm in seinem schwarz-orangenen Harley-Davidson Muscleshirt aus einem Sechziger-Jahre-Laden im East Village und einer Calvin Klein-Unterhose.

Matt (nachdem er offenbar eine Weile nachgedacht hat): Hast du mal *Die Geschichte der O.* gelesen?

Todd (argwöhnisch): Jaaah…

Matt (lebt auf): Weil, als ich in Hamburg gewesen bin, sind wir durch so Kneipen gezogen, wo Schnallen mit roten Stiefeln, Peitschen und so 'nem Zeug aufgetreten sind. Und einer meiner Kumpels hat gesagt, das sei wie *Die Geschichte der O.* Also was ist das für eine Geschichte?

Todd: Oh. Na ja, ich kann mich nicht mehr erinnern. Aber ich weiß noch, daß es um ein reiches französisches Mädchen ging…

Matt: Ein Mädchen oder eine Frau?

Todd: Ne Schnalle. Eine reiche französische Schnalle wird die Sklavin eines häßlichen alten Franzosen. Er zwingt sie dazu, einen kurzen Rock und keine Unterwäsche zu tragen. Als sie dann auf dem Rücksitz eines Taxis Platz nimmt, spürt sie das kalte Plastik am Hintern und den Oberschenkeln.

Matt: Ist das alles? Kommt nichts Schärferes vor?

Todd: Lies das Buch. Es kommen jedenfalls Keuschheitsgürtel drin vor. Und Piercing-Ringe. Auspeitschungen gibt's auch. Mein Lieblingsbuch ist aber *Venus im Pelz.*

Matt (mit pochendem Herzen): Erzähl mir die Handlung.

Todd (dreht sich Matt gegenüber auf die Seite): Ein Mann lebt als Sklave einer Frau in ihrem Boudoir, mit ihren erdrückenden Pelzen und schweren Vorhängen und Parfüms. Trinkt Urin aus ihren Schuhen.

Matt (verächtlich): Dir gefällt so'n Zeug? Und mit dir schlafe ich im gleichen Zimmer?

Todd (eingeschnappt): Schlaf dich aus.

Als Matt sich vorbeugt, um das Licht auszumachen, wirft er Todd einen Blick zu, neugierig, anzüglich. Dann, klick, Nacht. Todd kann nicht einschlafen. Hört, daß Matt dem Atem nach noch nicht schläft. Macht seine Hand naß und fängt an, sich einen runterzuholen, versucht, ganz reglos dazuliegen, die Matratze ruhig auf den Springfedern liegen zu lassen. Dann hört er, wie Matt sich bewegt. Matt steht am Fußende von Todds Bett, sein Gesicht zeichnet sich im Fenster als Silhouette ab, wie ein Scherenschnitt, das ein kleines Kind im Kindergarten von George Washington oder Abe Lincoln gemacht hat. Matt stöhnt, während er seinen Schwanz naß macht, gibt grunzende Geräusche von sich und verspritzt schließlich seinen Samen überall auf Todds Bettdecke. Dann geht er wieder ins Bett. Todd stellt sich schlafend und atmet ganz regelmäßig.

Am nächsten Morgen, als Todd aufwacht, hat Matt seine Beine irgendwie in einen Stuhl gehakt und macht hundert Liegestütze. Seine Talismankette schlägt ihm gegen die Haut, während er die Arme beugt und streckt, das Haar auf seiner Brust wächst in unterschiedlichen dichten Büscheln, an machen Stellen ist es flauschig, an anderen stoppelig, an wieder anderen schütter.

Matt (außer Atem): Ich habe nicht einschlafen können. Ich mag keine neuen Betten.

Todd (verärgert über den Versuch, die Sache unter den Teppich zu kehren, wirft die Decken auf den Boden): Gestern nacht bist du aufgestanden und hast dir vor mir einen runtergeholt.

Matt macht ein finsteres Gesicht. Er nimmt seine Füße vom

Stuhl und stampft ins Bad, um sich vor dem Spiegel mit Zahnseide die Zähne zu reinigen. Kommt dann zurück, um Dampf abzulassen.

Matt (streitlustig): Ich habe einen Ausflug auf die Kanarischen Inseln gemacht, und der Kunde wollte jede Nacht gebumst werden. Ich habe nein gesagt. Deshalb hat mich der Kunde gefeuert. Als ich zurück nach München gekommen bin, habe ich erfahren, daß a) meine Agentur dem Kunden die Woche nicht voll in Rechnung gestellt hat und b) sogar ein geringeres Honorar für die von mir geleistete Arbeit akzeptiert hat. Den Kunden zu behalten war ihnen wichtiger als mich. Ich habe einen Aufstand gemacht. Deshalb haben sie mich rausgeworfen. Als ich zu den anderen Münchner Agenturen gegangen bin, habe ich herausgefunden, daß man mich auf die schwarze Liste gesetzt hatte.

Er geht wieder zu dem Badezimmerspiegel. Drückt Mitesser aus, kneift seine hellgrünen Augen zusammen, um noch mehr zu finden.

Todd ist wegen dieser überzogenen Reaktion auf sein Gelaber beunruhigt, geht zu ihm und lehnt sich an den Türrahmen zum Bad.

Todd: Na und?

Matt (dreht sich um, der zweite Wutausbruch): Mit Barberi, diesem überkandidelten Mailänder Modeschöpfer, bin ich zum Essen gegangen. Er hat mir gesagt, ich könnte das Model für seine Herbstkollektion sein, wenn ich ihn eine Woche auf Urlaub nach Griechenland begleiten würde. Ich habe abgelehnt. Weißt du, wer ihn begleitet hat? Bobby Branlin, der blonde Typ, und ich weiß hundertprozentig, daß er verheiratet ist und Kinder hat. Wenn ich jetzt zu Auswahlterminen für Barberi gehe, treibt sich dieser Branlin immer im Garerobenbereich bei den ganzen Kleidern und den Näherinnen rum. Als wäre er mit dem Typ verheiratet.

Todd (hält sich zurück, wittert den lauernden Psychopathen): Ach du Schande.

Bis zum Ende des Trips, während der Aufnahmen und auf der Zugfahrt zurück, reden Todd und Matt kein Wort. Das Schweigen zwischen ihnen wird immer drückender, wie Rauch in einem brennenden Haus, wenn der ganze Sauerstoff aufgezehrt ist und nur noch Kohlenmonoxyd und Schwefel übrig sind.

Etwas Neues

Lucy und Frank fliegen mit der Air France zurück nach New York. Sie sitzen in einer Zweierreihe auf der Seite. Frank hat den Fensterplatz, winkelt die Beine immer wieder anders an, kann keine bequeme Stellung finden, will schlafen. Lucy sitzt am Gang, hat ihr Tischchen runtergeklappt und schreibt in ihr Tagebuch. Sie schreibt nie lange Einträge, nur ein paar Zeilen alle paar Wochen. Sie führt dieses schwarze Tagebuch jetzt seit einem Jahr und nur ungefähr fünfzehn Seiten sind beschrieben.

Mit einem schwarzen Filzstift kritzelt sie in einer äußerst aufgeregten Schrift mit vielen Haken: DAS LEBEN IST EINE ABFOLGE VON STIMMUNGEN.

Endlich schläft Frank ein, sein Kopf liegt auf dem Kissen, das die Stewardeß in der dunkelblauen Uniform mit dem Air-France-Abzeichen ihm vorher gereicht hat. Das Licht wird für den Film gedämpft. Lucy lehnt sich zur Seite und zieht die Sonnenblende runter, ein kleines Rechteck, wie die Rechtecke, mit denen die Fragen auf den Anzeigetafeln von Fernseh-Quizsendungen verdeckt werden.

Neunzig Minuten später flackert das Licht wieder auf, Lucy weint heiße, stille Tränen. Frank wacht auf, bemerkt es aber nicht. Der Steward serviert Evian-Mineralwasser in kleinen Bechern. Bechern mit salzlosen Tränen.

Der König der Kelche

Jackie (trägt einen roten Morgenmantel aus Seide, auf den mit Goldfäden Schwerter gestickt sind): Halte die Karten in deinen Händen und mische sie so. (Macht die Handbewegung vor.)

Todd sitzt in weißem T-Shirt und Bluejeans am Eßtisch und mischt die Tarotkarten im schwachen zitronenweißlichen Licht des Nachmittags.

Jackie hat bereits eine Karte aus dem Spiel entfernt. Mit dem roten Seidentuch, in das er die Karten normalerweise einwickelt, ehe er sie in eine Metalldose legt, die mit einem Playboy-Bunny auf dem Deckel verziert ist, wischt er über die Bildseite der Karte.

Jackie (hält die Karte hoch): Das bist du. Der König der Kelche. Mit hellblondem Haar und hellbraunen Augen.

Todd hält die flache Karte in seinen Händen. Sieht einen altmodischen König (Krone, Szepter), der auf einer Thronbarkasse sitzt, die auf silberblauen Wellen treibt.

Todd: Da seh ich besser aus.

Jackie belehrend: Er ist ein Mann des Geschäfts, des Gesetzes oder der Releigion. (Unverblümt): Er ist möglicherweise Junggeselle... von einnehmendem Wesen, besitzt kreative Intelligenz in Kunst und Wissenschaft.

Todd (sarkastisch): Genau, so bin ich.

Daraufhin legt Jackie die gemischten Karten in der Art aus, die manchmal Baum-des-Lebens-Methode genannt wird, vier untereinander in der Mitte, der Stamm, und links und rechts je ein Ast mit einer Reihe von drei Karten.

Jackie: Du darfst eine Frage stellen. Du kannst mir die Frage entweder laut sagen oder sie dir insgeheim stellen.

Todd (zeigt sich kooperativ): Meine Frage lautet... soll ich nach New York zurückgehen, obwohl es beruflich besser für mich wäre, wenn ich noch ein Jahr in Europa arbeite? Soll ich Lucy nachlaufen und versuchen, mich wieder mit ihr zusammenzuraufen, oder soll ich sie als etwas aus meiner Vergangenheit betrachten, als Sprungbrett? Mache ich das richtige mit meinem Leben? Ist die Arbeit als Model nur eine verlängerte Jugend? Bin ich zu kindisch? Zu narzißtisch? Habe ich deshalb Lucy verloren? Oder habe ich sie verloren, weil ich sie überrundet habe? Soll ich weiter an meinen Collagen arbeiten? An meinen Tagebüchern? Wieder in dem Studentenreisebüro jobben? Was sonst?

Jackie (wütend): Das Tarot beantwortet immer nur jeweils eine Frage. Aber ich versuch's trotzdem. Obwohl es nicht richtig ist.

Jackie grübelt schmollend über den Karten nach. Er fängt an, in den abstrakten Begriffen der Ausdeutungen über all diese Märchengestalten zu reden, dringt immer tiefer in einen dunklen Wald ein, wo Schatten Charakterschwächen sind, die wegen eines Rucks im Triumphwagen des Ichs zufällig von schmalen Wegen in breite Bahnen münden, und das durchs Laub schimmernde oder wie eine Taschenlampe direkt vom Himmel scheinende Licht das A und O ist.

Jackie (mit dem Finger auf Evas Bauch): Dies ist die Karte der Liebe, die zum Weg und der Wahrheit gehört. Dies zeigt die Gefahr einer Trennung von Liebenden und damit die Möglichkeit eines Fehlers.

Todd: Siehst du?

Jackie (dreht eine Karte um, auf der ein großer hagerer Mann mit einer Laterne in der Hand zu sehen ist): Wie traurig. Er ist *tout seul*, während er am alten Berg den spirituellen Wanderern ihren Weg zum Gipfel weist. Aber deine Karte liegt verkehrt herum. Das ist sehr schlecht. Es zeigt Unreife, törichte Laster, die Weigerung, erwachsen zu werden.

Todd: Siehst du?

Jackie: Was meinst du?

Todd: Wir nennen das: Peter-Pan-Syndrom.

Schließlich dreht Jackie den Gehängten um, mit der richtigen Seite nach oben. Aber er hat Probleme mit der Deutung. Geht zu seinem Schränkchen, wo er Kerzen und seinen Tittenschmuck aufbewahrt, und sucht sein auf englisch geschriebenes Tarotbuch, um den richtigen Ausdruck für Todd zu finden.

Jackie (kommt zurück): …aufgeschobene Entscheidungen, eine Pause im Leben.

Todd (schiebt beherzt seinen Stuhl zurück, steht auf, starrt hinaus in das gleiche alte Beige): Ich flieg mit der Concorde.

Jackie scheint über diese Entscheidung sehr froh zu sein. Während Todd ungestüm im Zimmer nebenan packt, tanzt Jackie bedächtig in seiner Wohnung umher, raucht Hasch, beugt sich vor und zurück zur abgedroschenen Melodie einer französischen TV-Version von *Soul Train*.

NEW YORK

***

Chelsea ist hauptsächlich siennarot.

Lucy, Frank und Todd wohnen jetzt alle in dieser Gegend voller roter Ziegelsteinhäuser zwischen der 14. und der 34. Straße der Lower West Side. (Auf der Upper West Side sind die Häuser aus rotem Sandstein, auf der Upper East Side aus hellem Kalkstein.)

Sechs Monate sind vergangen. Ende Winter, Anfang Frühling.

Franks neuer Look

Frank sitzt an einem Schreibtisch vor einem der Fenster seines Wohnzimmers. Die Wohnung ist mit Möbeln in modernem, italienischem Design aufgemotzt. Skelettartige Metallstühle mit Sitzflächen und Lehnen aus schwarzem Leder. Eine elegante Couch in Rot und Schwarz. Grauer Teppichboden. Eine hohe Halogenlampe mit eigens angefertigter Glühbirne ($ 50).

Er sieht anders aus. Die Nickelbrille macht einen russischen, revolutionären Intellektuellen aus ihm, Trotzki während seiner Zeit in Mexiko oder Pasternak. Das Licht der Lampe läßt sein blondes Haar weißer wirken. Sein Gesicht wird von den reflektierenden Seiten des vor ihm aufgeschlagenen Buchs erhellt, einem Ratgeber für Berufswechsler.

Hausfrau aus den Fünfzigern

Lucy ist in Franks Schlafzimmer. Ihre Entschuldigung ist, daß sie ihr Apartment ein Jahr lang untervermietet hat. Deshalb wohnt sie seit ihrer Rückkehr bei Frank. Es ist wie die Liebesgrotte in *Tristan*, dem mittelalterlichen deutschen Versroman. Wenn auch ohne die kristalline Ekstase, die den beiden das Bedürfnis nach Nahrung nahm. Tristan und Isolde verzehrten einander. Es läßt sich nichts Schlimmeres sagen, als daß Frank die Erfüllung vieler Wunschträume Lucys ist.

Lucy liegt auf dem Boden und steckt einen neuen Staubsauger

zusammen. Trägt lediglich einen schwarzen Seidenslip, in den sie mit der Schere ein Loch geschnitten hat, damit die schwarzen Haare ihrer Muschi zu sehen sind. Ihre großen Brüste hängen herab. Der leere Karton und das Verpackungsmaterial aus Styropor liegen am Boden rum. Sie hat das Rohr am Staubsauger befestigt, kriegt aber die Plastikschrauben nicht rein. Keine Gebrauchsanweisung. Sie braucht eine Stunde, und jeder Schritt bereitet ihr tiefe Befriedigung: das Befestigen des Staubbeutels, das Zuschnappen des Metallverschlusses, das Einstecken des dreipoligen Steckers. An dem blau-weißen »Eureka«-Staubsauger leuchtet vorn ein Kontrollämpchen auf. Wenn sie nicht so nackt wie eine Eingeborenenfrau in einem *National Geographic*-Heft wäre, könnte sie eine Hausfrau aus den fünfziger Jahren sein.

Frank kommt in hellbrauner Hose und weißem T-Shirt von seinem Schreibtisch herein, hat eine Zeitschrift mit rotschwarzem Titelbild in der Hand, die *Hellfire* heißt und Fotos von toleranten Pärchen aus Long Island, Queens und New Jersey zeigt, die einander an Sofas fesseln und an Heizkörpern anketten. Frank legt das Heft wie ein Bedienungshandbuch aufgeschlagen auf den Boden, auf der Seite ist eine dicke Frau mit schwarzem Lippenstift zu sehen (vgl. die Katzenfrau im Roxy London Ende der siebziger Jahre), deren Brüste, Arme, Beine und Unterleib von schwarzen Lederriemen mit Druckknöpfen abgebunden sind. Frank holt seine eigenen Riemen aus dem Schrank und fängt an, Lucy wie die gefesselte Frau auf dem Bild zu verschnüren.

Lucy starrt mit einem schreienden Blick ins Schlafzimmer und das Wohnzimmer dahinter – wo Todd zum ersten Mal auf dem Holzboden seinen verkrampften Rücken entspannte, wo sie zum ersten Mal Frank besuchte und seinen herrlichen Stecker in ihre Steckdose steckte. Aber das ist Vergangenheit. Das Heute zählt. Und das Heute ist eine Welt, deren einziger Sinn (Spaß) die Empfindung zu sein scheint.

Leerer Schuhkarton

Todd mietet eine Zweizimmerwohnung auf der 29. Straße / Ecke Achte Avenue, die die Agentur für ihn besorgt hat. Die Wohnung wirkt wie ein Motelzimmer, kaum bewohnt, brauner Teppichboden, Musterhaus-Schränke und Geschirrspülmaschine, vor dem Fenster eine Leuchtreklame für das italienische Delikatessengeschäft unten, eine Karte von Italien aus schwarzen und roten Neonröhren auf dem knalligen Schild. Seine Wohnung ist auf Höhe des Comer Sees.

Todd hat sich noch nicht die Zeit genommen, diese Wohnung, ein leerer Schuhkarton, in ein Zuhause zu verwandeln. Wie schon sein Apartment auf der Perry Street ist sie ein einziges Chaos. Die Einrichtung besteht lediglich aus unausgepackten Kisten. Er hat allerdings einen Zeichentisch mit hellen Schwenkarmlampen, der zwischen zwei Fenstern zur Straße hin steht. Dort arbeitet er an den Scrapbooks. Seit dem Artikel in *GQ* hat er verschiedene Anfragen erhalten. Eine Galerie möchte ihm eine Ausstellung ausrichten. Jetzt sitzt er an dem Tisch und arbeitet an einer traurigen, grotesken Collage. Auf dunkelviolettes Papier, das auf die schwarze Seite geklebt ist, pappt er düstere Symbole: ein Totenkopf, eine schwarze Rose, ein Atompilz. Sein neues Scrapbook ist eine Anatomie von Stimmungen.

Im vorderen Zimmer liegt eine Matratze auf dem Boden, aber das hintere Zimmer steht immer noch völlig leer.

S & M

Franks Schlafzimmer hat keine Fenster. Keine Tageszeit. Wenn er die Tür schließt, ist es mitten am Nachmittag Nacht. Der Strahler in der Schiene an der Decke ist sein Mond. Der Spiegel an der Innentür des Wandschranks reflektiert eine winzige Reihe heller Glühbirnen auf das Sperrholz, wie Sterne. Frank steckt eine Kassette mit verhalten bedrohlicher, elektronischer Musik in den Recorder. Er zieht sich aus, Lucy ist inzwischen mit allen Riemen gründlich gefesselt.

Lucy: Ich muß um halb sechs noch wohin.

Frank: Soll ich dich mit dem Dildo knebeln?

Lucy (erregter). Nein. Noch nicht.

Lucy ist ein Hügel aus Leder und Fleisch, teils glänzend, teils matt, wie ein dunkler Berg im Chaos (schwarze Leere) des Bodens. Frank ist in eine schwarze Lederunterhose geschlüpft, trägt immer noch seine Nickelbrille, die das Licht reflektiert und ihn so bedrohlich unpersönlich wie einen politischen Redner wirken läßt.

Er holt eine winzige Schere hervor. Läßt sie melodisch auf- und zuschnappen, so wie Friseure früher ihre Rasiermesser an einem Riemen wetzten, um sie zu schärfen. Dann kniet er sich hin und fängt vorsichtig an, sämtliche schwarzen Härchen zwischen Lucys steifen Beinen abzuschnippeln. Ein paar der Härchen steckt er sich in den Mund, ein paar in Lucys.

Lucy: Du machst eine unbehaarte Bestie aus mir.

Frank: Bist du geil?

Lucy (ehrlich): Mir ist ein wenig langweilig. Tut mir leid.

Frank steht auf und raucht einen Joint, streift in der pulsierenden Dunkelheit ruhelos umher, es könnte die Prähistorie sein, fühlt sich leer, seines Namens und seiner Schutzmechanismen beraubt.

Frank (wütend): Es steckt in jedem. Ich bin nicht der einzige. Ich bin in das Geschäft nebenan gegangen, um dieses Pornoheft zu kaufen, und der Typ an der Kasse hat mich gedemütigt. Er hat mir keine Tüte gegeben, so daß ich ihn darum bitten mußte. Aber er hat es in sich. Das merkt man gleich.

Lucy: So langsam komm ich in Stimmung, Frank. Sprich mit mir.

Frank (beugt sich über sie, schlägt sie immer wieder mit einer riesigen steifen Feder, die an einem Knauf befestigt ist): Ich bin die New Yorker Sittenpolizei. Ich weiß, daß es in dir steckt. Und ich bin hier, um es aus dir rauszuprügeln. Es aus dir rauszukitzeln. Damit du um Gnade flehst und deine Sünden beichtest. (Kitzelt die Nippel ihrer Titten.) Sag's mir. Spuck's aus.

Lucy (wie eine Sirene): Ich möchte unter deiner Knute stehen. Ich möchte, daß du genauso mies über Frauen denkst wie Mick Jagger. Und ich möchte damit fertigwerden.

Frank: Braves Mädchen. Braves Mädchen, Cindy.

Lucy: Cindy?

Frank: Ich habe dir gerade einen neuen Namen gegeben. Wie heißt du?

Lucy: Wie heißt du?

Frank: Ich heiße BladeMaster.

Lucy (jammernd): Warum haben alle nur diese gleichen vier oder fünf beschränkten Wunschträume? Warum lassen sich zehn Millionen Menschen gern den Hintern verdreschen?

Frank: Du törnst wieder ab.

Lucy (schließt die Augen, strengt sich an): Ich stelle mir vor, in einem Harem zu sein, ich möchte, daß du andere Freundinnen hast, und ich möchte zusehen, wie du sie vögelst. Hol sie dir von der Straße. Das kannst du. (Öffnet wieder die Augen.) Schau dich doch mal an.

Frank: Ja. Spanierinnen. Schwarze. Unterwürfige Mädchen aller Art. Alle möglichen Törtchen.

Frank öffnet die Riemen um Lucys Schenkel, ihre Waden und ihre Knöchel. Dann spreizt er ihre Beine ganz weit, wie das Gabelbein eines Hühnchens.

Lucy (erregt): Das macht mich verrückt. Jetzt bin ich ein aufgeschlagenes Buch.

Frank: Was sagt ein aufgeschlagenes Buch, wenn es gevögelt wird?

Frank steckt seinen Schwanz in Lucys rasiertes Loch. Er stößt in die weiche Wand, die nachgibt wie die Seitenbegrenzung einer Rennstrecke, wenn ein Turbo in sie hineinkracht. Wie eine niedrige Hecke, wenn ein Pferd beim Springen auf die Seite fällt.

Lucy (kreischend): Ich liebe dich. Ich liebe dich.

Frank (kommt): Tust du nicht. Tust du nicht.

Das Schlimmste, oder das Schönste, ist vorbei. Sie liegen in der Dunkelheit des Sonnensystems ihres Schlafzimmers. Die Kassette ist aus. Die Stille kommt ihnen beiden wie eine Leere vor. Jetzt müssen sie umschalten, auf etwas Lockeres oder weniger Lockeres. Die Stimmung entspricht Elgar.

Lucy (liegt auf dem Boden, während Frank die letzten Riemen öffnet): Ich muß um halb sechs wo hin.

Frank: Das hast du bereits gesagt. Ich habe gedacht, von jetzt ab würde ich alle Entscheidungen treffen.

Lucy: Igitt.

Frank (verdrossen): Mmmmmmm.

Frank läßt Lucy allein auf dem schwarzen Boden liegen. Er zieht sich an und setzt sich wieder an seinen hell beleuchteten Schreibtisch. Lucy liegt da und wirft den Kopf von links nach rechts. Nein. Dann von rechts nach links. Nein. Es sind keine Gewissensbisse. Nein. Auch nicht die tote Phase nach Ausschweifungen. Nein. Es sind einfach die Kräfte des Neins, die wie das Innere eines Vulkans aufwallen. Die Nein-Musik, die man früher »Sphärenmusik« nannte, all die leeren Winde, die durch die Saloontüren an den beiden Enden unseres Wohnorts wehen, von der Sonne und vom Pluto her. Nein.

St. Patrick's

Um halb sechs zieht Lucy ihren braunen Wollmantel an. Draußen ist es bereits dunkel. Sie fährt sich mit einer dichten Bürste durch ihr dichtes Haar. Bleibt auf dem Weg zur Tür vor Franks Tisch stehen.

Lucy (auf Konfrontationskurs): Heute ist Aschermittwoch. Ich gehe aus.

Frank: Du beklagst dich über die Fesselspiele und mein dominantes Wesen.

Lucy: Deshalb gehe ich nicht in die Kirche. Ich gehe, weil ich mal aus dem Haus rauskommen möchte.

Frank (betrachtet die Seite mit den Bekanntschaftsanzeigen): Auf eine dieser Anzeigen werde ich schreiben.

Lucy (unwirsch): Frank. Du denkst zu kleinkariert. Wirf die Zeitung in den Müll. (Beugt sich vor und öffnet das Fenster, der kalte Windstoß wirbelt Blätter durcheinander.) Sieh mal ein paar Tage durchs Fenster der Welt. Geh spazieren.

Verärgert beugt Frank sich vor und schließt das Fenster. Dann legt er die Hände flach auf Lucys Brüste und macht kreisende Bewegungen. Lucy stampft mit den Füßen auf, als sie einen Schritt zurückweicht.

Frank (spielt aus alter Gewohnheit den Verführer): Baaaby. Komm mal zu Papi.

Lucy geht gebrochen zur Tür.

Frank (ruft ihr nach): Lucy!

Sie wirbelt herum. Frank zwinkert ihr zu, ein runzliges Lid schiebt sich über sein rechtes Auge. Lucy freut sich über dieses Zwinkern, ein universelles Zeichen der Unschuld.

Lucy (verständnisvoll): Es ist wohl nicht deine Schuld, wenn's Ärger in Tahiti gibt.

Der Wirbelsturm in ihrem Bauch hat sich etwas gelegt, als sie die Hände in die weiten Taschen ihres Mantels steckt und zur Tür rausgeht. Zum ersten Mal seit Tagen verläßt sie die Wohnung.

Lucy nimmt die Subway von der Siebten Avenue zur 50. Straße und geht durch die Stadt, an eintönigen Bürogebäuden entlang zur St. Patrick's Cathedral. Auf der Fifth Avenue tost der Verkehr, vereinzelt Gehupe. Die Straßenlaternen brennen schon früh. Lucy geht über die genau abgemessenen Stufen vor der Kathedrale, tritt durch eine Seitenpforte ein, tupft sich Weihwasser aus einem Wandbecken auf die Stirn, reiht sich in die Schlange, um sich Asche aufs Haupt streuen zu lassen. Die Farbgebung gleicht Sacré-Cœur – Weiß und Hellgrau. Auch die in der Schlange stehenden Kommunikanten sind ähnlich ausgelaugt. Hauptsächlich Arbeiter, die gerade Feierabend haben. Lucy ertappt einen jungen dunkelhaarigen Priester dabei, wie er sie anstarrt, als noch drei reuige Sünder vor ihr stehen. Dann richtet er den Blick rasch wieder auf das Gefäß mit schwarzer Asche. Schließlich steht Lucy vor ihm.

Junger Priester (zitiert nicht das übliche »Aus Staub bist du genommen / Und zu Staub mußt du zurück«): Lies täglich in der Heiligen Schrift und bete.

Lucy ist enttäuscht über die Beschönigung des düstereren Spruchs und geht kurz in eine Seitenkapelle, um eine Votivkerze anzuzünden. Sie entzündet sogar vier.

Lucy (halb flüsternd, halb kehlig brabbelnd): Herr, hier sind vier Kerzen, eine für mich, eine für Frank, eine für Todd und eine für die Seelen im Fegefeuer. Ich weiß, daß Liebe weder geschaffen noch zerstört werden kann. Deshalb wird sich dieser Schlamassel schon von allein lösen. Aber ich glaube allmählich, daß ich einen großen Fehler gemacht habe. Bitte gib mir ein Zeichen.

Lucy schlurft durch den Seitengang mit Metall- und Steinfiguren von Heiligen und »Raumfahrern« (ihr Ausdruck für Engel). Auf dem Rückweg nach Chelsea geht sie über die Fifth Avenue, vorbei an Schaufenstern voller Orientteppiche. An einer protestantischen Kirche vorbei, in deren Mitteilungskasten ein eingängiger Spruch hängt. Aus der Innentasche ihres Mantels zieht sie einen zerknitterten Kontoauszug. Schreibt den Spruch ab, den sie später in ihr Tagebuch eintragen will.

Zitat: *Die Größe eines Menschen läßt sich fast immer an seiner Bereitschaft zur Güte messen.*

Lucy geht rechts in eine Seitenstraße, Richtung Westen. Obwohl der Himmel direkt über ihr schwarz ist, sieht sie über New Jersey orangefarbene Kritzeleien, die letzten Keime der Sonne. Da sie allein auf dieser Straße ist, findet sie, daß sie ruhig ein Lied singen kann, nur La-la-la. Reibt sich besänftigend mit der Hand in der Manteltasche über den Bauch. Weiß, daß sie das jetzt braucht.

Todd und Frank sehen der Zukunft ins Maul

Während Lucy in der Kirche ist, wahrscheinlich in dem Moment, als sie die Kerzen anzündet, ruft Todd an. Es ist das erste Mal seit seiner Rückkehr nach New York. Frank lädt ihn zu sich ein.

Als er da ist, sitzt Todd verkrampft auf dem schlichten Sofa, ohne seinen knielangen schwarzen Kaschmirmantel abzulegen, ein in einer schwarzen Baumwollhose steckendes Bein rechtwinklig über das andere gelegt, wackelt mit seinen schwarzen Arbeitsstiefeln. Seine Hände sind so kalt wie nasse Geschirrtücher. Dies ist nicht jene Verkrampftheit, die ihn vor fast zwei Jahren überkam, als er in dem inzwischen verkauften Schaukelstuhl saß. Damals war es Verkrampftheit beim Erkunden eines neuen Gebiets, dessen Fallen man nicht kannte, dessen Zeichen nichts bedeuteten. Die jetzige Verkrampftheit stellt sich ein, weil man mit dem Gebiet nur zu gut vertraut ist, weil man auf Zehenspitzen an Landminen vorbeischleicht, die an genau lokalisierbaren Stellen der Seele vergraben sind.

Frank, ganz elegant in einer französischen Anzughose aus Kordsamt, einem grauen Wollpullover mit V-Kragen über einem weißen T-Shirt und braunen Lederschuhen, sitzt auf seinem umgedrehten Schreibtischstuhl, so daß er sich an der Lehne festklammern und seine Gummisohle gegen die Seiten der Stuhlbeine drücken kann, während er Todd ansieht. Seine Pfeife, ein neues Spielzeug, balanciert auf einem gläsernen Aschenbecher und wirkt wie ein auf einer Eisscholle gestrandetes Walroß. Frank nimmt ab und zu einen Schluck aus einer hohen Flasche »St. Pauli Girl«-Bier.

Frank (gedankenverloren): Ich könnte hier in der Stadt einen Club aufmachen, mit Livebands aus Hoboken und Performancekünstlern, die an von der Decke hängenden Trapezen auftreten.

Todd (hip): Nightclubs haben immer was Schmieriges, Junge. Da kriegst du Besuch vom Schatten des Todes. Wenn du verstehst, was ich meine. Da hast du ziemlich schnell die Mafia auf dem Hals.

Frank verdaut diesen Rat, setzt seine neue Denkermiene auf, übertreibt.

Todd (mit einem Mal unter Strom): Aber klar, komm mit... Ich habe genau das, wonach du suchst... Auf dem Weg hierher bin ich dran vorbeigekommen... Es ist ein Gebäude.

Frank (steht auf): Krieg dich wieder ein. Und dann erzähl mir mehr davon.

Todd spürt deutlich, daß er nicht mehr hier sein möchte, wenn Lucy zurückkommt, daß er mit den beiden nicht im gleichen Zimmer sein will, steht auf und geht unruhig auf und ab, streicht mit der Hand immer wieder über den Bronzeknopf an der Tür.

Frank bemerkt das nicht. Statt dessen geht er gemächlich in die Küche und kommt mit einem Teller zurück, auf dem ein dickes Stück Jarlsberg-Käse und eine Packung runder, süßer orangefarbener Kräcker liegt. Er sieht kein Messer, geht wieder in die Küche, kommt mit einem Steakmesser zurück, um den Käse zu schneiden. Bemerkt, daß Senf fehlt, sucht in der Küche nach einem Glas scharfem Dijonsenf. Nach dem ganzen Hin und Her macht er sich im Wohnzimmer ein Hors d'œuvre. Deutet auf das Käsestück, um Todd zu verstehen zu geben, daß er sich bedienen kann.

Todd (extrem): Da steht so'n Gebäude auf der Achten Avenue zwischen der 20. und 30. Straße. Früher war da ein Leichenbestatter drin, bis es dort gebrannt hat, und jetzt ist das Gebäude zum Verkauf angeboten. Bitte laß es mich dir zeigen. Jetzt gleich.

Endlich ist Frank von diesen süßen Kräckern mit Käse satt. Er gibt Todds Drängen nach. Schließt den Reißverschluß seiner blauen Daunenjacke und versucht, sich zu erinnern, wo er die Schlüssel hingelegt hat. Dann, auf dem Weg nach unten in dem senkrechten Sarg eines Aufzugs – die Metallwände wie bei einem billigen Sarg mit rotem Samt ausgeschlagen – revanchiert er sich für Todds Besuch und seine Hilfe bei der Gestaltung seiner Zukunft.

Frank (aus heiterem Himmel): Also die Sache mit Lucy ist so. Ich weiß nicht, ob das hält. Ich glaube, wir sind so eine Art Zwischending füreinander.

Todd (stellt sich verblüfft): Hm, könnte schon sein.

Todd hat es sich jetzt in den Kopf gesetzt, Frank bei der Planung seiner Zukunft zu helfen. Seine eigene Zukunft hängt damit zusammen. Es geschieht nicht oft, daß jemand einen Satz sagt, der den Lauf eines Lebens verändert oder die Veränderung zumindest andeutet, bevor sie eintritt.

Daher führt Todd Frank begeistert zu einer der Seitenstraßen zwischen der Siebten und Achten Avenue im Süden Manhattans. Die meisten Wohnblocks auf dieser Straße sind Backsteinhäuser im Kolonialstil, in vielen Fenstern brennt Licht, die Leute in den Wohnungen ziehen sich an oder aus, sehen fern, sprechen in Funktelefone, ihre Schatten tanzen zu unhörbarer Musik. Diese Wohnschachteln wirken behaglich, erfüllt von sanftem, gelbem Licht, wie die Öfen in den Delis, wo Hähnchen brutzeln, die Arbeiter auf dem Nachhauseweg mitnehmen, zusammen mit einem Schälchen Krautsalat oder einem gegrillten Maiskolben.

Todds rotes Backsteinhaus steht auf der Ecke, völlig ausgebrannt. Viele verkohlte Querbalken liegen X-förmig übereinander. Die Fenster sind nur leere schwarze Höhlen, wie Augen in Totenschädeln. Amtliche Schilder warnen vor unbefugtem Betreten.

Frank und Todd stehen auf der anderen Straßenseite und gucken.

Frank (so unverwüstlich wie eh und je, wedelt mit den Armen): So ein Haus wäre für mich wirklich ein Grund, morgens aufzustehen. Ich sehe ein Imperium. Ein aus dem Nichts gestampftes Immobilienimperium. Ich wäre der richtige Typ dafür.

Todd (philosophisch): Wenn man einen Menschen lieben kann, kann man wohl auch ein Haus lieben. Und selbst wenn man keinen Menschen lieben kann, kann man wahrscheinlich trotzdem ein Haus lieben.

Frank (versucht überschwenglich, seiner Freude Ausdruck zu verleihen): Nicht übel, sprach der Dübel.

Todd packt Frank von hinten an den Schultern und gräbt sein Gesicht in Franks Rücken, in den wattierten blauen Nylonstoff seiner Jacke.

Frank (versteht): Du liebst mich noch immer, was?

Todd (treibt sie beide zum Weitergehen an): Ich kann nicht anders.

An der nächsten Ecke wechseln sie auf die andere Straßenseite, gehen in Richtung einer Schwulenbar namens Jarhead auf der gegenüberliegenden Ecke. Die Entlüftung der Klimaanlage weht einen Schirokkowind von Bier- und Zigarettengestank auf die Straße. In diesem Moment werfen Jungs aus der Nachbarschaft matschige Schneebälle gegen die graue Stahltür der Bar. Die Angreifer johlen und grölen.

Frank und Todd gehen weiter über die Nebenstraße, wollen Lucy abholen. Aber Todd bringt es nicht über sich, nach oben zu gehen. Deshalb ruft Frank sie von einer Telefonzelle an der Ecke der Siebten Avenue aus an und schlägt ihr vor, nach unten zu kommen und sich das Haus anzusehen. Der Gehsteig, wo die beiden Liebenden auf sie warten, ist mit dunklem grauen Eisschnee bedeckt, die komprimierten Ablagerungen eines Monats voller schwerer Regenfälle und Schneestürme.

Lucy freut sich mehr, Todd nach sechs Moanten wiederzusehen, als Franks Haus zu besichtigen. »Was immer das sein mag«, sagt sie laut, als sie den Rest der Dose Bier, die sie gerade trinkt, in ein Glas schüttet und das schaumige Gebräu runterschluckt. Dann sieht sie in den Spiegel auf der Innenseite der Schranktür. Typisches Verhalten vor einer Verabredung. Schlüpft in den gleichen Sack-und-Asche-Mantel wie vorhin, knipst das Licht aus und läuft eilig über die Treppen nach unten.

Als die drei schließlich nach so langer Zeit wieder zusammen sind, herrscht Verlegenheit. Keine Küsse. Keine Berührungen. Nur konventionelle Hallos. Sie stehen in einem Dreieck, bilden dann eine waagerechte Linie und gehen die Straße entlang, ohne mehr Gefühle zu zeigen als Figuren in einer Rechenaufgabe. Auf der Straßenseite gegenüber dem leerstehenden Gebäude bleiben sie stehen.

Lucy (zwischen Frank und Todd, in weinerlichem Ton): Das Haus wirkt so öd. So verlassen. Ein großes, leeres, schwarzes Nichts. Bist du sicher, daß du das haben willst, Frank?

Frank (abweisend): Das liegt daran, weil du im Gegensatz zu mir einfach nicht den richtigen Blick dafür hast. Den Geldblick.

Lucy (leidenschaftlich): Wer Ohren hat zu hören, der höre, und wer Augen hat zu sehen, der sehe.

Todd: Da merke ich doch gleich, wo du gewesen bist. (Zeigt, an niemand Bestimmtes gewandt, seinen Mittelfinger.)

Lucy findet diese Geste zum Schreien. Sie küßt Todd auf die Wange, nachdem sie sich eine Viertelstunde zurückgehalten hat. Läßt sich gehen.

Todd (mit schlechtem Gewissen): Du hast schon immer über meine Witze gelacht.

Frank (zeigt auf das Gebäude, entschlossen dazwischenfunkend): Ihr beiden könntet mit so einem Haus nie fertig werden.

Anschließend begleitet Todd die beiden zu der Straße, wo sie wohnen. Klopft Frank mit erzwungener Jovialität auf die Schulter, hat ihn nun, wo Lucy da ist, weniger gern. Küßt Lucy auf beide Augenlider, wie er es früher immer vor dem Einschlafen getan hat. Geht weg in der Überzeugung, daß alles erträglich ist.

Aber das stimmt nicht.

Je näher er seinem Ziel kommt, auf dem Weg über den großstädtischen Campus des Fashion Institute of Technology zwischen der 20. und 30. Straße mit den seltsam spießig anmutenden Wohnheimen und den großen geometrischen Metallskulpturen, wo fast alle Fenster der Seminarräume den Vollmond in seiner Gänze widerspiegeln, desto klarer wird ihm, daß in seinem Inneren ein Buschfeuer des Zorns lodert. Daher macht er auf dem Absatz kehrt und geht direkt zu Franks Haus zurück. Drückt mit dem Zeigefinger auf den Klingelknopf, als würde er jemand anklagend auf die Brust tippen.

Lucy (über die Haussprechanlage): Wer ist da?
Todd (barsch): Ich bin's.
Lucy (mißtrauisch): Du klingst gar nicht wie sonst.
Als Todd oben in der Wohnung ankommt, hat sich sein Zorn verdoppelt. Frank und Lucy haben sich bereits zum Schlafen umgezogen. Er trägt eine schwarze Weste, nackter Oberkörper, schwarze, piratenhafte Trikothose, auf dem Sofa liegt anklagend wie ein Fleck ein Lasso. Sie trägt eine babyblaue Balletthose, kein Oberteil, ihre Brüste scheinen in einer anderen Sprache zu reden, gruselig. Frank und Lucy stehen da und sehen Todd verblüfft an, wie zwei groteske Figuren in einem Foto von Diane Arbus.

Todd gerät aus dem Konzept. Keiner sagt ein Sterbenswörtchen. Er räuspert sich, überprüft von Kopf bis Fuß seine Haltung, wie ein Sänger im Scheinwerferlicht, der gerade ein Lied anstimmen will. Er bewegt sich auf einem schmalen Grat, wie auf einem Strich, den Polizisten zum Alkoholtest auf eine Straße malen, droht jeden Moment in Humor oder Melodramatik abzugleiten.

Todd (mit zitternder Stimme): Das ist nicht recht. Ich komme mir vor, als lebten wir im finsteren Mittelalter und ihr beide wärt irgendwie miteinander verkuppelt worden oder so was. Als ob ihr euch nicht trennen könntet. Daß die wahre Liebe aber zwischen mir und Lucy ist. Ich spüre das. Und das ist nicht richtig.

Frank springt vom Sofa auf, packt Todd, drängt ihn rücksichtslos aus der Wohnungstür zur Wand neben dem Aufzug und knallt dann die Tür zu. Rauscht an Lucy vorbei. Gleicht im Moment eher einer Naturgewalt als einem Menschen, ist wie ein Donnerschlag oder ein reißender Strom.

Frank (während er ins Schlafzimmer stapft): Alles, was er ist, verdankt er mir. Wieso geht er nicht wieder dahin zurück, wo er hergekommen ist?

Lucy steht wie angewurzelt da. Weiß nicht, was tun.

Lucy (ruft ins Zimmer zu Frank, völlig verwirrt): Wo ist Mahatma Gandhi, wenn man ihn mal braucht?

Als Todd dort stand, seine Worte eine Fontäne aufspritzenden Öls, spürte Lucy eine unheimliche Verwandtschaft. Nicht Intimität oder irgend so was Vages. Sie empfand sich als Schweiß von seinem Schweiß, Atem von seinem Atem. Er sprach für ihre Freiheit ebenso wie für seine. Er komponierte *Fidelio* neu. Ihre Empfindungen für ihn waren wie für einen politischen Befreier, einen Bolivar. Der sie nicht von Frank befreite, sondern von sich selbst. Ihr Feminismus mußte ihr von außen gegeben werden, so wie letzten Endes die Identität eines jeden, aber erst nachdem man sich vorbereitet und wie ein Instrument darauf eingestimmt hat, das Lied des eigenen Ichs zu spielen.

Lucy streicht mit dem Zeigefinger nachdenklich über ihren Daumen.

Der Shoot

Todd arbeitet heute in einem Fotostudie auf der East Side zwischen 20. und 30. Straße. Sie machen ein Werbefoto für Power, ein Geschäft in SoHo, das Kleidung verkauft, die wie Kostüme eines japanischen Remakes von einem alten Flash-Gordon-Film aussieht; Ichthyornis-Flügel-Schultern, knielange Rittermäntel, Gürtel wie Morgensternketten, in Bolerostiefeln gestopfte Trikothosen.

In der Kluft eines japanischen Samurais geht Todd barfuß über den glänzenden Parkettboden des Loft. Seine Miene ist verdrossen wie die gespaltenen Gesichter auf den Bildern Picassos. Rimini, der Besitzer der avantgardistischen Boutique, in einem schwarzen Fallschirmspringer-Overall, zu dem er schwarze orientalische Pantoffeln und einen nachgemachten schwarzen Gürtel trägt, rennt ihn fast über den Haufen.

Rimini (groß, mit schütterem Haar, federleicht): Todd. Dein Gesicht ist der Inbegriff all dessen, was unser Geschäft sein möchte.

Todd: O Mann.

Ein Haufen puertoricanischer und chinesischer Models wartet in der Garderobe darauf, von einer mexikanischen Frauen-Make-up-Künstlerin geschminkt zu werden, die ihr Haar ganz hoch aufgetürmt trägt und lila Strähnen eingefärbt hat, was ihre Augen übertrieben zur Geltung bringen.

Die beiden anderen Jungs sind Richard, jung, dunkelhäutig,

unbefangen, einer, der es weit bringen wird, und Patrick, ein blonder französischer Lockenkopf aus Antigua in der Karibik. Todd spielt mit diesen Neulingen.

Richard: Mann. Tagelang nichts als Regen. Aber gestern, als ich zum ersten Mal Außenaufnahmen hatte, war's plötzlich wunderschönes Wetter.

Todd: Toll. Und wie ist's gelaufen?

Richard (seine Augen werden groß und leuchten auf): Wunderbar. Ich durfte die besten Klamotten tragen. Und alle Solo-Aufnahmen habe ich gemacht. Wenn ich mit dem anderen Typ zusammen fotografiert wurde, durfte ich immer vorn stehen.

Todd: Ein Star.

Richard (denkt nach, in anderem Ton): Na ja, das auch wieder nicht. Ich bin nur froh, daß ich auf diese Weise ein paar Belege für meine Mappe kriege.

Todd führt eine Kopie dieses Gesprächs mit Patrick.

Patrick (hält inne, aus voller Lunge einen vage vertrauten Popsong zu singen): Ich bin morgen zu einer Probe eingeladen, deshalb muß ich üben.

Todd: Ehrlich? Und was ist das für eine Probe?

Patrick: Ich bin Sänger. Schau dir mal dieses Gesicht an. Siehst du nicht, daß ich Sänger bin?

Todd: Du würdest dich toll auf dem Cover einer Schallplatte machen. Das sehe ich.

Patrick: In ein paar Jahren wirst du mich um mein Autogramm bitten.

Todd: Ein Star.

Patrick (gleiche Korrektur): Na ja. Man weiß nie, was noch alles kommt.

Klaus, der deutsche Fotograf, hat einen kahlrasierten Kopf, spitze Ohren, knochige Statur. Auch er trägt eine Power-Kreation – graue, sackartige Golfhose, weißes T-Shirt mit Schulterpolstern, rote Designer-Turnschuhe mit einem Lippenstiftabdruck als Firmenlogo an den Knöcheln. Klaus ist gegenüber Männern ein sadistischer Sklaventreiber und gegenüber Frauen ein Aufreißertyp. Irgendeine Stoffwechselstörung läßt ihn den ganzen Nachmittag über an Todd herummäkeln.

Der Hintergrund für das Foto ist eine Landkarte von Japan, die auf ein Tuch aufgemalt ist, das wie die Leinwand eines Malers von der Decke hängt und den Boden teilweise bedeckt. Die Models gehen hintereinander ganz vorsichtig auf das Tuch, als beträten sie das Allerheiligste eines Tempels oder ein Geishahaus.

Klaus (schreit): Todd. Tret dir die Füße ab, bevor du dich auf das Tuch stellst.

Die Action-Aufnahme erfordert, daß die amerikanischen Jungs die puertoricanischen und chinesischen Mädchen an den Händen und Armen halten, mit ihnen in die Luft springen, begeistert schreien und voll Yankee-Enthusiasmus lächeln.

Klaus (während der ganzen Turnerei): Todd. Höher. Todd. Höher.

Daraufhin geht Klaus mit einem Test-Polaroidbild zu Todd, um ihm zu zeigen, daß er nicht weiß, wie man zu gehen hat, wenn es so aussehen soll, daß die Models auf den Betrachter zukommen, einer der ältesten Tricks bei der Arbeit vor der Kamera, man geht in den Hüften nach vorn und zurück, um einen wiegenden Gang nachzuahmen.

Klaus (sein Akzent verrät den Europäer): Du hast wohl gedacht, so was könnte man Gehen nennen. (Lacht.) Nein. Du mußt dich auf die Zehenspitzen stellen und ganz nach vorn beugen. Auch wenn du dabei auf die Nase fällst.

Todd (drohend): Darauf würde ich mich nicht verlassen.

Todd geht zu seiner Partnerin für eine Nahaufnahme. Sie ist eine japanisch wirkende Chinesin, hat eine East-Village-Frisur und trägt ein silber-schwarzes Kleid aus den fünfziger Jahren mit rosafarbenen Tennisschuhen.

Klaus' Assistent ist Johnny, ein weibisch wirkender junger Koreaner, dünn, lange, fettige schwarze Haare, trägt ein weißes Button-down-Hemd, eine weiße Malerhose, weiße Socken. Während der ganzen Aufnahmen putzt Klaus Johnny runter, was Todds Gerechtigkeitssinn weiter aufstachelt.

Klaus (Kasernenhofton): Jetzt mal herhören. Du hakst dich bei ihr unter. Johnny. Ich habe dir doch gesagt, du sollst den Ventilator einschalten. (Johnny läuft zu dem Ventilator und kümmert sich darum.) Johnny. Halt mal den Reflektor. (Johnny nimmt den goldenen Reflektor in die Hand.) Nein. Nicht so. Hoch. Hoch. Wie oft muß ich dir das noch zeigen?

Nachdem Klaus ein Polaroidbild gemacht hat, wartet er ärgerlich, bis Johnny zu ihm gelaufen kommt und ihm das sich entwikkelnde Bild aus der vorgestreckten Hand nimmt. Als er eine Rolle Film verschossen hat, hält er Johnny die Kamera hin, damit er einen neuen Film einlegt. Da Johnny, der gerade den Stecker einer grellen Scheinwerferbatterie rauszieht, nicht rechtzeitig spurt, wirft Klaus in einem Anfall von Jähzorn die 1000-Dollar-Kamera auf den Boden vor Johnnys kleine Füße.

Johnny fängt an zu wimmern. Er versucht, seine Tränen runterzuschlucken, was ihm aber nicht gelingt, und das läßt Todd ausrasten. Er tritt vor und wappnet sich für einen seiner Wutausbrüche.

Todd (mit fester Stimme): Du bist der dümmste und beschränkteste Tyrann, den man sich vorstellen kann. Das lasse ich mir jetzt keine Sekunde länger mehr bieten… (spricht gedehnt eine letzte Beleidigung aus): Poindexter…

Todd stampft von Japan auf den Boden. Klaus kann sich vor Lachen kaum halten. Sein Assistent bückt sich, um die Leica vom Boden aufzuheben. Todds Partnerin steckt sich mädchenhaft die Faust in den Mund. Überraschung. Soupy steht in der Tür, hat alles gesehen und redet mit dem eingeschnappten Rimini. Todd fühlt sich auf frischer Tat ertappt, aber nur ein bißchen.

Todd: Was machst du hier?

Soupy (trocken): Ich verhandle.

Soupy führt Todd in die Garderobe, läßt ihn auf einem wassermelonenroten Regiestuhl Platz nehmen und legt ihm die Hände auf die Schultern, damit er nicht gleich wieder aufspringt.

Todd (heftig, direkt): Ich hör auf. Alles in diesem Beruf ist für mich dreckig und gemein geworden… Und wenn du das schärfste Kalender-Model der Welt bist, das ist noch lang keine Garantie, daß du Liebe in deinem Leben findest… Man muß nicht unbedingt ein Hohlkopf sein für diesen Beruf… Aber irgendwas in einem ist hohl. In mir ist was hohl. Und das möchte ich ändern… So, jetzt ist's raus.

Soupy (das helle Licht bringt seine Krähenfüße zum Vorschein, Altersfalten, dunkle Ringe, schlaffe Haut): Um die Wahrheit zu sagen, Todd, ich hätte keine Achtung vor dir, wenn du beschlossen hättest, weiter in der Branche zu arbeiten.

Plötzlich gehen alle Lichter aus. Ein lokaler Stromausfall. Todd zieht sich im Dunkeln um und hastet vor allen anderen die Treppe runter.

Drei Prophezeiungen

Eine Viertelstunde später, nachdem er eine Weile selbstquälerisch vor den Schaufenstern der Pelzhäuser auf seiner Straße stand und all die Pelze anstarrte, weiß wie Schneeköniginnen, und dann versuchte, die im Schaukasten der Pelz-Synagoge ausgehängten Gottesdienste zu entziffern, geht Todd nach Hause.

Als er in sein spätnachmittägliches Apartment kommt, ist auf der rubinroten Digitalanzeige seines Anrufbeantworters eine »3«. Todd wirft den Rucksack hin, schlüpft aus den Turnschuhen und setzt sich, ohne nachzudenken, in Lotusstellung mit wie eine Bretzel verknoteten Beinen vor das Gerät. Spult die Nachrichten zurück.

Nachricht Nr. 1: Todd. Hier spricht deine Mutter. Onkel Ray und Tante Bette trennen sich. Ich finde auch, daß sein Job in dieser Fabrik einem den Geist tötet. Den beiden älteren Kindern geht's gut, sie heiraten bald. Aber Robbie hat Probleme. Ich habe ein bißchen nachgedacht, mich erkundigt und erfahren, daß die New York University ein spezielles Kursprogramm für Studienanfänger anbietet, das vielleicht gut für ihn wäre. Ich habe mir überlegt, ob er bei dir wohnen könnte.

Nachricht Nr. 2: Todd. Hier spricht Rosa Prauheim von der Rosa Prauheim Galerie. Ich möchte noch mal nachhaken wegen unseres Gesprächs, eine Verkaufsausstellung mit deinen Scrapbook-Seiten in unserer – meiner – Galerie zu machen. Bis nächsten Mittwoch bin ich nicht in New York.

Nachricht Nr. 3: Todd Eamon? Hier spricht Joe Martell, der Regisseur. Ich habe den Artikel über dich in *GQ* gesehen und auch dein Foto in einer Anzeige in *People*. Ich habe so das Gefühl, du könntest der richtige für eine Filmrolle sein, die ich gerade besetzen muß. Ich probier mal, dich über deine Agentur zu erreichen.

Todd kann nicht fassen, daß diese Nachrichten hintereinander kamen. Sie sind wie die drei Prophezeiungen der Hexen in *Macbeth.* Er drückt den Knopf auf seinem Anrufbeantworter, der es ihm ermöglicht, sie aufzubewahren, damit sie nicht von den Telefongezeiten hinweggespült werden.

Schwester Ruth Theresa

Lucy nimmt an einer abendlichen Gruppentherapie teil. Sie findet unter Leitung von Schwester Ruth Theresa, einer staatlich geprüften Psychotherapeutin, im Untergeschoß einer römisch-katholischen Kirche in der Nähe des Gramercy Park statt. Das Thema heißt: »Liebe und Intimität: Verzeihen ist möglich.«

Der Raum in dem Untergeschoß ist feucht und kalt, vanillefarbene, verputzte Wände, weißgesprenkelter Fliesenboden, offen verlegte Rohrleitungen. Die acht Teilnehmer sitzen auf Klappstühlen in einem Kreis. Schwester Ruth Theresa thront in einem großen, wuchtigen Agatha-Christie-Sessel oben am Kreis. Sie hat ein außergewöhnlich kantiges und intelligentes Gesicht, das den Gesichtern der so gar nicht affenartigen Affen in *Planet der Affen* merkwürdig ähnelt. Kastanienbraunes Haar, kurzgeschnitten, unbändig. Ihre Augen blicken teils verständnisvoll, teils vorwurfsvoll aus tiefliegenden Höhlen. Obwohl sie eine Nonne ist, trägt sie nicht Schwarz und Weiß, sondern statt dessen ein Kleid aus warmem schottischen Plaid, hat einen gelben Kaschmirschal wie eine Fliege um den Hals gebunden, braune Strümpfe, bequeme erdbraune Segeltuchschuhe.

Alle Teilnehmer kommen der Reihe nach dran und versuchen, in vernünftigen Worten auszudrücken, was ihnen weh tut. Immer wieder sagen sie, daß etwas nicht stimmt. Immer wenn sie zu mythologisieren versuchen, dem Wetter die Schuld geben oder dem Schicksal, holt Schwester Ruth Theresa sie auf den Teppich zurück, zwingt sie mit dem gesunden Menschenverstand einer bodenständigen weisen Frau aus Maine zum Entmythologisieren, versucht eine praktische Lösung für das Übel zu finden, vielleicht, damit die Teilnehmer ihrer Gruppe dann offener für den wahren Schmerz sind, auf den es keine Antwort gibt, nur den Ausdruck in Mythen.

Der Professor (klein, pummelig, trägt einen konservativen blauen Anzug, braune Oxford-Schnürschuhe, glänzend wie Plastik, eine Metalluhr mit dehnbarem Metallband am Handgelenk): Meine Frau sagt, ich sei von meiner Umwelt völlig abgeschnitten.

Besitzer einer Schreibwarenhandlung (groß, träge, in einem billigen braunen Anzug mit cremefarbenen Streifen, lümmelt sich auf dem Stuhl wie ein liegengelassener Mantel, kommt seit zehn Jahren zu Schwester Ruth Theresa, spricht ihre Sprache): Ich habe festgestellt, daß meine Frau – na ja, verheiratet sind wir gar nicht –, daß meine Frau erst sagt, sie würde anrufen, und es dann nicht tut. Anfangs hat mich das zum Wahnsinn getrieben. Aber dann habe ich einfach gelernt, gar nicht damit zu rechnen, daß sie anruft. Wir stellen geringe Erwartungen aneinander.

Schwester Ruth Theresa (besänftigend): Geringe Erwartungen können einer Beziehung helfen.

Journalist (schwarzer Anzug, runde Hornbrille im Harvard-Stil, ein schwarzbestrumpftes Bein über das andere geschlagen): Mein Freund, ein Alkoholiker, ist sehr intelligent und witzig, aber er schläft mit Frauen.

Technische Zeichnerin (trägt ihr braunes Haar offen, hat ein lila Wollkleid an, hübsche, kurvenreiche blaue Beine, praktische weiße Krankenschwesternschuhe, zu dem Besitzer der Schreibwarenhandlung): Von allen in diesem Raum sind Sie der Glücklichste. Sie haben jemanden, den Sie lieben und der Sie liebt. Sie müßten glücklich sein. Dafür gäbe ich alles Gold der Welt.

Schwester Ruth Theresa (gelassen): Ich glaube, Sie projizieren da wahnsinnig viel in diese Beziehung hinein. Passen Sie auf.

Zahnarzt (Mitte vierzig, klein, dünn, Mausgesicht, Südstaaten-Akzent, in gelbem Dacronhemd, grüner Polyesterhose, falschen Argyle-Socken, schwarzen Diskostiefeln mit Reißverschlüssen auf der Seite): Ich glaube, ich bin in Dondi – so nenne ich ihn, sein richtiger Name ist Donny – deshalb so verschossen, weil er genauso alt ist wie ich, als ich mit sechzehn aus South Carolina weggegangen bin. Dort war alles so grün. Es war die schönste Zeit meines Lebens. Die Menschen im Norden sind zu kalt und grausam.

Schwester Ruth Theresa (sarkastisch): Warum ziehen Sie dann nicht wieder da hin, wenn es so schön war?

Lucy ist vom Zuhören erschöpft. Sie ist ein zusammengeklappter Mensch auf einem zusammenklappbaren Stuhl, hat die Arme um sich geschlungen, die Beine verschränkt. Sie ist ganz in Schwarz: schwarzer Kaschmirpullover, darunter eine schwarze Bluse, schwarzer Jeansrock, schwarze Strümpfe, schwarze Pumps. Ihre schwarze Lederjacke hängt über der Lehne ihres Stuhls, der Reißverschluß stößt ab und zu klirrend gegen das Metall. Sie hält sich die Finger flach vor den Mund, wie um ein Gähnen zu unterdrücken, und zieht an ihrer dünnen Zigarette.

Schwester Ruth Theresa: Lucy. Sie sind heute abend die Kirchenmaus. Gibt es nichts, was Sie uns mitteilen wollen?

Lucy: Ich glaube, ich habe eine ganze Menge mitzuteilen. Meine Geschichte. Aber mir ist so todernst zumute. Ich habe Magenkrämpfe. Und Rückenschmerzen. Ich komme mir heute abend nicht hübsch vor. Ich brauche die Berührung eines anderen.

Schwester Ruth Theresa (rezitiert): Liebe heilt. Sowohl den, der sie gibt, als auch den, der sie empfängt.

Lucy: Ich glaube, ich brauche eine richtige körperliche Therapie. Ich brauche eine Massage.

Schwester Ruth Theresa: Ich kann Ihnen nach der Sitzung heute abend jemanden empfehlen. Aber erzählen Sie uns erst ihre Geschichte.

Ehe sie anfängt, wirft Lucy ihre zum Großteil aufgerauchte Benson & Hedges auf den kahlen Boden und tritt sie mit der Fußspitze aus, so daß nichts weiter von ihr übrigbleibt als ein Fleck, wie ein zerquetschtes Insekt.

Lucy (so nüchtern): Ich dachte, junge Frauen sollten Entdekkungsreisende sein. Als ich aus Paris abgereist bin, um mit Frank zusammenzuziehen, habe ich mir eingebildet, ich sei bereit zu einem Sprung ohne Sicherheitsnetz. Tapferkeit kommt nie aus der Mode. Aber jetzt merke ich, daß ich lediglich meine eigene Stuntfrau war. Das Leichte war schwer, und das Schwere leicht.

Schwester Ruth Theresa (konzentriert sich): Dann sollten Sie aus Franks Wohnung ausziehen. (An alle im Kreis gewandt): Wir müssen unsere Unabhängigkeit unter Beweis stellen, ehe wir jenes unendlich wertvollere Grundrecht zeigen können, unsere wechselseitige Abhängigkeit. Gute Nacht, Gruppe. Bis nächste

Woche. (Lacht in sich hinein): Vergessen Sie nicht, sich warm anzuziehen.

Nach der Sitzung streift Lucy ihre Lederjacke über, holt ein in Alligatorleder eingebundenes Scheckheft aus der Innentasche und schreibt Schwester Ruth Theresa einen fliederfarbenen Scheck über fünfundzwanzig Dollar aus.

Lucy: Jetzt mal im Ernst, kennen Sie einen Masseur?

Die Schwester reicht ihr eine großformatige Visitenkarte aus grauem Pergament, auf der zwischen Zeichnungen von exotischen Vögeln und Blumen der Name ERIC steht, darunter die Geschäftsbezeichnung SCHWEDISCHE MASSAGEN. Die Karte wirkt wie aus den Sechzigern. Die Schwester schlägt vor, daß Lucy heute abend noch ins East Village fährt, um sich gründlich durchkneten zu lassen. Sie erklärt, Eric sei vertrauenswürdig, ungefährlich und schwul. Lucy drückt auf die Tasten des nahen Wandtelefons.

Die Sechziger

Lucy kommt in das Wohnhaus auf der 6. Straße zwischen der Zweiten und Dritten Avenue. Sie klingelt. Drückt die Holztür auf, deren Glasscheibe mit einer Südstaatenfahne verhängt ist. Geht eine Wendeltreppe mit unebenen Stufen hoch. Bis zum dritten Stock.

Eric ist ein gemütlicher Typ. Er ist groß, hat fast flachsblonde Haare, knochige Schultern, eine Hexennase. Trägt ein gelbes T-Shirt, eine schwarze ausgebeulte Hose, schwarze Nylonsocken und schwarze Kordpantoffeln. Seine Haut ist weich, sein Handschlag zur Begrüßung fest.

Eric (um Lucy die Befangenheit zu nehmen): Ich kenne Schwester Ruth Theresa, weil wir letzten Sommer am gleichen Körpersensibilitäts-Seminar auf dem Hudson teilgenommen haben.

Daraufhin gibt Eric Lucy ein einfaches weißes Badetuch und zeigt ihr das Bad. In den winzigen Raum sind eine Badewanne auf vier Löwentatzen, eine Toilette mit einer Kette zum Ziehen und ein Handwaschbecken gequetscht. Überall stehen Kräutershampoos, Gesundheitsöle und -gels, Elixiere zum Trinken, Sprudeltabletten, die man im Badewasser auflöst, Dutzende Flaschen mit Vitaminpillen ebenso wie Fläschchen mit Vitamintropfen. Eine Cleome hängt von der Decke und klammert sich ans Leben.

Lucy wickelt sich das Handtuch wie einen Dorothy-Lamour-Sarong um den Körper und geht wieder in das andere Zimmer, wo sie sich auf dem Massagebrett ausstreckt, einem überdimensionalen Bügelbrett zum Bügeln von Menschen.

Eric beginnt mit der Arbeit. Keine Musik. Aber Lucy kommt sich vor, als würde sie Radio hören. Eric knetet ihren Körper durch. Walkt ihre Schenkel und Waden. Massiert um ihre Oberarmmuskeln herum. Drückt auf ihren Bauch. Dann dreht er sie auf die andere Seite und geht die Druckpunkte in ihrem Rücken an, so daß sie spürt, wie ihr Körper wärmer wird. Lucy stöhnt.

Lucy (eine Wehklage): Ich bin so unglücklich gewesen. Und hab's nicht mal gewußt.

Eric: Du mußt mal richtig abschalten, Lucy.

Lucy: Ich weiß. Ich weiß.

Nach einer fünfundvierzigminütigen Massage läßt Eric Lucy eine halbe Stunde in der Wanne baden. Er bereitet ein dampfendes Bad für sie vor und schüttet ein entspannendes Gel ins Wasser. Sie schläft in der Wanne ein, den Kopf auf ein Kissen gelegt, das Eric eigens zum Anstecken an den Wannenrand entworfen hat. Sie atmet den leicht stechenden Dampf ein.

Als Lucy aufwacht, ist ihre Haut rosafarben. Sie steht auf, trocknet sich ab, zieht ihren knappen pfirsichfarbenen Spitzen-BH und den dazu passenden pfirsichfarbenen Slip an und geht auf Zehenspitzen ins Wohnzimmer. Die feuchte Hitze breitet sich aus.

Eric sitzt im Schneidersitz auf dem Sofa, Schuhe ordentlich neben den Fernseher gestellt, die Socken in die Schuhe gesteckt. Sein gelbes T-Shirt hat er über einen Globus auf dem Schreibtisch gehängt. Erics Brust ist flach, die zahlreichen schwarzen Haare bilden einen Spiralnebel. Lucy schiebt ein Bein unter das andere, als sie sich neben ihn setzt.

Lucy: Hier ist's so gemütlich. Warm wie ein Dschungel.

Eric (nostalgisch): In diesem Zimmer habe ich meinen ersten Acid-Trip geworfen. Damals war ich siebzehn. Heute bin ich zweiunddreißig. Ich habe mit dem Typ, dem diese Wohnung gehört hat, zusammen gebadet. Später wurde er mein Geliebter. Aber in der Badewanne hat er auf einmal wie ein spanischer Pirat ausgesehen. Der Boden des Badezimmers wurde zu weichem Gummi, in den Fossilienabdrücke eingeprägt waren. Ich schaffte es aus dem Bad bis zum Licht, das durch das Küchenfenster da vorn fiel, dort über den Tellern, aber das Fenster beschlug sich. Ich bin wie ein Gorilla aus der Urzeit gekrochen.

Lucy (geschwätzig): Man hat herausgefunden, daß viele Gorillas und andere Affenarten viel größer als die Menschen der Urzeit waren. Aber irgendwie haben diese Höhlenmenschen sie ausrotten können. Vielleicht stammt aus dieser Zeit die Geschichte von King Kong.

Eric (redet weiter über das Thema der Herkunft): Ich bin aus Schweden. Sohn eines schwedischen Diplomaten bei der UNO. Er und meine Mutter sind schon vor Jahren wieder zurück. Aber ich bin hier bei dem Typ geblieben, dem das Apartment gehört hat, obwohl er schon einen Geliebten hatte, wir waren also zu dritt.

Lucy: Zwei Männer. Das kann ich dir nachfühlen.

Eric: Während der ersten Nächte haben wir zusammen geschlafen, ich zwischen den beiden. Den Schwanz von A im Arsch. Den Schwanz von B im Mund, und mein Schwanz in seinem. Das war die totale Befriedigung.

Lucy: Eine tolle Geschichte. Aber warum erzählst du mir das? Wenn du jemand massiert hast und die ganze Zeit den Mund halten mußt, möchtest du wohl mal was loswerden?

Eric: Kann schon sein. Aber warum bist du in deiner Unterwäsche hier rausgekommen? Warum bist du in meiner Badewanne eingeschlafen?

Lucy: Vielleicht habe ich mich deshalb wohl gefühlt, weil du schwul bist. Einmal bin ich total betrunken mit einem bescheuerten Rechtsanwalt nach Hause gegangen und in seinem Bett eingedöst. Ich hatte weder meine Spirale eingesetzt noch sonst irgendwas gemacht. Und als ich aufgewacht bin, turnte er auf mir rum und wollte mir gerade seinen Schwanz reinstecken. Ich war verdammt sauer.

Eric: Hattest du denn nicht die Pille genommen?

Lucy: Heutzutage nimmt niemand mehr die Pille. Es ist nicht mehr so wie damals, als du jung warst.

Eric (gemaßregelt): Oh.

Lucy: Aber vielleicht sollte ich dich nicht wie… wie eine andere Frau, eine Freundin behandeln. Ich kenne deine Geheimnisse nicht.

Eric: Von mir droht dir keine Gefahr. Falls damit deine Frage beantwortet ist.

Lucy legt Eric ihre schlaffe Hand auf den Unterarm. Sie streicht mit der Hand auf und ab, so daß seine Haare kitzeln.

Eric: Du kannst auch bei mir übernachten, wenn du möchtest. Ich kann auf meiner Luftmatratze auf dem Boden schlafen. Ich bin nicht gern allein. Außerdem würde ich gern auf meiner Luftmatratze schlafen. Es erinnert mich daran, draußen im Wald, in der Natur zu sein.

Lucy: Warum hast du mich gefragt, ob ich übernachten möchte?

Eric: Ich hab's dir doch gerade erklärt.

Lucy: Denn das täte ich liebend gern. Ich habe mich heute abend entschieden, mit meiner jetzigen Beziehung Schluß zu machen. Und wenn ich bei dir übernachten könnte, würde mir das helfen, meine Gedanken zu ordnen.

Eric geht zu der stockdunklen Spüle und wäscht ein trübes Glas mit einem Schwamm aus, in dessen Poren noch Seife eingetrocknet ist, weshalb er keine neue nehmen muß. Er spült das Glas unter dem warmen Wasser aus dem Hahn. Füllt es mit Eiswürfeln und kaltem Wasser. Bringt Lucy das Glas. Dann geht er wieder an den Herd, um einen Tee aufzusetzen.

Lucy (entschlossen): Jetzt werde ich den Anruf erledigen, über den ich mir schon die ganze Zeit Gedanken mache. Und die Dinge sagen, die mir bisher nur durch den Kopf gegangen sind.

Lucy klemmt sich den Telefonhörer links unter die Kinnbacke, drückt bedächtig die Tasten.

Lucy: Frank? Ich habe heute abend mit Unterstützung meiner Gruppe beschlossen, wieder in die Bowery zu ziehen… Vielleicht will ich immer noch deine Liebessklavin sein… Ich bin bei einem Masseur, aber mach dir keine Sorgen, er ist schwul… Hmmm…

Lucy legt auf, ihr Gesicht zu einem bläulichen Peter-Lorre-Gesicht verzerrt.

Eric (wendet sich von dem kochenden Teewasser zu ihr): Was hat er gesagt?

Lucy: Bloß, daß du von ihm aus auch der Aufklärungslehrer von Jack the Ripper sein könntest. Aber das geht vorbei. Er ist unsicher und voller Stolz. Und eine männliche Schönheit. Mehr nicht.

Eric holt die Luftmatratze aus dem Schrank und bläst sie pustend und schnaufend auf. Dann klappt er das Sofa zu einem Bett um. Lucy setzt sich darauf, während Eric heißen Kräutertee in zwei Tassen schenkt und Honig hinzugibt, wozu er ein hölzernes Stäbchen benutzt, das den klebrigen Honig gefangenhält, bis er in Berührung mit der heißen Flüssigkeit kommt, die ihn zum Schmelzen bringt. Eine zerbrechliche Tasse reicht er Lucy. Setzt sich aufs Bett mit ihr. Sie trinken. Er schaltet den winzigen Schwarzweißfernseher ein, um sich eine Wiederholung von *The Honeymooners* anzusehen. In der heutigen Episode erklärt Ralph, ein früher Prototyp von Archie Bunker in *All in the Family* seinem zukünftigen Schwager, wie man ein »Herr im Haus« wird.

Eric schaltet den Fernseher aus. Die beiden schlafen im Schein einer Petroleumlampe auf dem Nachttisch ein, Lucy auf dem Bettsofa, Eric auf der Luftmatratze.

Lucy (nach Moschus riechend): Ich komme mir vor wie im Wald in Vermont.

Eric (von unten, eindröselnd): Oder Maine.

Schluchzende arabische Liebeslieder

Sowohl Todd als auch Lucy lassen Anzeichen des beginnenden Frühlings erkennen. Es ist März, jener Monat, der wie Mai aussieht, einem aber wie Februar vorkommt. Todd trägt eine Hose in schottischem Karomuster, ein kanariengelbes T-Shirt, weiße Segelschuhe. Lucy hat eine weiße Hose an, eine hellblaue Sanitäter-Hemdbluse, strohfarbene Slipper.

Lucy ist wieder in ihr Apartement in der Bowery eingezogen,

besucht heute aber Todd. Sie sind in der arabischen Lebensmittelhandlung in der Nähe von Todds Haus. Im hinteren Teil des Geschäfts steht ein Blumenständer. Lucy nimmt einen Strauß und bezahlt an der Kasse. In dem Verschlag des Kassierers läuft eine Kassette mit schluchzenden arabischen Liebesliedern. Er ist jung, der Anhänger an seiner Halskette ist ein arabischer Buchstabe, sein Haar ist ein Steppenläufer aus braunem Draht, das gemusterte Hemd mit dem breiten Kragen ist zum größten Teil unter einem dünnen, schlichten, schmutzigen weißen Kaschmirpulli verborgen. Ali grinst Lucy anzüglich an und zwinkert. Während er ihren Einkauf eintippt, spricht ein Bettler in einer kairogrünen Filzhose Todd an und zeigt ihm ein Polaroidbild seines Bruders, der krank ist und Geld für den Arzt braucht. Todd spendet einen Vierteldollar.

Draußen überreicht Lucy Todd liebevoll den Blumenstrauß.

Lucy (küßt Todd auf die Wange): Ein Geschenk für deine Wohnung. Ich muß ein Taxi nehmen.

Todd: Geh noch bis zur Ecke mit mir.

Gemeinsam gehen sie über die Achte Avenue bis zu der Ecke, wo Todd in die Querstraße zum Eingang seines Hauses abbiegen wird. Auf dem Weg hören sie Geräusche, die ganz sicher keine Wintergeräusche sind. Geschrei von Kindern auf einem Spielplatz, Gerumpel von Lastwagenreifen auf eisfreien Straßen, Gebrummel von Hubschraubern. Der Blick über den Boulevard – die Achte Avenue ist nicht minder überbreit wie jeder Boulevard in Paris – findet seinen Höhepunkt an der Ziegelmauer eines hohen Bürohauses, auf die eine Reklame mit einer Zigarettenschachtel gemalt ist. Die Zylinder der Zigaretten sind unterschiedlich hoch wie Orgelpfeifen.

Lucy (im Gehen): Ich bin froh, daß ich mir vor dem Frühjahr diesen S & M-Trip aus dem Kopf geschlagen habe. So was ist eindeutig ein Wintersport.

Todd: S & M ist wie die Arbeit als Model. Beengend. Das Leben ist auch so schon beengend genug. Geld. Lebenserwartung.

Lucy: Alles klar, Herr Philosoph.

Todd (in schwärmerischer Stimmung): In vier Wochen hole ich meinen Cousin Robbie ab. Wenn du mir mit ihm hilfst, könnten wir drei eine Familie sein, eine ganz lockere, Partner eben.

Lucy (zurückhaltend): Ist er nett?

Nachdem Todd in seiner Wohnung den Strauß in eine graue zylindrische Vase gestellt und diese auf die ausklappbare Ablage seines Zeichentischs plaziert hat, verwandeln sich die Blumen augenblicklich in eine buntscheckige Vision, als er gebannt seine Aufmerksamkeit auf das pastellfarbene Mischmasch richtet: violette Anlagerungen, weiße Taschentücher von Blumen mit lila Saum, dunkelgrüne Blätter, verdreht wie zu einer Aderpresse, mädchenhafte gelbe Zinnien quellen aus ihrem blaßgrünen Gürtel hervor, phlegmatische weiße Nelken, runzlige Knospen. Es ist eine Meskalinmischung, die für Todd durch sein Gerede über Zuhause bedeutungsvoller und daher auch schöner ist.

Die Kernfamilie

Anfang Mai soll Todd Robbie in Allentown abholen. Es ist ein Samstag. In Robbies Zimmer liegt jetzt eine Matratze. Auf dem Boden steht ein schwarzes Tastentelefon mit einer langen Schnur. Und ein paar Klemmlampen am Fenstersims und der Schranktür. Den Rest überläßt Todd seinem Cousin.

Das Auto, das Todd gemietet hat, ist beigefarben, ein Automatik. Wähend der Fahrt hört er in voller Lautstärke die Top-Forty-Hitparaden verschiedener UKW-Sender, verrenkt sich zur Musik, soweit es der Sicherheitsgurt zuläßt. Fährt durch den Lincoln Tunnel zum New Jersey Turnpike, dann weiter auf der Interstate 78, schlängelt sich entlang blauer Berghänge, die zu grüngrauen Gewässern abfallen, das Gegenteil der erwarteten natürlichen Farbgebung, dringt dann weiter ins grün-braune Herz von Pennsylvania vor, fährt durch die kleine Stadt Bethlehem, bekannt für ihren elektrischen Weihnachtsschmuck, und kommt schließlich in Allentown an, dem heimeligen Allentown.

Todd steht auf der Straße, wo seine Tante wohnt, und verschnauft erst mal. Ganz in Weiß: weißes Sweatshirt, weiße Baumwollhose, weiße Turnschuhe. Die Häuser sind alle mit knallroten Schindeln gedeckt und haben kleine Stufen vor den schmalen Haustüren. Sie ähneln Reihenhäusern in walisischen Kohlenrevierstädten. Vor Todds Wagen parkt der seiner Eltern:

eine naturgemäß zu große Limousine, ein Cadillac-Verschnitt, hellbraun, gewachst und poliert. Der Himmel ist schiefergrau. Todd wartet zehn Sekunden vor der grünen Haustür aus Holz. Unentschlossen. Dann drückt er auf die Klingel. Seine Mutter, nicht Tante Bette, öffnet die Tür. Todd sieht seine Mutter zuerst durch das Geflecht der Fliegengittertür.

Todd: Ich bin's. Zurück aus dem Krieg.

Sie öffnet die leichte Tür, als wäre sie ganz schwer.

Elaine, Todds Mutter, hat ein schwammiges, trauriges Gesicht, in dem nur noch ein Hauch der früheren Strandschönheit übrig ist. Am Hals hängt ihre Haut etwas schlaff herab. Ihr braungetöntes Haar ist spiralförmig aufgetürmt wie zu einem komplizierten Knoten. Sie trägt zwei weiße ovale Ohrringe. Hat ein geschmackvolles braunes Kleid an, ein schmaler, malvenfarbener Gürtel ist nutzlos um ihre Taille geschlungen, die Troddeln hängen auf der rechten Seite herab. Sie ist kleiner als sonst, weil sie ihre roten Korvettes angezogen hat, vielmehr hat sie sie noch nicht ausgezogen. Die roten Korvettes sind eine Art flache Freizeitschuhe, die sie zum Autofahren trägt. Elaine reicht Todd nur bis an die Brust, als sie sich umarmen.

Elaine (noch während der Umarmung, aber zornig und verlegen): Hier wird geschrien und geflucht, daß es eine Schande ist, und das Haus starrt vor Dreck. Ich habe angeboten, selbst zu kommen und zu putzen. (Noch leiser): Und deine Tante Bette hat jetzt einen neuen Freund, einen Sechzigjährigen, na, du wirst ihn ja gleich selbst sehen.

Todd: Wahrscheinlich treibt sie's öfter als ich.

Elaine: So eine Art Freund ist der nicht.

Sie schlendern in die Diele, in der eine Tapete mit schmutzigweißen Nelken auf dunkelgrünem Grund hängt. In diesem Moment kommt Todds Tante Bette durch eine Tür, die in einen Nebenraum führt. Sie sieht nicht aus wie Elaines Schwester. Sie hat Haare wie Lucille Ball, schütter werdend, rotgefärbt. Ihre Zähne sind nicht gerichtet, stehen schief. Sie benutzt türkisblauen Eyeliner. Trägt ein blaues Baumwollkleid, braune Strümpfe mit Laufmaschen, keine Schuhe. Als sie Todd sieht, schlägt ihr Gesicht von einem lässigen Grinsen in ein trunken wirkendes Pathos um. Sie packt Todd und zieht ihn an sich. Ihr Atem riecht stark nach

Zahncreme. Obwohl sie Todd ungestüm bemuttert, scheint sie sich auch Halt suchend an ihn zu klammern. Sie ist kräftiger als Elaine, kann aber weniger gut auf eigenen Beinen stehen. Elaine ist kaltschnäuzig, versnobt, hört sich an wie eine mit Pillen bekiffte Jacqueline Onassis. Bette schüttet immer jedem ihr Herz aus, mal mehr, mal weniger aufrichtig.

Todd (zieht den Kopf zurück, um dem Schwall ihres Colgate-Atems zu entgehen): Ganz schön starkes Parfüm, Tante Bette.

Tante Bette: Todd. Ich habe meinen Jungen seit so vielen Jahren nicht mehr gesehen, so lange ist das jetzt her. Seit du berühmt geworden bist, hast du mich ganz vergessen. Aber ich habe alle deine Fotos. Deine Mutter schickt mir immer die Zeitschriften, weil sie mit dir angeben will. Aber ich sehe die Fotos trotzdem schrecklich gern, auch wenn sie noch so fies ist, und du eigentlich auch. Nie rufst du mal an. (Senkt die Stimme.) Wir müssen über Robbie reden.

Todd (kommt sich vor, als hätte man ihm gerade fünf Fragen hintereinander gestellt.) Wo ist er?

Tante Bette: Komm rein. Zieh die Schuhe aus und bleib ein Weilchen.

Todd lehnt sich kurz an die Wand in der Diele. Jedes Zimmer ist wie der Eintritt in eine neue Generation oder eine neue Geschichte. Dann gesellt er sich wieder zu den anderen, die seine kurze Abwesenheit nicht bemerkt haben.

Sie drängeln sich in das mit Möbeln vollgestellte Nebenzimmer, dessen einziges zur Straße rausgehendes Fenster mit einer Spitzengardine verhängt ist. Das dominierende Möbelstück ist ein grünes, altmodisches Sofa mit einem fusseligen Bezug, serviettenartigen Lehnenschonern und Beinen aus braunem Kernholz. Die großen grünen Sessel, die zu dem Sofa passen, nehmen den größten Teil des übrigen Zimmers ein. In einer Fernsehtruhe aus Kirschholz mit einer großen, runden Antenne flimmert ein alter Film. Überall auf dem Boden liegen Weltraum-Spielzeuge herum, mit denen Tammys zweijähriger Sohn hantiert.

Tammy, Bettes einzige Tochter, das mittlere Kind, sitzt in einem der großen Sessel. Sie ist einundzwanzig, irgendwie schön, hat schmutzig-blondes Haar, das jedes Jahr einen Ton dunkler wird, trägt einen weichen, gänseblümchengelben Hosenanzug und schwarze Tanzschuhe von Capezio. Sie kaut einen rosa Kaugummi und versetzt hin und wieder einem der Spielzeuge ihres Sohns einen Stoß mit dem Fuß. Gerade hat sie eine G. I.-Joe-Puppe rücklings auf den ausgeblichenen Teppich getreten. Tammy war früher ein Wildfang. Ihr Mann sitzt in dem anderen grünen Sessel. Trägt ein kurzärmeliges graues Hemd, auf dem in Rot sein Name eingestickt ist. Ed, eine blaue Hose mit Bügelfalte, schwarze runde Stiefel mit mindestens einem Dutzend Ösen für die Schnürsenkel. Seine gelben Socken passen zu Tammys Hosenanzug. Ed arbeitet mit Clark, Bettes erstem Sohn, in einer Autowerkstatt. Sonst ist gerade niemand in dem Zimmer.

Tammy (Todd beugt sich vor, um sie auf die Wange zu küssen): Ich kann nicht fassen, daß du dir meinen hirnrissigen Bruder auf den Hals laden läßt.

Ed (steht auf und geht zu Todd, um ihm die Hand zu schütteln): Hör nicht auf sie. Robbie ist ein guter Junge. Der ist in Ordnung.

Todd (im Spaß, sieht in die Schleusen von Eds blauen Augen): Wenn er zu oft mit mir zusammen ist, ändert sich das vielleicht.

Ed setzt sich wieder. Todd nimmt auf dem kratzigen Sofa Platz, links neben ihm seine Tante, rechts seine Mutter. Er schlägt sich mit der rechten Hand gegen den Nacken, läßt seine Linke in den Schoß fallen, dreht und windet sich in einem fort, ohne in der Enge eine bequeme Stellung zu finden.

Tante Bette: Er ist ein guter Junge. Aber ein Tunichtgut. Er hat zuviel Zeit bei seinen Eltern verbracht.

Elaine: Er erinnert mich an einige deiner Freunde, Todd. Die Drogen-Typen auf deiner High School. Ich bin immer noch stolz auf dich, daß du Freunde unter den Drogen-Typen gehabt hast, ohne selbst da reinzurutschen.

Todd (wiederholt Altbekanntes): Tina hat keine Drogen genommen. Sie trug einen Afro-Look, das war alles.

Ed: Als ich gestern aus dem Stadion auf die Straße gekommen bin, waren überall Schwarze, die Drogen verkauft haben und auch selbst an der Nadel hingen. Schweinerei!

Tammy: Sprich nicht von Drogen, wenn dein Sohn zuhört.

Der Sohn krabbelt unmittelbar nach Tammys Bemerkung zu

seinem jungen Vater und steckt ihm vorsichtig den Kopf zwischen die Beine, als würde er seinen Kopf in einen Ofen stecken. Dann rutscht er auf den Boden und schläft ein, den Kopf an die warmen, dreckigen Arbeitsstiefel seines Vaters gelehnt.

Ed: Siehst du? Macht ihm gar nichts aus.

Tante Bette: Die anderen sind alle im Wohnzimmer. Und ich muß noch das Püree fürs Abendessen anrühren.

Elaine: Püree aus der Packung? Richtige Kartoffeln sind leicht zuzubreiten und nahrhaft. Ich weiß wirklich nicht, wieso man Püree aus der Packung macht.

Tante Bette (zu Todd): Dein Vater ist im Wohnzimmer.

Todd (wissend): Und hält sich mal wieder zurück.

Sie stehen auf und gehen durch einen kurzen Flur oder verlängerten Torbogen zum Wohnzimmer, einem großen Versammlungsort, in dem sich alle anderen drängen. Clark, Tammy und ihr schlafender Sohn bleiben noch ein paar Minuten in dem Nebenzimmer, tun so, als sähen sie sich den Kostümfilm an, ruhen sich im Grunde aber nur von den vielen Besuchern aus.

Robbie steht am Ende des kurzen Flurs. Elaine und Tante Bette gehen um ihn herum wie ein Fluß, der um einen unvermittelt aufragenden Felsen fließt. Todd bleibt vor ihm stehen.

Robbie (schlicht): Ich wollte dich gerade holen.

Robbie ist ungefähr so groß wie Todd. Hat langes, seidiges schwarzes Haar. Trägt ein Grateful-Dead-T-Shirt, eine zweifarbige Jeans (vorn silber, hinten schwarz), flache weiße Tennisschuhe, keine Socken, ein silbernes Namensarmband ohne Inschrift.

Todd (entschlossen): Gehen wir als erstes auf dein Zimmer. Ehe wir da reinwaten.

Robbie geht los. Todd folgt ihm durch das Nebenzimmer bis nach oben in Robbies dunkelrosa Zimmer im zweiten Stock. Verblaßte Quadrate und Rechtecke an den Wänden zeigen die Stellen an, wo inzwischen abgenommene Poster hingen, ein paar Tesastreifen kleben noch an der Wand. Drei ramponierte Wildlederkoffer stehen auf dem kahlen Linoleumboden.

Todd wirft unwillkürlich einen Blick aus dem Fenster. Unten auf der Straße schleppen drei Typen, zwei Weiße, ein Schwarzer, Einkaufstüten und ein paar Sechserpackungen. Wahrscheinlich für eine später stattfindende Party. Ein unsichtbarer Nieselregen fällt, weicht die steifen Papiertüten auf und läßt die Köpfe der Typen glänzen. Robbie setzt sich auf das Bett, hat die Beine ausgestreckt, berührt nur mit den Fersen den Boden. Er schlüpft aus seinen Turnschuhen und beißt sich einen Zehennagel ab. Todd sitzt neben ihm, beobachtet ihn genau, aber ungerührt.

Robbie (ein Test): Hast du je Lauren Hutton kennengelernt?

Todd: Die ist zu alt für mich.

Robbie (wälzt sich nach vorn): Die hab ich nämlich in *Ein Mann für gewisse Stunden* gesehen. Sie ist früher Model gewesen. Sie hat so eine Lücke zwischen den Zähnen. Darauf bin ich scharf. Eine ältere Frau, die mich auf einem Boot durch die Welt kutschiert. Ich bleibe in meiner Kabine und mache den ganzen Tag Gymnastik, während sie draußen ist und auf Deck arbeitet. Das wäre cool.

Todd (spielt mit): Ich habe gedacht, du wolltest Sänger in einer Band werden.

Robbie: Das war mal. Bands sind out.

Todd: Und was ist in? Gigolo?

Robbie (fuchtelt mit den Händen durch die Luft): Na ja, ich habe eine Menge Ideen über die Gesellschaft und zwischenmenschliche Beziehungen. Es steckt eine Menge in mir, aber ich weiß nicht, wie ich mich ausdrücken oder was ich damit anfangen soll. Ich möchte zur Schule gehen, damit ich die richtigen Fachausdrücke und den ganzen Scheiß lerne.

Todd (legt die Hand auf Robbies Schenkel): Ich mag dich. Ich bin froh, daß du bei mir einziehst,.

Robbie (weicht vor der Berührung zurück): Du hast auch mächtig Eindruck auf mich gemacht. Ich habe alle deine Fotos in diesen Zeitschriften gesehen.

Robbie geht zum Fenstersims, nimmt einen roten Gummi in die Hand, bindet sein Haar zu einem Ponyschwanz und flicht den Gummi hinein, damit der Schwanz sich nicht auflöst. Dann greift er in einen marineblauen Rucksack mit Stahlrohren, zieht eine Zeitschrift hervor, *Heavy Rock*, auf deren Titelbild einige Fotos grölender junger Männer abgebildet sind. Er wirft die Zeitschrift Todd in den Schoß.

Robbie: Guck dir mal Seite siebzehn an.

Todd blättert Seite siebzehn auf.

Robbie: Im Publikum bin ich. Siehst du mich?

Auf Seite siebzehn ist ein Foto von einem Live-Konzert einer Jugendband mit kahlrasierten Köpfen und Rockerkleidung. Die Menschenmenge vorn vor der Bühne ist ein verschwommenes Durcheinander von Jugendlichen. Robbies Kopf ist mit rotem Filzstift eingekreist, sonst wäre er nicht zu erkennen.

Robbie (zuckt ernst die Achseln): Immerhin ein Anfang.

Todd grunzt.

Robbie (hypersensibel für das Unausgesprochene): Ich höre.

Robbie greift wieder in den Rucksack. Diesmal zieht er eine Flasche mit orangefarbenem California Cooler hervor. Weißwein, Wasser, Kohlensäure, Fruktose, natürlicher Orangengeschmacksstoff, Zitronensäure, Lebensmittelfarbe, Natriumbenzoat-Konservierungsstoffe. In ihrer trüben Phosphoreszenz scheint die Flasche einen Dschinn zu verbergen.

Robbie trinkt die Flasche aus und redet fast unablässig. Dann schlüpft er in seine Turnschuhe, ohne die Schnürsenkel zu binden, und er und Todd steigen wieder nach unten. Todd biegt nach rechts ins Wohnzimmer ab, aber Robbie geht nach links.

Robbie (ohne sich umzudrehen): Ich muß mich noch von ein paar Leuten verabschieden. Draußen.

Das große Zimmer ist voller Gerüche: Zigaretten, Bier, Whiskey, Fleisch und Kartoffeln, Luftreiniger mit Limonenduft. Und voller Geräusche: Baseballspiel im Fernsehen, Rockmusik im Radio, jede Menge Gerede und Geschrei. Clark, der älteste Sohn, sitzt bei seinem Arbeitskollegen Ed und unterhält sich mit ihm. Clark ist groß und spindeldürr. Er hat überall schwarze Haare. Neben ihm sitzt Barbara, seine Frau, vollbusig und grobknochig. Sie beteiligt sich an dem Gespräch über Baseballspieler. Sie und Clark kennen sämtliche Baseball-Statistiken auswendig. Tammy schläft auf dem Sofa, ihr Sohn liegt in einem mit Fell ausgeschlagenen Tragegestell auf ihrem Bauch.

Todds Vater sitzt in einem großen braunen Sessel, den er dicht an einen anderen großen braunen Sessel gezogen hat, in den sich Al, Tante Bettes neuer Freund, gefläzt hat. Todds Vater trinkt eine Diätlimonade. Als er jünger war, trank er wegen seines Magengeschwürs keinen Alkohol, jetzt wegen seiner Herzkrankheit. Er heißt Harry. Er trägt einen Perry-Como-Pullover, hellblau mit drei elfenbeinernen Knöpfen, ein Polohemd, auf das ein Pferd eingestickt ist, eine graue Wollhose, Nylonsocken und Penny-Loafer. Sein Gesicht sieht dem seiner Frau auffallend ähnlich.

Al ist sehr schlank. Eine Bohnenstange. Bette ißt kein mageres Fleisch. Zusammen sind sie der Entwurf zu Bettes Sohn und Schwiegertochter, Clark und Barbara. Harry ist Geschäftsführer einer erfolgreichen Teppichreinigungsfirma, und Al versucht ständig, dem Bruder seiner ersten Frau einen Job dort zu verschaffen. Tante Bette ist in der Küche und wirft ein verschweißtes Päckchen französische Butterbohnen in einen Topf mit kochendem Wasser.

Todd tritt zu Harry und Al. Sein kleiner Vater steht auf, und sie reichen sich die Hand. Todd starrt beim Händeschütteln auf die blauen Venen in der Hand seines Vaters. Sein Vater setzt sich wieder, Todd zieht sich einen hölzernen Schreibtischstuhl ran, um neben seinem Vater zu sitzen, und schlägt die Beine übereinander, indem er einen Knöchel mit der Hand umklammert.

Harry: Ist alles in Ordnung?

Todd (ohne sich bewußt zu sein, daß er sich an die monotone Stimme seines Vaters anpaßt): Alles in Ordnung. In *People* ist die Anzeige mit mir erschienen. Hast du sie gesehen?

Tante Bette kommt mit einem Stapel Zeitschriften aus der Küche, in denen Todds Foto erschienen ist: *GQ*, *Men's Wear*, *L'Uomo Vogue*, *L'Officiel*, *New York Times Magazine*, *International-Male*-Katalog, *Sears-Roebuck*-Katalog, *Pizzahut*-Dienstkleidungs-Katalog, *Interview*, die *Esquire*-Ausgabe mit der Herbstmännermode. Niemand ist sonderlich daran interessiert, mit Ausnahme von Clarks Frau Barbara. Doch ihr Interesse reicht, um Elaine zum Erzählen zu bewegen.

Elaine (die am teuersten angezogene Frau in dem Zimmer): Der nächste Schritt ist also, ein Filmstar zu werden. Aus heiterem Himmel hat Todd einen Anruf von Joe Martell erhalten. (Nervöses Lachen, dann, wie zur Sühne für das Lachen): Natürlich geht das im Leben nicht so, wahrscheinlich klappt das nicht. Aber es ist immer schön, wenn man mit in Betracht gezogen wird.

Harry (unangemessen aufgebracht): Jetzt entmutige ihn doch nicht. Ich finde, die Schauspielerei ist vielleicht gar nicht so schwer, wie wir vielleicht annehmen.

Robbie kommt in das Zimmer zurück, seine Kleidung ist ungleichmäßig mit Regentropfen bespritzt. Er setzt sich auf die Lehne von Als Sessel.

Robbie (zu Todd, der ihm gegenüber sitzt): Al ist ein ganz Ruhiger. Er paßt ideal zu meiner Mom. Sag was, Al.

Al (leise): Ich habe mich gerade mit Mr. Eamon unterhalten. Ich habe ihm von meiner Operation erzählt.

Robbie: Das tut mir wirklich leid, Al. Ich bin froh, daß meine Mom bei dir geblieben ist, auch wenn mein Vater vor Zorn fast das ganze Haus abgefackelt hat.

Al (erklärt an niemand Bestimmtes gewandt): Robbie ist ein guter Junge. (Zu Todd): New York wird ihm guttun. Er ist zu groß für Allentown. Er ist nicht übel, er ist bloß schlau.

Das Abendessen ist ein sich über zwei Stunden hinziehendes Fest. Elf Leute sitzen in der Küche um zwei zusammengeschobene Tische. Ein winziges Fensterchen mit einer Geranie auf dem Sims hat man offen gelassen, so daß der regnerische Wind hereinweht. Todd beschränkt sich ungesellig darauf, immer wieder sein Püree mit Flüssen aus Soße zu bewässern. Tammys kleiner Junge sitzt auf einem Kinderstuhl aus Holz, auf dessen Rückenlehne ein Hahn abgebildet ist. Er hat ein blaues Lätzchen umgebunden, und seine Großtante Elaine löffelt ihm Aprikosenbrei in den Mund. Nach jedem Löffelvoll streckt er verbittert die Zunge heraus und leckt sich über die Lippen.

Tante Bette: Ich weiß noch, als er ein kleines Baby war, wurde sein kleines Ding steinhart. Und wenn er geschrien hat, und ich wollte, daß er Ruhe gab, habe ich damit spielen müssen, bis er glucksend wieder eingeschlafen ist. Meine eigenen Jungs waren auch so.

Clark: So bin ich heute noch. Stimmt's, Barbara? (Lacht ihr ins Gesicht.)

Barbara (nachdem sie ein paar Maiskörner runterschluckt hat, zieht sie mit): Er braucht immer noch einen Schnuller.

Während Robbie oben seine Taschen zusammenpackt, sagt Todd seinen Eltern auf Wiedersehen.

Todd (umarmt seine Mutter): Was du auch machst, werd bloß nicht dick.

Todd (schüttelt seinem Vater die Hand): Ich hoffe, daß du aufblühst, wenn du in Rente gehst.

Dann wartet er draußen hinter dem Steuer. Tante Bette begleitet Robbie zum Wagen. Sie steht weinend im Regen. Robbie bleibt wacker neben ihr stehen, wartet, bis sie ihn entläßt.

Tante Bette (weinerlich): Ich hoffe, du machst mir keine Vorwürfe, weil ich dir kein richtiges Zuhause bieten konnte.

Robbie (protestierend): Mom! Du hast mir ein tolles Zuhause geboten. Es war ganz prima hier. Eine Mom mit einem Freund, das bringt mir was. Die anderen sind doch alle alte Spießerinnen gegen dich. Die anderen Mütter.

Tante Bette: Danke. Ich liebe dich. Und ich weiß, daß du mein ganz besonderer Sohn bist. (Beugt sich ins Auto, zu Todd): Todd. Nimm ihn an die Hand. Ich weiß, daß es eigentlich nicht deine Aufgabe ist, auf ihn aufzupassen. Eröffne ihm neue Horizonte, damit er es mal weiter bringt als seine Eltern.

Todd (spürt bis in die Brust, wie sich ihm die Kehle zusammenzieht): Ich verspreche es, Tante Bette.

Kaputtnik

Auf der High-School war Robbie ein ziemlicher Kaputtnik. Oder ein Punk. Aber gewitzt. Doch in der neuen Umgebung Manhattans verliert er diese düsteren Merkmale sofort. Er fügt sich auf Anhieb ein. Ist nur ein weiterer rastlos Getriebener in der Statistik. Ist normal.

Am Samstagabend, dem Abend nach Robbies Einzug, hat Todd den Mietwagen immer noch nicht zurückgebracht. Robbie sieht ihn unten auf der Straße geparkt, als er in der gleichen Grateful-Dead-Kluft wie gestern am Fenster steht und ihm die Decke auf den Kopf fällt. Der Mond scheint grell in sein Fenster, wie ein Spuckefleck, der sich auf einer ebenen Glasfläche ausbreitet.

Robbie geht raus ins Wohnzimmer. Todd arbeitet am Zeichentisch an seinen Collagen.

Robbie (rundweg): Todd, ich geh mir mal ein bißchen die Beine vertreten.

Todd (ohne sich umzudrehen): Prima.

Und so steckt Robbie sich seinen neuen Schlüssel in den rechten Turnschuh, zusammen mit dem Autoschlüssel, den er sich auf dem Weg zur Tür von dem durchsichtigen Glasküchentisch mit den schwarzen High-Tech-Metallbeinen nimmt.

Der unauffällige beigefarbene Wagen steht unten auf der Straße direkt an der Ecke. Robbie steigt ein. Läßt den Motor aufheulen. Fährt spazieren. Über den teilweise als Hochstraße verlaufenden West Side Highway, die einzige mit einer Autobahn vergleichbare Straße in Manhattan, in Richtung der silbernen Stereo-Lautsprecher des World Trade Center, Disco-Architektur. Im Verkehrsgewühl rauscht er an Reklametafeln vorbei und durch Gegenden, wo links und rechts Fabriken stehen. Es hat den Anschein, als würden sein Auto und alle anderen Autos sich selbst steuern, automatisch, unterwegs zu einem vorher eingegebenen Zielort. In der Nähe des Holland Tunnel schwenkt Robbie aus, wendet und fährt die unebenere West Street zurück.

Inzwischen liegt seine feuchte Hand auf der silbernen Vorderseite seiner zweifarbigen Jeans. Hat einen Streifen. Biegt wie von Zauberhand gelenkt an der 28. Straße ab und fährt Richtung Osten. Die Straße wird von Nutten, Passanten, Transvestiten, Transsexuellen, Zuhältern gesäumt. Mit der ganzen schmierigen Dreistigkeit jener flinken Typen, die ortsunkundigen Autofahrern tagsüber ein paar Dollar für das unverlangte Reinigen der Fensterscheiben abknöpfen, gehen sie mitten auf der Straße auf Kundenfang und sprechen durchs Autofenster Freier an. Die andere, männliche Seite der Mädchen.

Robbie fährt langsam durch diese Straße der illegalen Vergnügungen, um sich einen Überblick zu verschaffen. Am Randstein stehen metallene Lastwagen aus New Jersey. Limousinen fahren rechts ran und saugen geschminkte Damen in ihre schwarz-verspiegelten Hinterteile. Auf einem Basketballfeld lehnen sich junge Typen an die Korbstangen, während sich Mädchen in den Schattenpfützen vor ihnen hinknien und an diesem einen wichtigsten Muskel lecken.

Als er zum zweiten Mal um den Block fährt, hupt Robbie einem

Mädchen. Sie hat ein fein geschnittenes, junges, noch hübsches Joan-Crawford-Gesicht und braunes, schulterlanges Haar; trägt ein blaues Nadelstreifenhemd, am Dekolleté offen, eine enge, wolkenhelle Bluejeans, rote, hochhackige Schuhe wie in *Oz*. Sie tritt so dicht an das Fenster, daß Robbie den Zimtgeschmack ihres roten Lippenstifts riechen kann.

Robbie (lehnt sich aus dem Fenster): Ich möchte einen geblasen haben, und zwar umsonst.

Teri: Ich heiße Teri. Wieso umsonst?

Robbie: Glaubst du, das krieg ich nicht von einer deiner Schwestern hier?

Teri (schlägt die Augenlider nieder, eine Karikatur von Verführung): Laß mich rein.

Teri flitzt also auf die andere Wagenseite, ihre flotten winzigen Schrittchen zeichnen sich im Licht der ausklappbaren Scheinwerfer des Mietwagens deutlich ab. Robbie beugt sich vor, um an dem metallenen Türgriff zu ziehen. Sie rutscht auf den Sitz, ganz dicht an seinen sexbesessenen Körper.

Robbie (sie ist so nahe, daß er den Kopf nicht ganz nach rechts drehen kann): Wo soll ich hinfahren?

Teri (eine von allem Unnötigen befreite Stimme): Da vorn zu dem Drahtzaun.

Sie meint den Drahtzaun des Basketballfeldes, dessen Drähte oben wie Stacheldraht ineinander verknotet sind.

Robbie parkt den Wagen. Als die Motorengeräusche verstummen, herrscht Stille, lastend wie eine Wildnis. Ohne sie anzusehen, legt er ihre Hand zwischen seine Beine. Mit ihren langen roten Fingernägeln streicht sie ihm über die Hose. Dann legt Robbie seine Hand zwischen ihre Beine. Spürt einen langen harten Fleischwulst dort. Das Adrenalin beginnt ihm in den Ohren zu dröhnen. Er kann seinen eigenen Herzschlag hören.

Robbie: Du bist kein Mädchen, du bist ein Junge.

Teri (legt seine Hand auf ihre warmen Brüste): Fühl mal. Sag so was nicht.

Robbie: Du bist ein Transvestit.

Teri (lehnt sich kurz in den Autositz drüben auf ihrer Fensterseite): Die Stimme war's, oder? Weil ich nicht mehr die Hormone nehme, und die Stimme verliert man zuerst.

Robbie (mit funkelnden Augen): Nein, es war dein Schwanz.

Teri: Stört's dich? (in gewisser Beziehung so verzweifelt wie er über das alles) Bist du schon mal von 'nem Mädchen gebumst worden? Hast du schon mal ein Mädchen geleckt? Die Stimme war's, was?

Robbie (seine Stimme klingt hitzig, weil sie von ganz innen kommt): Nein, nie. Und ich möchte auch nicht.

Teri: Möchtest du überhaupt was?

Robbie: Ich könnte dich auf dem Rücksitz zwischen die Beine bumsen. Ja, genau.

Teri: Zwischen die Beine bumsen. Mmmmmm.

Also klettern sie beide auf den Rücksitz. Robbie dreht sie um und knöpft ihr das Hemd auf, während sie auf dem Bauch liegt, zieht es ihr aus und setzt ihre weiße, fischige Haut der Luft im Wagen aus.

Teri (versucht, den Kopf zu drehen): Hast du irgendwelchen Stoff?

Robbie legt ihr seine verschwitzte Handfläche auf die sich bewegenden Lippen. Mit der anderen Hand zieht er die knallenge Jeans runter. Bringt langsam seinen Fleischwulst zum Vorschein, wie ein Gewehr, das durch ein Loch in einem altmodischen Fort auftaucht. Steckt ihn ihr zwischen die Beine. Gemeinsam hüpfen sie krampfhaft auf und ab, in einer Art süßem Schmerz.

Teri (während er sie zwischen die Beine bumst): Ich habe Geschäftsleute gehabt. Lastwagenfahrer. Und Mafiosi. Auch schon Chassidim mit Hüten und Bärten. Aber einen wie dich hatte ich noch nie.

Inzwischen gleitet Robbie glatt zwischen ihren Beinen hin und her. Er spuckt auf seinen Schwanz, um ihn feuchter zu machen. Dann nagelt er einfach weiter.

Robbie: Was bin ich?

Teri (synkopisch zu seinen Stößen): Du bist... der amerikanische Traummann... du bist der... amerikanische Traumtyp.

Robbie spritzt einen konzentrierten Sprühregen zwischen ihre Beine. Sie kommt direkt auf den Ledersitzen des Mietwagens.

Teri (nie befriedigt): Ich leck's für dich auf. Ich leck's für dich auf.

Und das tut sie. Sie kauert sich auf in den Fußraum und leckt die Schweinerei vom Rücksitz. Robbie lehnt sich zurück und sieht ihr zu, einfach belustigt.

Robbie: Ich mag dich. Ich wünschte, alle wären so wie du.

Teri: Möchtest du mein fester Freund werden?

Robbie: Nein.

Teri: Spar dir die Antwort. Ich habe monatelang feste Freunde gehabt. Am Ende heißt es dann immer, tut mir leid, aber ich will einfach das Echte.

Robbie: Laß dich davon nicht unterkriegen.

Teri (krabbelt auf den Sitz, um ihn aufs Kinn zu küssen): Du Süßer. Du bist ja so lieb und sanft.

Robbie erklärt sich einverstanden, Teri ein Stück bis zur Fifth Avenue mitzunehmen. Teri redet während der ganzen Fahrt.

Teri: Du hast keine Ahnung, was ich durchgemacht habe. Hauptsächlich in meinem Kopf. Aber ich habe mich so danach gesehnt, eine Frau zu sein, ich habe mich so schuldig gefühlt, ich habe früher immer ein Mittel zur Blutverdünnung genommen, das ich in meiner Handtasche versteckt habe, damit ich eine Blutung bekam. Ich weiß nicht, was das bedeutete. Ich glaube, die meisten Menschen leben ein Traumleben. Die kriegen nicht jeden Scheißtag eine Schale mit Blut zum Trinken vorgesetzt.

Robbie hält neben einer Filiale der Citibank an, die in ihrem Blau und Weiß von innen so einladend hell wirkt, daß sie wirklich wie Musik ist.

Robbie (mit jugendlich krächzender Stimme): Ich wünsch dir mehr Glück im nächsten Leben.

Die Kultur des Narzißmus

Auf Michael Ives Geburtstagsparty im »Underground«, einem Keller-im-Keller-Club am Union Square. Ives, der früher für Yale gerudert hat, Haare blond wie Holz, Zähne dick wie Knochen, ein Oberkörper, der vielleicht vom Rudern länger geworden ist, wodurch seine Beine optisch kürzer wirken, tingelt durch eine normale Disco-Szenerie, gefolgt von weniger berühmten Typen (auf der Lauer) aus der Agentur, wird regelmäßig von Mädchen angesprochen, die den Schwan für seinen Zeus spielen wollen.

Ives, das männliche Model, das in diesem Jahr der Agentur am meisten Umsatz gebracht hat, ist immer leicht gebräunt, ein Indiz für Aufträge im Süden.

Todd ist anwesend. Soupy hat ihn angerufen und eingeladen, weil sein Foto noch immer im Register der Agentur ist. Also kommt er auf einen Sprung vorbei, trägt ein dezentes dunkelblaues Gap-Sweatshirt, weiße Jeans, schwarze Halbschuhe, keine Socken. Soupy begrüßt alle an der Tür. In einem taubenblauen Anzug mit wattierten Schultern und roter Nelke am Revers.

Soupy (zu Todd): Bleib nicht zu lange, sonst willst du wieder anfangen.

Todd (erleichtert, sich nicht mehr verstellen zu müssen): Wie ein Alkoholiker auf einer Cocktailparty?

Er bleibt nur zehn Minuten. Geht durch die zweigeschossige Disco mit den sich hoch oben kreuzenden Laufstegen, kleinen Zimmern, die wie die Schlafgemächer von Paschas rot erleuchtet sind, dazwischen eine Menge menschlichen Konfettis, das lautsprecherverstärkter Wind von Barry White und Michael Jackson durcheinanderwirbelt.

Todd klettert über eine metallene Feuerleiter in die abgetrennte Glaskabine, wo es für die VIPs Geburtstagstortenstücke gibt. Anders als erwartet, ist das elitärste und am schärfsten kontrollierte Zimmer das überflüssigste. Die Gesichter von Models, Möchtegern-Models, Ex-Models, Fotografen und Bookern leuchten in einer Art Mondschein. Sie sind alle wie Cervantes' Spiegelritter, nicht nur Spiegelbilder voneinander, sondern auch Spiegelbilder der Persönlichkeiten, die sie in ihren berühmtesten Werbefotos verkörpert haben. Fotomodels sind wie Stummfilmstars, ganz Ausstrahlung, keine Stimme, daher geheimnisvoller.

Marlo-Thomas-Model (taucht in ihrem Dschinn-Schmuck vor Todd auf): Ich habe in Düsseldort mit dir gearbeitet. Erinnerst du dich?

Todd (schwindelt): Ja.

Todd wendet sich an Ives, der links und rechts von Mädchen flankiert ist; beide sagen Dinge, die soviel bedeuten, wie wenn sie in Las Vegas ihre Hotelschlüssel auf die Bühne geworfen hätten.

Todd (zu Ives): Ich habe dich schon immer was fragen wollen. Bist du mit Charles Ives verwandt, dem Komponisten?

Ives (stopft sich den Mund mit Schokoladentorte voll, in gezwungenem Dummer-Sportler-Ton): Nein. Mit Burl Ives.

Plötzlich ist Paul da, in einem seiner rotkarierten Holzfäller-Hemden aus Flanell, strahlt Wärme aus. Todd und Paul fassen sich gegenseitig um die Oberkörper, umarmen sich im künstlichen Diskant von Diana Ross' »Upside Down«.

Todd (schreiend): Dieser Song war populär, als wir populär waren.

Nach ein paar sentimentalen und herzlichen Variationen von »Wie-geht's-dir« zieht Paul an die Bar.

Todd starrt am Metallgitter eines Geländers vorbei nach unten auf die Zitrus-Tanzfläche (beißende Gelb- und Orangetöne), die von weißen *Star-Wars*-Laserstrahlen durchschnitten wird. Eine Harlekinade findet statt. Soupy hat Richard, den gesundheitsstrotzenden, dunkelhäutigen, muskulösen Neuling von den Aufnahmen für Power, in einen Harnisch gesteckt, der aus mit Tesa zusammengeklebten Fotos aller Männer und Frauen in der Agentur besteht. Er verbindet ihm die Augen mit einem langen Streifen von Klebeschildchen, auf die der Namen ROXANNE aufgedruckt ist, und die normalerweise zum Versand von Päckchen dienen. Dann führt er ihn durch die Menge und stößt ihn auf die Tanzfläche, wo er blind tanzen muß. Ihn scheint das nicht zu stören. Reggaemusik läuft. Bald fangen andere Models an, die Fotomontage auseinanderzureißen (Mitleid? Neid? Spaß?), und der Junge ist aus seinem Bann befreit.

Todd spürt, wie Jerry, ein Profi-Baseballspieler aus Philadelphia, ihm mit kräftiger Hand hinten auf die Schultern schlägt. Dreht sich um, sieht Jerry, der eine schwarze Wolljacke mit Reißverschluß trägt, dazu einen weißen Satinschal um den Hals, eine hellbraune Leinenhose, weiße Wildlederschuhe, das Haar mit Scheitel auf die Seite gekämmt, er wirkt wie ein aus dem Kontext gerissenes Matineeidol.

Jerry (mit regionalem Akzent): Todd. Wie ich höre, machst du Schluß.

Todd: Oder einen neuen Anfang.

Jerry (kommt zum Punkt): Todd. Treibst du's gerne mit jungen Mädchen?

Todd: Schon möglich.

Jerry: Wie alt war die jüngste, mit der du's je getrieben hast?

Todd: Sechzehn.

Jerry: Ich hatte neulich zwei Vierzehnjährige. Aber die eine... vielleicht war sie dreizehn... war zu eng für mich. Ist dein Schwanz normal groß? Vielleicht kannst du mir aushelfen. Nimm du sie. Ich nehm ihre Freundin.

Todd: Passe.

Auf dem Weg über einen der Laufstege oben kommt Todd an Joe MacDonald vorbei, dem klassischen Model, dessen Augen, Haar, Kinn und Haut irgendwie nach Boston aussehen und an eine amerikanische Aristokratie erinnern, die es wahrscheinlich nie gegeben hat und auch nie geben wird. Auf Fotos in der Regel im Anzug, trägt MacDonald ein T-Shirt, Jeans und um den Hals eine Kette wie der Talisman eines Eingeborenen, die aus aufgefädelten Tickets der Gepäckkontrolle von seinen Flugreisen stammt.

In einem warmen, höhlenartigen Raum in der Nähe des Ausgangs werden Farbdias auf eine Leinwand projiziert. Berühmte Zeitschriftenfotos der letzten Zeit. Nicht nur von Roxannes Models. Sondern all die Gesichter der ganzen pulsierenden, in sich gebrochenen Augenwelt jenes Jahres. Todd kommt rein, als gerade die Männer dran sind.

Dias: Jeff Aquilon, Kapitän der Wasserballmannschaft der Pepperdine University, wie er mit angespanntem Bauch in einer Model-Unterhose und Socken benommen auf einer Matratze in einem Loft liegt. Michael Ives beim Essen einer Eistüte. Dimitri Boyd, finster wie ein Grieche in der *Ilias*, liegt lässig auf weißen Fliesen, in chamoisfarbenen Shorts und sonst nichts. (Seine Aufnahmen für *Penthouse* arteten oft in Orgien aus, bei denen er die Mädchen im Bett gevögelt hat, während die Art-Direktoren zusahen.) Vern McHale in einer mit Blumenmotiven bedruckten Shorts, ansonsten nackt, lehnt sich an ein weißes Fahrrad. (Er hat sich für *Rockshots* fotografieren lassen, die pornografischen Grußkarten, nackt bis auf eine Weihnachtsmannmütze.) Nick Rea in einem Wald aus verschwommenen Frauenbeinen. (Turnlehrer, hat zu Anfang für Geld sowohl Jungs als auch Mädchen tantrische Massagen verabreicht.) Rick Edwards, in einen bequemen Sessel gelehnt, sein weißer Frotteebademantel ist offen,

Blick auf schwarze Badehose zwischen seine Beine, eine Frau in einem weißen Spitzenbikini bewundert mit Händen und Augen seine Brust, sein Gesicht voll Wonne über sich selbst. John Reilly in einem schlank geschnittenen Dinnerjackett. (Er schniefte öfter den ganzen Abend Kokain, mietete sich einen Raum im Schwulenbad St. Mark's und ließ die Tür offen, um einen Stecher nach dem anderen einzuladen; am nächsten Morgen hat er sich in seiner Heimsauna wieder fit zum Arbeiten gemacht.) Chet Cardine, ein weißes Schweißband um seinen ziselierten Kopf gewickelt, herabhängendes, nasses, verfilztes Haar, braune Augen, der Blick eine unwiderstehliche Einladung in die Leere. (Von Roxanne bei einem Tennisspiel entdeckt, landete schließlich in einem Entziehungsheim für Alkoholiker auf einem Berg oberhalb Malibus, übergewichtig und makaber wie Presley in seinen letzten Jahren.)

Todd freut sich, dort gewesen zu sein. Es war ein zarter Augenblick der Geschichte. Aber er ist auch froh, direkt auf die schwere schwarze Stahltür zuzugehen, über der ein rotes EXIT-Schild leuchtet. Er drückt auf die waagrechte Stange, wodurch die Tür aufgeht, wenn er mit dem Unterarm etwas schiebt. Ein Schwall kalter blauer Luft strömt herein, wie die Antwort auf eine Frage.

Knall.

In der Galerie

Rosas Galerie ist weiß. Die glatten Wände sind weiß. Die vor kurzem gestrichenen Holzdielenböden sind weiß. Die Lichtschienen sind aus weißem Metall. Kellner von der Firma, für die Todd früher gearbeitet hat, laufen im Zickzack hin und her, ziehen weiße Tischtücher auf Bartischen glatt, leeren Eimer mit durchsichtigem Eis in Eiskübel aus weißem Porzellan, falten weiße Servietten.

Sogar Rosa trägt ein weißes Kleid und darunter weiße hochhackige Schuhe. Doch der Rest von ihr ist so bunt wie Farbdosen. Ihr Haar ist rostrot und reicht ihr bis auf die Schultern. Ihre Haut ist dunkel, das ganze Jahr über von einer Sonnenbank gebräunt, mit orangefarbenen Sommersprossen. Ihre Augen sind blau.

Auch ihre Fingernägel sind blau lackiert. Sie ist Anfang vierzig, hat so scharfgeschnittene Züge wie die Schauspielerin Sylvia Miles, die immer nur winzige Rollen spielte.

Rosa (mit ihrem deutschen Akzent, zu Todd): Sämtliche Revolutionen der Welt waren lediglich PR-Gags. Partys, an denen die Leute aus geschäftlichen Gründen teilnahmen. Die wahre Revolution ist die Kunst.

Todd (in einem kupferfarbenen Leinensakko, gelbe Seidenkrawatte, Bluejeans, weiße Segelschuhe, keine Socken): Das ist interessant, Rosa.

Edward Stack (trägt einen mit Farbe bekleckten schwarzen Anzug aus Zeltstoff, ein Späthippie, der andere Künstler, der heute abend ausstellt): Aber die marxistische Revolution begann in Deutschland, hat sich dann jedoch in Rußland abgespielt. Wie paßt das zu deiner Theorie?

Rosa (sehr *tant pis*): Oh, das paßt schon. Es ist genau so, wie wenn die »Danceteria« dem »Hurrah's« das Publikum abspenstig macht oder der »Mudd Club« den Platz verwirklicht, der in der Musik im CBGB nur impliziert ist. Die wahre Politik findet in den Clubs statt.

Edward Stack (ruft, während er zu der Wand mit seinen Gemälden geht): Möchtest du hinterher ausgehen?

In einem von Stacks Gemälden mit dem Titel »Nachbarn« tragen zwei brutale Kerle mit kahlrasierten Köpfen vor ihren spießigen Hütten ein Blickduell aus, jeder hält scharfe Hunde, die nur darauf warten, mit ihren Wolfsfängen übereinander herzufallen, an einer Leine mit Dornenhalsband. Auf »Brennender Wagen in Beirut« geht ein schwarzer Cadillac in orange-roten Flammen auf, die an dem rosa Himmel lecken. Wirkt wie ein lebendig gewordenes Foto aus der *New York Times*, das sein farbiges Wesen zu erkennen gibt.

Anschließend läßt Todd Rosa allein, um sich neben die Wand mit seinen Collagen zu stellen. Hält einen kleinen Plastikbecher mit grüngefärbtem Weißwein in der Hand. Bald füllt sich der würfelförmige Raum. Eine Geräuschwelle schwillt immer mehr an und prallt dann an die Wand am anderen Ende. Viel Schwarz- und Weiß-Kleidung. Spitze Schuhe, abgerundete Stiefel. Mit verschiedenen Wachs- und Gelsorten behandelte Haare. Draußen wird geraucht. Todds Blick macht Schnappschüsse von jedem roten Punkt, den Rosa (verkauft!) auf seine Collagen drückt, die jetzt hinter Plexiglas gerahmt sind, wie bunte Blätter, die man in Wachspapier aufbewahrt.

Lucy, in einem pfirsichfarbenen Laborkittel, zugeknöpft, nimmt die Vernissage mit einer einhändig bedienbaren Videokamera auf, die sie sich für den Abend von der Produktionsfirma geliehen hat, wo sie jetzt arbeitet. Bewegt sich wie ein Monster aus einer technologischen Lagune, das ein mechanisches Auge als Kopf hat. Als sie den Scheinwerfer einschaltet, erweckt der milchige Strom jeden zum Leben, den er erfaßt; nach Anerkennung suchende Gesichter werden aufgenommen.

Lucy (geht an Todd vorbei, flüstert romantisch): Ich habe vor, später deinen Schwanz in den Mund zu nehmen.

Robbie, trägt sein Haar heute abend schulterlang, achtet darauf, niemandem im Weg zu stehen. Die meiste Zeit über sitzt er auf einem Fenstersims, die Glasscheibe ist mit einem schwarzen Karton verdeckt. Dann sieht er, daß ein Junge und ein Mädchen in einem Flur, der zur Toilette im hinteren Teil der Galerie führt, Kokain schnupfen. Er macht sich sofort ran, wie ein Wolf, räuberisch. Sie erklären sich einverstanden, ein Tütchen für fünfundzwanzig Dollar mit ihm zu teilen. Der Typ ist ein Schwarzer, trägt eine viereckige militärische Mütze, einen Ohrring im rechten Ohr, ein Clash-T-Shirt, Armyhose und Stiefel. Das Mädchen in seiner Begleitung ist spanischer Herkunft, hat einen roten Samtfummel an. Während er sich auf die Suche nach seinem Dealer macht, plaudert sie mit Robbie. Robbie macht tiefe Züge an dem Joint, den er sich angezündet hat.

Spanisches Mädchen: Im Village hat an der Siebten Avenue ein neuer »Pizza Palace« aufgemacht. Also sind wir mal da hin und haben ein Stück probiert. In zwei Tagen hat Carlos ein Vorstellungsgespräch bei der Polizei. Er hat sich vor zwei Jahren dort beworben. Die suchen Leute.

Robbie (ein schneller Atemzug): Ich wär' lieber bei den »Guardian Angels« als bei den Bullen.

Ein junger Reporter von einer Zeitung in Manhattan stellt Todd Fragen über das Verhältnis von Mode und Kunst, wie einer der lächerlichen Paparazzi in *La Dolce Vita*. Er ist schlank, hat glänzendes schwarzes Haar, wie eine Ameise. Todd macht es jedoch Spaß, so zu reden.

Todd (mag den Klang seiner Stimme): Die manieristische Epoche der Malerei, nach der Hochrenaissance, war eine große Mode. Bronzinos Porträts von gutaussehenden Höflingen. Parmigianinos Porträts in Spiegeln.

In diesem Moment kommt Frank herein. Ein dreister Auftritt wie der eines Pistolenhelden in einem Westernsaloon. Er trägt einen eleganten schwarzen Anzug, schwarze Schnürschuhe von Brooks Brothers, eine rote Krawatte mit kleinen gelben Tupfen in der gleichen Farbe wie sein nach hinten gekämmtes Haar, und eine Drahtbrille. Benimmt sich arrogant, hat sich offenbar mit seiner neuen Freundin gewappnet, deren Arm in seinem untergehakt ist. Sie sieht fast genau wie Sharon aus – klein, blond, schlau, exaltiert.

Lucy tritt hinter die Fechtmaske ihrer Kamera zurück. Todd spürt, wie ein unsichtbarer, aber laut rasselnder Bagger einen großen Haufen seiner intimsten Gefühle hervorschaufelt.

Frank (blockt jede Emotion ab, zu Todd): Wieviel kostet das?

Er zeigt auf die Collage mit Todd, Frank, Lucy und den Liebesschwüren, die Todd in seinem Apartment in der Perry Street ausgeschnitten hat und auf der sie wie Spielkartenfiguren aussehen.

Todd (hat das Gefühl zu fallen, an einem Fallschirm der Trauer): Das steht auf dem Blatt.

Frank: Ich möchte es von dir kaufen. Laß es mich direkt von dir kaufen.

Todd (kann kaum sprechen): Ich kann nicht.

Frank (unwirsch): Dann kauf ich's nicht.

Todd (meint es fast ernst): Gut.

Eine Lageveränderung impliziert so viele andere Veränderungen. Als Todd die Rose auf der einen Seite näher an den Totenschädel gerückt hat, wirkte der Totenschädel nicht mehr so kraß und schrecklich, sondern kitschiger und barocker, eine ernste Warnung wurde zu einem Witz über Geschmack. Indem er näher an seine neue Freundin gerückt ist, hat sich Frank möglicherweise unendlich weit von Todd und Lucy entfernt. Dennoch hat sich keiner weniger verändert als Frank.

Es ist wie die Lösung einer Geometrieaufgabe. Deshalb ist Goethes *Wahlverwandtschaften* der Roman mit dem besten Titel. Erst standen Todd, Lucy und Frank in einem Dreieck. Und das Dreieck war nicht bloß eine Form, sondern hatte auch eine Bedeutung. Jetzt stehen Todd, Lucy und Robbie in einer Art Dreieck. Vielleicht ist es ein gleichschenkliges statt eines gleichseitigen Dreiecks. Aber dennoch ein Dreieck. Gleiche Form, andere Bedeutung.

Lucy, die nur zugesehen hat, filmt Frank und seine Freundin (ihre Krummschwert-Ohrringe funkeln), als sie auf dem Absatz kehrt machen und durch die Glastür am Eingang verschwinden.

L. A.

Los Angeles (wohin Todd zu Probeaufnahmen für eine Rolle in einem Film von Joe Martell fliegt) erstreckt sich weiter, als er im Rahmen des ovalen Flugzeugfensters sehen kann, schimmerndes Bernsteingelb. Auf einem Umweg durch einen Vorort mit vielen Farmhäusern im mexikanischen Stil, die Häuser haben Schrägdächer wie Obst- und Gemüsestände am Straßenrand, walzt ein Löffelbagger um ein Haar seinen Mietwagen platt. Er wohnt im Château Marmont, einem großen, zu Anfang des Jahrhunderts erbauten Château, das wie eine Filmkulisse wirkt und in dem Billy Idol abgestiegen ist, als er sich gegen Bezahlung seinen Bizeps tätowieren ließ. Tags darauf spricht Todd in einem Büro mit Blick auf einen Parkplatz einem Manager, der einer Zigarre ähnelt, die man in einen Anzug gesteckt hat, einen Text vor. Macht Mittagspause, fährt über den Sunset Boulevard, wo unten an einer Reklametafel ein Gitterkäfig angebracht ist, in dem Leute in Schlafanzügen essen, schlafen und im Schneidersitz dasitzen; dem Gewinner dieses Marathons winkt ein Vertrag bei einer Talentagentur. Todd kommt am Nachmittag wieder, um den gleichen Text bei einer Tonprobe vor einem nur aus Technikern bestehenden Publikum gegenüber einer jungen Frau vorzusprechen, einer Ersatzbesetzung. In jener Nacht fährt er auf dem Santa Monica Boulevard an all den Motels mit den Las-Vegas-Farben vorbei: Türkis, Rosa, Gold, Weiß.

Später im Hotel, als er rostfarbenen Cognac aus winzigen Fläschchen trinkt und das Dressing aus der Salatschüssel aufstippt, wird er wieder munter. Holt sich in seinem weißen Bademantel einen runter, wie eine Schulklasse nach der letzten Stunde, wie ein Song von Queen, schläft dann im unheimlichen Licht der Johnny-Carson-Show ein.

Todd (zum Fernseher): Nimm mich. Ich bin dein.

In jener Nacht hat Todd einen beunruhigenden, irrealen Traum, einen Traum, der seinen Entschluß noch fester werden läßt. Während er den Alptraum ganz allein für sich in seinem Inneren vorführt, wirkt Todd von außen so friedfertig wie ein liegender Akt.

Todds Traum

Die Russen haben Raketen gestartet, die unwiderruflich unterwegs sind. Todd trägt eine gestreifte Pyjama-Gefangenenkluft, sein Haar ist weiß von Asche, Zigarettenasche. Steht in einem Luftschutzkeller voller Stockbetten, Matratzen auf rostigen Sprungfedern, alle Betten stehen in einem großen Viereck in der Mitte eines höhlenartigen Saals, einer umgebauten U-Bahn-Station. Die Stimmung ist so antiquiert wie eine mit Sepia gefärbte Schwarzweißfotografie. Todds Partnerin ist ein gutaussehendes Mädchen, das er nicht gut kennt, nur oberflächlich. Ein brünettes Mädchen in einem weißen Zeltstoffkleid. Sie steht neben ihm. Aus einem silberfarbenen Kofferradio auf einem Gestell in der Mitte des Saals, dessen Antenne zur Decke zeigt, die jeden Moment von den Raketen getroffen wird, dringen die mit Grabesstimme verlesenen Nachrichten. Dutzende von Mitbürgern in dem Saal stellen sich alle in einer Schlange vor einer Theke an, die wie aus einer Cafeteria wirkt, um ihre Essensration entgegenzunehmen, in Formaldehyd eingeweichte, winzige Maiskörner. Sie schnüffeln daran, um high zu werden, gefügig, narkotisiert, empfindungslos. Dann gehen sie im Gänsemarsch zurück. Todd versucht, eine bequeme Liebesstellung mit seiner Partnerin zu finden – sein Kopf auf ihrer Brust –, aber sie passen nicht ganz zusammen. Sie versucht, den Kopf auf seine Brust zu legen, aber auch das klappt nicht. Sie können sich einfach nicht entspannen. Niemand, an den man sich wenden könnte. Ein Prasseln kommt aus dem Radio. Der Sprecher kündigt ungerührt das Eintreffen der Bombe an. Dann schreit er endlich in aufgewühltem Ton: »Gnade!« Die Drähte brennen durch. Das Glühen der Hitze taucht den Saal in schmelzendes Licht, als der Tod beginnt.

Postnukleare Familie

Das Sommerhaus ist modern: Satteldach, Fensterwand, Wandverkleidung aus Kiefernholz. Draußen hängt zwischen zwei Bäumen eine Hängematte wie ein aufgeblähter Magen. Die Hütte steht auf einer Klippe außerhalb von Baiting Hollow, einer kleinen Gemeinde an der Nordküste von Long Island, inmitten einer Kette von Klippen, die sich über Hunderte von Meilen an den kiesigen Stränden des Sunds erstrecken, wie die Klippen von Kreta. Auf der anderen Seite des Sunds ist das tiefliegende Connecticut.

Todd und Lucy schlafen auf einem Bettsofa im ersten Stock. Wenn sie nachts auf dem Bauch liegen, wirkt der Blick aus den Fenstern auf braune Bäume und den platinfarbenen Himmel wie Batikbilder. Robbie schnarcht unten in einem miefigen Zimmer mit Stockbetten, durch die Löcher im Fliegengitter dringen laut summende Stechmücken ein. Todd und Lucy haben der Hütte den Spitznamen »Der Luftschutzbunker« gegeben. Draußen vor der Tür hängt ein Schild, in das der Name eingeschnitzt ist.

An diesem Morgen wacht Todd als erster auf. Um sechs. Schlüpft in grüne Army-Shorts, Turnschuhe mit breitem Profil. Trottet nach draußen in das grelle gelbe Licht. Sein Haar ist kurzgeschnitten, so kurz wie auf Panarea, läßt alle Unebenheiten seines Schädels erkennen. Wirkt älter als vor zwei Jahren in Skunk Hollow, kantiger. Auch der Strand unten, wo Hummerfischer im Wasser treibende Fallen zusammentragen, wirkt älter als die feinsandigeren Strände an der Südküste, prähistorisch, überall liegen große Felsbrocken, wie in einem Meteorhagel niedergegangen. Todd lehnt sich an einen der Felsbrocken, sein Rücken wird durch die Feuchtigkeit gekühlt, die sich dort während der Nacht angesammelt hat, während seine Vorderseite vom Wärmestrahler Sonne erwärmt wird.

Lucy (an der Fliegengittertür): Guruuu. Guruuu.

Todd dreht sich um und erkennt hinter der Pointillierung der Fliegengittertür Lucy, in ihrem pfirsichfarbenen Slip ein pastellfarbener Klecks.

Todd (laut und tief, wie ein Labrador oder ein Setter): Wau. Wau.

Damit hat für sie beide der Tag zufriedenstellend begonnen. Im rastlosen Auf und Ab. Des zentralen menschlichen Bemühens um Intimität.

Als Todd zurückkommt, liegt Lucy wieder unter der mit Rosen gemusterten Bettwäsche und gibt ihre typischen Babygeräusche von sich. Todd zieht sich aus, legt sich zu ihr. Gemeinsam führen sie ein fast zweidimensionales Ballett von Schlafbewegungen auf.

Lucy (legt den Kopf auf Todds Brust): Mach mal mehr Platz an deiner Brust.

Todd (schiebt seinen Bauch hinter ihren Rücken): Ich möchte mich ganz eng an dich schmiegen, wie zwei Löffelchen.

Lucy: Ich kuschel gern mit dir.

Todd (ein Angriff): Hast du dich mit Frank auch so aneinandergekuschelt?

Lucy (ein Konter): Nein. Wir hatten andere Stellungen.

Todd hat eine Morgenlatte, und Lucy ist naß, aber sie fallen nicht übereinander her. Sie sparen es sich auf, um einen längeren Atem für den Tag zu haben.

Nicht so Robbie. Er liegt auf dem Boden unten in seinem dunklen Zimmer, in zwei verschiedenen Aschenbechern liegt eine glimmende Zigarette. Er trägt keine Kleidung auf seinem knochigen, grauen, dünnen weichen Körper. Er wirkt immer ein wenig wie ein Schwarzweißbild inmitten einer Kodachrome-Welt. Sein Gesicht ist völlig glatt und unbeschädigt. Verströmt stechend süßlichen Körpergeruch, während er auf dem Boden sitzt und auf die Wand am anderen Ende des Zimmers starrt, wo er einen *Playboy* angelehnt hat, aufgeschlagen beim Foto einer rosigen nackten Schauspielerin mit Brüsten so nachgiebig und elastisch wie Astroturf. Er hat ein Mona-Lisa-Lächeln aufgesetzt, als er über die festgepinnte Ikone herfällt.

Eine Viertelstunde später steht Robbie lauthals singend unter der Dusche. Es ist elf Uhr, und Todd und Lucy sind immer noch nicht aufgestanden. Daher stapft er einfach nach oben und platzt in einer karierten Badehose durch die Fliegengittertür in das Zimmer.

Robbie (gestikulierend): Ihr beiden braucht Musik zum Aufwachen.

Er zwängt sich durch das Durcheinander von Tischen, Stühlen, Kissen, Bänken, nicht ausgepackten Koffern, verschnürten Mülltüten, *Time*-Heften, *Philadelphia Inquirers* und Lampen am Bett vorbei zum Plattenständer. Entscheidet sich für ein Album von Bruce Springsteen, diesem Troubadour. Bald dröhnt aus den Lautsprechern Saxophon, Klavier und Schlagzeug.

Robbie (singt mit der kehligen Stimme des Boss mit): Everybody's got a hungry heart / Everybody's got a hungry heart / Lay down your money and play your part / Everybody's got a hu-hu-hungry heart.

Lucy (während des Diminuendos): Willst du uns damit sagen, daß du Hunger hast?

Also bewegen sich die drei in Kurven, Bögen, geraden Linien und Epizykeln durch das belebte Zimmer. Todd klappt das Bett zusammen, um Platz zum Anziehen zu schaffen. Lucy setzt Wasser für drei Tassen Pulverkaffee auf. Robbie wippt und summt zu den elektrischen Impulsen der großen Ballade.

Lucy: (zu Todd, während sie hinten über Robbies Badehose streicht): Schöner Hintern. Hast du schon mal insgeheim von deinem Cousin geträumt?

Todd (mustert den Jungen unverhohlen): Wenn er nicht mein Cousin wäre, hätte ich nichts dagegen, mal an seinen Shorts zu schnüffeln. Aber ich kann mich beherrschen.

Robbie (breites Grinsen): Schwuchtel.

Robbie fährt den gebrauchten Kombi, den Todd für hundertfünfundsiebzig Dollar von einem Italiener weiter unten an der Straße gekauft hat. Nur eine Tür läßt sich öffnen, deshalb müssen sie alle durch die Tür vorn auf der Beifahrerseite einsteigen. Auf der vorderen Ablage liegt der abgebrochene Rückspiegel, aufgestellt wie ein Schminkspiegel. Todd liegt auf dem Rücksitz, die Füße gegen ein verklemmtes Fenster gestützt. Lucy, die einen gestreiften Pullover trägt, der ihr bis an die Knie hängt, besteht darauf, nur Nachrichten im Autoradio zu hören; sobald eine Sendung zu Ende ist, stellt sie die nächste ein. Robbie trägt seine rotgoldene Ledernacken-Mütze, die durch ihre extreme, wenn auch schöne Stofflichkeit sein Gesicht überwältigt.

Sie fahren zu Susies Obst- und Gemüsestand. Durch Felder, die sich links und rechts mit zahllosen Reihen sprießenden Gemüses und Getreides erstrecken und von einem fast hundert Meter langen Schlauch auf Rädern mit Wasser besprüht werden, der wie das Skelett eines rollenden Flugzeugs aussieht. Im Glast eines waldgrünen Feldes erhebt sich inmitten eines Wäldchens eine kleine Scheuer mit einem Wasserturm auf dem Dach, die wic ein Zylinder wirkt. Ein See oberhalb eines beerenbewachsenen Hangs ist gelb wie eine Honigmelone. Das nördliche Ufer ist eine der letzten Regionen des Landes, in der die Tradition bäuerlicher Familienbetriebe fortgesetzt wird, obwohl am Straßenrand viele Wanderarbeiter zu sehen sind, die dem langsam vorbeifahrenden Auto nachstarren wie sizilianische Jungen, die jeden Wagen begaffen, der durch ihre vergessenen Dörfer kommt.

Susie – der Stand am Straßenrand gehörte ihrem Vater – hat ein Auge auf Robbie geworfen. Sie ist fast achtzehn, übergewichtig, am Daumen hat sie einen Verband, weil sie sich vor ein paar Wochen ein Stück des Fingers abgeschnitten hat, ihr Gesicht ist ein Kratersee von Akne. Immer trägt sie das gleiche schmutzige weiße Button-down-Hemd (von ihrem Vater) und Bluejeans, die knalleng um ihre breiten Hüften und Speckpolster sitzen. Todd und Lucy sehen sich mit Kennerblick in den Kisten um, reichen frische Ware an Robbie, überlassen das Reden ihm. Er baut auf dem Tisch zwischen sich und Susie eine Pyramide aus Zucchini, Mais, Kürbis, rosa Kartoffeln, gelben Tomaten und Mangold auf.

Robbie (streicht sich über seinen nackten Oberkörper): Bist du gestern abend auf 'ner Party gewesen?

Susie (öffnet ihren großen Mund): Ich bin zum Rennen gegangen. Wann kommst du mal?

Robbie (erklärend an Todd und Lucy gewandt): Die machen hier Rennen mit frisierten Autos.

Susie: Aber ich bin später heimgekommen, als mir erlaubt war. Deshalb läßt mich Mom heute abend nicht weg. Ich muß fernsehen. (Steckt sich einen nicht verbundenen Finger in den Mund, um Brechreiz anzudeuten.)

Robbie (dreht am Schirm seiner schattenspendenden Mütze): Wenigstens hast du Gelegenheit, mal über die Stränge zu schlagen. Seit ich hier draußen bin, habe ich noch nicht einmal Scheiße bauen können.

Susie (senkt verschwörerisch ihre Stimme): Heute abend ist 'ne Grillparty am Strand. Unter eurer Hütte. Bring was zu trinken mit.

Robbie zeigt ihr kurz seine Achselhöhle, während dieses Sommers in diesen Breiten ein Zeichen geiler Zuneigung. Dann wiegt sie die verschiedenen Gemüsesorten auf einer Waage mit Digitalanzeige. Todd bezahlt. Auf der Rückfahrt fährt Robbie ganz langsam in einer Wolke von aufgewirbeltem Staub und Auspuffgasen an seinem Haßobjekt Nummer eins vorbei, dem Farmhaus, wo die Autobastler wohnen. Wo sie im ganzen Hof und in der Zufahrt Autos auf Ziegelsteinen aufgebockt haben, um an ihnen zu arbeiten. Zerlegte Motoren stehen wie Denkmäler am Straßenrand.

Robbie (kriegt sich vor Lachen kaum ein): Diese Nappsülzen.

Lucy: Ich habe Hunger.

Todd: Drück auf die Tube.

An einem Picknicktisch, der am Rand der Klippe wackelt, essen sie in der prallen Hitze der Sonne zu Mittag; Schweiß tropft ihnen auf die weißen Pappteller. Heute hat Lucy gekocht, es gibt gebratenen frischen Mais mit Hüttenkäse und Chutney von Susies Gemüstestand. Sie trinken Eistee, der in der Sonne schon warm geworden ist.

Robbie (frisch): Wie sind denn die Probeaufnahmen gelaufen? Ist die Schauspielerei so wie die Arbeit als Model?

Todd: Schon möglich. Der Unterschied ist der, wenn man als Model seinem Image aufsitzt, verpfuscht man sich bloß das Leben. Aber wenn man als Schauspieler seinem Image aufsitzt, kann man nicht sehr gut spielen.

Lucy (von der Sonne, dem Wind und dem Regen draller geworden, verbessert Todd): Nicht sehr *gut*.

Lucy liegt nach dem Essen gern in der Hängematte, die so unmerklich schaukelt wie ein Ozeandampfer an einem ruhigen Tag auf dem Atlantik. Sie lauscht den verschiedenen Vogelrufen. Sie sind in diesen Bäumen so geschäftig wie Bürokraten in ihren Büros. Ihre Rufe sind nicht minder strukturiert wie die Geräusche von Fernschreibern. Lucy erwidert ihr Pfeifen, überzeugt, den Code zu knacken.

Todd sitzt an seinem Zeichentisch in Robbies Zimmer. Nachmittags benutzt er es als sein Atelier. Versucht den *Pin Downs*-Kalender zu ignorieren, den Robbie aufgehängt hat und auf dem Todd als August-Mann zu sehen ist, ein Foto, das ihn als Rettungsschwimmer mit weißer Kriegsbemalung auf der Nase und unter den Augen zeigt. Todd arbeitet an einer Doppelseite, der er den Titel »Les Très Riches Heures des Todd Eamon« gegeben hat, nach den mittelalterlichen Illustrationen, die er in Jansons *History of Art* gesehen hat. Er macht eine Ideallandschaft aus der Gegend um Baiting Hollow, mit einem Foto des Luftschutzbunkers auf der Spitze unter einem blauen, ptolemäischen Sternenhimmel. Er sucht in den örtlichen Zeitungen nach Elementen für die Landschaft – Bäume, Büsche, Fische, frisierte Autos. Sein Kopf ist so klar wie ein Kristall in einem alten Radio. Die Fliegen, die über seine feuchte Haut schwirren, stören ihn nicht.

Robbie ist wieder oben bei der Stereoanlage. Wenn er einmal Gefallen an einem Song gefunden hat, spielt er ihn einfach immer wieder. Heute ist es »Hungry Heart«. Um braun zu werden, legt Robbie sich zwanzig Minuten auf ein Badetuch, das er draußen auf dem Picknicktisch ausgebreitet hat. Dann geht er wieder in die Hütte, um den Song mitzusingen.

Robbie (singt, dreht und windet sich zur zweiten Strophe): Everybody needs a place to rest / Everybody wants to have a home / Don't make no difference what nobody says / Ain't nobody like to be alone.

Als am späten Nachmittag die Schatten sich von Schwarz zu milderem Dunkelviolett verfärben, unternimmt diese seltsame Familie einen Spaziergang am Strand. Sie kommen an den Skeletten einiger harmloser Fische vorbei, keine Raubfische. Dann gelangen sie zu einem Abschnitt des Strandes, der mit den runden, wabbligen Körpern purpur-weißer Quallen übersät ist.

Robbie: Die sind gefährlich. Kein Wunder, daß hier niemand schwimmt.

Lucy: Das sind bloß Frisbees. Unterwasser-Frisbees.

Ein Stück weiter treffen sie Freunde von Robbie, eine Clique von drei Surfern, die vor einer steilen hellbraunen Felsplatte stehen. Alle drei haben die gleiche Surferkleidung an, obwohl man hier nicht surfen kann. Der erste trägt einen schwarzen Dress, auf dessen Ärmel in einem Streifen ein paarmal die Worte RIP CURLwiederholt sind, der zweite einen orangefarbenen Dress mit einem Abzeichen an der Schulter, auf dem PIPING steht, der dritte hat ein Bild von einer sich brechenden Welle auf der Brust. Alle drei sind blond und haben picobello Nägel.

Robbie: Was macht ihr Pflaumen hier?

Surfer Nr. 1: Wir gucken uns nach einem Platz für 'ne Fete um.

Robbie: Hat mir Susie erzählt.

Robbie bleibt bei den drei Jungs. Todd und Lucy kämmen weiter den Strand ab und klettern schließlich die Klippe hoch. In einer Stunde werden sie frischen Thunfisch grillen, der Rauch der Kohlen wird wie eine gebogene Rokokosäule nach oben wehen.

Als der Nachmittag in den Abend übergeht, sitzt Robbie erhitzt und mit verschwimmenden Zügen mit seinen drei Freunden um ein loderndes Lagerfeuer, das sie aus Steinen und Holz errichtet haben; sie nuckeln an Flaschen mit heißem Gin, um sich zu wärmen, und zerschlagen die Flaschen dann an den großen Felsen. Bald steht der Mond direkt über ihnen, voll und weiß. Er ist ein Laternenpfahl, und sie sind die Betrunkenen, die sich an ihn lehnen.

Surfer Nr. 2: Hoffentlich kommen die Mädels bald.

Surfer Nr. 3: Wahrscheinlich sind das alles Lesben.

Robbie: Lesben sind mir am liebsten. Die sind 'ne echte Herausforderung. Alle noch Jungfrauen.

Surfer Nr. 1: In der Stadt gibt's ein paar Kneipen, die Lesbenabende veranstalten. Willst du mal mit mir Weiber aufreißen gehen, Robbie?

Robbie: In Allentown kenne ich 'ne Lesbe, die hat mal ein Polaroid von meinem steifen Schwanz gemacht.

Surfer Nr. 1: Der Kandidat erhält zwanzig Punkte. Bei hundert gibt's 'ne Waschmaschine.

Schließlich kommen die Mädchen in ihren einteiligen Badeanzügen. Sogar Susie, die sich aus der Hintertür ihres Farmhauses geschlichen hat und aus allen Nähten platzt. Alle amüsieren sich rund ums Lagerfeuer. Trinken Feuerwasser. Ihre Stimmen klingen wie die Stimmen von Vögeln oder Tieren, die in der Wildnis leben. Kurz hält Susie Robbie am Boden fest, während ihre Freundinnen ihm Gin in die Kehle schütten und dann ihre glühenden Zungen in seinem dunstigen Mund löschen. Er macht ein grollendes Geräusch aus der Tiefe seiner Lungen.

Todd sitzt auf der Bank auf der Klippe und bemerkt die orangefarbenen dionysischen Flammen, die von den Felsen unten wie Trommelschläge zurückgeworfen werden. Beschließt, die Lage zu peilen. Spürt, wie eine Rose der Verantwortung gegenüber Robbie in dem fruchtbaren schwarzen Boden seines Herzens wächst. Die nach unten führende Straße ist ein hohler dunkler Kamin, eine Laube von Bäumen, die den Mondschein aussperren. Viel ist nicht zu sehen. Mit dem Abnehmen der äußeren Reize erscheinen Todd seine inneren Gefühle vergrößert. Aber es sind keine komplizierten Gefühle, keine Gefühle mit Namen. Sie sind wie Holzbretter, Betonblocks, Eimer mit nassem Zement, Leitern. Sein Inneres ist eine Baustelle. Vor ihm eröffnet sich der Strand, unpersönlich wie der Schauplatz eines Mythos.

Unterdessen verschnauft sich Robbie, schwitzt vom anstrengenden Tanzen und beobachtet seinen Schatten und die seiner Mittänzer, wie Höhlenmalereien an den Wänden.

Robbie (niemand hört zu): Mir ist schlecht.

Daher schlurft Robbie durch die orange-schwarze Phantasmagorie der Außenwelt zum glatten Wasser. Hat sich jetzt ein schwarzes Strandtuch umgewickelt. Gelangt an das große Ufer, Sand und Wasser sind für die Sohlen seiner jungen Füße nur daran zu unterscheiden, ob sie sich bewegen oder nicht.

Robbie (wie ein Indianer im Gebet): O Geist der Wasser. Bitte laß mich ein Sexprotz sein. Wie mein Cousin Todd.

Drei Minuten später packt Todd mit beiden Händen Robbies fröstelnde Schultern, als wären sie der Lenker eines Fahrrads.

Robbie (dreht sich um, kneift die Augen zusammen): Himmel.

Todd (gesichtslos): Der Tag ist fast vorüber. Ich möchte, daß du mit mir nach oben kommst.

Robbie: Du scheinst nicht mehr der gleiche zu sein.

Todd: Weißt du eigentlich, wovon du redest, Schnapsleiche?

Robbie (zögernd): Nein...

Nachdem sie zum letzten Mal an diesem Tag die Felswand hinaufgeklettert sind – Robbie langsam und mit Todds Hilfe –, trennen sie sich. Robbie geht über die Holztreppe nach unten, um in einem Dunst von Nitroglyzeringeruch auf seinem Bett zu pennen. Todd geht nach oben ins Wohnzimmer der Hütte, wo er eine Weile zusammen mit Lucy auf dem Sofa sitzt.

Lucy (zusammengekuschelt in einem übergroßen weißen Sweatshirt, sonst nackt): Video-Zeit.

Lucy läßt ihre Videokassette von der Vernissage in der Galerie laufen. Immer wieder spielt sie die Einstellung ab, in der Franks Rücken verschwindet, manchmal in Zeitlupe, manchmal in lächerlichem Schnellvorlauf. Dann blickt sie zu Todd auf wie jemand, der eine Reaktion erwartet. In dem reflektierten elektronischen Licht wirkt sie weißhaarig wie Betsy Ross.

Lucy: Gefällt's dir? Schatz?

Todd (unempfänglich): Ich habe das Gefühl, als hätten wir früher in zwei gelebt. Und jetzt leben wir in drei Dimensionen.

Lucy (frotzelnd): Sieht dir ähnlich.

Nachdem er Lucy über ihre ziemlich hohe Stirn gestreichelt hat, zieht sich Todd für einen kleinen Spaziergang ein rotes Sweatshirt mit Kapuze über. Vom Himmel fallen Sternschnuppen. Todd schlendert zu einem Blumenbeet. Bückt sich und steckt die rechte Hand ganz tief in den Boden, als wäre sie eine Kelle. Er gräbt einen feuchten Erdklumpen aus und hält ihn in der Hand. Ein segmentierter Wurm bahnt sich einen Weg aus der Wärme, kriecht auf Todds Handteller und einen Finger entlang, fällt dann zurück auf den Boden. Nachdem das Lebewesen weg ist, zerquetscht Todd den übrigen Dreck in seiner Faust.

Todd (ruft durch die Fliegengitter der Fensterwand ins Haus): Im August vor zwei Jahren bin ich auch am Strand von Skunk Hollow gewesen. Damals sind auch Sternschnuppen gefallen.

Todd bleibt stehen und richtet den Blick über die Klippe in die tiefe Perspektive einer unendlichen Schachtel mit Wasser, Land und Himmel. Der Mond schlägt in einer senkrechten Bahn direkt wie ein Blitz auf die Erde, aber gleichmäßig, nicht jäh unterbrochen, und ist so goldgelb wie die Sonne, aber kalt, nicht heiß. Er schlägt in das leicht violette Wasser des plätschernden Sunds und zersplittert bei Berührung mit dem Wasser in eine aztekische Schrift aus Zickzack- und Wellenlinien. Er ist vivisezierend.

Todd, innerlich leer, macht kehrt und geht leise zurück in die Hütte. Lucy blickt mit verständnisvoller Miene wie eine Katze auf, als er am Schalter neben der Tür das Licht ausmacht. Eine hohe gelbe Kerze verbrennt ihren Talg auf dem Fernseher. Lucy erhebt sich, als nähme sie an einer Prozession teil, Todd geht auf sie zu, sie treffen sich in der Mitte des Zimmers. Er zieht sich hastig aus, während sie nur aus ihrem übergroßen weißen Sweatshirt schlüpft.

Sie treiben es im Stehen. Splitternackt. Todd hat die Hände auf Lucys Hintern gelegt und weist sich den Weg in den Hafen. Ihre Hände klammern sich an die Holzpfosten seiner Schenkel, ihr Hals ist ganz weit nach hinten gebogen und macht ungewöhnliche Geräusche, wie Nebelhörner.

Lucy (schrill): Besorg's mir.

Todd (gepreßt und leise, gar nicht wie sonst): Ich mag süße junge Muschis.

Lucy (mit normaler Stimme): Ich mag langes dickes Fleisch.

Der Schwanz ist ein Fels, wie in Stonehenge, steif in der Erde, doch passiv im Himmel, aus dem die Raketen kamen, die einmal auf dem Zifferblatt der Kultstätte landeten. Die Fotze ist eine Furche, der Brandfleck in der Erde, der von den Raketen nach ihrem Start dort zurückgelassen wurde, aber auch die kalligraphische Schrift in der Erde, um sie später einmal wieder nach Hause zu leiten. Vögeln ist wie die Gräben, die Marineinfanteristen während ihrer Grundausbildung graben und am Ende des Tages mit der gleichen Erde wieder zuschütten müssen, die sie sinnlos ausgehoben haben.

Todd und Lucy stöhnen, als beide eine Gänsehaut bekommen, und dann die Befreiung, ein natürliches High. Sie halten einander fest, Knochen treten hervor, Speckfalten hängen herab, Herzen pumpen mit ungefähr hundertsechzig Schlägen pro Minute, weit über normal.

Sternschnuppen sind leuchtende Zigarettenkippen, die oben von Göttern und Göttinnen auf dem Höhepunkt in den Sund geschnippt werden.

Ziemlich bald klappen Todd und Lucy das Bettsofa auf und

kriechen zur Nacht auf seine quietschenden Federn. Sie sind zwei Brocken Fleisch, die dort liegen. Von der Nachtluft haltbar gemacht wie Schinken.

Lucy (eine Stimme im Dunkel, heiser): Glaubst du, der Schwertfisch wird durch die Marinade genauso gut wie die gegrillten Thunfischsteaks?

Todd (locker, ruhig, gelassen): Thunfisch.

Kriminalromane

Sue Grafton
Detektivin, Anfang 30, sucht Aufträge
Kinsey-Millhone-Kriminalstories
Band 10208

Kinsey Millhone betreibt das Detektivgewerbe in Santa Teresa, einer kleinen Stadt nördlich von L. A. 32 Jahre jung, zweimal geschieden und Single aus Überzeugung.
In den Geschichten dieses Bandes erzählt die Detektivin mit der dunklen Strubbelmähne von sieben Fällen aus ihrer Praxis – menschlichen Beziehungsgeflechten mit tödlichem Ausgang.

Sue Grafton
Sie kannte ihn flüchtig
Band 8386

Kinsey Millhones neuester Auftrag führt sie ins kalifornische Floral Beach, wo sie den wahren Täter in einem siebzehn Jahre zurückliegenden Mordfall ermitteln soll und hinter der Fassade einer respektablen Kleinstadtgesellschaft auf alte Verletzungen und mörderische Leidenschaften trifft...

Fischer Taschenbuch Verlag

fi 1361/2

Viola Schatten

Schweinereien passieren montags
Kriminalroman. Band 10282

Eine Frau räumt auf – als Privatdetektivin im Großstadtdschungel Frankfurts. Die Ich-Erzählerin ist um die 30, Akademikerin mit ungewöhnlichen Hobbys, reichem erotischem Privatleben und liebevoll chaotischer Lebensführung. Viola Schatten ist ein Pseudonym.

Dienstag war die Nacht zu kurz
Kriminalroman. Band 10681

Eine Frau sieht rot …
Ruth Maria von Kadell ist nun im Geschäft. Ihr zweiter Fall spielt wieder im Großstadtdschungel Frankfurts, diesmal aber zwischen den Hochhäusern der Banken, dem Milieu des Bahnhofsviertel, dem Club Voltaire und dem Büro eines Ortsverbandes …

Fischer Taschenbuch Verlag

fi 1363 / 2

Kriminalromane

Martine Carton
Medusa und
Die grünen Witwen
Band 10917

Medusa ist wirklich eine Schönheit, aber Tonia, die Amsterdamer Journalistin, kann sie nicht ausstehen. Und offensichtlich scheint es noch einer ganzen Reihe von Leuten ebenso zu gehen, denn niemand ist so recht traurig, als Medusa aus dem Fenster ihres Hochhaus-Appartements stürzt. Und das, findet Tonia, macht sie alle verdächtig.

Maureen Moore
Mit gemischten Gefühlen
Band 10289

Marsha, Studentin und alleinerziehende Mutter, wird im Rahmen eines Praktikums bei der städtischen Mordkommission mit der kruden Realität eines Mordfalles konfrontiert. Marsha ist eine Heldin, die gar nicht erst versucht, durch Imitation männlicher Qualitäten zu imponieren, sondern den Beweis erbringt, daß angeblich weibliche Schwächen, zumindest in dieser Geschichte, zuverlässiger zum Ziel führen.

Fischer Taschenbuch Verlag

fi 1366/1

Kriminalromane

Eine Auswahl

Richard Aellen
Der Mann mit dem zweiten Gesicht
Band 10647

Roger Borniche
Duell in sechs Runden
Band 8353
Elf Uhr nachts
Band 8354
Schach und matt
Band 8355
Der Spitzel
Band 8382

Elisabeth Bowers
Ladies' Night
Band 8383

Simon Brett
Der dreizehnte Killer
Band 10893
Liebende leben gefährlich
Band 10892

Simon Brett
Eine Mords-karriere
Band 8231
Mord stand nicht im Textbuch
Band 8169

Thomas C. Breuer
Huren, Hänger und Hanutas
Band 8365

Anthea Cohen
Carmichaels kleines Glück
Band 8232
Carmichaels kleine Listen
Band 8312
Ein nahezu lautloser Tod
Band 8288
Engel tötet man nicht
Band 8209

Anthea Cohen
Tatmotiv Liebe
Band 8270

Stanley Ellin
Die geordnete Welt des Mr. Appleby
Band 8286
Der Tag der Kugel
Band 8295
Tod am Weihnachtsabend
Band 8267

Jan Flieger
Tatort Teufelsauge
Band 8285
Ein tödliches Ultimatum
Band 8317

Klaus Fröba
Wölfe im Blinding
Band 8293

Fischer Taschenbuch Verlag

fi 503/10 a

Kriminalromane

Eine Auswahl

Alexander Heimann u.a.
Das Gift im Garten
Band 8310

Alfred Hitchcock (Hg.)
Eine allein-stehende Dame
Band 8302
Killer gesucht
Band 8300
Die Kunst des messerscharfen Schießens
Band 8301

Audrey Erskine Lindop
Strich durch die Rechnung
Thriller
Band 8377
Der Teufel spielt mit
Band 8378

James E. Martin
Das Leben kennt keine Gewinner
Band 10214
Die Kehrseite des Lebens
Band 10682

Roger Martin
Tod eines Skinheads
Band 10158

Seicho Matsumoto
Spiel mit dem Fahrplan
Band 8230

Thomas Perry
Blutgeld
Band 8343

Robert Roden
Marut
Band 8268

Marie Smith (Hg.)
Der Detektiv ist eine Lady
Spannung feminin
Von Dorothy Sayers bis Ruth Rendell
Band 10501

Albert Spaggiari
Die Kloaken zum Paradies
Band 8363

Tatort Umwelt
Kriminalerzählungen
Band 8311

Barbara Wilson
Mord im Kollektiv
Band 8229

Bari Wood
Tödliche Augenblicke
Band 8373

Fischer Taschenbuch Verlag

fi 503/13 b